BASTEI LÜBBE

Jane Gordon

Ein Mann wie ein Keks

ROMAN

Ins Deutsche übertragen
von Susanne Dickerhof-Kranz

BASTEI LÜBBE

BASTEI LÜBBE TASCHENBUCH
Band 16218

1. Auflage: März 2001
2. Auflage: April 2001
3. Auflage: Januar 2002

Vollständige Taschenbuchausgabe

Bastei Lübbe Taschenbücher ist ein Imprint
der Verlagsgruppe Lübbe

Titel der englischen Originalausgabe: MY FAIR MAN,
erschienen bei HarperCollins Publishers, London

Lizenzausgabe: Verlagsgruppe Lübbe GmbH & Co. KG,
Bergisch Gladbach
Titelfoto: Schneekluth Übernahme
Satz: FIBO Lichtsatz GmbH
Druck und Verarbeitung: Ebner Ulm
Printed in Germany
ISBN 3-404-16218-8

Sie finden uns im Internet unter
http://www.luebbe.de

Der Preis dieses Bandes versteht sich einschließlich
der gesetzlichen Mehrwertsteuer.

DANKSAGUNG

Mein Dank gilt
Andy Jacobs, dem Produzenten von *Fantasy Football League*, der mich über die ›Fußballeria‹, das Spiel und das Training aufgeklärt hat;
Carol Bush, klinische Psychologin, die mich in das Berufsleben meiner Protagonistin eingeführt hat;
Carole Malone, die mir ihre Erinnerungen an North Shields in den siebziger Jahren geschildert und mich durch Jimmys Kindheit geführt hat;
Mr. und Mrs. Malone, die mir Zutritt zum West Allotmen Men's Working Club verschafft haben;
und, last but not least, George Todd und seine unschätzbaren Kenntnisse im Geordie-Dialekt.

»Ich werde eine Herzogin aus dieser Straßengöre machen«

George Bernhard Shaw, Pygmalion

ERSTES KAPITEL

Es regnete, als sie aus dem Opernhaus kamen. Ein leichtes, aber stetiges Nieseln, das Hattie bis auf die Haut durchnäßte, weshalb Toby sie aufforderte, mit den anderen unter der schützenden Markise des Gebäudes zu warten, während er sich auf die Suche nach einem Taxi machte.

Hattie haßte Opern. Sie konnte nicht begreifen, warum so viele ihrer Freunde der Oper solche Ehrfurcht entgegenbrachten. So sehr sie sich auch bemühte, die Oper-leicht-gemacht-CD, die Toby ihr zu Beginn ihrer Beziehung gekauft hatte, war für sie in Sachen Oper das Höchste der Gefühle. Ihr schien, als könnte man einen Großteil der dreieinhalb Stunden dauernden sogenannten großen Werke in einer einzigen, drei Minuten langen Aufnahme zusammenfassen (das von Pavarotti gesungene Nessun dorma war ihr Lieblingsstück). Die an diesem Abend aufgeführte Oper – Aida – hingegen ließ sie völlig kalt.

In der Pause, als sie und Toby zusammen mit Jon und Claire in der prunkvollen Bar Drinks geschlürft hatten, waren Hatties Gedanken immer wieder zu dem Kind zurückgewandert, das ihr an jenem Tag im Rahmen ihrer Arbeit begegnet war. Die Oper hatte, wie sie schon seit langem dachte, in der richtigen Welt keinen Platz.

»Es ist alles so elitär«, klagte sie, »und ich meine nicht nur die Plätze für 100 Pfund und Prinzessin Michael in der königlichen Loge und diese ganzen fürchterlichen Typen von Radio 4, die sich zum Weißwein vordrängeln. Ich meine die Handlung. Warum gibt es bei Opern immer dasselbe alte Klischee? Warum gibt es stets einen Bauerntölpel, der sich verliebt und sich dann als Aristokrat herausstellt? Warum kann ein Bauer kein Bauer sein, warum ist es immer der adlige Sohn oder die adlige Tochter eines Königs im Exil?«

»Weil trotz deiner absonderlichen sozalistischen Theorien die Wahrheit die ist, Hattie«, hatte Jon in diesem Ton geantwortet, der in ihr stets den Wunsch aufsteigen ließ, ihm eine Ohrfeige zu verpassen, »daß das Leben nun mal so ist. Wäre Aida in Wirklichkeit eine junge Sklavin gewesen, hätte ihr Schicksal kaum jemanden gekümmert.«

»Warum sollte es wichtig sein, wer sie war und wo sie herkam?« konterte Hattie, wie immer, um Jons spöttischen Bemerkungen etwas entgegenzusetzen.

»Die gesellschaftliche Klasse, Hattie«, erklärte Toby. »Es hätte wohl kaum funktioniert, wenn sie aus unterschiedlichen gesellschaftlichen Schichten gekommen wären.«

Die gesellschaftliche Klasse war stets eine große Kluft zwischen Hattie und Toby und das Thema so manch hitziger Diskussion. Es war ihr immer gelungen, an der Idee festzuhalten, daß alle Menschen gleich seien. Was sie trennte, und das glaubte sie voller Inbrunst, waren nicht ihre genetischen Anlagen, sondern Ort und Umstände ihrer Geburt – und die Art und Weise, in der sie während ihrer Entwicklungsjahre von denen aufgezogen wurden, die ihnen am nächsten standen.

Weiß Gott, sie hatte genug Beweise für den Schaden gesehen, den Vernachlässigung, Grausamkeit und Verantwortungslosigkeit der menschlichen Psyche zufügten. Bei ihrer Arbeit war sie zu dem Schluß gelangt, daß das, was wirklich zählte, weder Geld noch Privilegien oder das kulturelle Geplänkel waren, das Toby so genoß, sondern Liebe. Obwohl Verdi – und der Rest des hingerissenen Publikums heute abend – das natürlich ganz anders sahen.

Selbst jetzt, als sie vor dem Opernhaus inmitten der wogenden Menge und des unaufhörlichen Regens um Platz kämpften, hatte sich ihr Ärger über die Unterhaltung in der Pause noch nicht gelegt.

»Kommt, wir stellen uns dort unter«, schlug Jon vor. »In diesem Gewühl sehen wir Toby nie und nimmer...«

Sie gingen über die Straße und drängten sich in den zurückgesetzten Eingang einer Filiale der Halifax-Bank. Während es weiternieselte und Autos und Taxis an ihnen vorbeifuhren, wandte Claire sich an Hattie.

»Du bist zu sensibel«, sagte sie sanft. »Du willst immer nur das Beste in den Menschen sehen. Ich verstehe ja, was du über die Oper als solche sagen willst – sie ist zu einer Art Symbol für kulturelle und soziale Überlegenheit geworden. Toby und Jon haben aber recht – du nimmst die Dinge zu ernst. Es ist nicht wirklich, es ist nur ein albernes Märchen mit Musik. Im übrigen bezweifle ich, daß selbst du mit deinen moralischen Grundsätzen diesen ganzen Unsinn über ›Kultur regiert die Natur‹ glaubst...«

»Das tue ich aber, Claire«, protestierte Hattie. »Ich glaube es nicht nur, ich habe die letzten zehn Jahre meines Lebens damit verbracht, es auch zu tun. Ich will kein Langweiler sein, ich weiß, daß ich manches zu ernst nehme, aber ich wünschte, du würdest mir hin und wieder zuhören. Ich weiß, wovon ich rede. Ich habe erlebt, wie Güte und Rücksicht ein mißbrauchtes, gequältes Kind wieder aufblühen lassen – «

»Was zum Teufel hat das mit einem Abend in der Oper zu tun, Hattie?« fragte Jon. Mit hochgezogenen Augenbrauen warf er Claire einen Blick zu. »Warum heben wir uns die Diskussion nicht fürs Dinner auf? Das heißt, falls man uns weiterhin unseren Tisch freihält. Wenn Toby sich nicht langsam beeilt und ein Taxi findet, kommen wir eine halbe Stunde zu spät.«

»Tut mir leid«, sagte Hattie zerknirscht, »aber ich habe einen fürchterlichen Tag hinter mir ...«

Da sie keine Einzelheiten über ihre Patienten preisgeben durfte, konnte sie ihren Freunden auch nichts über ihren grauenhaften Arbeitstag erzählen oder gar versuchen, ihre Stimmung an diesem Abend auf irgendeine Weise zu rechtfertigen. Statt dessen lächelte sie sie an und versuchte, ihren Stolz hinunterzuschlucken – und ihre Prinzipien.

Als die drei sich weiter in den dunklen Eingang drückten, ertönte hinter ihnen ein schrilles Winseln.

»Allmächtiger, ich bin auf was getreten!« rief Jon.

»Auf was denn?« fragte Claire alarmiert.

»Auf einen verdammten Hund.« Jon sprang aus dem Eingang.

Sekunden später vernahmen sie hinter sich ein weiteres Geräusch – eine gutturale Explosion, die zweifelsohne menschlicher Herkunft war.

»Machnpfeilmann ...«

»Wie bitte?« erkundigte sich Jon.

»Zitterabidiot«, erfolgte die Antwort in einem, Hatties Ansicht nach, nordenglischen Provinzdialekt.

»Ich glaube«, sagte Hattie in ihrem für die Oberschicht typischen geschliffenen Englisch, »er will uns sagen, wir sollen den Mund halten und ihn und seinen Hund in Ruhe lassen.«
»Also wirklich«, sagte Jon verärgert, als sein Blick sich auf die Gestalt heftete, die hinter ihnen aus einem Haufen alter Plastiktüten und Kleidungsstücke auftauchte.
»Warum schert *er* sich nicht weg?«
Als der Mann sich ihnen näherte, nahm Hattie einen fürchterlichen Gestank wahr. Sie hoffte aufrichtig, daß er von dem Hund ausging, der sich an ihn drückte. Das Haar hing der Gestalt in verfilzten Rastalocken ums Gesicht und erschwerte es, sein Alter zu schätzen. Hattie hegte jedoch den Verdacht, daß der junge Mann in der Tat sehr jung war.
»Guter Gott, Jon, hast du denn gar kein Mitgefühl?« flüsterte sie, bestrebt, den armen Außenseiter nicht zu beleidigen. »Kannst du dir vorstellen, wie es wäre, obdachlos zu sein?«
»Oh, erspare mir heute abend noch weitere gesellschaftskritische Bemerkungen, Hattie.«
Der Mann, der sich gegen den Geldautomaten fallen ließ, schien von ihrer Anwesenheit unbeeindruckt. Ja, er schien überhaupt nichts um sich herum wahrzunehmen, bis auf den Mischling, den er nun tröstete.
»Vielleicht kriegt er seine ec-Karte nicht aus dem Automaten, Hattie. Vielleicht greift der Magnetstreifen darauf nicht mehr«, flüsterte Jon.
Hattie war über Jons Sarkasmus empört. Zudem verstärkte der Kontrast zwischen diesem traurigen Fremden mit dem penetranten Geruch und der Pracht des Opernhauses auf der anderen Straßenseite noch ihr

Gefühl der Entfremdung, das sie schon den ganzen Abend empfand.

»Vielleicht versucht er, uns etwas über uns selbst mitzuteilen«, murmelte sie. Sie bückte sich, um den winselnden Hund zu streicheln, richtete sich aber schnell wieder auf, als dieser wütend nach ihr schnappte.

»Hattie, willst du damit andeuten, daß er eine politische Erklärung abgibt? Obdachloser mit Wohnsitz im Eingang einer Bank?« fragte Jon.

»Um Himmels willen, ihr zwei, hört auf, euch zu streiten. Hier ist Toby mit dem Taxi«, sagte Claire ungeduldig.

Hattie zögerte, als die anderen auf das Taxi zu rannten. Sie war sich nun nicht mehr ganz so sicher, ob sie das Dinner überstehen würde.

»Es tut mir ja so leid«, beschwor sie die an die Wand gelehnte Gestalt. »Ich wünschte, ich könnte etwas tun, um Ihnen zu helfen ...«

»Mach dich weg«, schnauzte er sie an.

»Hier«, sagte Hattie und suchte in ihrer Tasche nach Geld. »Nehmen Sie das ...«

Sie bemerkte, wie erstaunt er über ihre Großzügigkeit war. Er sah sie unverwandt aus großen, ungewöhnlich leuchtenden blauen Augen an und begann dann, in mehreren Plastiktüten zu wühlen, die, wie sie nun ausmachen konnte, neben seinem Schlafsack lagen.

»Hier nimm, Hinny«, sagte er und schob ihr eine eselsohrige Ausgabe der *Big Issue* zu.

»Hattie!« rief Toby vom Taxi herüber. »Nun mach schon! Wir sind spät genug dran.«

Sie sprang ins Taxi und zog einen der kleinen Klappsitze herunter. Als der Wagen anfuhr, starrte sie zu dem Mann zurück, der zusammengekauert dasaß und sanft seinen Hund streichelte, und fragte sich, was für Tragödien in seinem Leben ihn zu diesem Hauseingang geführt hatten.

Selbst Hattie heiterte sich bei ihrer Ankunft im Restaurant auf. Sie war sich nicht sicher, was ihre Stimmung vorher getrübt hatte – der unaufhörliche Regen, der mitleiderregende, obdachlose junge Mann oder Jons Benehmen. Doch von den Lichtern und der Aussicht auf Essen erwärmt, war sie entschlossen, den Vorfall mit dem Penner zu vergessen.

Es war die Art Restaurant, die Toby mochte, nicht wegen des Essens, sondern deswegen, weil es hip und trendy war. Auf dem Weg zu ihrem Tisch hatten ihn mehrere Leute gegrüßt, die er kannte – Rechtsanwaltskollegen und politische Kontakte, vermutete Hattie.

Als sie sich hinsetzten, wandte Jon sich an Hattie und lächelte sie versöhnlich an. »Hattie, komm, vergessen wir unsere Differenzen für den Rest des Abends.«

Sie erwiderte sein Lächeln, obwohl sie wußte, daß sie ihre Differenzen nie vergessen konnte, egal, wie unterhaltsam er auch war. Jon war Geschäftspartner in einer der zur Zeit erfolgreichsten Werbeagenturen – Riley, Toppingham und Futura – mit dem Ruf, einer der besten kreativen Köpfe im Land zu sein. Trotz seiner scheinbaren politischen Zugehörigkeit – er war für eine kürzlich hochgelobte Kampagne für die Labour Party verantwortlich gewesen – blieb Hattie vor ihm auf der Hut. Sie mißbilligte seine berufliche Hingabe an das, was sie als brutales Geschäft ansah, nämlich die Öffentlichkeit zu manipulieren, und sie fand seinen kalten Zynismus deprimierend. Da er aber Tobys älte-

ster – und wahrscheinlich einziger – Freund war, bemühte sie sich, ihn zu tolerieren.
Hattie mochte Claire, Jons Begleitung an diesem Abend, sehr gern, trotz der Tatsache, daß auch sie ihren Lebensunterhalt mit Publicity verdiente – oder zumindest damit, sich gute Publicity für eine Reihe ziemlich dubioser Kunden zu sichern. Sie war den anderen, intellektuell unbedarften Frauen, die Jon gewöhnlich im Schlepptau hatte, bei weitem vorzuziehen. Claire – eine Exfreundin – leistete ihnen heute nur Gesellschaft, weil die neueste Frau in Jons Leben – typisch für ihn – verheiratet war.
Hattie hatte großen Hunger und brannte darauf, die Speisekarte zu sehen und zu bestellen. Sie hatte an diesem Tag keine Zeit fürs Mittagessen gehabt, und sie konnte sich auch nicht erinnern, gefrühstückt zu haben, doch ihre Gefährten konzentrierten sich mehr auf die anderen Gäste und das Dekor.
Hattie, die sich weder etwas aus Berühmten noch Berüchtigten machte, wurde sich bewußt, wie feucht ihr Haar und wie regenverspritzt ihre Kleidung war. Sie murmelte eine Entschuldigung und ging durch das Restaurant die hell erleuchtete Stahltreppe zur Toilette hinunter.
Sie blieb kurz stehen, betrachtete sich im Spiegel und überlegte, wo die Unterschiede lagen zwischen ihr selbst und den taillengenormten weiblichen Wesen um sie herum. Sie gehörte nicht an diesen schicken Ort, genauer gesagt, wollte da nicht hingehören. Sie fühlte sich hier so unbehaglich wie im Opernhaus – und genauso als Außenseiter wie der Mann im Eingang der Bank.
Nicht, daß Hattie nicht auch auf ihre eigene Art und

Weise eitel war. Ihre Eitelkeit unterschied sich nur deutlich von der dieser anderen Frauen. Kleidung und Make-up waren ihr ziemlich gleichgültig, und sie würde nie den Zirkus mitmachen und die Schmerzen in Kauf nehmen, um solche Schuhe zu tragen – merkwürdige Pantoletten mit Pfennigabsatz – in denen einige der Frauen nur mit Mühe und Not herumstöckelten.
Sie fuhr sich mit dem Kamm durch die Haare und rieb sich die trockenen Lippen mit Lipgloss ein, zog sich das Kleid gerade, besprühte sich mit Parfüm und ging wieder die glatte Stahltreppe hoch.
Auf ihrem Weg zum Tisch zurück nickten mehrere Gäste anerkennend.
»Hattie verbringt so viel Zeit damit, sich um die Benachteiligten dieser Welt zu sorgen, daß ich immer vergesse, daß sie selbst aus den besten Kreisen stammt«, sagte Jon, während er zusah, wie sie sich zwischen den Tischen hindurchschlängelte.
»Laß sie in Ruhe, Jon. Es ist ja nicht so, als hätte sie ihre guten Kontakte je ausgenutzt«, versuchte Claire zu vermitteln, »oder daraus Gewinn gezogen.«
»Hattie braucht auch keinen Gewinn daraus zu ziehen, oder? Mit ihrem Vermögen und – «
»Jon!« zischte Claire und warf ihm einen warnenden Blick zu, als Hattie sich wieder an den Tisch setzte.
In diesem Augenblick kam das Essen. Der Ober verteilte die verschiedenen Designergerichte (»Französisch-vietnamesisch«, hatte Toby bestimmt) und erstickte so weitere Diskussionen im Keim. Hattie aß hungrig, während Claire versuchte, die Atmosphäre mit der Art Klatsch zu lockern, den sie über alles liebte.
»Habt ihr Nigellas Kritik in der *Vogue* über dieses Restaurant gelesen?«

»Die *Vogue* liest Hattie garantiert nicht«, warf Jon mit frechem Grinsen ein. »Ich würde mal sagen, daß die *Big Issue*, die Hattie da aus ihrer Tasche gucken hat, viel mehr nach ihrem Geschmack ist. Während all die anderen Frauen hier einen Großteil ihres Lebens damit verbringen, nach Dingen zu suchen, die ihnen den Anstrich von Exklusivität verleihen, mit der Hattie geboren wurde, trägt sie lieber, was ist es gleich noch mal, eine Handtasche von Prada? – eine schäbige Aktenmappe mit einer Obdachlosen-Zeitung, die der Welt deutlich zeigt, daß sie es hier mit einer Frau mit sozialem Gewissen zu tun hat.«
»Der Mann hat sie mir gegeben. Der Mann, den wir gestört haben, während wir auf Toby warteten«, verteidigte sich Hattie.
»Und ob er das hat. Ich persönlich bin der Meinung, daß mehr Leute die *Big Issue* verkaufen, als es Obdachlose gibt. Allein in der Kensington High Street gibt es zwei Dutzend, die nur darauf warten, einem mit ihrem Magazin den Weg zu versperren. Aber gekonntes Marketing, das muß ich sagen. Es ist bewundernswert, wie man Schuld verpacken kann...«
Bestrebt, Jons Bemerkungen ihre Schärfe zu nehmen, fuhr Claire damit fort, ihnen eine Kurzfassung von Nigellas Kritik über das Essen im *Vong* (sehr gut, sehr teuer, mit französisch-vietnamesischer Küche) zu liefern. Unbeirrt setzte Jon seine Schmährede gegen die *Big Issue* fort.
Hattie rutschte unruhig auf ihrem Stuhl herum, entschlossen, sich diesmal nicht provozieren zu lassen. Sie hatte sich oft gefragt, ob Jons schockierende Bemerkungen und sein schwarzer Humor eine tiefere Sensibilität überdecken sollten. Ein Teil von ihr ver-

mutete, daß Nigella, Vogue und das leere Geschwätz, das Toby und Claire scheinbar ungemein beeindruckte, ihn ebenso langweilten wie sie. Jon, sich nicht bewußt darüber, wie sehr der Vorfall nach der Oper sie verstimmt hatte, legte nun gegen Obdachlosigkeit und die ›Unterklasse‹ los, von deren Vertreter viele, wie er mit herausforderndem Blick auf Hattie sagte, »Darwins Evolutionstheorie spotteten«.

»Weißt du, Jon«, fiel Claire ihm rasch ins Wort, »einen Moment lang hatte ich das Gefühl, du würdest von deiner vorletzten Freundin reden – du weißt schon, die Blonde mit dem amputierten Gehirn ...«

»Da mußt du schon präziser werden«, meinte Hattie süffisant. »Ich dachte immer, alle Freundinnen von Jon teilten diese Charakteristika – viel blondes Haar und eine winzige graue Zelle. Außer dir natürlich, Claire.«

»Tja, ich bin die einzige intelligente Frau, mit der Jon je ausgegangen ist. Heutzutage fühlt er sich hoffnungslos zu Frauen hingezogen, deren Intelligenzquotient geringer ist als ihre Maße«, konterte Claire und tauschte ein Lächeln mit Hattie.

»Diesem ganzen Gerede über die Unterklasse stimme ich nicht zu, Jon«, sagte Hattie mit wachsendem Mut. »Wenn es immer mehr Leute gibt, die erziehungs- und gesellschaftsmäßig durch das Netz fallen, dann wegen Armut und fehlender Möglichkeiten. Wenn einer von uns an diesem Tisch in andere Verhältnisse hineingeboren worden wäre, gehörten wir ebenfalls zu deiner Unterklasse.«

»Nicht mit unseren genetischen Vorteilen«, erwiderte Jon und lächelte Hattie herablassend an. »Alles, was wir haben – zum Beispiel unsere Intelligenz – ist an unsere genetischen Anlagen gebunden und wartet nur darauf, an die nächste Generation weitergegeben zu werden.«

»Nein, Jon. Laß mich hierzu Professor Steve Jones zitieren, DIE Autorität auf dem Gebiet der Genetik. ›*Das einzige und das wichtigste, was ein Kind von seinen Eltern erben kann, ist Geld*‹, sagt er. Du bist vielleicht überzeugt, daß du die Art von Genen hast, die über Armut triumphieren, aber ich bezweifle, daß sie dadurch interessanter sind – geschweige denn, überlegener – als die des Mannes, über den wir heute abend gestolpert sind. Alle Menschen werden gleich geboren«, dozierte Hattie.

»Nur werden einige dank ihrer Gene gleicher geboren als andere«, sagte Jon. Sein gönnerhaftes Lächeln kann einen zur Raserei bringen, dachte Hattie. »Man wird entweder mit guten Genen geboren, wie meinen und deinen, Hattie, oder mit einer DNS der Verdammung. Warum liegt dieser Mann wohl auf der Straße, während wir hier in diesem Restaurant sitzen?«

»Geld«, sagte Claire. »Deine Eltern haben dir die Privilegien gekauft, die du genießt. Die beste Erziehung, die Geld kaufen kann. Und die richtigen Kontakte.«

»Während seine Eltern«, fuhr Hattie fort, »wahrscheinlich von der Fürsorge lebten und ihn rauswarfen, als er zu alt für Kindergeld war. Ich könnte mir denken, daß er – wenn er deine Vorteile hätte – etwas Intelligenteres machen würde als du gerade – Wehrlose anzugreifen ... «

»Die alte Leier – Hattie auf dem karitativen Trip! Glaubt ihr wirklich, daß man den Penner im Eingang der Bank in ein nützliches Mitglied der Gesellschaft verwandeln könnte?« fragte Jon.

»Warum nicht?« erwiderten Claire und Hattie unisono.

»Bei meiner Arbeit, Jon, bin ich mir nur zu bewußt, daß es durchaus möglich ist, selbst dem noch so verzweifelten, einsamen und mittellosen menschlichen Wesen zu helfen, sein Potential zu verwirklichen«, sagte Hattie ernst und dachte an das kleine Mädchen, das ihr an diesem Tag begegnet war.

Es trat eine unbehagliche Stille ein, in der Jon Hattie eindringlich anstarrte.

»Wenn du mich wirklich beeindrucken willst, belehre mich eines besseren. Ich wette, daß du den Mann, über den wir heute abend gestolpert sind, nicht retten könntest«, erklärte er.

»Was meinst du damit?« Hattie setzte sich kerzengerade hin.

»Was ich gesagt habe. Ich wette, du kannst diesen Mann nicht retten. Du kannst in ein Wettbüro gehen und Geld auf alles mögliche setzen, zum Beispiel, daß der Mensch den Mars betritt, daß England die Fußballweltmeisterschaft gewinnt. Ich bin bereit, die Wette einzugehen, daß du diesen Mann nicht ändern kannst. Daß es unmöglich ist, ihn von der Straße zu holen und in jemanden zu verwandeln, der uns an diesem Tisch beim Dinner Gesellschaft leisten könnte. Daß es unmöglich ist, ihn in einen Mann von Wert umzuwandeln.«

»Eine echte Wette? Eine Wette um Geld?« fragte Claire, auf einmal genauso interessiert wie Hattie.

»Tja, ich weiß, daß Geld für Hattie unwichtig ist – oder auch für dich, Claire – aber für diesen Mann ist es bestimmt enorm wichtig. Kommt, machen wir Nägel mit Köpfen und setzen Geld darauf. Beweist mir bis, sagen wir mal, heute in drei Monaten, daß ich mich in ihm getäuscht habe, und ich zahle ihm 5.000 Pfund.

Wenn euch das nicht gelingt, bekomme ich die Zinsen, die dein Vermögen diesen Monat für dich abwirft«, sagte er zu Hattie und setzte wieder sein höhnisches Grinsen auf. »Oder, der Fairneß halber, auch 5.000 Pfund.«

Hattie warf Claire einen fragenden Blick zu. Ob Jon nüchtern genug war, es ernst zu meinen?

»Wie definierst du denn einen ›Mann von Wert‹, Jon?« wollte Claire wissen.

»Als jemanden, den man in gehobener Gesellschaft vorzeigen könnte.«

»Du meinst, in der Königlichen Oper und in einem Nobelrestaurant? Jemand, den die Schickeria als einen der ihren erkennen würde?« bemerkte Hattie spöttisch.

»Ja. Aber noch mehr als das. Er müßte eine Anstellung haben oder zumindest anstellbar sein. Er müßte in der Lage sein, eine zivilisierte Unterhaltung zu führen. Er müßte die feineren Dinge des Lebens zu schätzen wissen und mir zufriedenstellend seine Intelligenz beweisen. Er müßte so aussehen, sich benehmen und reagieren, als wäre dies alles für ihn selbstverständlich. Und er würde einen Test bestehen müssen, den ich mir ausdenken würde«, erklärte Jon und lehnte sich siegessicher in seinem Stuhl zurück.

»Gott, du bist so was von arrogant«, zischte Claire. »Es würde mir ein so wahnsinniges Vergnügen bereiten, dir zu beweisen, wie unrecht du hast, daß ich gern bereit wäre, einen gewissen Betrag zu verlieren. Was für ein Test wäre es denn?«

»Er würde einem Raum voller Leute wie diesen – der Schickeria, wie du sie zu nennen pflegst, Hattie – beweisen müssen, daß er echt ist. Ein Mann von Wert.«

»Drei Monate?« überlegte Claire laut.
»Deine Chance, Hattie«, sagte Jon mit leichtem Hohn, »um deine wunderbaren Theorien, daß es nur auf die richtige menschliche Zuwendung ankommt, in die Praxis umzusetzen. Und deine Chance, Claire, mir eins auszuwischen ...«
»Nur zwölf Wochen«, meinte Hattie zweifelnd.
»Aha, du glaubst also auch, daß es unmöglich ist?« sagte Jon hämisch.
»Natürlich ist es möglich!« rief Hattie und vergewisserte sich mit einem Blick auf Claire, ob sie noch auf ihrer Seite war.
Jon begann, die Wette mit Füller auf der Rückseite der Speisekarte schriftlich festzulegen.
»Hiermit verspreche ich, 5.000 Pfund zu zahlen, wenn es Claire Martin und Hattie George bis heute in drei Monaten gelungen ist, einen Tramp zum – respektvollen – Gesprächsthema der Schickeria zu machen. Datum: 16. Mai. Unterschrift: Jon Riley.«
»Geht ihr mit, ja oder nein«, fragte er.
»Wir nehmen die Wette an«, entgegnete Hattie.
»Dann schreibt eure Erwiderung darunter«, sagte er und reichte Claire den Füller.
»Hiermit versprechen Claire Martin und Hattie George, Jon Riley 5.000 Pfund zu zahlen, wenn ihnen dies bis heute in drei Monaten nicht gelungen ist ...« sagte sie laut, als sie die Worte unter die von Jon schrieb. »Hier, Hattie, unterschreib.«
Hattie nahm Claire die Speisekarte ab und unterzeichnete sie. Dann steckte sie sie mit großer Sorgfalt in ihre schäbige Aktenmappe, direkt neben die immer noch feuchte Ausgabe der *Big Issue*.

ZWEITES KAPITEL

Der Streifen Licht, der durch einen Spalt des Rolladens fiel, verriet Hattie, daß es Morgen war. Das und Tobys heftiges Atmen. Er war in der Nacht zuvor zu betrunken und zu müde gewesen, um mit ihr zu schlafen, und versuchte nun, mittels gründlichen Vorspiels das gewohnte Gleichgewicht wiederherzustellen (schließlich war Samstag).

Sie wünschte, er würde aufhören. Sie mochte Sex gleich nach dem Aufwachen nicht, wenn sie sich weder die Zähne geputzt noch geduscht hatte. Genau genommen, mochte sie ihn als letzte Handlung spät in der Nacht auch nicht besonders. In ihrer Gutmütigkeit lag es ihr fern, Toby zu kränken, indem sie ihm erklärte, daß sie ihn nicht wollte. Oder ihm gar auseinanderzusetzen, daß beim Sex mit ihm die Erde wirklich nicht bebte. In Bezug auf Sex gehörte sie eher zu den Gründungsmitgliedern der Und-sie-bewegt-sich-nicht-Gesellschaft, die sich nicht einmal im Traum vorstellen konnten, daß dabei irgendwas bewegt wurde, geschweige denn die Erde.

Claire hatte ihr erst kürzlich gebeichtet, wie sie einmal einem Mann in flagranti erklärt hatte, er möge von ihr steigen und sich trollen. Er hatte betrübt auf ihrem Bett gesessen und auf seine schlaff werdende Männlichkeit geschluchzt. Aber Claire war ungerührt geblieben. Wenn Hattie auch nur halb so ehrlich wie Claire wäre, hätte sie Toby schon bei mehr als einer Gelegenheit aufgefordert, seine Sachen zu packen und sie in Ruhe zu lassen. Nur behandelte sie ihre Partner eben in der gleichen Art wie ihre Patienten. Das einzige, was sie für Toby empfand, war ein gelegentlicher Anflug von Mitgefühl.

Nicht, daß Toby unattraktiv wäre. Er war auf eine gewisse, klinisch saubere, adrette Art gutaussehend. Er trug eine Metallbrille mit kleinen runden Gläsern, die ihr bei ihrer ersten Begegnung die Vorstellung vermittelte, er sei sensibel und hätte Tiefgang. Mittlerweile wußte sie, daß sie sich eher von seiner jungenhaften denn von seiner männlichen Physis hatte anziehen lassen – sein schmächtiger, unterentwickelter Körper war praktisch haarlos, und das hatte sie zu dem Trugschluß verleitet, sie wäre bei ihm sicher.

Wie lange, sinnierte sie, würde er wohl diesmal brauchen? Als sie merkte, daß er auf ein Zeichen der totalen Hingabe ihrerseits wartete, murmelte sie etwas, das er als zärtliche Worte werten durfte. Dann widmete sie sich wieder ihrer samstäglichen Einkaufsliste – deswegen stand für sie Sex in umittelbarem Zusammenhang mit Einkaufen. Wenn Toby mit ihr schlief – zumindest samstagmorgens – wanderte sie im Geiste die Regalreihen ihres örtlichen Supermarktes entlang: Zwei Kilo Cox Orange, eine Handvoll kleine Bananen, ein Kilo kernlose Trauben, Butter, Yakult ...

»Ja, ja, ja ...!«

Nachdem Toby fertig war, blieb sie noch einen Moment still liegen. Gewöhnlich konnte sie danach gar nicht schnell genug aufstehen, aber sie wußte, die sexuelle Etikette gebot es, daß sie noch ein Weilchen keuchend liegenblieb und befriedigt aussah – auch wenn sie im Geiste bereits die letzte Regalreihe hinter sich gelassen hatte und vor den Tresen mit den Backwaren stand. Es verwunderte sie jedesmal aufs neue, wenn Claire ihr zu Beginn einer neuen leidenschaftlichen Affaire verriet, daß sie zwei oder drei Tage lang nicht aus dem Bett kam. Es machte Hattie nichts aus, neben Toby zu schlafen, aber im Wachzustand neben ihm zu liegen, war eine Strapaze. Ganz besonders, wenn es, wie heute, noch wahnsinnig viel zu erledigen gab.

Just in diesem Moment, als sie gerade mit ihrem imaginären Einkaufswagen an einer der Kassen anstand, fiel ihr die Wette wieder ein. Hatte Jon es wirklich ernst damit gemeint oder nur einen Scherz gemacht? Sie sprang aus dem Bett, warf sich ihren Morgenmantel über und huschte die Innentreppe zu ihrer Küche hinunter, dem einzigen abgeschlossenen Raum in ihrem ansonsten völlig offenen Großraum-Loft.

Und da, zuoberst in ihrem Samsonite-Aktenkoffer, steckte neben dem Exemplar von *Big Issue* Jons handgeschriebene Wette.

»Glaubst du, daß er es ernst gemeint hat?« fragte Hattie, als Toby die Küche betrat.

»Das Schreckliche bei Jon ist, daß er es ernst meint, selbst wenn er Witze macht«, erklärte Toby. »Und er war immer schon ein Spieler. Der würde auf alles und jedes wetten. Vor Jahren hat er einmal mit mir und Chris darum gewettet, wie viele Orgasmen er in einer Nacht mit einem uns allen bekannten Flittchen schaffen würde. Sie mußte eine eidesstattliche Erklärung abgeben, bevor wir ihm das Geld aushändigten …«

Hattie sah Toby an und dachte bei sich, daß sie einander nach rund sechs Jahren des Zusammenlebens kaum kannten. Sie war ehrlich überrascht, daß er mit dem Wort »Flittchen« – nun ja – so unbefangen umging.

»Weißt du, Toby, ich will die Wette durchziehen. Das wäre das wirklich ultimative soziologische Experiment für mich. Ich könnte sogar eine Abhandlung darüber schreiben. Ich könnte beruflich davon profitieren, außerdem wäre es für mich ein Erfolgserlebnis der besonderen Art, wenn ich diesem eingebildeten Idioten beweisen könnte, daß er falsch liegt«, sagte sie und ging in ihr minimalistisches Badezimmer.

Hattie schätzte den Minimalismus, weil sie in einem verstaubten, vollgestopften, vollgepfropften vornehmen Haus aufgewachsen war – einem wahren Schrein für ererbte Besitzstücke. Jede Ecke und Nische ihres elterlichen Hauses war mit kostbaren Antiquitäten, erlesenen Bildern und *objets d'art* ausgefüllt, die – trotz der Versicherung ihres Vaters, sie seien ›unbezahlbar‹ – nur der ostentativen Demonstration des Familienreichtums dienten. Die Tatsache, daß ihr eigener bevorzugter Wohnraum – praktisch bar jeder persönlichen Besitztümer – mittlerweile voll im Trend lag, interessierte Hattie nicht. Am meisten schätzte sie an ihren puristischen weißen vier Wänden, daß sie im krassen Gegensatz zu ihrem Elternhaus standen. Und sie paßten perfekt zu ihrer allgemeinen Lebensphilosophie – die ihr in ihren Teenagerjahren so viel Kummer bereitet hatte – daß nämlich Eigentum Diebstahl ist.

Wenn Jon wieder einmal einen Witz auf Hatties Kosten machen mußte, nahm er gewöhnlich ihr Apartment aufs Korn, indem er erklärte, daß diesbezüglich ihre lächerliche Phrase wirklich zutraf – der Erwerb ihres 3.000-Quadratmeter-Besitzes im Loftstil vor drei Jahren, pflegte er zu sagen, sei in der Tat ein gravierender Fall von Diebstahl am hellichten Tag gewesen.

Auf dem Rand ihrer Sandsteinwanne sitzend, rief Hattie über ihr Handy bei Claire an, die ihr versicherte, daß Jon es mit der Wette ernst meinte.

»Toby meint, Jon gewinnt seine Wetten immer«, sagte Hattie vorsichtig. Schließlich hatte Claire einmal mit diesem Mann zusammengelebt.

»Diese hier wird er nicht gewinnen«, meinte Claire im Brustton der Überzeugung. »Obwohl ich zugeben muß, daß da noch ein hartes Stück Arbeit auf uns zukommt. Zunächst einmal müssen wir diesen Mann wiederfinden. Und wenn wir ihn haben, brauchen wir vermutlich Rentokil und einen Dolmetscher«, schloß sie mit einem Kichern.

Die Sache ließ sich schwieriger an, als Hattie gedacht hatte. Die Frau am Kundentresen der Halifax-Bank konnte ihr auch nicht weiterhelfen. Man hatte dort überhaupt keine Vorstellung, wer – oder was – nach Geschäftsschluß in ihrem Hauseingang lag, es sei denn, sie wüßten die Kontonummer von dem Subjekt. Ob sie es nicht besser bei der Heilsarmee versuchen wollte?

Hattie war zutiefst geknickt.

»Himmel noch mal, Hattie! Es muß doch nicht ausgerechnet dieser Obdachlose sein! Es kann jeder x-beliebige sein. Laß uns einfach die ›Pennermeile‹ absuchen«, schlug Claire vor.

»Nein, Claire, es muß dieser junge Mann sein. Jon hat es ausdrücklich gesagt. Außerdem glaube ich, daß es Schicksal war. Ich muß ihn finden ...«

»Du würdest ihn wahrscheinlich gar nicht wiedererkennen, wenn du über ihn stolperst. Schließlich war es dunkel, und das einzige, woran ich mich erinnere, war sein Gestank.«
Hattie sagte nichts darauf, aber tief in ihrem Inneren wußte sie, daß sie den Mann sofort wiedererkennen würde. In seinen Augen hatte sie, trotz der Dunkelheit, etwas gesehen, das sie nie vergessen würde. Und Claire mochte noch so feixen, sie, Hattie, spürte immer deutlicher, daß es zwischen ihr und diesem Mann, nun ja, eine Art kosmischer Bindung gab.
»Also, wir haben zwei Möglichkeiten. Entweder wir kommen heute nacht wieder hier her und hoffen, daß er aufkreuzt, oder wir gehen zur Caritas und schauen nach, ob er da ist.«
Dort war er aber auch nicht, und da sie so gut wie gar nichts über seine Identität wußten, blieb ihnen praktisch keine Möglichkeit mehr. Ein ernsthafter junger Mann in Dienstbereitschaft riet ihnen, einige der Szenelokale abzugrasen, die von den obdachlosen Jugendlichen aufgesucht wurden.
»Ansonsten würde ich Ihnen raten, es am Montag im Büro von *Big Issue* zu versuchen. Wenn er Ihnen ein Exemplar verkauft hat, muß er in der Kartei stehen.«
Claire war von dieser Idee ganz angetan, aber Hattie wollte nichts davon hören. Und wenn Hattie sich einmal etwas in den Kopf gesetzt hatte, ging es gewöhnlich nach ihrem Willen.
Es war, wie Hattie später resümierte, ein in jeder Hinsicht deprimierender Tag. Sie zogen durch zahllose öde Szenecafés und Undergroundtreffs und gewannen bei ihrem Streifzug eine neue Einsicht in die Schäbigkeiten der Stadt, in der sie lebten.

Am späten Nachmittag war Claire völlig entnervt. »Hör zu, Hattie. Ich bin heute abend zu einer Dinnerparty eingeladen. Ich muß irgendwann mal nach Hause und mich umziehen.«
»Jemand Spezielles?« wollte Hattie wissen, immer wieder fasziniert von Claires Beziehungen.
»Nein, nur eine Freundin – auch in Public Relations – die diesmal den garantiert richtigen Mann für mich gefunden hat. Als ob ich das nicht schon hunderttausend Mal gehört hätte. Seine Beschreibung klingt allerdings vielversprechend – gutaussehend, intelligent, geschieden, erfolgreich ...«, meinte sie versonnen.
»Klingt wie der Prototyp von Mann, mit dem du dich bisher eingelassen hast«, war Hatties Kommentar. »Paß auf dich auf, ja? Und ... laß es langsam angehen ...«
»Wenn ich es langsam angehen würde, Hattie, würde ich gar nichts erreichen«, erwiderte Claire und küßte die Freundin zum Abschied einmal links, einmal rechts auf die Wange. »Gehst du jetzt heim und machst deinem Toby was Nettes zum Abendessen?«
»Nein, der hat heute seinen Squash-Abend. Ich denke, ich werde mich noch ein Weilchen weiter umsehen. Ich kann jetzt noch nicht aufgeben«, sagte Hattie.
»Paß bloß auf. Das ist nicht die richtige Gegend für anständige Mädchen wie dich«, warnte Claire, als sie ins Taxi stieg. Sie fragte sich, und das nicht zum ersten Mal, ob diese Wette nicht ein gravierender Fehler war.

Sie waren zu zehnt bei der Dinnerparty. Drei Ehepaare und vier Singles, wie Antonia auf hinterhältige Art jedermann zu bezeichnen pflegte, der keinen festen Liebhaber oder etablierten Lebensabschnittsgefährten vorzuweisen hatte. Claire jedoch war optimistisch, was ihren Tischnachbarn betraf, den Antonia ihr an ihrem langen, blanken Kiefernholztisch zur Seite gesellte. Aber in Bezug auf Männer war Claire von jeher optimistisch eingestellt.

»Hallo«, sagte sie, als sie ihre Plätze einnahmen. »Ich bin Claire Martin.«

»Chris White«, stellte er sich vor.

Immerhin ist er groß genug, registrierte Claire. Wenn auch nicht ganz so gut aussehend, wie Antonia versprochen hatte, so doch nicht unattraktiv. Er hatte mittelbraunes Haar und grau-blaue Augen, dazu schöne Wangenknochen, so daß er, wenn er lächelte, wie jetzt gerade, eigentlich recht attraktiv wirkte.

Das einzig Betrübliche an seiner Erscheinung war sein Ziegenbart. Claire mochte Gesichtsbehaarung nicht besonders. Ach, was soll's, sprach sie sich Mut zu. Man kann schließlich nicht alles haben.

»Antonia spricht oft von Ihnen«, bemerkte er.

»So?« Claire blickte überrascht in Antonias Richtung. Sie waren nicht gerade enge Freundinnen.

»Ja, sie meint immer, wir beide wären wie geschaffen füreinander.« Chris schaute ebenfalls in Antonias Richtung.

»Ja, sie hat mir gegenüber etwas Ähnliches erwähnt«, meinte Claire.

Chris schenkte ihr ein Glas Wein ein und ein anderes mit prickelndem Mineralwasser.

»Sind Sie ein Freund von Steve?« erkundigte sich Claire, ungewiß ob seiner Beziehung zu Antonia.

»Ich war sein Trauzeuge. Ich kenne ihn seit meiner Kindheit«, erklärte er.

Er war ungemein aufmerksam und schenkte ihr immer wieder Wein nach – eigentlich genau das kleine bißchen zu oft – und ignorierte die andere Frau an seiner Seite völlig. Er war nicht einmal besonders witzig oder faszinierend (schließlich war er Buchhalter), aber er war passabel.

Nach dem Essen, als sie auf einem der Sofas in Antonias Wohnzimmer saßen, legte er ganz angelegentlich einen Arm um ihre Schulter. Er hat bestimmte Absichten, dachte Claire bei sich.

Es läuft alles bestens, beschloß sie. Er war erfolgreich und etabliert – er besaß eines dieser entzückenden *Georgian-Style*-Häuser zwischen Notting Hill Gate und Kensington High Street – und war genau zum richtigen Zeitpunkt geschieden, da ein Mann an eine Neuheirat denken sollte.

Am Ende des Abends, als die anderen Paare zu ihren Wagen torkelten, bat Claire in Chris' Hörweite Antonia um die Nummer des nächsten Taxistands, worauf Antonia Chris einen bedeutungsvollen Blick zuwarf.

»Ich fahre Sie nach Hause. Liegt praktisch auf meinem Weg.«

Sie dankte ihm mit einem Lächeln, verschwand rasch noch einmal auf der Toilette, um sich die Lippen nachzuziehen und zu checken, ob sie noch gut aussah. Im Wagen plauderten sie noch ein wenig über die anderen Gäste, und als Chris vor ihrer Maisonnette hielt, stellte er den Motor ab (noch ein Wink mit dem Zaunpfahl, dachte sie bei sich).

»Kann ich noch mit reinkommen?« fragte Chris.

Claire dachte an Hatties Worte, daß sie es langsam angehen lassen sollte. Nur hatte Claire mittlerweile ein Alter erreicht – und wenn sie ganz ehrlich war, ein Stadium der Verzweiflung, ob sie je einen Mann finden

würde, den sie aufrichtig lieben könnte – wo Vorsicht nicht länger geboten war. Wenn sie jetzt ›Nein‹ sagte, würde sie wahrscheinlich nie wieder etwas von ihm hören. Sagte sie aber (was sie voraussichtlich später tun würde) ›Ja, ja, jaaah‹, würde sie wahrscheinlich auch nie wieder etwas von ihm hören. Es gab also weder etwas zu verlieren, noch etwas zu gewinnen, wenn sie sich zierte.
Er verschwendete keine Zeit. In Sekundenschnelle war er über ihr und küßte sie leidenschaftlich. Wann immer er den Mund freihatte, um Luft zu holen, versicherte er ihr, daß sie *schön sei, heiß, wild, die Beste* – nun ja, er durchlief die ganze Skala an hohlen Komplimenten, die männliche Erregung so hervorbringt.
Claire befreite sich für einen winzigen Moment, da sie es für angebracht hielt, Chris zumindest einen Drink anzubieten. Schließlich sollte er sie nicht für ungastlich halten (was er natürlich nicht tat).
»Möchtest du irgendwas ... Wein, Cognac?«
»Bloß dich«, murmelte er und fiel wieder über sie her mit einer Heftigkeit, die Claire schier überwältigte, ja geradezu irritierte. Wozu die Hast?
»Na schön, ich mach uns einen Espresso«, erklärte sie und kämpfte sich frei. Während sie in die Küche stürzte, zog sie den Reißverschluß im Rücken ihres Kleides wieder hoch, damit es ihr nicht ganz von den Schultern fiel.
Seit ihrer Trennung von Jon vor fünf Jahren hatte Claire mit niemandem mehr zusammengelebt. Um ehrlich zu sein, hatte sie in drei von diesen fünf Jahren nicht einmal eine, wie man so schön sagte, feste Beziehung gehabt. Es hatte ein paar verheiratete Männer gegeben – kurzlebige Affairen, die ein paar Wochen hem-

mungslosen, heimlichen Sex bedeuteten (sie nannte sie ihre Mitternachtsmänner). Und dann waren da noch zwei komplizierte Beziehungen gewesen, die – über einen Zeitraum von mehreren Monaten – zu nichts geführt hatten.

Aus irgendwelchen unerfindlichen Gründen schien Claire keine Männer mehr auf die Weise kennenzulernen, wie sie es vor ein paar Jahren noch gewohnt war – auf Parties, über Freunde, in Clubs. Die meisten ihrer Freundinnen (und so viele hatte sie nun auch wieder nicht) schienen in dauerhaften Beziehungen zu stecken, also gab es keine mehr, mit der man einen Zug durch die Gemeinde machen konnte. Andererseits wurde sie selber so sehr von ihrer Arbeit in Anspruch genommen, daß es ihr praktisch unmöglich war, eine feste Beziehung aufzubauen – ja nicht einmal eine Strategie zu entwickeln, wie man an einen anständigen Mann herankommen konnte. Seit einiger Zeit hatte sie sich angewöhnt, nach dem zu greifen, was an sexuellem Angebot gerade auf dem Markt war. Allmählich dämmerte ihr die Erkenntnis, daß dieser Chris gewiß nicht die große Liebe ihres Lebens sein würde. Na und? Sie wollte Sex, auch wenn sie ihn, Chris, nicht unbedingt wollte – und schon gar nicht mit diesem gräßlichen Ziegenbart.

Als sie sich wieder zu Chris setzte, war er sexuell so erregt, daß sie schon fürchtete, er würde es nicht mehr über die kleine Treppe bis in ihr Schlafzimmer schaffen. Wenn sie ihn nicht noch eine Minute hinhalten konnte, wäre alles vorbei, bevor der Espresso fertig war.

»Chris, Chris ...«, murmelte sie und schob ihn ein klein wenig weg. »Laß uns nach oben gehen.«

Teils wankten, stolperten, vögelten sie die Treppe hinauf.
»Oh GOTT!« stöhnte er, sobald sie das Bett erreicht hatten und er ganz in sie eindrang. »Oh GOTT!« stöhnte er noch einmal. Und dann herrschte Stille, bis auf das Ticken ihres Weckers und das Pochen ihres frustrierten Herzens. Sie lagen einige Minuten in einem, wie sie es nur nennen konnte, postkoitalen Trübsinn.
»Willst du schon gehen?« fragte sie, leicht verwundert über die Eile, mit der er aus dem Bett sprang und sich anzog.
»Ja, ich denke, das ist das beste«, meinte er. »Hör zu, es tut mir wirklich leid. Ich hab' das nicht gewollt ...«
Ach ja, wie nett, dachte Claire. Was hat er denn gedacht, was passieren würde, nachdem er auf einen Drink mit reinkommen wollte und dann über mich herfiel?
Er setzte sich auf die Bettkante und griff sich mit beiden Händen an den Kopf.
»Was hast du für ein Problem, Chris?«
»Antonia«, sagte er.
»Was hat Antonia mit dem hier zu tun?«
»Alles. Wir haben seit zwei Jahren ein Verhältnis. Der einzige Weg, wie wir beide uns auf gesellschaftlicher Ebene sehen können, ohne daß Steve etwas merkt, ist, daß sie noch einen Single einlädt ...«
»Wie viele ihrer *Single*-Freundinnen hast du denn schon gevögelt, in der lauteren Absicht, Antonias Ehe nicht zu gefährden?«
»Oh, du bist die erste«, bekannte er mit einem Blick, den sie offensichtlich als vollkommen aufrichtig interpretieren sollte.

Wie ich das kenne, dachte Claire bei sich. ›Oh, du bist die Erste‹. Es mußte ein Naturgesetz bei Männern sein, sich in diese erbärmliche Phrase zu retten, sobald sie mit einer Frau in eine mißliche Lage gerieten. Sie schien ihnen so automatisch über die Lippen zu kommen wie der Schrei, wenn man sie in die Eier trat, oder, wie in Chris' Fall, der Name des Allmächtigen, als er seinen sexuellen Höhepunkt erreichte (wenn man es so nennen konnte.)
Andererseits, überlegte sie, war es durchaus möglich, daß sie als erste unter Antonias Ködern auf die seichten Sprüche von Chris hereingefallen war. Vielleicht hatte er gar nicht erwartet, daß sie ihn hereinbitten würde, und als sie es doch tat, hatte sein männlicher Instinkt rein automatisch funktioniert. Mochte er auch noch so sehr verliebt in Antonia sein, er würde doch zehn Minuten (oder waren es nur fünf gewesen?) im Bett einer anderen Frau nicht ausschlagen. Männer sind wie Hunde, dachte sie, als sie Chris zusah, wie er unsicher in ihrem Schlafzimmer umhertappte. Sie nehmen jedes Futter an, egal, wie groß ihr Hunger ist, nur für den Fall, es könnte ihr letztes Freßchen sein. Chris hatte sie wie eine Extradose Pedigree Pal akzeptiert, die das Schicksal ihm vor die Nase gestellt hatte. Und nun, da die Extramahlzeit vertilgt war, sah er aus, als würde ihm gleich schlecht.
»Du wirst doch Antonia nichts davon sagen ...« stammelte er.
Der Mann hatte Nerven.
»Es wäre vielleicht besser, ich würde mit Steve reden«, erwiderte Claire kühl.
»Um Himmels Willen, nein!« In seiner Stimme lag echte Bestürzung. »Er ist mein bester Freund.«

»Da kann er sich ja glücklich schätzen.« Claire drehte sich auf die Seite und schloß die Augen in der Hoffnung, wenn sie sie wieder aufschlug, würde er verschwunden sein.
Nach einer guten Stunde selbstauferlegter Seelenpein fiel sie in einen festen Schlaf, wobei sie merkwürdigerweise immer wieder von Jon träumte, mit dem sie eine kurze Spanne ihres Lebens wirklich glücklich gewesen war.

Hattie war in keiner Weise geneigt, ihre Mission aufzugeben, auch wenn es sie die ganze Nacht kostete. Sie wanderte in dem Labyrinth enger Straßen und Gäßchen rund um King's Cross herum und versuchte, eine Vorstellung davon zu bekommen, wie dieser obdachlose Mensch lebte. Was sie sah, machte sie auf seltsame Art kleinmütig, als ob sie, indem sie diese traurige, niedrige Welt durchstreifte, selbst zu einer Landstreicherin wurde. Und genau dieses Gefühl bestärkte sie um so mehr in ihrem Entschluß, jenen Mann zu finden, den ihr das Schicksal am Abend zuvor vor die Füße gespült hatte.
Bei Einbruch der Nacht beschloß sie, dorthin zurückzugehen, wo alles begonnen hatte – der Bankeingang, der Streit mit Jon und die daraus resultierende Wette. In fast jedem Hauseingang entdeckte sie schlafende Gestalten in Schlafsäcken oder unter Kartons und fragte sich, ob diese Leute jede Nacht dieselbe Stätte aufsuchten, oder ob sie ihren Schlafplatz nach Zufall wählten. Wenn ja, sagte sie sich, als sie auf das Halifaxbankgebäude zuging, standen ihre Chancen, den jungen Mann wiederzufinden, ziemlich schlecht. Drei Gestalten lagen inmitten eines Durcheinanders aus

Einkaufstüten und Klamotten. Hatties Puls beschleunigte sich. Sie trat in den Bankeingang und spähte ins Dunkel.
»Gott sei Dank, ich hab' Sie gefunden«, rief sie erleichtert aus, als sie den Mann erkannte. In der Hand hielt er einen langen blauen Strick, an dessen anderem Ende dieser dünne, nervöse Hund lag.
Beide zuckten zusammen, als Hattie nähertrat. Der Hund setzte zu einem schrillen Bellen an, das wohl seinen Herrn beschützen sollte. Der Mann erkannte sie zunächst nicht, und als er es dann doch tat, glaubte er sicherlich, sie wäre gekommen, ihr Wechselgeld einzufordern.
»Sie ham mir n Zehner gegeben«, sagte er, fischte ein paar Münzen aus seiner Hosentasche und hielt sie ihr entgegen. Bei dieser Bewegung fing der Hund an zu knurren und setzte, mit einem gefährlichen Ausdruck in den Augen, zum Sprung auf Hattie an.
»Brav, Alter. Ganz brav«, beruhigte der Mann bestimmt, aber freundlich den beharrlichen Hund.
»Ich wollte, daß Sie den Rest behalten«, erklärte Hattie.
»Kost aber bloß 80 Pence ...«. Der Mann beäugte sie mißtrauisch.
Während sie so vor ihm stand, wurde Hattie erst bewußt, daß ihr Interesse an ihm, gelinde ausgedrückt, höchst ungewöhnlich war. Sie konnte ihm unmöglich von Jons Wette erzählen, das wäre eine Beleidigung und Bevormundung zugleich und würde sie, wie sie ganz richtig vermutete, wie ein reiches, gelangweiltes Mitglied der oberen Zehntausend auf der Suche nach Zerstreuung aussehen lassen. Es trat ein unbehagliches Schweigen ein – nur unterbrochen von dem hysteri-

schen Gebell des Hundes – während Hattie nach den passenden Worten suchte.

»Nun, die Sache ist die, daß ich Ihnen helfen möchte. Ehrlich«, stammelte sie. »Ich heiße Hattie George und möchte Ihnen helfen, den Weg ins richtige Leben zurückzufinden ...«

Der Mann musterte sie von oben bis unten und fragte sich, ob sie überhaupt eine Vorstellung vom richtigen Leben hatte, verkniff sich jedoch eine Antwort. Eine der anderen zusammengerollten Gestalten im Hauseingang kicherte vernehmlich. Hattie kam sich absolut lächerlich vor.

»Meine Freundin und ich – nun ja, wir wollen Ihnen wieder auf die Beine helfen. Einen Platz zum Wohnen besorgen, einen Job, was Neues zum Anziehen, Sie wissen schon ...«

Die anderen beiden Gestalten brachen nunmehr in dröhnendes Gelächter aus, nur ihr junger Mann blieb stumm. Während Hattie ihr Anliegen weiter vortrug, ja, den jungen Mann beinahe verzweifelt bekniete, wurde ihr bewußt, daß sie irgendwie hysterisch, wenn nicht sogar psychisch verwirrt auf ihn wirken mußte. Sie war jedoch fest entschlossen, ihn von ihrem Vorhaben zu überzeugen.

»Ich meine es ehrlich. Ganz bestimmt. Denken Sie nicht, das hier ist so eine Art Trick«, beschwor sie ihn. Die beiden Schlafkumpane, Freunde womöglich, machten eine Bemerkung, die Hattie nicht verstand. Der Mann, dessentwegen sie hergekommen war, beachtete sie nicht weiter und begann, seinen Schlafsack auszurollen.

»Hören Sie mir überhaupt zu? Ich will Ihnen helfen«, flehte sie.

»Hör' sie an, Mann«, knuffte ihn einer seiner Freunde.
»Wieso?« fragte er mit verständnislosem Blick.
»Weil ich Ihnen helfen kann«, sagte Hattie stockend, aus Angst, ihn zu kränken.
»Warum ich, unso?« sagte er schließlich in einem erstaunlich breiten Akzent, ganz ähnlich dem, wie sie jetzt erkannte, von diesem Fußballer, der auf dem Spielfeld immer herumkasperte.
»Hören Sie. Warum trinken wir nicht irgendwo einen Kaffee und besprechen alles. Es ist mir sehr wichtig, daß Sie mich verstehen«, schlug Hattie vor.
»Kaffee?« fragte er ungläubig.
»Na ja, ich weiß auch nicht ... können wir uns nicht irgendwo hinsetzen und miteinander reden?«
»Hiers meine Hütte. Nimma Platz.« Er deutete auf seinen Schlafsack, den der knurrende Hund zur Hälfte einnahm.
Hattie krabbelte neben den Mann, peinlich berührt von den fragenden Blicken der Passanten und der unverhohlenen Neugier der beiden Kumpane. Hinter den drei Männern lagen diverse Spezialbräu-Dosen – einige davon leer und umgedreht. Ihrem Blick folgend, nahm der junge Mann eine Dose auf und reichte sie ihr. Sie lehnte mit einem Kopfschütteln ab, griff dann aber doch danach, damit er sie nicht für unhöflich hielt. Während sie die halbleere Dose zum Mund führte, überlegte sie, ob er wohl gekränkt sein würde, wenn sie vorher den Rand abwischte.
»Wie heißt du?« fragte sie, als sie ihm die kühle Dose zurückreichte.
»Warum willsten das wissen?« fragte er in dieser saloppen Art zurück, die sie auf einmal sehr anziehend fand.

»Wenn ich dir helfen will, muß ich alles über dich wissen.«
Bei diesen Worten brach er in schallendes Gelächter aus, das von seinen verdutzten Freunden sofort aufgegriffen wurde.
»Ich brauch' deine Hilfe nich, Hinny.«
»Aber gewiß. Du kannst doch unmöglich so weiterleben wollen«, erklärte Hattie.
»Wieso nich?«
»Weil es reine Verschwendung ist. Weil ich – wir – meine Freundin und ich – wir können dir ein Leben bieten, das du immer gewollt hast.«
»Woher willsten wissen, daß es nich genau is, was ich will?«
Es liegt ein gewisser Stolz in dem Mann, dachte Hattie, als sie so dasaß und ihn ansah. Trotz seiner vor Schmutz starrenden Gestalt und des gräßlichen Gestanks besaß er eindeutig Würde. Und mit seinen Augen hatte sie auch recht gehabt – sie waren umwerfend. Unverschämt blau – beinahe türkis – mit langen, dichten schwarzen Wimpern. Hattie wurde ganz aufgeregt bei dem Gedanken, daß sie ihn, wenn er es zuließe, näher kennenlernen würde. Sie spürte jedoch seine Ambivalenz ihr gegenüber. Wie konnte sie ihn davon überzeugen, sie in sein Leben zu lassen?
»Hör mal. Warum kommst du nicht mit und lernst meine Freundin kennen und hörst dir an, was wir dir vorzuschlagen haben«, sagte sie und streckte die Hand nach dem Hund aus, um ihn zu streicheln. Der zeigte seine Zähne und schnappte nach ihr.
Der junge Mann beugte sich vor und hielt den Hund zurück.
»Ey, brav, Alter ... Nee, Hinny. Ich brauch' deine Hil-

fe nich.« Sprach's und wandte sich ab, wie um ihr zu bedeuten, daß damit die Angelegenheit für ihn erledigt sei.

»So hör doch ... du mußt doch auch mal Träume im Leben gehabt haben, Hoffnungen. Du hast dir sicher nicht vorgestellt, einmal auf der Straße, in Hauseingängen nächtigen zu müssen?« beschwor ihn Hattie.

»Gibt Schlimmeres, Hinny«, erklärte er lapidar, aber mit einer gewissen Schärfe in der Stimme.

Hattie verstummte. Sie kam sich so dumm vor. Wie hatte sie nur annehmen können, daß sie ihre eigenen Wertvorstellungen, ihre Ambitionen auf diesen Mann übertragen konnte, der ein so offenkundig entbehrungsreiches Leben geführt hatte. Wie konnte sie nur davon ausgehen, daß sie mit ihrem Gerede von sauberen Sachen, warmen Mahlzeiten und einem regulären Job Eindruck auf ihn machen würde? Sie hatte keine Ahnung, was ihn in diese Lage gebracht, und keine Vorstellung, wieviel Leid er schon erfahren hatte.

»Mir kannste aber helfen, Süße«, lallte einer der Kumpane hoffnungsvoll. »Kannst mich mit nach Hause nehmen ...«

»Nee«, meinte der andere. »Sie will Jimmy. Sie wolln immer Jimmy ...«

»Jimmy«, setzte Hattie erneut an, froh, endlich seinen Namen zu wissen. »Schau Jimmy, hier ist meine Adresse, meine Telefonnummer, mein Name. Du kannst mich jederzeit auf meinem Handy erreichen, das da ist die Büronummer und das meine Privatnummer. Überleg dir, was ich gesagt habe und ruf mich an ...«. Sie reichte ihm eine Visitenkarte, die er widerstrebend nahm.

Als sie fortging und hörte, wie seine Freunde ihn

ihretwegen aufzogen, hätte sie am liebsten geweint. Über sein trostloses Leben und über ihre eigene Borniertheit, die sie glauben ließ, ihn aus seinem Elend erretten zu können.

DRITTES KAPITEL

In den folgenden Tagen machte Hattie es sich zur Gewohnheit, auf ihrem abendlichen Heimweg von der Arbeit einen Umweg durch die Straßen von Covent Garden zu fahren, in der vagen Hoffnung, den jungen Mann namens Jimmy zu finden.

Er schien jedoch weitergezogen zu sein oder die Schlafstelle gewechselt zu haben – jedenfalls sah sie viele Obdachlose, die in den Hauseingängen im Theaterbezirk nächtigten, aber keine Spur von Jimmy.

Allerdings stieß sie auf einen seiner Schlafkumpane jener schicksalsträchtigen Nacht und beschwatzte ihn, Jimmy, falls er ihn traf, von ihr auszurichten, er möge sie doch anrufen.

Trotzdem blieb er wie vom Erdboden verschwunden.

Am Donnerstag war ihre Verzweiflung so groß, daß sie sich zwei Stunden von ihrer Arbeit freimachte, um in der Redaktion von *Big Issue* nachzufragen, ob man ihr vielleicht weiterhelfen könnte. Dort zeigte man sich ihrem Ansinnen gegenüber mindestens ebenso mißtrauisch, wie Jimmy es getan hatte, aber schließlich erlaubte man ihr, eine Nachricht an das Schwarze Brett zu hängen.

Hatties trübe Stimmung ging Toby allmählich auf die Nerven, zumal er von vorneherein dagegen gewesen war, daß sie auf Jons Wette ansprang. Damals, vor

sechs Jahren, als sie sich kennengelernt hatten, hatte ihm ihre mitfühlende Anteilnahme anderen gegenüber am allermeisten an ihr gefallen. Aber nun, da er in den unerwarteten Genuß beruflichen Erfolgs gekommen war, fand er Hatties unvermindertes Engagement für verlorene Fälle doch sehr naiv und unrealistisch. Schließlich war er selber ein aufrechter Sozialist – nun ja, zumindest ein begeisterter Befürworter der Ziele von New Labour – aber er hielt gar nichts davon, ihr Leben – geschweige denn, ihre Wohnung – von diesem jüngsten ihrer soziologischen Experimente auf den Kopf stellen zu lassen.
Zudem steckte er mitten in einem ziemlich wichtigen Fall, der eine der größten Firmen des Landes betraf, und fand, daß er viel eher Unterstützung und Mitgefühl nötig hatte als Hattie. Obwohl sie beide eine, wie er behauptete, gleichberechtigte Beziehung pflegten, hegte er insgeheim die ein oder andere Einstellung oder Wertvorstellung, die er von seinen kleinbürgerlichen Eltern übernommen hatte, und fand, daß sich die Rolle der Frau in einer Partnerschaft wesentlich stärker auf Haushalt und Kindererziehung konzentrieren sollte als die des Mannes. Es ging nicht an, daß er, wie heute abend wieder, eine leere Wohnung und einen leeren Kühlschrank vorfand. Eine innere Stimme sagte ihm, daß Hattie ihre Prioritäten falsch setzte, daß sie sein Wohlergehen über die Errettung eines hoffnungslosen Fremden stellen müßte und daß sein Leben eigentlich mehr wie das seines Vaters sein sollte – den er mittlerweile um seine Rolle als unangefochtener Haushaltsvorstand beneidete.
Allerdings mußte er einräumen, daß es zwischen den Lebensumständen seines Vaters und seinen eigenen ei-

nen gravierenden Unterschied gab. Diese Wohnung hier gehörte Hattie, sie hatte sie sich vor einigen Jahren mit Geld aus ihrem Treuhandvermögen gekauft. Seine eigene Wohnung – die er zwar noch beibehielt, aber nach seinem Umzug hierher weitervermietete – war bei weitem nicht so berauschend, sogar so wenig berauschend, daß er mittlerweile Mühe hatte, einen Mieter zu finden. Während also seine Mutter von seinem Vater abhängig war (vermutlich einer der Gründe, daß sie ihn respektierte), gehörte Hattie zur Spezies der finanziell unabhängigen Frau. Aber nur, weil sie ihm nicht das Dach über dem Kopf verdankte, hieß das noch lange nicht, daß sie einfach die häuslichen Pflichten ihres gemeinsamen Lebens ignorieren konnte – was sie beharrlich tat. An diesem Wochenende wollte er in Hatties Apartment eine kleine Dinnerparty für die wichtigen Leute in seinem wichtigen Fall geben. Und obwohl das Essen von einem diskreten Partyservice geliefert wurde – Hattie interessierte sich nicht fürs Kochen – hegte Toby die größten Befürchtungen, daß die Party angesichts Hatties konfuser Verfassung ein Desaster werden würde.
Diese dunkle Vorahnung wurde noch bestärkt, als Hattie an diesem Donnerstagabend um halb zehn nach einer weiteren ergebnislosen Suche nach ihrem obdachlosen jungen Mann mit trüber Miene heimkam.
»Ach, Toby«, klagte sie. »Es bricht mir das Herz, wenn ich all diese armen Leute sehe, die nicht wissen, wo sie bleiben sollen. Ich hab heute mit mindestens hundert von ihnen gesprochen, und einige sahen so schrecklich verloren aus.«
»Hattie, auf die Gefahr hin, wie Jon zu klingen, aber ich denke wirklich, es ist an der Zeit, daß du dich mal

anderen Dingen zuwendest. Ich schätze dein Engagement sehr und weiß, daß du die Wette unbedingt gewinnen willst, aber zum Teufel noch mal, hör auf zu träumen und arbeite mal was Richtiges!«

»Meine Arbeit ist richtig«, erwiderte Hattie kühl und begab sich in ihre Edelstahlküche auf der Suche nach etwas Eßbarem.

»Im Kühlschrank ist nichts, Hattie. Ich hätte es auch zu nett gefunden – nach meinem anstrengenden Tag –, wenn ich zu Hause wenigstens eine Kleinigkeit zu essen gefunden hätte. Ein Stückchen alten Käse, zum Beispiel, eine harte Brotkruste, einen verfaulten Apfel ...«, schmollte er.

»Hör zu, Toby, ich hatte diese Woche überhaupt keine Zeit für so was. Und so schön war mein Tag übrigens auch nicht. Ich habe im Moment einen ganz besonders kniffligen Fall in Arbeit«, sagte Hattie und dachte dabei an das kleine Mädchen Lisa, das ihr – wenn sie nicht gerade nach ihrem Penner suchte – die ganze Woche schon im Kopf herumging.

»Erspare mit die Einzelheiten, Hattie. Der einzige Weg für mich, in dieser Woche deine Aufmerksamkeit zu gewinnen, wäre gewesen, in einer dieser Suppenküchen aufzutauchen mit einem Schild um den Hals ›*Heimatlos und hungrig*‹. Auf die Weise hättest du mir wenigstens ein wenig Mitgefühl geschenkt und eine warme Mahlzeit gegönnt ...«

Hattie fühlte sich sogleich schuldig und minderwertig. Und obwohl ihr der Gedanke durch den Kopf schoß, daß Toby auf dem Heimweg durchaus rasch im Supermarkt hätte vorbeischauen können, wandte sie sich mit reumütigem Blick zu ihm um und schlang die Arme in einer versöhnlichen Geste um ihn.

»Tut mir leid, Toby.«

»Schau, Hattie. Ich hab's im Moment auch nicht ganz leicht. Der Samstagabend ist unendlich wichtig für mich, und ich möchte, daß du mir dabei hilfst ...«

»Samstag abend?« fragte Hattie erstaunt.

»Die Dinnerparty, Liebes. Der Präsident der UCO-Bank und all die anderen, die mit der Sache zu tun haben. Du weißt, was das für mich bedeutet – das erste Mal, daß ich ein Geschäftsessen zu Hause ausrichte. Du hast es doch nicht etwa vergessen?«

»Aber nein, natürlich nicht. Entschuldige«, beeilte sich Hattie zu sagen, obwohl sie über den Ereignissen der letzten Woche die Dinnerparty tatsächlich vergessen hatte.

»Ich möchte, daß du am Samstag die perfekte Gastgeberin bist, Hattie. Samstag morgen gehen wir einkaufen – Blumen, Kerzen, ein passendes Kleid für dich. Du wirst doch kooperieren, ja?«

»Aber sicher.« Sie schenkte ihm ein strahlendes Lächeln.

Toby bestellte Pizza & Pasta beim Italiener, und während sie aßen, fütterte er Hattie in einem Schnellkurs mit den biographischen Daten der Dinnergäste und bot ihr – in einem sorgfältig ausgearbeiteten Zehn-Punkte-Programm – diverse Themen an, die sich für eine gepflegte Konversation eigneten. Hattie überflog die Liste in wachsender Panik. Sie wußte so gut wie gar nichts von den Dingen, die Toby als geeigneten Gesprächsstoff erachtete – der Millennium Dome für die Jahrtausendfeier, die Renovierung des Opernhauses, Wirtschaftspolitik der EU, Bill Gates, Cricket, Rugby, Fuchsjagd (hatten sie die nicht verboten?), Skifahren und Forellenangeln.

»Ich bin mir nicht sicher, ob mir viel dazu einfällt«, wandte sie zaghaft ein.
»Versuch's einfach und mach dich ein bißchen schlau. Der Präsident ist Mitglied im *Lords Cricketground*, dem Cricketclub überhaupt, und passionierter Cricketspieler«, erklärte Toby mit Nachdruck.
Er war bloß froh, daß Claire in ihrer Eigenschaft als PR-Kontakt für die UCO-Bank dabei sein und ein Auge auf Hattie halten würde. Jon hatte er ebenfalls eingeladen, nicht etwa als Tischnachbarn für Claire (Gott bewahre!), aber weil er seit einiger Zeit so etwas wie eine Berühmtheit in Geschäftskreisen war. Er war das derzeitige *enfant terrible* in der Werbeszene, verantwortlich für eine Reihe schockierender Werbekampagnen – am eklatantesten erst kürzlich der Relaunch des Push-up WonderBra aus den Fünfzigern mittels einer Serie äußerst provokativer Werbeplakate, die einen unglaublichen Erfolg zeitigte. Jons Anwesenheit bei Tisch würde den Präsidenten beeindrucken (der bestimmt auch gern über Push-up-BHs plauderte).
Toby fürchtete nur, daß Hattie sich möglicherweise zu einer gräßlichen philosophischen Debatte mit Jon hinreißen ließ. Aber er vertraute auf Claire, die größeren Schaden verhindern würde.
Hattie war so darum bemüht, Toby für ihr Benehmen während der Woche zu entschädigen, daß sie ihm nach dem Essen anbot, ihm ein heißes Bad einzulassen und ihn anschließend zu massieren. Während er in der Wanne lag, erwärmte sie ein wenig Duftöl und dämpfte das Licht im Schlafzimmer.
Mit der Sinnlichkeit tat Hattie sich schwer. Sie war, wie ihre Mutter zu sagen pflegte, ein sexueller Spätentwickler. Ihre Periode bekam sie erst mit sechzehn,

und sie durchlief auch nie die Art Teenagerschwärmerei ihrer Altersgenossinnen. Toby war ihr erster fester Freund gewesen. Ihr offenkundiger Mangel an Erfahrung und Selbstvertrauen – sie war im Schatten der legendären Schönheit ihrer Mutter aufgewachsen – hatte sich im Lauf der Jahre kaum gebessert, und wenn sie – wie jetzt gerade – ihrem Mann als untrügliches Vorspiel zum Sex eine Massage verpaßte, kam sie sich immer vor, als spielte sie nur eine Erwachsene. Eher aus einem diffusen Pflichtgefühl heraus als aus eigenem Antrieb tat sie das, was – wie sie in einem der Frauenmagazine gelesen hatte, die sie manchmal heimlich kaufte – eine richtige Frau eben tat. Sie empfand keinerlei Vergnügen dabei. Im Gegenteil, sie kam sich einfach albern vor, wie sie da rittlings auf Tobys Rücken hockte und ihm warmes Öl in den straffen Körper massierte. Wenn sie auch an der Wirkung ihrer Finger zweifelte, Toby schien es zu mögen, denn nach wenigen Minuten drehte er sich um und griff nach ihr, und sie kam sich nun noch alberner vor, als sie über ihm kniete und sein Glied in ihren blassen, schmalen Körper einführte.

Aufgrund der Schwere des Verbrechens, das Lisa begangen hatte – die Anklage lautete auf versuchten Mord – sah Hattie sie dreimal pro Woche. Dies war, stellte sie für sich fest, womöglich der schwierigste Fall ihrer bisherigen Laufbahn. Ihre Patienten waren gewöhnlich entweder Jugendliche, die in weniger schwere Straftaten verwickelt waren (und vom Jugendgericht überstellt wurden), oder jüngere Kinder, die in der einen oder anderen Weise mißbraucht worden waren und vom Jugendamt geschickt wurden. Es kam

selten vor, daß man ein Kind in Lisas Alter traf – sie war gerade mal neun –, dem ein schweres Verbrechen angelastet wurde.
Bei ihren Sitzungen hatte sich mittlerweile eine Routine entwickelt. Die ersten anderthalb Stunden oder so saßen sie auf der kleinen Couch in Hatties Büro und schauten Bücher an. Lisa liebte Bücher über alles, womöglich waren sie ihr von ihren Eltern verboten worden. Jedesmal, wenn sie zu ihrer Sitzung kam, wählte sie ein Buch aus, das Hattie vorlesen sollte. Und dann, wenn alles gut lief und Lisa sich entspannt hatte, würden sie versuchen, über die Dinge zu reden, die möglicherweise Rückschlüsse auf ihr Verhalten zuließen – ihre Eltern, ihre Geschwister, ihre Religion, ihre Isolation an der Schule.
Heute hatte sie ein Buch von Roald Dahl ausgesucht – *Sophiechen und der Riese* –, und als Hattie aufschlug, war Lisa auf ihren Schoß gekrochen und hatte sie dabei ängstlich angesehen, unsicher, ob sie – wie so viele andere Leute, die ihren Fall kannten – vor ihr zurückweichen würde. Hattie lächelte die Kleine beruhigend an, sehr bemüht, das Vertrauensverhältnis zwischen sich und dem Kind weiter auszubauen. Sie sah Lisa inzwischen so wie ihre ganzen anderen Patienten – als geschädigten, verletzbaren jungen Menschen, dem nichts so sehr fehlte wie Zuneigung und Anerkennung. Während sie vorlas, legte sie den Arm um Lisa, und sie lehnte ihren Kopf an Hatties Schulter.
Lisa war absolut fasziniert von *Sophiechen und dem Riesen* – lachte an den lustigen Stellen, schaute etwas verängstigt in dem schrecklichen Moment, da die Heldin Sophie von einem drei Meter großen Riesen aus dem Bett entführt wurde.

»Er ist ... wie Goliath ...«, flüsterte Lisa.
»Wer?«
»Der Riese«, sagte sie eifrig, »und Sophiechen ist wie David.«
Lisas Anspielung auf die Geschichte von David und Goliath als Reaktion auf das manchmal etwas finstere Märchen von Roald Dahl lieferte Hattie den einzigen Anhaltspunkt dafür, daß sie sich überhaupt von anderen Kindern ihres Alters unterschied. Die meisten Neunjährigen liebten das Makabre, das Gruselige, das Groteske. Nur mit dem Unterschied, daß bei Lisa die Schauergeschichten, die ihr frühes Leben bestimmten, nicht aus Märchen oder Kinderbüchern stammten. Sie kamen aus der Bibel.
»Wir müssen hier leider aufhören, Lisa. Unsere Zeit ist um. Aber nächstes Mal lesen wir weiter.«
»Ach, bitte, ja!« Lisa schenkte Hattie ein solch süßes Lächeln, daß diese nicht umhin konnte, sie zu umarmen.
»Sind sie nett zu dir in Linton House?« fragte Hattie behutsam.
Lisa schlug die Augen nieder.
»Gefällt es dir dort denn nicht?«
»Sie lassen mich nicht mit den anderen Kindern spielen ...«, sagte Lisa, und Tränen kullerten ihr über die Wangen. »Und wenn Mami mich besuchen kommt, mag ich sie nicht wieder fort lassen.«
Es war das erste Mal, daß das Mädchen weinte, und Hattie nahm die Kleine in die Arme, versuchte sie zu trösten. Nachdem Lisa gegangen war – widerstrebend an der Hand einer Sozialarbeiterin – spielte Hattie das Gespräch noch einmal ab, das sie bei der Nachmittagssitzung auf Band aufgenommen hatte.

Es gab Tage, und dieser war einer davon, an denen fand Hattie ihre Arbeit psychisch zermürbend. Mochte der Himmel wissen, wie sie mit Tobys Dinnerparty fertigwerden sollte. Als sie am frühen Abend ihre Sachen im Büro zusammenpackte und ihre Notizen über Lisa einsteckte, die sie später zu Hause überarbeiten wollte, fragte sie sich, ob es ihr gelingen würde, ihre Arbeit - und das Schicksal des kleinen Mädchens - zu verdrängen, um an diesem Wochenende die Frau zu sein, die Toby sich wünschte.

Hattie kam aus der Umkleidekabine in dem Kleid, das Toby für sie ausgesucht hatte. Die Art und Weise, wie sie ihre Schultern krümmte, verriet nur allzu deutlich - zumindest der Verkäuferin -, daß sie sich in dem cremefarbenen Etuikleid nicht wohl fühlte. Toby fand es toll. Es wäre Hattie nie im Traum eingefallen, ein solches Kleid zu kaufen (und sie fürchtete sich davor, in den Spiegel zu sehen), aber es stand ihr ausgezeichnet. Hatties mangelndes sexuelles Selbstvertrauen spiegelte sich auch in der Wahl ihrer Garderobe wider. Während sie sich in dem sanft illuminierten Spiegel musterte, fühlte sie sich wie ein kleines Mädchen, das die Kleider der Mutter anprobiert - eine lächerliche Schwindlerin, die vorgab, eine Frau zu sein.
Claire, die sehr viel Zeit, Geld und Geschick für ihre eigene Erscheinung aufwendete, staunte immer wieder über Hatties Desinteresse an Garderobe und Make-up und wunderte sich über ihre nicht vorhandene Eitelkeit. Claire hatte es schon lange aufgegeben, Hattie davon zu überzeugen, daß sie schön war. Ihrer Meinung nach litt die Freundin unter einem tiefsitzenden Minderwertigkeitskomplex, der sich darauf gründete,

daß sie so ganz anders war, als ihre unglaublich schöne Mutter und ihre gefeierte Schwester.
Während Hatties Mutter leuchtend blaue Augen und glattes, glänzendes, weizenblondes Haar hatte (selbst jetzt noch, mit siebenundfünfzig Jahren), war ihre jüngere Tochter mit braunen Augen und dichten dunklen Locken ausgestattet, die sie vergeblich zu bändigen suchte. Und während sowohl ihre Mutter als auch ihre ältere Schwester Arabella groß und wohlgeformt waren (sie hatten Busen, wo Hattie Knospen aufwies), war Hattie klein und knochig.
In Gesellschaft pflegte ihre Mutter den Teenager Hattie als ›Wechselbalg‹ zu bezeichnen oder, wenn jemand eine Bemerkung über ihr Aussehen machte, »sie ist ein genetischer Atavismus«. Als Folge davon hatte Hattie nie gelernt, ihre eigene, besondere Schönheit zu erkennen.
»Ich denke, dazu passen am besten hohe Absätze«, flötete die Verkäuferin, während sie und Toby die verlegene Hattie musterten. »Wildleder-Stilettos ...«
Hattie stöhnte innerlich bei dem Gedanken, *dieses* Kleid *und* hohe Absätze tragen zu müssen. Sie hätte sich in schwarzen Strumpfhosen und Slippers wesentlich wohler gefühlt, und die Vorstellung von schimmernden Seidenstrümpfen und hohen Hacken verstärkte noch ihr Gefühl, sich wie ein Kind für eine Kostümparty zu verkleiden. Aber sie fügte sich Tobys Wünschen – und dem Rat dieser gräßlichen Verkäuferin – , weil sie die ganze Angelegenheit so schnell wie möglich hinter sich bringen wollte.
Abgesehen von Hatties Kleid, den Schuhen und passenden Dessous kauften sie noch diverse Requisiten für ihr puristisches Heim: Einen Riesenstrauß lang-

stieliger roter Chilis, die in schlichten Glasvasen am besten zur Geltung kamen; neues Besteck und edle Keramik als Tischschmuck, dazu einen ganzen Vorrat an hohen Kirchenkerzen. An diesem Tag, bevor die Gäste eintrafen, kam es Hattie so vor, als ob sie und ihre minimalistische Wohnung von der Art, wie Toby sie zu dekorieren gedachte, entweiht und befleckt worden seien.

»Leg' ein bißchen Lippenstift auf und lächle«, spornte Toby sie an. Schweren Herzens ging Hattie ins Badezimmer, schob ihren getreuen Labello beiseite und malte sich die Lippen mit demselben Scharlachrot wie die Chilischoten auf dem Eßtisch. Als sie wieder auftauchte, war Toby einen Augenblick lang geblendet von ihrer Schönheit ...

»Du siehst ...«, setzte er mit so wenig Begeisterung und so ausdrucksloser Stimme an, daß sein Stehgreif-Kompliment Hattie nicht aufmunterte, sondern in dem Glauben bestärkte, daß sie einfach nur scheußlich aussah.

Wenige Minuten nach dem Eintreffen von Tobys Kunden Tom Charter und seiner entzückenden zweiten Frau entschied Hattie, das einzige, was helfen würde, wäre Trinken. Auf diese Weise, sagte sie sich, würde sie wenigstens ein bißchen funkeln und sprühen, wie Toby es sich erhoffte.

Zum ersten Mal freute sie sich, Jon zu sehen, der als letzer erschien. Die anderen Gäste – ein Seniorpartner aus Tobys Anwaltskanzlei und der Kronanwalt, der sie im UCO-Fall beriet – schienen sich alle bereits zu kennen, und das machte Hattie ziemlich nervös. Was natürlich allein ihre Schuld war, wo sie doch so selten die Gelegenheit wahrnahm – beziehungsweise überhaupt Interesse daran zeigte -, jenen gesellschaftlichen Ereignissen beizuwohnen, die den Arbeitsalltag dieser erfolgreichen Menschen krönten. Und Tobys Vorbehalte, was ihre Fähigkeit zu einem gepflegten Smalltalk anging, hatten es ihr wiederum leicht gemacht, sich vor den unzähligen Einladungen zum Dinner und den Cocktailparties zu drücken, die seine blühende Anwaltskarriere so mit sich brachte.

Toby hatte schon vor einiger Zeit festgestellt, daß der Name seiner Freundin – besser gesagt, ihr Familienname – ihm bei seiner Karriere von größerem Nutzen war, als das Mädchen selber. Ihre Untauglichkeit für das große Gesellschaftsspiel hatte ihn bitter enttäuscht, wußte er doch nur zu gut, daß in den gesellschaftlichen Kreisen, in denen er inzwischen verkehrte – und hoffte, noch enger verstrickt zu werden -, Hatties familiäre Beziehungen einen unschätzbaren Wert darstellten.

Heute abend jedoch glich sie weitaus mehr jener Frau, die er sich insgeheim wünschte. Er konnte erkennen, daß Tom Charter – der eine nicht unerhebliche Rolle bei seiner kürzlichen Beförderung in der Anwaltskanzlei gespielt hatte – von Hattie angetan war, und er drückte heimlich die Daumen unter dem Tisch und sandte ein Stoßgebet zum Himmel, daß sie sich an die Themenliste halten würde, die er ihr gestern abend vorgelegt hatte.

Claire war mit auffälligem Geschick auf der anderen Seite ihres VIPs plaziert, um alles abzufangen, was den großen Boss kränken könnte.

Heute abend war sie in absolut professioneller Topform, einerseits, weil Charters Firma – UCO – zu ihren wichtigsten Kunden gehörte, zum anderen, weil sie sich nach den Ereignissen des letzten Wochenendes geschworen hatte (nicht zum ersten Mal), sich niemals wieder von einem Mann ausnutzen zu lassen.

»Sagen Sie mir, Hattie, was machen Sie so den lieben langen Tag?« erkundigte sich Tom angelegentlich.

»Och, ich mache so dies und jenes«, antwortete Hattie, wohl wissend, daß klinische Psychologie und der Niedergang des staatlichen Gesundheitsdienstes definitiv nicht auf der für Tom vorgesehenen Themenliste standen.

Unglücklicherweise mischte Jon sich ein, der es sich nicht verkneifen konnte, ihr immer wieder einen kleinen Seitenhieb zu verpassen. So einfach sollte Hattie einer genaueren Betrachtung nicht entkommen.

»In der Tat, Tom. Anstatt auf den Pfaden der oberen Zehntausend zu wandeln, wie ihre Familie es von ihr erwartete, ist Hattie zu ihrem wandelnden sozialen Gewissen geworden. Statt den Gepflogenheiten der Oberklasse zu folgen, widmet Hattie sich den Sorgen und Nöten der Unterklasse.«

»Indem Sie was genau machen?« wollte Tom wissen.

»Ich arbeite als Psychologin an einer Klinik und bin auf Kinder spezialisiert, obwohl die meisten Fälle heutzutage Teenager sind. Meine Patienten werden mir gewöhnlich vom Jugend- oder Vormundschaftsgericht zugewiesen, und ich muß ein Gutachten anfertigen. Jon sagt, ich habe ein soziales Gewissen, aber ich habe ein Gewissen für alles, dem ich mich nicht genug widme. Bei meiner Arbeit kann ich nur ...« Sie brach ab, als sie Tobys warnenden Blick auffing.

»Was hätten Ihre Eltern sich denn für Sie gewünscht?« fragte Tom.

»Nun, ich denke, ihnen schwebte mindestens Prinz Edward vor«, bekannte Hattie, das Gesicht leicht gerötet von dem für ihre Verhältnisse starken Alkoholkonsum. »Sie hatten nicht wirklich erwartet, daß ich etwas anderes anstreben würde als das, was meine Mutter und meine ältere Schwester machen. Das heißt, gut aussehen und feiern.«

»Was immerhin«, mischte Claire sich mit forcierter Fröhlichkeit ein, »ein hartes Stück Arbeit ist.«

»Und adelt Ihre Berufswahl um so mehr«, meinte Tom galant.

»Der Adel sieht es nicht so«, sagte Hattie sarkastisch. »Ich bin denen nur peinlich. Sie betrachten mich als traurige Exzentrikerin.«

»Ihre Familie ist doch bekannt für ihre Exzentrik«, konterte Tom geschickt.

»Der Scheidungsgrund meiner Großtante – das gesamte englische Cricket-Team wurde vorgeladen – und die Vorliebe meines Großvaters, die letzten zwanzig Jahre seines Lebens in einem mit Seide ausgestatteten Sarg zu schlafen – sind das, was man gemeinhin konventionelle Spielarten aristokratischer Exzentrik nennt. Was ich mache – mit geistig Behinderten und gesellschaftlich Unterprivilegierten zu arbeiten – stempelt mich zu einem wunderlichen Tier ab.«

Es trat eine unbehagliche Stille ein.

»Ihre Eltern sind doch gewiß stolz auf Ihren akademischen Erfolg? Blaustrumpf paßt doch gut zu blauem Blut, oder?«

»Ich glaube, sie schätzen meine Schwester mehr, deren einziger Erfolg im Leben in ihrem Aussehen liegt und ihrer Fähigkeit, die Aufmerksamkeit der Klatschkolumnisten auf sich zu ziehen.«

Tom Charter und seine Frau waren, nicht anders als Hatties Familie, weitaus mehr am ausschweifenden Leben ihrer Schwester Arabella interessiert, als an ihrer langweiligen Existenz. Mamie Charter fand Arabellas Liebesleben – das in diesem Monat gerade um einen berüchtigten alternden Rockstar kreiste – einfach faszinierend. Was Toby nur begrüßte.
»Sie müssen Bella kennenlernen«, sagte er voller Begeisterung.
»Sie werden sie mögen«, schloß Claire sich an. »Sie ist die absolute Schau!«
Hattie verstummte. Aus ihren frühesten Kindheitserinnerungen kannte sie diese grausamen Vergleiche mit ihrer glitzernden älteren Schwester. Und obwohl sie nicht den geringsten Wunsch verspürte, mit Arabella auch nur in einem Punkt zu konkurrieren, haßte sie es dennoch, wie ihre Schwester – und nicht weniger ihre Mutter – ihr Leben überschatteten und ihr immer wieder, in Situationen wie dieser hier, ein Gefühl der Minderwertigkeit vermittelten.
Unerwarteterweise kam Jon ihr zu Hilfe.
»Bella erinnert mich immer an diese Perserkatze aus dem Werbespot für Teppiche. Eine Frau, deren satte Schönheit – große Augen, breiter voller Mund, dichtes Haar – den Betrachter von dem ablenkt, was verborgen ist: eine magere, verwöhnte Kreatur mit ganz wenig Hirn.«
Erfreut über Jons ungewöhnlich scharfsinnige Beschreibung ihrer Schwester begann Hattie, den Tisch abzuräumen und für den Hauptgang freizumachen. Alles in allem, sagte sie sich, als sie Tobys Lächeln auffing, läuft es doch ganz gut.
Mamie Charter machte ihr sogar Komplimente bezüg-

lich des Essens, und obwohl derlei Unehrlichkeit ihr fern lag, dankte Hattie mit einem bescheidenen Lächeln für ihre angeblichen kulinarischen Kochkünste. Mamies Ehegatte, der fraglos die Hauptrolle bei diesem Dinner spielte und seinem hingerissenen (wenngleich irgendwie servilen) Publikum eine endlose Reihe von Geschichten servierte, amüsierte sich königlich. Er lehnte sich in seinem Bauhaus-Sessel zurück, paffte eine Monte Cristo No.4 und lachte dröhnend über seine eigenen Witze – die Hattie überhaupt nicht verstand, die übrigen Gäste jedoch in hilfloses Gelächter ausbrechen ließen – und erklärte den Abend für vollauf gelungen.

Just in diesem Moment, da Hattie die Verabschiedung ihrer Gäste heraufdämmern sah und sich bereits darauf freute, bald diese gräßlichen hohen Hacken abstreifen zu können, klingelte es an der Haustür.

»Wahrscheinlich Tompkins«, meinte Mamie Charter aufgeregt.

»Hast du ihm nicht gesagt, daß er im Wagen warten soll?« erwiderte ihr Ehemann mit einer gewissen Schärfe in der Stimme.

»Das hab' ich wohl vergessen«, meinte sie zerknirscht.

»Dann soll er, verdammt noch mal, warten«, polterte Tom und setzte zu einer weiteren langatmigen Anekdote an.

Es klingelte wieder und Hattie erhob sich, trotz Toms und Mamies Protesten. Insgeheim dankbar für die Unterbrechung ging sie zur Tür.

Der Gang vor ihrer Wohnungstür lag im Dunkeln. Ungeachtet der Tatsache, daß dies eine der exklusivsten Wohnanlagen Londons war, wurde in den Fluren und im Treppenhaus mit Licht gespart. Zunächst konnte Hattie die Gestalt vor sich nicht so recht erkennen, obwohl sie instinktiv feststellte, daß dies unmöglich der arme, unterdrückte Chauffeur der Charters sein konnte.

Sie machte die Tür weiter auf, damit das helle Halogenlicht aus ihrer Wohnung nach draußen fiel, und hielt dann mit einer Mischung aus Erschrecken und Freude den Atem an, als sie den späten Besucher erkannte, der sich da vor ihr auf der Türschwelle herumdrückte.

»Jimmy!«

Einen Moment lang rührte er sich nicht, und als er sich endlich aufrichtete, wurde ihr klar, daß irgend etwas nicht stimmte. Entweder war er verletzt oder krank.

»Was ist los, Jimmy?« fragte sie.

»Hilf mir, Hinny«, sagte er mühsam. Ein Zeichen, daß er Schmerzen litt.

Sie ging auf ihn zu und half ihm in ihre Wohnung, wobei sie ihre Gäste völlig vergaß, die nun herbeigeströmt kamen, um zu sehen, worum es ging.

»Was ist los, Hattie?« rief Toby in Panik.

»Es ist Jimmy«, erklärte Hattie. »Er ist verletzt. Kann mir jemand helfen ...?«

Claire eilte zur Hilfe, und gemeinsam führten die zwei Frauen den Mann zu der schneeweißen Couch in der Ecke des Wohnbereichs.

Tom und Mamie Charter starrten Hattie mit entsetztem Blick an – ihr zauberhaftes, cremefarbenes Designerfähnchen war verschmiert mit dem Blut eines ungepflegten, ungehobelten Fremden. Am Ende eines langen, blauen Stricks trottete ein magerer, nervöser Bastard hinter der kleinen Prozession her und winselte erbärmlich.

»Noch ein exzentrischer Verwandter?« fragte Tom und schob seinen Sessel zurück.
Wie auf Kommando erhoben sich auch die übrigen Gäste und machten, nach einem verstohlenen Blick in Jimmys Richtung, ihren Abgang. Innerhalb weniger Minuten waren sie alle, von einem Entschuldigung heischenden Toby an die Tür begleitet, verschwunden.

VIERTES KAPITEL

Es war Jon, der einen wütenden Toby zu beruhigen versuchte, nachdem dieser Tom und Mamie zu ihrem Bentley gebracht und sie mitsamt Chauffeur hatte abrauschen sehen. Es war Jon, der Hattie, Claire und Jimmy zum Chelsea und Westminster Hospital fuhr. Und es war Jon, der den Frauen half, Jimmy in die Notaufnahme zu tragen – wenn es ihm auch genauso gegen den Strich ging wie Toby.

Er fürchtete, daß sie sogar hier, um diese ungewöhnliche Tageszeit, auffallen würden. Ein Blick auf ihr Spiegelbild in der automatischen Glastür bestätigte den Verdacht: Da kam ein hochgewachsener, kultivierter Mann in Begleitung von zwei eleganten jungen Frauen, deren Designerkleider voller Blut waren, und in ihrer Mitte stützten sie einen ramponierten Straßenjungen.

Die Frau an der Aufnahme beäugte die Gruppe skeptisch.

»Name und Adresse?« forderte sie.

Jimmy grunzte etwas Unverständliches.

»Ohne festen Wohnsitz«, antwortete Jon spitz. Sie warteten darauf, daß die Frau die nötigen Formulare ausfüllte.

»Ja, wo haben Sie ihn denn gefunden?« fragte sie und warf Jimmy einen angewiderten Blick zu.

»Er kam in meine -« begann Hattie, aber Jon unterbrach sie.
»Wir sahen, daß er auf der Straße lag«, warf er hastig ein.
»Ah, barmherziger Samariter«, bemerkte die Aufnahmeschwester zynisch und wandte sich wieder an Jimmy. »Ihre Versicherung?«
»Warum sind Sie so versessen aufs Abfragen von Namen und Daten? Dieser Mann braucht dringend einen Arzt«, fauchte Claire sie wütend an.
»Den brauchen hier alle. Ihm bleibt nichts übrig als zu warten.« Mit diesen Worten waren sie entlassen.
Also setzten sie sich auf die Drahtstühle zu den anderen Patienten und warteten. Es war ein buntes Häuflein Menschen. Viele schienen betrunken, unter Drogen oder sonst irgendwie nicht ganz Herr ihrer Sinne. Und doch war Jimmy selbst hier ein unwillkommener Außenseiter. Die Reihen der wartenden Patienten teilten sich, und man machte ihnen widerwillig Platz.
»Wir hätten meine Adresse angeben sollen«, meinte Hattie besorgt, während sie herumsaßen.
»Ich glaube nicht, daß das eine gute Idee gewesen wäre. Obwohl ich zugeben muß, daß er mit festem Wohnsitz wahrscheinlich schneller dran kommt«, räumte Jon ein.
»Na, auf jeden Fall nehme ich ihn nach der Behandlung mit zu mir nach Hause«, sagte Hattie nervös.
»Das kann nicht dein Ernst sein«, begann Jon.
»Natürlich ist das mein Ernst. Er kann in diesem Zustand wohl kaum wieder auf die Straße. Und du weißt genau, daß sie dich heutzutage nur im Krankenhaus behalten, wenn du kurz vor dem Exitus stehst. Was könnten wir denn sonst tun?«

»Es gibt für solche Fälle doch Heime, Hattie. Du kannst ihn auf keinen Fall mit in deine Wohnung nehmen. Toby würde ausflippen.«

»Also, zu mir kann er nicht«, warf Claire schnell ein.

Im Verlauf der nächsten Stunden wurde ihnen erst klar, wie tief unten Jimmy auf der Prioritätenliste des Krankenhauses stand. Einmal kam kurz eine Schwester zu ihnen und versuchte nochmals, seine Personalien aufzunehmen. Aus ihrem Gesichtsausdruck – irgendwo zwischen genervt und verächtlich – war zu schließen, daß Jimmy eben warten müsse. Schließlich waren seine Verletzungen nicht lebensgefährlich. Langsam leerten sich die Stühle, ein Patient nach dem anderen verschwand ins Untersuchungszimmer.

Es war schon nach vier Uhr morgens, als endlich die Schwester mit ihrem Clipboard kam und Jimmy in eine der mit Vorhängen abgetrennten Kabinen mitnahm.

»Ich denke, wir sollten jetzt gehen, Hattie«, fing Jon wieder an.

»Ich kann ihn doch nicht einfach allein lassen, Jon.«

»Natürlich kannst du das.«

»Kannst du dir nicht vorzustellen, wie schrecklich es wäre, in Jimmys Lage zu sein? Kein Zuhause, keine Arbeit, keine Familie, kein richtiges Leben. Und kein Mitleid von deinen Mitmenschen.«

»Du weißt, ich würde mich nie in seiner Lage befinden, Hattie.«

»Ach Jon, wie willst du das wissen. Es kann jeden treffen.«

»Hattie, das ist hier nicht der richtige Ort für solche Diskussionen. Du weißt, wie ich dazu stehe. Und vielleicht kannst du jetzt auch besser einschätzen, wie hoffnungslos Jimmys Fall ist – mein Gott, er kann sich ja nicht einmal verständlich machen ... Vergiß die blöde Wette. Sagen wir, wir sind quitt, und ich bring dich nach Hause.«

»Das kommt überhaupt nicht in Frage. Jetzt werde ich dir erst recht beweisen, daß du unrecht hast. Und ich will all den Leuten hier beweisen, das auch Jimmy ein wertvoller Mensch ist. Aber fahrt ihr ruhig nach Hause. Ich kann mir ein Taxi nehmen, wenn sie hier mit ihm fertig sind.«

»Na, lieber du als ich«, meldete sich Claire zu Wort, die mit jeder Minute mehr bereute, in diese Sache verwickelt worden zu sein.

»Dann bleibe ich auch, ich will dich wenigstens nach Hause bringen. Und ich versuche mal herauszufinden, wie es ihm geht«, beharrte Jon und erhob sich. Genau in diesem Moment schlurfte Jimmy in den Warteraum. Abgesehen von einem üblen Schnitt über dem Auge, der mit drei Stichen genäht worden war, hatten sich seine Verletzungen als oberflächlich erwiesen. Allerdings sah er schlimm aus. Sein Gesicht war verquollen und voller Prellungen, und seine Kleider waren blutverschmiert.

»Ich nehme dich mit zu mir, Jimmy«, sagte Hattie sanft und führte ihn durch die Tür zu Jons Wagen.

»Is da Rex?« fragte er.

»Rex?« Hattie blickte ihn verständnislos an.

»Mein Hund, Rex ...«

Sie waren so in Eile gewesen, Jimmy ins Krankenhaus zu bringen, daß Hattie den Hund, der Jimmy in die Wohnung gefolgt war, kaum wahrgenommen hatte.

»Ja, ich bin sicher, Rex ist in meiner Wohnung, bei Toby«, beruhigte sie den Jungen, hegte aber selbst so ihre Zweifel. Toby konnte Hunde nämlich nicht ausstehen.

Tobys Wut war immer noch so groß, daß er, als er endlich mit Hattie und dem auf dem Sofa ausgestreckten Eindringling allein war, kaum ein Wort herausbrachte.

»Der und sein blöder Köter bleiben doch nicht etwa hier?« zischte er.

»Was schlägst du denn vor? Daß wir ihn nach oben auf unser Bett schleppen?« gab Hattie zur Antwort.

»Daß wir alle beide zur Tür schleppen und rauswerfen«, schnaubte Toby.

»Ich werfe lieber dich raus als ihn,« Hatties Stimme nahm einen ungewohnt scharfen Ton an.

»Das wirst du vielleicht tun müssen. Wenn die bleiben, gehe ich«, schnappte er zurück.

Auf diese Worte quälte sich Jimmy vom Sofa, als wollte er gehen. Hattie drückte ihn sanft zurück in die Polster und schob ein blütenreines Kissen unter sein geschundenes Haupt.

»Na gut, dann gehst du wohl besser«, sagte sie zu Toby.

Als dieser begriff, daß sie meinte, was sie da sagte, vergaß er vor Verblüffung seine Wut.

»Ich kann dich doch nicht mit diesem Mann allein lassen. Er könnte dir sonst was tun«, meinte er fassungslos.

»Ich glaube kaum, daß er heute nacht zu etwas anderem in der Lage sein wird, als zu schlafen, Toby«, war Hatties eisige Antwort.

»Ich muß schon sagen, niemand außer dir hätte sich so ein großes Finale für den Abend ausdenken können, Hattie.«

»Ich habe das nicht geplant, Toby. Es ist einfach passiert.«

»Weiß der Himmel, was Tom Charter jetzt denkt«, jammerte Toby. In einer Geste der Verzweiflung strich er sich durchs Haar.
»Mir ist scheißegal, was Tom Charter und seine blöde Frau denken«, konterte Hattie.
»Dir sind sowieso alle scheißegal, außer dir selber.«
»Der Vorwurf ist absurd, Toby. Ich mache den lieben langen Tag nichts anderes, als mich um andere Menschen zu kümmern -«
»Du kümmerst dich vielleicht um irgendwelche fremden Leute, aber du kümmerst dich nicht um die Menschen, die dich wirklich etwas angehen. Die Menschen, die dich lieben. Du denkst nie an mich oder an deine Familie. Dich kümmern nur Sozialfälle wie diese Kreatur da auf dem Sofa. Du bringst es nicht fertig, Zuneigung und Rücksicht für die zu zeigen, die dir ebenbürtig sind. Du verbringst deine ganze Zeit damit, dich der Armen und Bedürftigen anzunehmen und redest dir damit ein, so könntest du deine elitäre Abstammung abschütteln. Aber in Wirklichkeit machst du nichts anderes, als wieder die Gutsherrin zu spielen. Allerdings handelt es sich hier um ein ziemlich großes Gut, so groß wie London«, fügte er bissig hinzu. Hatties Schweigen bestätigte ihm, daß er einen Treffer gelandet hatte.
»Nicht nur die Benachteiligten brauchen Trost und emotionale Wärme, Hattie. Oder Unterstützung, wenn wir schon dabei sind. Du kannst das vielleicht nicht nachvollziehen, aber der heutige Abend war sehr wichtig für mich. Ich mußte mir meinen Erfolg erst erkämpfen. Ich habe nicht schon von Geburt aus einen natürlichen Vorsprung. Mein Daddy hat mir keine 300.000-Pfund-Wohnung gekauft; ich besitze kein

Treuhandvermögen, und der Name meines Vaters öffnet mir keine Türen. Meine Eltern haben geschuftet, um mir die Zukunft zu ermöglichen, die ihnen verschlossen war. Vielleicht kommen dir ihre Werte töricht und kleinbürgerlich vor, aber das kannst du dir ja leisten, mein Gott. Du hast alles, Hattie, und dann machst du mir in deiner Arroganz noch meine Chance kaputt. Meine Chance, das zu erreichen, was ich will. Und das ist, verglichen mit dem, was du hast, wenig genug.«

Aber Hattie drehte ihm schon den Rücken zu, teils, weil sie nichts mehr hören wollte, teils, weil sie wirklich erschöpft war. Sie betrachtete den schlafenden Jimmy.

»Ich bin müde, du bist müde, Toby. Laß uns jetzt aufhören. Wir können morgen weiterreden«, sagte sie leise.

Kurz vor neun wurde Hattie von Geräuschen aus dem unteren Stockwerk geweckt. Toby schlief weiter tief und fest, während sie sich einen Morgenmantel überwarf und die Treppe hinuntereilte. In der Küche stand Jimmy mit ratlosem Gesicht. Um die Schultern trug er eine Decke wie ein Indianer.

»Kann ich dir helfen, hast du Schmerzen?« erkundigte sich Hattie besorgt. Die Blutergüsse auf seinem Gesicht hatten sich über Nacht stark verfärbt.

»Nee, keine Panik, Hinny.« Jimmy sah sich in der chromblitzenden Küche um, als wäre er in das futuristische Labor eines außerirdischen Raumschiffes geraten. »Rex mußte mal raus, und ich dachte, ich machma nen Tee, unso?«

»Pfefferminz, Kamille, Lapsang Souchong, Earl Grey, Darjeeling?« bot Hattie hilfsbereit an und öffnete die raffiniert verborgenen Küchenschränke, in denen sich eine große Palette von Tee- und Kaffeesorten verbarg. Eben alles, was sie und Toby mit der Zeit zusammengekauft hatten. Jimmy war völlig verwirrt. Hattie brühte eine Kanne ihres üblichen Frühstückstees auf und bedeutete Jimmy, sich solange auf einen der hohen Küchenhocker zu setzen.

»Auch was für Rex da?« fragte er und zeigte auf seinen Hund, der sich unter dem Küchentisch herumdrückte. Hattie fiel auf, daß sich das Tier in einem ähnlich schlechten Zustand befand wie sein Herrchen. Durch das kurze, drahtige Fell von undefinierbarem Grau konnte man die Rippen erkennen. An einigen Stellen lag die schuppige, verhornte Haut bloß.

»Ich weiß nicht genau, was ihm schmecken würde. Es sind noch Reste von gestern abend da.« Hattie nahm einen Teller voll Sushi und eine Schale ›*Linguini con Cozze*‹ aus dem Kühlschrank. Sie schabte alles zusammen auf einen Plastikteller.

»Da, Rex«, bot sie an.

Der Hund blickte kurz auf und begann böse zu knurren. Dann verzog er sich unter den Tisch und winselte pathetisch. Er sah flehend zu Jimmy.

»Ey, Mann ey. Das geb ich ‘m wohl besser », erklärte Jimmy und nahm Hattie den Teller aus der Hand. Er stellte ihn vor Rex unter den Tisch.

Der Hund beschnüffelte die Gabe mißtrauisch und begann zögerlich zu fressen. Dabei ließ er Hattie keine Sekunde aus den Augen.

»Und? Was möchtest du frühstücken, Jimmy? Ich glaube, ich habe noch Pain au Chocoloat, Brioche, Pain au Raisin und Croissants«, zählte Hattie auf, bemüht, es ihm so behaglich wie möglich zu machen.

Er sah sie an, als spräche sie eine fremde Sprache. Und das tat sie ja auch, stellte sie peinlich berührt fest.
»Nee Mann, ich zieh mir nur ne Fluppe rein«, winkte er ab, zog ein Päckchen Zigaretten aus der Tasche und zündete sich eine an.
Toby wäre in die Luft gegangen. Er erlaubte niemandem, in der Wohnung zu rauchen. Rauchen war sowieso eines der Hauptkampfthemen in ihrer Beziehung. Als sie sich kennenlernten, rauchte Hattie zwanzig Zigaretten am Tag. Toby hatte darauf bestanden, daß sie es sich abgewöhnte. Jetzt rauchte sie ab und zu mal heimlich eine, wenn Toby nicht da war. Sie hatte ein geheimes Zigarettendepot in ihrer Schublade mit der Unterwäsche. Aber sie hätte es nie gewagt, hier zu rauchen. Toby hatte bisher nur eine einzige Ausnahme gemacht, das war letzte Nacht für diesen nervigen Klienten, der sich eine dicke Zigarre angesteckt hatte. Er würde der Himmel weiß was alles sagen, wenn er Jimmy hier beim Rauchen erwischte.
»Möchtest du vielleicht Toast?« fragte sie schließlich.
Jimmy nickte, und sie holte das Brot aus dem Kühlschrank, schnitt ein paar Scheiben ab und steckte sie in ihren Alessi-Toaster. Sie öffnete einen anderen Schrank und stellte eine ganze Palette von teuren Konfitüren auf den Tisch.
»Auch Marmelade da, Hinny?« fragte Jimmy und beäugte die Gläschen vor sich, von denen die meisten in fremden Sprachen beschriftet waren (in der Regel französisch), die er nicht entziffern konnte.
»Ich bin so froh, daß du gekommen bist, Jimmy. Haben dich meine Nachrichten erreicht?« fragte Hattie vorsichtig. Sie nippte an ihrem Tee und sah Jimmy zu, wie er fünf Scheiben Toast verschlang, die er vorher

mit Tobys teurem Lieblings-Cassisgelee belud. Danach war das Glas leer. Sie wünschte, er würde wenigstens beim Kauen den Mund zumachen. Der Anblick des eingespeichelten Toastes war abstoßend genug. Noch mehr störte sie allerdings der Anblick seiner verfärbten schiefen Zähne, von denen einer, der linke Schneidezahn, durch Abwesenheit glänzte.

»Hatte nie was andres vor, ey. Ich mach aber bald 'n Abmarsch.«

»Nein, du darfst nicht gehen. In deinem Zustand kannst du nirgendwohin, am wenigsten wieder auf die Straße. Du mußt hierbleiben.«

»Und dein Macker?« Jimmy machte eine kurze Kopfbewegung in Richtung Schlafzimmer, wo Toby noch immer schlief.

»Ach der. Der ist nicht wirklich böse auf dich. Ihm lag bloß dran, die Leute gestern abend zu beeindrucken«, versuchte Hattie zu beschwichtigen.

Es folgte ein ungemütliches Schweigen.

»Was ist dir denn nun wirklich gestern abend passiert«, fragte Hattie schließlich.

»N paar Kids, die Trouble wollten. Die brauchten wen zum aufmischen, kann ma passieren.«

Jimmy zündete sich die nächste Zigarette an.

»Du meinst, sie haben dich ohne jeden Grund angegriffen?«

Er nickte.

»Jimmy, so etwas darf dir nie wieder passieren. Dafür sorge ich. Du mußt mir nur vertrauen«, beschwor ihn Hattie.

Er sah sie mit seinen umwerfenden Augen an, und sie konnte aus irgendeinem unerfindlichen Grund seinem Blick nicht standhalten.

»Was willsten machen, Hinny?« fragte er.
Sie konnte ihm unmöglich von Jons Wette erzählen. Das würde ihn kränken oder gar vertreiben. Nicht auszudenken, wenn er glaubte, sie wollte ihm nur helfen, um eine Yuppie-Wette zu gewinnen. Eine Wette, die in einem schnieken Lokal beim schnieken Dinner entstanden war. Hattie überredete sich selbst zu der Entscheidung, ihn glauben zu lassen, ihr Interesse sei rein beruflicher Natur. Eigentlich stimmte das ja auch.
»Für mich, für meine Arbeit, ist das alles sehr wichtig, Jimmy. Und es könnte dein Leben verändern«, lockte sie. Dabei versuchte sie, ihm nicht direkt in seine verwirrenden Augen zu sehen, sondern konzentrierte sich auf die Reihe von Ohrringen, die seine linke Ohrmuschel durchbohrten.
Jimmy ließ den Blick durch ihre riesige Wohnung streifen, als wollte er auf diese Weise sie und ihr Leben erfassen. Wenn schon ihre Sammlung von Tees, Kaffeesorten und Konfitüren ihm einen Kulturschock versetzt hatten, mußte ihre Wohnung ihm noch rätselhafter erscheinen.
»Ey, wo issn euer Kasten?« fragte er.
»Kasten? Ach so. Den kann man in der Wand verschwinden lassen«, erklärte Hattie und ging in den Wohnbereich, um ihm das Wunder vorzuführen.
»Wieso n das?« staunte er.
»Der Mann, der die Wohnung entworfen hat, hielt es für eine gute Idee, Jimmy. Ich weiß, es klingt merkwürdig, aber in den Kreisen, in denen ich verkehre, ist Fernsehen etwas Anstößiges. Wir verstecken den Apparat, wie andere Leute vielleicht ihre Pornohefte verstecken, eben Sachen, die niemand sehen soll, weil sie ihre niederen Instinkte verraten könnten.«

»Häh?« Sein Gesicht war ein einziges großes Fragezeichen.
»Ich hab's gern, wenn nicht soviel herumsteht«, schloß sie das Thema. Dabei dachte sie, wie hohl der Begriff ›Minimalist‹ eigentlich war.
»Ich habs lieber 'n bißchen kuschelig, Mann«, sagte Jimmy. »Wennde verstehs, was ich mein.«
Hattie fiel auf, daß sie mit Jimmy sprach wie Toby mit ihrer bosnischen Putzfrau: sehr langsam, jedes Wort sorgfältig abwägend, damit sie ihn nicht verwirrte oder schockierte. Nicht, weil sie ihn für dumm hielt. Eher weil sie das Gefühl hatte, er käme aus einer anderen Welt, ganz verschieden von ihrer, so als müßten sie über internationale Grenzen hinaus kommunizieren.
»Kann ich ma gucken?« Jimmy deutete auf das Gerät.
»Aber natürlich. Ich geh mich anziehen, und danach können wir uns noch ein bißchen unterhalten.« Hattie reichte ihm die Fernbedienung.
Vom Badezimmer aus rief sie Claire an, die ein bißchen muffelig klang. Hattie bestand darauf, daß ihre Freundin so bald wie möglich herkam. Als sie frisch geduscht und fertig angezogen die Küche betrat, fand sie dort Toby, der sich gerade Kaffee kochte. Seine Laune hatte sich durch den langen Schlaf nicht gebessert, stellte Hattie fest. Sie verkniff sich ein Grinsen.
»Er ist also noch da?« Toby nickte in Richtung Fernseher, wo Jimmy durch die Kanäle zappte, eine brennende Kippe in der Hand.
»Ja, genau wie du«, schnappte Hattie.
»Was willst du damit sagen?« fragte Toby aggressiv.
»Ach, Toby. Ich habe jetzt nicht die Kraft zu streiten. Claire ist schon unterwegs. Sie will mir mit Jimmy helfen. Wenn es geht, wird er einige Zeit hierbleiben.

»Du willst mir doch nicht im Ernst weismachen, daß du auf Jons Wette eingehst?«
»Leise, der Junge hat keine Ahnung von der Wette. Er denkt, er hilft mir bei einer Forschungsarbeit«, zischte sie.
»Aber muß er denn hier wohnen? Muß er sich unbedingt bei uns einrichten. Mensch, Hattie, der raucht da drin!« Tobys ohnehin schon grantiger Gesichtsausdruck wechselte zu Ekel und schierem Entsetzen.
Die Türklingel ersparte ihnen weitere Diskussionen. Eine gutgelaunte Claire traf ein.
»Na, Schätzchen, wo steckt er?« rief sie, als sie die Wohnung betrat.
»Pst. Er sieht fern«, begrüßte Hattie sie.
Jimmy schien jetzt nach einem inneren Rap-Muster zu zappen. Er fädelte sich mühelos durch sämtliche Kanäle, ohne auch nur die geringste Notiz von den zwei Frauen zu nehmen, die in der Tür standen und ihn betrachteten. Er hatte auch nicht die leiseste Ahnung, wie sehr er Toby damit verärgerte, der die Küche aufräumte und die Gläser von der Party spülte. Toby war der Überzeugung, daß die Geschirrspülmaschine seine Gläser ruinierte, ein Thema, über das er sich immer wieder gerne ausließ.
»Sollten wir ihn nicht erst mal säubern?« flüsterte Claire, deren Enthusiasmus bei Jimmys Anblick im hellen Tageslicht merklich nachließ.
»Ich habe bis jetzt noch nicht die passende Gelegenheit gefunden, das Thema anzusprechen«, flüsterte Hattie zurück. »Ich wollte ihn nicht kränken.«
»Überlaß das mal mir«, entschied Claire. Sie marschierte zu Jimmy hinüber und nahm ihm die Fernbedienung aus der Hand. »Hi«, sagte sie. »Du erinnerst

dich vielleicht nicht, aber ich war gestern auch hier, als du ankamst. Ich heiße Claire. Ich wette, du möchtest jetzt liebend gern mal ausgiebig baden und dich rasieren. Ich laß schon mal Wasser in die Wanne laufen.«
Jimmys Blick erhellte sich. »Ich hab nich gecheckt, ob sie eins hat, von wegen dem Kasten inner Wand und son Kram. Ich mußte heute morgen in die Spüle pullen ...«
»Pullen?« wiederholte Claire amüsiert.
»Mann, pullen, pinkeln, du weißt schon.«
Daraufhin warf Toby, der gerade die Gläser polierte, – im wahrsten Sinne des Wortes – das Handtuch. »Das war's, verdammt!« raunzte er und blickte angeekelt auf das trübe Wasser in der Küchenspüle. »Ich muß hier raus.«
Für Hattie bedeutete sein Abgang eine ungeheure Erleichterung. Sie lächelte Jimmy ermutigend zu und nahm sich vor, später die Gläser, die Toby zum Trocknen auf das Edelstahlgestell gestellt hatte, noch einmal zu spülen.
Claire hantierte im Badezimmer herum. Aus den versteckten Schränken holte sie ein buntes Vielerlei an stark duftenden Schaumbädern, Badeölen, Seifen und Rasierutensilien für Jimmy.
»Und vergiß nicht, dir die Ohren zu waschen«, ermahnte sie ihn. Ihr Blick blieb an Jimmys völlig verfilzten Haaren hängen, während dieser voller Staunen Hatties Badezimmer betrat.
»Meine Fresse ...«, war sein einziger Kommentar, als er sich umsah.
»Die Handtücher sind im Schrank hinterm Klöchen«, erklärte Hattie in mütterlicher Manier und zog die Tür hinter ihm ins Schloß.
Sie standen abwartend vor der Badezimmertür und

lauschten Jimmys Kampf mit der Powerdusche, die in die edle Sandsteinwanne rauschte.
Nach einer Ewigkeit, die ziemlich genau eine halbe Stunde gedauert hatte, öffnete sich die Tür, und dem Dampf entstieg Jimmy, um die Lenden ein blütenweißes Waffelpique-Handtuch.
Die beiden Frauen waren sprachlos. Eine überwältigende Schönheit stand vor ihnen, das wurde ihnen schlagartig bewußt. Ohne Frage, das Leben auf der Straße hatte seine Spuren hinterlassen. Verschiedene Tätowierungen bedeckten Jimmys Körper – beide Arme zierten Mädchennamen in verschlungenen Herzen, ein Dolch war auf seiner Brust zu sehen, und über seinen Rücken schlich ein Tiger. Außerdem machte sich Hattie ihren eigenen Reim auf diverse Narben und Prellungen. Aber das schmälerte nicht im geringsten seine blendende Erscheinung.
Seine Augen waren Hattie ja gleich aufgefallen, aber den Rest seines Gesichts hatte sie vor Dreck und Haaren bisher nicht erkennen können. Jetzt hatte er die frisch gewaschenen Rastalocken aus dem Gesicht gestrichen, Kinn und Wangen schimmerten glatt und weich. Es war, als ob der eine Mann in die Powerdusche gestiegen und ein anderer wieder herausgekommen wäre.
»Meine Güte«, flüsterte Claire heiser. Ihr Interesse war schlagartig und hundertprozentig geweckt.
Stellten bereits seine sensiblen Gesichtszüge, befreit von Dreck und Bart, eine Überraschung für die beiden dar, sein Körper – nun, sein Körper war eine einzige Offenbarung.
Vielleicht hatte es etwas damit zu tun, daß er sich jetzt aufrecht hielt. Vorher schien er immer in sich hinein-

zukriechen, wie damals, als sie ihn das erste Mal gesehen hatten. Die dicke Schicht versiffter Kleidung, die ihn bis jetzt so gut versteckt hatte, lag nun in einem ekligen Haufen auf dem Badezimmerboden und taugte nur noch für den Müll.

Hattie und Claire starrten ihn ebenso fassungslos an wie er sie damals, als sie ihn in seiner dürftigen Behausung gestört hatten. Aber etwas hatte sich jetzt verkehrt, so als wären jetzt sie die minderwertigen Kreaturen, nicht er.

Endlich brach Claire das Schweigen mit einem schallenden Gelächter.

»Hattie, weißt du noch, in der Nacht mit Jon? Wie du gesagt hast, du glaubst, alle Menschen werden gleich geboren? Du lagst daneben und Jon hatte recht. Manche Menschen sind doch gleicher als andere. Aber bestimmt nicht Jon und Toby ...«

Plötzlich wurde sich Jimmy seiner Blöße bewußt. Verlegen griff er nach seinen verdreckten Kleidern.

»Zieh die nicht wieder an«, sagte Claire. »Du kannst bestimmt welche von Toby haben, was Hattie?«

Hattie ging nach oben und holte ein weißes Marken-T-Shirt, Calvin Klein-Boxershorts und eine von Tobys Buttonfly-Jeans. Sie reichte Jimmy die Sachen, der sich damit wieder ins Badezimmer zurückzog.

»Ich glaube, das schaffen wir mit links«, meinte Claire optimistisch, als Jimmy außer Hörweite war. »Ich meine, wie lautete noch einmal die Wette? Wir sollen ihn zu einem Mann von Wert machen? Ich nehme an, die meisten Frauen würden ihn das schon nach einem Bad nennen. Solange er nicht den Mund aufmacht und seine schrecklichen Zähne zeigt.«

Hattie antwortete eine ganze Weile nicht. Sie betrachtete das vor Erregung gerötete Gesicht ihrer Freundin. Das sähe Claire ähnlich, die ganze Sache zu verderben, indem sie Sex mit ins Spiel brachte.

»Es braucht eine Menge mehr als Seife und Wasser, um Jimmy dazu zu bringen, sein Potential zu nutzen, glaub' mir«, dozierte sie säuerlich.

»Ach Hattie, sei doch nicht so schulmeisterlich. Mit den richtigen Klamotten, ein paar Accessoires und kleinen kosmetischen Eingriffen könnten wir diese Wette schon morgen gewinnen. Er ist einfach perfekt«, schwärmte Claire mit wehmütigem Lächeln.

»Aber *er* hätte dann nicht gewonnen, verstehst du das nicht, Claire? Er hat sicher nur eine sehr dürftige Schulbildung. Und wenn jemals mehr aus ihm werden soll als ein Gigolo oder Callboy, darf er sich nicht nur auf sein Äußeres verlassen.«

Just in diesem Moment kam Jimmy wieder aus dem Badezimmer. Tobys Sachen paßten ihm nicht richtig – Hattie hatte gar nicht bemerkt, wie groß er war. Die Jeans waren viel zu kurz und das T-Shirt spannte über Jimmys überraschend muskulösen Körper. Der Eindruck war trotz, oder vielleicht gerade wegen der engen Sachen überwältigend.

»Wir müssen unbedingt mit ihm Shoppen gehen«, jubelte Claire. »Außerdem braucht er einen guten Haarschnitt und einen genialen Zahnarzt ...«

Auf dem Weg in die Küche fuhren die beiden Frauen fort, Pläne zu schmieden. Claire machte in Gedanken einen Schlachtplan, wie sie Jimmys Verwandlung mit ihrem treffsicheren Geschmack und ihrem überaus geschickten Händchen fürs Styling vornehmen würde.

»Morgen fangen wir an. Ich schaff' Platz in meinem Filofax und arrangiere ein paar Termine. Ich kenne da so einen wunderbaren kosmetischen Dentisten, nur einen Sprung von Harrods. Er hat sie alle schon auf dem Stuhl gehabt ...«, und dann zählte sie erbarmungslos Prominente auf. Es irritierte Hattie, wie Claire das Kommando übernahm.

»Vorausgesetzt, Jimmy macht da mit«, bemerkte sie und schielte zu Jimmy hinüber, der sich schon viel entspannter in der Wohnung bewegte. Er schien sich fast zu Hause zu fühlen.

»Hilfst du mir bei meinen Forschungen, Jimmy?« fragte sie.

»Klar Mann, warum nich«, gab er zur Antwort. Dann öffnete er den Kühlschrank und beäugte den Inhalt. »Ey, wo issn der Ketchup?«

FÜNFTES KAPITEL

Hattie und Claire verbrachten den größten Teil des Sonntagnachmittag damit, die Verwandlung Jimmys bis ins Detail zu planen. Sie erstellten Listen und machten sich Notizen, wie sie ihr Vorhaben am besten bewerkstelligen könnten. Zu allererst mußten sie entscheiden, wo er wohnen sollte. Hattie war zwar klar, daß es Toby – der immer noch nicht nach Hause gekommen war – verärgern und letztendlich sogar von ihr entfremden könnte, wenn Jimmy länger bei ihnen bliebe. Noch weniger behagte ihr allerdings der Gedanke, daß Claire ihn ansonsten zu sich in ihr winziges Häuschen nahm. Lieber wollte sie die Kontrolle über Jimmys Verwandlung behalten, denn sie traute Claires Motiven nicht so ganz. Die Wertvorstellungen der beiden Freundinnen deckten sich nicht auf allen Ebenen.

Beide waren sich allerdings einig, daß sie eigenes Kapital in das Projekt investieren mußten, wenn sie vorhatten, Jons Wette zu gewinnen. Hattie willigte ein, die halbe Wettsumme vorzuschießen – *2.500 Pfund* – um die Kosten für Kleidung und für die kosmetischen Eingriffe zu decken, die Claire für absolut nötig hielt.

Doch es gehörte mehr dazu, diese Wette zu gewinnen, als ein paar neue Klamotten, ein neuer Haarschnitt und ein Zahnarztbesuch. Wenn Jimmy, wie Jon ver-

langt hatte, ein Mann von Wert werden sollte, mußte er in der Lage sein, seinen Unterhalt selbst zu verdienen. Und wenn dem Jungen auch viel daran lag, weiter an seinem Stammplatz bei der Oper sein Obdachlosenmagazin zu verkaufen – um ihnen, wie er selbst sagte, ›nich aufer Tasche‹ zu liegen – hatte Hattie doch Größeres mit ihm vor.
In dieser Hinsicht machte sie sich wesentlich mehr Gedanken als Claire, die sich immer noch jedesmal vor Lachen bog, wenn sie versuchte, seine Geordie-Ausdrücke zu verstehen. In London bekam man diesen nordenglischen Dialekt nicht oft zu hören.
»Machen Pfeil, Mann?« imitierte sie Jimmy. »Was soll denn das verfickt noch mal bedeuten?« kreischte Claire. Offensichtlich schockierte ihn ihre Ausdrucksweise. Hattie war ohnehin schon aufgefallen, daß der Junge selbst nie zu so deftigen Kraftausdrücken griff, wie Claire sie locker in jeden Satz einstreute. Die schlimmsten Schimpfworte in seinem, wenn auch beschränkten, Wortschatz waren ›*Kack*‹ und ›*Arschloch*‹.
Wie Hattie geahnt und gehofft hatte, besaß dieser Mann, den Jon als wertlos abgetan hatte, fast etwas Würdevolles.
»›Mach ’n Pfeil, Mann‹ bedeutet soviel wie ›Hau ab, laß mich in Ruhe‹«, erklärte Hattie. »Stimmt’s, Jimmy?«
Er sah sie dankbar an. Hattie war so etwas wie eine Dolmetscherin für ihn geworden, in dieser merkwürdigen, fremden Welt. Umgekehrt war die Sprache der beiden Frauen genauso unverständlich für ihn wie seine für sie. Claires transatlantischer Akzent faszinierte ihn sehr – wenn er auch enttäuscht war, daß sie *nur* aus Kanada kam. Aber sie sprach so schnell, daß er

Schwierigkeiten hatte, ihr zu folgen. Überhaupt begriff er die beiden nicht so recht. Alle Frauen aus seinem bisherigen Leben, zum Beispiel die aus seiner großen, chaotischen Familie, waren aus ganz anderem Holz geschnitzt. Die geballte Aufmerksamkeit von zwei so attraktiven und selbstbewußten Frauen wie Hattie und Claire faszinierte und schmeichelte ihm zwar, aber so ganz traute er ihnen nicht über den Weg. Immerhin besaß er genügend Lebenserfahrung, um zu begreifen, daß er von Hatties Arbeit nur profitieren konnte. Auch wenn das bedeutete, daß er ihre spöttische Schirmherrschaft noch eine Weile ertragen mußte. Und wenn er sich eine als Gönnerin aussuchen hätte dürfen, hätte er Hattie gewählt, auch wenn er dafür in dieser merkwürdigen Wohnung bleiben und sich mit der Ablehnung ihres Freundes herumplagen mußte. Also stimmte er all ihren Plänen zu.
Nachdem Claire gegangen war, versuchte Hattie, für Jimmy in ihrer großen Wohnung einen eigenen Schlupfwinkel zu schaffen. Das war gar nicht so einfach in dem, was die Wohnungsmakler ein ›New York Loft‹ nannten. Auch wenn es der letzte Schrei war, in so einer Wohnung zu wohnen, für die Unterbringung von Gästen war sie denkbar ungeeignet. Im unteren Geschoß gab es überhaupt keine Türen, nur vor der Küche. Den oberen Bereich belegte ein großes Schlafzimmer samt zugehörigem Bad. Schließlich trennte Hattie für Jimmy eine Schlafecke mit japanischen Wandschirmen ab. Als Bett diente ein aufrollbarer Futon. »Da ist noch etwas, Jimmy. Toby kann es nicht ausstehen, wenn man in der Wohnung raucht. Mich persönlich stört's nicht, ich habe ja selbst mal geraucht, bevor ich ihn getroffen habe ...«

»Echt?« fragte er.
»Also, wenn du rauchen willst, meinst du, du könntest vor die Tür gehen ... damit der Rauch die Wohnung nicht verpestet ...?« fragte sie ein wenig unsicher. Dann wandte sie sich Rex zu. Sie erklärte, daß der Hund ein bißchen mehr zur Stubenreinheit erzogen werden müßte, wenn er hierbleiben sollte.
»Aber er pullt auf die Straße«, protestierte Jimmy.
»Ja, ich weiß, er ist sehr brav. Aber er riecht ziemlich streng, Jimmy. Könnten wir ihn nicht mal baden?«
»Rex haßt Wasser!« wandte Jimmy ein.
Rex, so vermutete Hattie, haßte überhaupt alles – außer Fressen und Jimmy. Jedesmal, wenn Hattie oder Claire ihm versehentlich zu nahe kamen, knurrte er sie böse an, und wenn das Telefon oder die Türglocke läuteten, bellte er hysterisch. Schlimmer noch, er hatte offenbar Verdauungsstörungen, die das Sushi zum Frühstück offenbar noch verschlimmert hatte, jedenfalls gab er regelmäßig Wolken von übel riechenden, Sauerstoff zersetzenden Gasen von sich. Hattie war zwar mit Hunden groß geworden – ihr Vater hielt sich immer zwei Labradors für die Jagd, und ihre Mutter trennte sich nie von ihrem geliebten West Highland Terrier – trotzdem konnte sie an Rex partout nichts entdecken, das ihn auch nur im entferntesten liebenswert machte. Es blieb ihr nichts anderes übrig, als zu akzeptieren, daß der Hund ein Familienersatz für Jimmy war und sie mit ihm zurechtkommen mußte.
»Wir müssen ihn irgendwie sauber kriegen, Jimmy. Tobys Nase darf nicht von diesem ekligen Geruch behelligt werden«, sagte sie – auch wenn sie sich kaum vorstellen konnte, daß selbst eine Wagenladung *Chanel No.5* oder *Eternity* Toby toleranter stimmen würde.

Hattie füllte die Badewanne mit Wasser und stark duftenden Essenzen. Dann trug Jimmy den widerstrebenden, winselnden Hund ins Bad und setzte ihn ins warme Wasser. Es folgte eine schreckliche Prozedur, bei der Rex kratzte, um sich biß und strampelte, bis er schließlich mitsamt mehreren Litern Wasser aus der Wanne sprang und sich in Windeseile in die Küche verdrückte, um an seinen Lieblingsplatz unter dem Küchentisch zu verschwinden. Zurück blieben ein verwüstetes Badezimmer und zwei tropfnasse Menschen.

Hattie war ganz gerührt, mit wieviel Geduld Jimmy versuchte, den Hund wieder zu beruhigen. Er sprach auf ihn ein, sang ihm etwas vor und trocknete ihn vorsichtig mit einem von Hatties edlen, weißen Waffelmuster-Frottees. Als der Hund endlich nicht mehr jaulte und zitterte, als er wieder trocken war und sich beruhigt hatte, sagte Jimmy:

»Ich bräuchte mein Zeug, unso. Ich mein, wenn ich hier 'ne Weile kampiere.«

»Dein Zeug?« erwiderte Hattie erstaunt. Sie hatte angenommen, daß Jimmy nicht mehr besaß als das, was er am Körper trug, vielleicht noch einen Schlafsack und den Inhalt der zwei Plastiktüten, die er mitgebracht hatte.

»Ey, Mann, mein Zeug, mein Kram, meine Sachen, unso. Ich hab 'n Schließfach im King's Cross.«

Jimmy zog einen Schlüssel aus der Hosentasche von Tobys Jeans.

»Aber natürlich werden wir sie holen«, erklärte Hattie mit verständnisvollem Lächeln. »Wenn du willst, holen wir sie gleich.«

»OK«, sagte er und sprang auf.

Auf der Straße winkte Hattie ein Taxi heran. Das stieß bei Jimmy erst auf Erstaunen, dann auf Begeisterung. Es stellte sich heraus, daß er noch nie mit einem Taxi gefahren war. Besonders die für Londoner Taxis typischen zwei Klappsitze hinten begeisterten ihn. Auf der kurzen Fahrt zum Bahnhof hüpfte er immer wieder von einem zum anderen, wie ein aufgeregtes Kind auf einem Abenteuerausflug.

Überhaupt, dachte Hattie, während sie den Taxifahrer bezahlte, besitzt er viele der liebenswerteren Eigenschaften eines Kindes. Sie folgte Jimmy in den schmuddeligen, trostlosen Bahnhof und dachte weiter: Er ist enthusiastisch, neugierig, interessiert und direkt wie ein Kind. Und er scheint immer zu sagen, was er denkt, auch wenn sie ihn wegen seines Dialektes nicht immer verstand oder sie die Ausdrücke, die er benutzte, nicht kannte.

»Hier bin ich damals angekommen, wie ich mich von zu Hause abgemacht hab«, bemerkte er nachdenklich und deutete auf die Anzeigetafel mit den Abfahrten. Darauf standen ein Dutzend Städte in Englands Norden, deren Namen Hattie nicht kannte, und die sie auch nie bereist hatte.

»Wann war das denn? Wie alt bist du überhaupt, Jimmy? Und wie lange lebst du schon in London?«

»Müßten jetzt fünf Jahre sein. Bin dreiundzwanzig, ey«, antwortete er und zündete sich seine dritte Zigarette seit Verlassen der Wohnung an.

»Und wie fandest du es hier, als du ankamst?«

»Na toll«, lautete seine schlichte Antwort. Er zog an der Zigarette.

Hattie fragte sich, was er wohl von London erwartet hatte, und ob er enttäuscht gewesen war.

»Wo bist du denn hingegangen bei deiner Ankunft? Kanntest du irgend jemanden hier?« fragte sie vorsichtig.
»Nee«, sagte er.
»Was hast du denn gemacht?«
»Och, ich hab was malocht hier und da. Dann konnte ich bei so Typen pennen«, er machte eine Pause und sah Hattie an. »Nich so wie du. Miese Typen. Typen, die so tun, als wollten sie dir helfen, und dann zocken sie dich ab ...«
Sie wußte, daß es skrupellose, zwielichtige Gestalten gab, die sich junge Obdachlose suchten, um sie auszubeuten und dann ins Unglück zu treiben. Nicht ganz ohne Schuldgefühle fragte sie sich, ob das, was sie hier machte – nämlich auf Jons Wette eingehen – nicht einfach eine neue Art von Ausbeutung an Jimmy darstellte. Eine, die er noch nicht erfahren hatte, seit er hier angekommen war.
»Aber dich haben sie nicht abgezockt, diese Typen, oder Jimmy?« fragte sie.
Er sah sie mit seinen unvergleichlich durchdringenden blauen Augen an und schüttelte den Kopf. »Jedenfalls nich lange, Hinny«. Dann blickte er rasch zur Seite.
Hattie spürte, daß er nicht weiter über die Angelegenheit sprechen wollte, und hielt den Mund, während sie ihm durch die Reihen der Schließfächer folgte.
In seinem Fach befanden sich eine billige Reisetasche aus Lederimitat, eine Pappschachtel, die mit einem Bindfaden zugebunden war, und ein kleines Kinderköfferchen mit Reißverschluß. Es rührte Hattie, wie sehr er sich offensichtlich freute, seine merkwürdige Sammlung von Habseligkeiten wiederzusehen. Sie streckte ihre Hand nach der schwarzen Tasche aus,

aber sie durfte nur das Köfferchen tragen und selbst das nicht ohne eine strenge Ermahnung, der Inhalt wäre ›zerbrechlich, unso‹.
Auf dem Rückweg im Taxi war Jimmy stiller als auf dem Hinweg. Er öffnete sein Gepäck zwar nicht, aber er schielte immer wieder zu den drei Stücken hin, die er sorgfältig auf dem Boden aufgereiht hatte. Es war, als könne er sein Glück nicht fassen, wieder mit seinen Sachen vereint zu sein.
Hattie fühlte sich wie ein Eindringling, deshalb ließ sie ihn, als sie zu Hause angekommen waren, in Ruhe seine Beute sichern und ging in die Küche, wo ein galliger Toby mit der Zeitung beschäftigt war.
»Haben wir unsere feinen Louis-Vuitton-Koffer geholt«, bemerkte er und zog eine Augenbraue sarkastisch in die Höhe, um damit in Jimmys Richtung zu deuten.
Hattie sah ihn voller Verachtung an. Es begann ihr zu dämmern, daß Toby den Gefühlen anderer gegenüber sogar noch unsensibler war, als sie bisher angenommen hatte (ihre sexuelle Beziehung hätte ihr da allerdings schon einen Hinweis geben müssen). Wie Jimmy seine armseligen Habseligkeiten dort in der Ecke ihres eleganten Heims anschmachtete – Dinge, die in Tobys und ihren Augen wahrscheinlich wertlos waren – berührte sie sehr. Ja, seine kindliche Art schlug womöglich eine Saite frustrierter Muttergefühle in ihr an.
Im Rahmen ihrer Arbeit hatte sie regelmäßig mit gestörten Kindern zu tun, die einen starken Beschützerinstinkt in ihr weckten. Aber sie durfte dem nie nachgeben. Es gab feste Grenzen, die ihren Handlungsbereich beschränkten. Diese Grenzen waren ihr zu eng.

Nach jeder Behandlung mußte sie die Kinder wieder nach Hause zu ihren Eltern oder zu ihrer Pflegefamilie schicken. Mit Jimmy lagen die Dinge anders. Er war kein Patient, hier wurde sie nicht von beruflichen Regeln und Vorschriften eingeengt. Hier konnte sie weiter gehen, mehr tun, ihn so fördern, wie sie es für richtig hielt.

Ihr war klar, daß Claires Motivation zu Jimmys Verwandlung einem anderen Bedürfnis entsprang, das, wie Claire selber, eher oberflächlicher Natur war. Sie argwöhnte sogar, daß ihre Freundin ihr eigenes geheimes Programm für ihn bereithielt, während ihre, Hatties, Motive, fundierter waren. Sie hatte einen tiefergehenden Grund, Jimmy bei seiner Entwicklung zu helfen. Es wäre ein Weg zu beweisen – und zwar nicht nur Jon, sondern auch sich selbst – daß ihre Theorie stimmte. Alle Menschen werden mit den gleichen Voraussetzungen geboren, dachte sie und sah von Toby zu Jimmy.

»Ich dachte, ich koche uns was«, sagte sie und ging an den Kühlschrank. Sie nahm Champignons, eine Gemüsezwiebel und frischen Parmesankäse heraus.

»Das wäre mal was Neues«, ließ Toby sich abfällig vernehmen.

Nur weil Hattie selten kochte, hieß das nicht, daß sie es nicht konnte. Essen kam für sie erst an zweiter Stelle. Außerdem bestand auch kein Grund, Toby zu versorgen, er ging jeden Tag zu einem Geschäftsessen. Aber jetzt, wo Jimmy hier war, änderte sich die Situation. Der Wunsch, für ihn zu sorgen, überwältigte sie. Sie wollte ihm gutes Essen, saubere Kleidung und Geborgenheit bieten.

Hattie schnitt die Zwiebel in Ringe und sautierte sie in

extra nativem Olivenöl, das Toby einmal aus Umbrien mitgebracht hatte. Sie warf die Pilze in die Pfanne, fügte ein wenig Knoblauch hinzu und vermischte alles mit den Penne, die sie nebenbei gekocht hatte. Dann streute sie frisch geriebenen Parmesan darüber und gehackte Petersilie. Sie dachte sogar daran, eine Ciabatta aufzubacken, damit sie sie knusprig und heiß zu dem Nudelgericht reichen konnte. Anschließend deckte Hattie den Tisch, griff sich drei Gläser und öffnete eine Flasche Rotwein.

Toby, der verwundert zugesehen hatte, wie Hattie fröhlich vor sich hin kochte, legte seine Zeitung beiseite und kam zu Tisch.

»Und wird unser Gast uns die Ehre erweisen, mit uns zu speisen?« höhnte er. Diesen Ton benutzte Toby jetzt immer, wenn er über Jimmy sprach.

Hattie ignorierte die Frage und ging zu Jimmys Schlafecke hinüber. Sie hüstelte höflich. »Jimmy, das Essen ist fertig«, sagte sie leise.

»Oh, ey.« Er steckte seinen Kopf um die Ecke des japanischen Wandschirms. »Hab nur grad meinen Kram durchgecheckt.«

Hattie spähte über seine Schulter und sah seine Kostbarkeiten auf dem Bett verstreut: Eine Sammlung von *Newcastle United*-Programmheften, eine verknitterte und nicht mehr ganz saubere Everton-Decke, einige Rosetten, einen versilberten Pokal, mehrere Medaillen, ein Stapel Fotografien und noch mehr Schnickschnack, den sie von ihrer Position aus nicht genau erkennen konnte. Sie fragte nicht nach den Sachen, aber ihre Neugierde wuchs. Sie wollte mehr über ihn wissen, über seine Familie, seine Herkunft. Vorläufig aber lächelte sie nur und ging in die Küche zurück.

Hattie bedeutete Jimmy, sich zu setzen. Sie hatte bemerkte, daß er nur ungern im Sitzen aß. Dann rutschte sie auf einen Stahlrohrstuhl neben Toby. Rex war seinem Herrchen auf den Fuß gefolgt, wie ein extrem verzerrter Schatten, und verdrückte sich unter den Tisch.

»Großer Gott – er hat ja meine verdammten Sachen an!« rief Toby aus, der sich den neuen, sauberen und strahlend schönen Jimmy bis jetzt noch nicht näher angesehen hatte. »Das schlägt dem Faß den Boden aus ...!«

»Au Mann, tut mir echt leid«, druckste Jimmy, und sein engelgleiches Gesicht lief vor Verlegenheit rot an.

»Das muß dir nicht leid tun, Jimmy«, sagte Hattie knapp. »Toby hat mindestens ein Dutzend Jeans, und ich kann mit Sicherheit sagen, daß er mehr als fünfzig weiße Paul-Smith-T-Shirts besitzt«.

»Darum geht es nicht, Hattie«, fiel Toby ihr ins Wort. Sie begriff plötzlich, daß sich bei ihm eine tiefe sexuelle Eifersucht regte.

Er musterte den unerwünschten Eindringling von oben bis unten, erst sein Gesicht und dann seinen Torso bis hinunter zum Schritt der engen Designer-Jeans.

»Außerdem sehen die Sachen an Jimmy viel besser aus als an dir, Toby – auch wenn sie ihm ein bißchen klein sind«, fügte Hattie mit einem fröhlichen Lachen hinzu.

Es folgte eine unbehagliche Stille, und einen Moment lang schien es, als ob Toby gehen würde. Aber irgend etwas – vielleicht der Gedanke, daß seine Hattie mit so einem schönen Fremden unter einem Dach schlief, oder das köstliche Aroma der Pasta – veranlaßte ihn, zu bleiben und mit ihnen zu essen.

Jimmy, der das Essen auf seinem Teller erst einmal argwöhnisch beäugte, beobachtete dann, wie Hattie und Toby manierlich mit der Gabel in der rechten Hand aßen. Schließlich nahm er seine eigene Gabel und das Buttermesser und begann vorsichtig zu probieren.
Allein mit den zwei Frauen hatte sich Jimmy recht wohl gefühlt, aber die Anwesenheit des feindseligen Fremden hemmte ihn ganz offensichtlich. Er wechselte die Gabel in seine rechte Hand und versuchte, es ihnen nach zu tun. Vorsichtig stach er in eine Nudel und führte sie zum Mund. Der Vorgang war langsam, mühsam und ausgesprochen geräuschvoll.
»Mir reicht's«, motzte Toby und schob seinen halbleeren Teller von sich. »Ich werde noch ein bißchen fernsehen und dann früh ins Bett gehen.«
»Oben, im Schlafzimmer?« erkundigte sich Hattie.
»Wo sonst? Ich möchte ja ungern die Privatshäre unseres Gastes verletzen«, zischte Toby und wollte aufstehen. »Verflucht noch mal, der verdammte Köter hat mich ins Bein gebissen!«
»Er ist eben ein guter Wachhund«, verteidigte Hattie das aggressive Verhalten des Tieres.
»Er hat bestimmt die Tollwut«, schnaubte Toby und rückte schnell aus Rex' Reichweite. »Der sollte einen Maulkorb tragen.«
Hattie fand, daß Rex und Toby eigentlich sehr viel gemein hatten. Beide verteidigten ihr Revier, als lebten sie in der tiefsten Steinzeit. Die müßten beide einen Maulkorb tragen, so wie sie knurrend und schnappend ihre Überlegenheit demonstrierten.
Tobys Abgang wirkte Wunder auf Jimmy, der wie befreit aufsprang und in den Schränken herumkramte, bis er mit einer teuren Salsa aus sonnengetrockneten

und geriebenen Tomaten an den Tisch zurückkehrte. Es war das Ketchup-Ähnlichste, was er in dieser merkwürdigen Küche finden konnte. Er schüttete die rote, gehaltvolle Paste auf seine Nudeln und schaufelte sie dann mit deutlich gewachsenem Appetit in sich hinein, wobei er unentwegt in der Küche auf und ab lief.

Hattie vermutete, daß Jimmy sich wohl schon lange vor seiner Zeit auf der Straße angewöhnt hatte zu essen, wann und wo sich etwas anbot. Es mußte selten an einem Tisch gewesen sein, denn er war am glücklichsten, wenn er mit seinem Teller in der Hand auf und ab tigern konnte.

»Warum ißt du nicht vor dem Fernseher weiter, Jimmy, und ich seh mal nach Toby«, schlug Hattie vor.

Sie stellte ihren Teller auf die Arbeitsfläche aus Edelstahl und ging nach oben.

Toby lag auf dem Bett und zappte durch die Kanäle, fast so hektisch wie Jimmy kurz zuvor. Sein Gesichtsausdruck war hart und kalt, als er sie ansprach.

»Wie lange soll das noch so gehen, Hattie?«

»Nun, ich habe gerade noch drei Monate, um die Verwandlung zu vollbringen«, antwortete sie unbekümmert. »Also bis August etwa.«

»Das ist einfach lächerlich. Ich bin sicher, daß Jon seine Herausforderung gar nicht so ernst gemeint hat. Er würde nie von uns erwarten, derartige Unbequemlichkeiten in Kauf zu nehmen, um diese blöde Wette um einen hirnlosen Penner einzuhalten.«

»Du hast doch selbst gesagt, daß Jon seine Wetten immer sehr ernst nimmt. Und überhaupt, was bringt dich zu der Annahme, daß Jimmy ein hirnloser Penner ist?«

»Allein schon diese Zähne ...!«

»Willst du damit sagen, das Fehlen von kieferorthopädischer Versorgung in der Kindheit hätte Einfluß auf den Intelligenzquotienten?«

»Das Wort primitiv trifft es, Hattie. Er ist einfach primitiv. Jeder mit einem Funken Verstand im Kopf kann das sehen. Meine Güte, er frißt wie ein Schwein, er ist kaum der Sprache mächtig. Und wenn er mal etwas sagt, versteht man es nicht.«

»Er hat eben keine besondere Schulbildung genossen. Er ist nicht in Eton gewesen oder irgendeinem anderen Eliteinternat.«

»Das ist es nicht alleine, Hattie. Er befindet sich auf derselben Evolutionstufe wie sein Hund, er ist ja nicht einmal stubenrein. Er pinkelt ins Waschbecken, er raucht und ißt im Stehen. Das heute abend war doch der Beweis, er kann ja nicht einmal mit Messer und Gabel umgehen.«

»Mensch, Toby, sei doch nicht so überheblich. Alles, was du damit sagen willst, ist, daß er nicht deinen Vorstellungen von zivilisiertem Benehmen entspricht. Das ist doch nur eine Frage des Trainings. Man kann Menschen beibringen, wie sie mit Messer und Gabel umgehen sollen und daß man auf der Toilette abzieht, wenn man fertig ist – was du übrigens jeden Morgen nach dem Pinkeln vergißt. Was man allerdings niemandem beibringen kann, ist Feinfühligkeit. Es ist der Mangel an Sensibilität, der den Menschen zum Tier macht, Toby ...«

»Es ist dir wirklich ernst damit, nicht wahr? Dir ist dieses Tier wichtiger als alles andere in deinem Leben – unsere Beziehung, wie ich mich fühle ... Begreifst du denn nicht, daß ich es nicht ertrage, mit ihm unter einem Dach zu leben, ihn in meiner Wohnung zu haben?«

»Es ist meine Wohnung, Toby ...«

»Bis jetzt hast du immer von unserer Wohnung gesprochen, Hattie.«

»Ach Toby, du weißt doch, daß mir dieses Experiment eine Menge bedeutet. Dir mag es absurd und selbstsüchtig vorkommen, aber ich versuche, Jimmy zu helfen. Das Tier – wie du es nennst – aus dem Mann zu vertreiben, und ihm die Chance zu geben, etwas anderes zu sein, als eine Kreatur, die durch die Straßen schleicht und in Hauseingängen schläft.«

»Von mir aus, aber das muß doch nicht hier in unserer Wohnung sein.«

»Begreif doch, Toby, der Junge hat etwas in mir geweckt. Du und Jon, ihr habt euch schon immer über mein soziales Gewissen lustig gemacht. Noch nie zuvor hatte ich die Chance, wirklich etwas zu bewegen, so wie jetzt bei Jimmy. Ich habe jeden Tag mit Menschen zu tun, die von ihren Erfahrungen so gestört sind, daß man ihnen kaum noch helfen kann. Meine Hilfe ist immer nur der berühmte Tropfen auf dem heißen Stein. Bei ihm kann ich wirklich etwas tun. Ich bin mir ganz sicher, daß sich unter dem Tier, das du in ihm siehst, ein wunderbarer Mensch verbirgt, der das Potential besitzt, große Dinge zu erreichen. Es ist so, als wäre er noch ganz neu, verstehst du, Rohmaterial, das darauf wartet, in etwas Besonderes verwandelt zu werden. Wenn dir das nicht gefällt, kannst du ja wieder eine Weile in deiner eigenen Wohnung wohnen.«

»Und wenn er sich nun als Frankensteins Monster entpuppt?«

»Komm, Toby, das kann ja wohl kaum angehen. Sieh

ihn dir doch an. Abgesehen von seinen Zähnen und den Tätowierungen ist er wirklich außergewöhnlich schön.«
»Darum geht es dir also. So siehst du ihn.«
»Sei doch nicht albern, Toby. In dieser Hinsicht interessiert er mich doch gar nicht«, kicherte sie, als Toby ihre vorherige Vermutung, er sei eifersüchtig, bestätigte. »Ich sage doch nur, daß er ein außergewöhnlich schöner, anmutiger Mann ist. Ja, mehr noch, ich weiß gar nicht, wie ich es sagen soll, er hat irgend etwas.«
Tobys Züge entspannten sich jetzt, wo seine Befürchtungen zerstreut wurden. Toby war ein Mann, der seine Gefühle stark unter Kontrolle hielt. Der Ausdruck seiner Unsicherheit rührte Hatties Liebe für ihn, zumindest regte sich der kleine Rest, der davon noch übriggeblieben war.
»Mehr hast du nicht einzuwenden, nur, daß ich ihn attraktiv finden könnte?« lachte sie und griff nach seiner Hand, so wie man die Hand eines kleinen, unsicheren Buben ergreift, um ihn zu trösten.
Toby beugte sich vor und küßte Hattie leidenschaftlich. Er bohrte ihr die Zunge in den Mund, wie er es seit den Anfängen ihrer Beziehung nicht mehr getan hatte. Küsse waren schon vor langer Zeit aus ihrem sexuellen Repertoire gestrichen worden, und Hattie spürte eine ganz ungewohnte sexuelle Erregung.
Toby kämpfte mit ihrer Bluse und ihrem BH, ohne seinen Mund von ihrem zu lassen.
»Willst du mich, Hattie?« drängte er. »Sieh nur, wie groß er ist ...«
Er preßte ihre Hand an seinen Penis und griff dann nach ihrer Jeans, öffnete den Reißverschluß und riß sie grob herunter. Als Hattie endlich nackt war, drang er

in sie ein und liebte sie mit einer Kraft, wie sie sie ebenfalls schon seit langem nicht mehr erlebt hatte.

»Ich werd's dir besorgen besorgen besorgen,« röhrte er.

»Pscht, Toby, er könnte uns hören ...«

»Soll er uns doch, verdammt noch mal, hören! Dies ist unser Heim und nicht seins«, schimpfte Toby während er weiter in sie stieß, und das Bett, das solch heftige Bewegungen nicht gewöhnt war, unmißverständlich rhythmisch gegen die Wand wummerte. Hattie war sich sicher, daß man den Krach auch unten hören konnte – trotz Fernseher.

SECHSTES KAPITEL

Etwa eine Stunde später schlief Toby tief und fest wie ein zufriedenes Baby. Hattie stand auf und zog sich ihren Bademantel an, um nach unten zu gehen. Ihre Unruhe stand in keinem Verhältnis zu dem Vorfall. Sie nahm an, daß ihre Befürchtung, Jimmy könnte ihren lauten Liebesakt gehört haben, etwas mit ihrem frisch erwachten Mutterinstinkt zu tun hatte. Zumindest fiel ihr keine bessere Erklärung für dieses plötzliche Bedürfnis ein, noch einmal nach ihm sehen zu müssen.

Alles war dunkel, also ging sie davon aus, daß er schon schlief. Sie drehte an dem Dimmer des Küchenlichts und stellte fest, daß Jimmy aufgeräumt hatte. Die Teller waren abgewaschen und ordentlich aufgereiht, selbst die Töpfe hatte er zum Einweichen mit Wasser gefüllt und in die Spüle gestellt.

Wer hier eine schlechte Kinderstube bewies, war eindeutig nicht Jimmy, dachte sie bei sich. Es war Toby, der sich wie ein Tier aufgeführt hatte, der Mann, mit dem sie ihr Leben teilte. Es schüttelte sie bei der Erinnerung daran, wie er sein Territorium markiert hatte, indem er seine Manneskraft lautstark unter Beweis stellte. Außerdem spürte sie ein leichtes Schuldgefühl, weil sie zum ersten Mal seit Ewigkeiten Spaß am Sex gehabt hatte.

Hattie ging ins Badezimmer und ließ Wasser in die

Wanne, sie goß ein bißchen Badeöl dazu. Eigentlich war sie nicht von Schönheitspflege-Ritualen besessen, aber jetzt hatte sie das starke Bedürfnis, sich zu reinigen. Sie wühlte in einer Schublade herum, bis sie eine alte Tube Gesichtsmaske fand, und spachtelte sich die Creme dick auf ihr Gesicht. Als sie fertig war, schaute sie in den Spiegel. Die Wirkung war verblüffend. Die grünliche Paste machte ihre Züge unkenntlich, ihr Gesicht erstarrte zu einer Fratze.
Als sie in der Wanne lag, überlegte sie, wie sie Jimmy helfen könnte. Sie mußte zuerst herausfinden, welche Schulbildung der Junge genossen hatte. Selbstverständlich wollte sie auch – aus persönlichen wie aus professionellen Gründen – wissen, aus welcher Familie er kam und wie seine Kindheit gewesen war. Erst dann würde sie ermessen können, welche verborgenen Talente in ihm brachlagen. Claire oblag die Oberaufsicht über Jimmys äußere Verwandlung. Gleich morgen würden sie mit einer ausgiebigen Einkaufstour beginnen. Aber schon die flüchtige Reinigungsaktion am Morgen hatte bewiesen, daß von dieser Seite keine Probleme zu befürchten waren. Hattie erinnerte sich nicht ohne Schadenfreude, wie Jon am frühen Abend angerufen hatte, um zu fragen, wie die Dinge standen. Mit einem diebischen Vergnügen hatte sie ihm erklärt, daß die Wette noch lief und daß sie und Claire sich sicherer als je zuvor waren, sie auch zu gewinnen. Dies alles natürlich außer Hörweite von Jimmy.
Sie ließ das Wasser ablaufen und kuschelte sich in ihren dicken Frotteemantel. Dann ging sie in die Küche, um sich etwas zu trinken zu machen. Während sie Wasser in den Kessel füllte, hörte sie plötzlich ein Geräusch hinter sich. Angst stieg in ihr auf.

»Jimmy! Du hast mir vielleicht einen Schrecken eingejagt. Ich dachte, du schläfst schon längst.«
»Ich hab mir draußen 'ne Fluppe genehmigt«, erklärte er und starrte sie entgeistert an.
»Ach du liebes bißchen, meine Maske«, lachte Hattie, als ihr einfiel, wie albern sie aussehen mußte. »Es handelt sich hier um ein befremdliches, weibliches Ritual, das wahrscheinlich primitive Wurzeln hat. Schon bei den Neandertalern bewarfen sich die Frauen das Gesicht mit Schlamm ...«
Er sah sie mit seinen strahlenden, blauen Augen noch verwirrter an – wenn das überhaupt möglich war – und sie fühlte sich sehr unbehaglich.
»Möchtest du etwas trinken? Ich wollte gerade Tee machen.«
»Ey, OK«, antwortete er und beobachtete sie neugierig.
»Weißt du was, mach du den Tee und ich wische mir derweil das Zeug aus dem Gesicht. Dann können wir uns noch ein bißchen was erzählen.«
Er nickte, und sie ging ins Badezimmer, um sich die angetrocknete Maske vom Gesicht zu spülen. Dann zog sie sich noch einen Schlafanzug an, damit sie auch unter ihrem Bademantel ganz sittsam war.
Als sie zurückkam, saß er auf dem Sofa, umgeben von einer Ansammlung Krimskrams. Rex lag ihm als sein knurrender Beschützer zu Füßen. Auf dem Tisch stand ein Tablett mit zwei Bechern Tee und einem Päckchen Zigaretten.
»Ey Mann, das is besser, jetzt kamman dein hübsches Gesicht wieder sehen.«
Hattie war so überrascht, daß sie errötete und, in einem Anfall ungewohnter Eitelkeit, ihr wildes schwarzes Haar aus dem Gesicht strich. Sie setzte sich

neben ihn, Rex drosselte sein Knurren zu einem feindseligen Brummen, und Jimmy kramte in seinen Besitztümern rum.
»Dein Macker kann Rex nich riechen, oder?«
»Kümmer dich nicht drum. Toby wird sich an ihn gewöhnen müssen.«
Er lächelte sie an, und wieder strich Hattie sich das Haar aus dem Gesicht. Sie nahm ihren Tee und nippte daran. Er war so stark, daß die Milch darin orangefarben schimmerte. »Meinst du, ich könnte eine Zigarette haben«, fragte sie und schielte begehrlich zu dem Päckchen hinüber.
»Nee, echt? Hier drinnen?« In Jimmys Augen glitzerte es verschwörerisch.
»Warum nicht«, lächelte sie. »Toby schläft ja.«
Jimmy gab ihr eine Zigarette und nahm sich selber eine. Dann saßen sie beisammen und rauchten so einträchtig, daß Hattie sich vorkam, als hätten sie einen Geheimbund geschlossen.
»Erzähl mir von deinen Sachen«, sagte sie und zog wieder gierig an der Zigarette, als handelte es sich um ein starkes Narkotikum.
»Is nur Zeugs von zu Hause.«
»Und wo genau ist zu Hause?«
»Meadow Well.«
»Liegt Meadow Well in der Nähe einer Stadt?«
»Die Siedlung heißt Meadow Well ...« Er schien sichtlich erstaunt, daß sie es nicht kannte.
»Ist das in der Nähe von Newcastle?«
»Nee Hinny, North Shields. So zehn Kilometer von Newcastle.«
»Und hast du da Familie?«
Einen Moment lang war er still und nachdenklich.

Dann murmelte er: »Meine Mam und meine Brüder ...«

»Hast du ein Bild von ihnen, Jimmy?«

Er blätterte geschäftig durch den Stapel neben sich und reichte ihr schließlich zwei Fotos herüber. Die Frau, die darauf zu sehen war, mußte irgendwo zwischen fünfunddreißig und fünfundfünfzig Jahre alt sein. Man konnte ihr Alter schlecht schätzen, denn ihr Ausdruck war hart und das Gesicht sehr stark geschminkt. Das grellrot gefärbte Haar hatte sie sich zu einer festen Dauerwelle legen lassen. Um ihren Hals hing neben vier weiteren Ketten ein goldenes Kreuz. Nichts an ihr erinnerte an die Schönheit ihres Sohnes. Auf dem einen Foto stand sie am Strand und blinzelte in die Sonne, auf dem anderen hatte sie sich feingemacht und trug eine Blüte am Blusenaufschlag. Möglicherweise befand sie sich auf einer Hochzeit.

»Und dein Vater?«

»Dad hab ich nie gekannt«, antwortete Jimmy verlegen.

»Sind deine Brüder älter als du?« forschte Hattie weiter.

»Nee, die sind kleiner. Mam hat mich gekriegt, als sie siebzehn war.« Hier hielt er inne. »Warn Matrose aus Norwegen. Sie hat ihn im ›*Dschungel*‹ unten am Hafen getroffen. Liebe auf den ersten Blick – is aber nich wiedergekommen ...«

Ein norwegischer Vater also. Das erklärte allerdings die erstaunlich blauen Augen, das helle Haar und seinen muskulösen Körper. Hattie verglich die unscheinbare Mutter auf dem Foto mit Jimmys aufregendem Aussehen.

»Und deine Brüder? Hast du von denen auch Fotos?«

Er wühlte wieder durch seinen Stapel und legte ihr drei Fotografien vor. Fünf Brüder waren darauf zu sehen. Sie mußten etwa zwischen vier und siebzehn Jahre alt sein. Keiner glich dem anderen, aber sie trugen alle den bösen, kalten Gesichtsausdruck der Mutter. Möglicherweise sind sie ja von verschiedenen Vätern, dachte Hattie, als sie die Fotos näher betrachtete, das ist heutzutage schließlich nichts Ungewöhnliches mehr.

Auf einem der Bilder war auch Jimmy zu sehen. Er mußte damals etwa zwölf Jahre alt gewesen sein. Zwischen seinen rauhbeinigen Geschwistern wirkte er wie ein Wechselbalg. Und das ist er ja eigentlich auch, dachte Hattie. Die Familie hatte sich im Vorgarten eines schäbigen grauen Hauses ablichten lassen. Überall lag Stadtmüll herum, Autoreifen, Altmetall, vergammeltes Spielzeug und Plastiktüten. An der rechten Kante des Fotos konnte man das Nachbarhaus erkennen, schwarz von Feuer und Ruß, die Fenster vernagelt. Hattie kannte solche Häuser aus Dokumentarsendungen über den Verfall der Städte, aber nicht aus eigener Anschauung. Sie hatte zwar ein paar Freunde, die in sogenannten *Arbeiterhäuschen* wohnten, mit nur zwei Zimmern unten und zwei Zimmern oben, aber die waren alle top restauriert. Die alten Aborte im Freien hatte man in Wintergärten verwandelt, und alles war schnuckelig und gemütlich. Vor Begegnungen mit Verfall und Entbehrung, wie sie auf Jimmys Fotos zu erkennen waren, hatte ihre privilegierte Herkunft sie bisher bewahrt.

»Vermißt du sie?«

»Den Knirps, der is jetzt neun. Der fehlt mir sehr«, gestand Jimmy.

»Vierzehn Jahre jünger als du?«
Er dachte nach, dabei kniff er die Augen zusammen, als müsse er etwas sehr Schwieriges nachrechnen. »Wenndes sagst. »
»Wie bist du denn in diesen Bankeingang geraten? Warum hast du deine Familie und deine Heimatstadt verlassen?«
Er seufzte und sah ihr tief in die Augen, als wollte er sagen, daß es zu viele Gründe gäbe und die Geschichte zu lang und zu schmerzhaft sei, um sie zu erzählen.
»Meine Alte hat 'nen neuen Macker und dem wars zu eng bei uns ... Wasn mit dir? Wasn mit deinen Leuten, ey?« fragte er in einem unmißverständlichen Versuch, das Thema zu wechseln und sie davon abzuhalten, weiter seine Herkunft zu erforschen.
»Ich habe eine Familie, auch eine Schwester. Du hast vielleicht schon einmal von meiner Schwester Arabella gehört.«
»Isn die berühmt?« Er schaute sie ehrfürchtig an und hielt ihr eine neue Zigarette hin, die sie hastig ergriff.
»Eher berüchtigt. Sie ist ungeheuer glamourös, die Paparazzi fotografieren sie ständig an der Seite dieses oder jenes Prominenten. Außerdem schreibt sie eine Kolumne für eine Sonntagszeitung, in der sie ihre Wochenausbeute abfeiert – auf welchen Parties sie war und welche Presseveranstaltungen sie besucht hat.«
»Wie heißt die denn?«
»Arabella Sykes. Sie hat den Mädchennamen unserer Mutter angenommen, als sie mit dem Modeln anfing. Sie dachte, der würde ihr bei ihrer Karriere behilflich sein«, fügte Hattie hinzu.
»Und hast du auch 'ne Mam und 'nen Dad?« fragte Jimmy.

Hattie kicherte. Sie hätte nie gewagt, ihre Eltern Mam und Dad zu nennen. Die hatten immer auf der formellen Anrede Mutter und Vater bestanden.
»Ja. Mag der Himmel wissen, warum sie zusammengeblieben sind. Sie haben absolut nichts gemeinsam – außer ihrer Leidenschaft für Geld ...«, sagte sie.
»Bilder?« fragte Jimmy und zeigte auf seinen Stapel Fotos. Dann zog er hilflos die Schultern hoch und sah sich suchend um, als wollte er andeuten, daß es hier, in ihrem sauberen, spartanisch eingerichteten Heim, leider an Familienfotos fehlte.
»Meine Mutter und meine Schwester sind gefeierte Schönheiten. Es gibt so viele Fotos von ihnen ... Alle möglichen berühmten Fotografen haben sie vor der Linse gehabt – John Swannell, David Bailey, usw ... Diese Wohnung würde nicht ausreichen, um sie alle aufzubewahren, ganz zu schweigen von einem gewöhnlichen Fotoalbum. Aber wenn du gerne möchtest, sehe ich mal, was ich finden kann.« Hattie sprang auf und ging in ihre Arbeitsecke an einen großen, aufgearbeiteten Rollschrank, wo sie ein paar Erinnerungsstücke an ihre Familie aufhob.
Sie reichte Jimmy einen Stapel Bilder – einen aktuellen Zeitungsausschnitt aus der *Daily Mail* mit Arabella und ihrem Rockstar, mehrere Abbildungen ihrer Eltern, die sie aus *Harpers Bazaar* ausgeschnitten hatte, und ein paar Ferienschnappschüsse aus ihrer Kindheit. Sie zögerte, ob sie auch das offizielle Familienfoto zeigen sollte. Es war für eine Zeitungs-Sonderbeilage über ihren Vater aufgenommen worden und zeigte alle vier aufgereiht vor dem ziemlich beeindruckenden herrschaftlichen Familiensitz. Aber dann legte sie es zu den anderen.

Jimmy sah sich die Bilder aufmerksam an, offensichtlich fasziniert. Ab und zu blickte er auf, um Hattie zu betrachten.
»Und, sie sind doch wirklich sehr schön, nicht wahr?« fragte sie und erwartete die üblichen Ausrufe der Bewunderung, wie attraktiv ihre Schwester und ihre Mutter seien.
»Nee, Mädchen, du bist die Schönheit, nich die«, meinte er und strich ihr vorsichtig über die lange wilde Lockenpracht.
Diese Geste und seine Worte brachten Hattie einen Moment lang aus der Fassung. Sein Kompliment mochte nicht mehr sein als die Beobachtung eines ungeschulten Auges, aber sie hatte seit Jahren nichts Schöneres gehört.
»Jimmy, glaub' mir, in unserer Gesellschaft gelten *sie* als die wahren Schönheiten.«
»Dein Dad?« fragte er weiter und deutete auf ein Bild von Hatties Vater.
Sie nickte.
»Siehst aus wie er.«
Als ob ich das nicht selber wüßte, dachte Hattie und sah zu Jimmy, der jetzt das Foto von Whitehaven, ihrem Familiensitz, eingehend betrachtete.
»'N Hotel?« fragte er.
»Nein, unser Haus.«
Sie merkte, daß es ihm peinlich war, und spürte auch seine Verwirrung, darum beugte sie sich über ihn, um eine der Medaillen aus dem Berg seiner geliebten Habseligkeiten zu fischen. Rex, der neben Jimmy geschlafen hatte, sprang auf und bellte sie wütend an.
»Aus, Rex«, befahl Jimmy. »Er is eigentlich sanft wie ein Lämmchen, bloß Fremde kanner nich riechen.«

»Wie lange hast du Rex denn schon?« erkundigte sich Hattie und streichelte das struppige Fell des Hundes. Vor ihrem Zusammentreffen mit Jimmy hatte Hattie eine eher skeptische Einstellung zu Obdachlosen mit Hund gehabt. Sie war davon ausgegangen, daß die Tiere als Bettelhilfe mißbraucht wurden. Ein bißchen wie verkrüppelte Kinder in Ländern der Dritten Welt, ein Mittel, um den Menschen die Herzen und die Taschen zu öffnen. In diesem Fall allerdings schien es ziemlich unwahrscheinlich, daß Jimmy von Rex, so nervös, häßlich und aggressiv das Tier war, auf irgendeine Weise hätte profitieren können.
»Er hat sich irgendwie an mich gehängt, als ich ma am Bahnhof gepennt hab. Hab gehört, er war der Hund vonnem alten Mann, der gestorben is. Jedenfalls isser nich mehr weggegangen ...«, erklärte Jimmy. Rex drehte sich auf den Rücken und ließ Hattie wissen, daß er jetzt gerne den Bauch gekrault bekäme. »Tricks kanner auch ...«
»Tricks?«
»Rex macht Männchen und bettelt um Newkie.«
»Newkie?«
»Newcastle Brown Ale, verstehste?«
»Bier?« fragte Hattie ungläubig und betrachtete Rex mit ganz anderen Augen.
»Außerdem paßt er auf uns auf.«
»Was ist das?« fragte Hattie und hielt die Medaille hoch, die sie immer noch in der Hand hielt.
Jimmy schnappte sie ihr weg und verstaute sie unter den anderen Sachen. Dabei kullerte etwas auf den Fußboden. Hattie nahm den Gegenstand auf und betrachtete ihn näher. Es war eine Schneekugel. Darin stöberte der Schnee um den berühmten Blackpool To-

wer. Sie schüttelte die Kugel, und beide sahen zu, wie die weißen Flocken zu Boden wirbelten.

»Hat meine Nan mir geschenkt«, sagte Jimmy mit glänzenden Augen. »Wie ich klein war. Erinnert mich an sie.«

»Lebt deine Großmutter noch?«

»Mam und ich haben bei ihr gewohnt, wie ich klein war. Eigentlich war Nan meine echte Mutter, jedenfalls mehr als Mam. Jetzt is sie tot.«

Wieder kam sich Hattie wie ein Schnüffler vor. So, als ob sie da herumstöberte, wo sie nichts zu suchen hatte. So, als fragte sie Dinge, über die er nicht sprechen wollte und konnte. Sie mußte einen Weg finden, Zugang zu ihm zu bekommen. Nur wenn er sich ihr öffnete, konnte sie ihm helfen, die Verletzungen zu verwinden, die ihm offensichtlich zugefügt worden waren.

»Jimmy, du weißt, was meine Arbeit ist, oder? Ich bin Psychologin. Ich behandele meistens Kinder, die etwas Schreckliches erlebt haben. Ich helfe ihnen, indem ich mit ihnen darüber spreche. Würdest du auch mit mir über dein früheres Leben sprechen?«

»Is das so was wien Doktor?«

»In etwa, ja.«

Das beeindruckte ihn ungemein.

»Aber ich bin nich krank unso.«

»Nein, natürlich nicht. Aber damit ich meine Arbeit vollenden kann, diese Abhandlung, die ich schreibe, muß ich verstehen, was dir als Kind zugestoßen ist. Wenn ich darf, nehme ich dich im Lauf der Woche mit in mein Büro. Da können wir dann ungestört und richtig professionell miteinander reden.« Sie hatte zwar ein schlechtes Gewissen, weil sie ihn über ihre

wahren Beweggründe im Dunkeln ließ, aber sie konnte der Versuchung einfach nicht widerstehen, sein früheres Leben zu erforschen.
Sein Blick sagte, daß er ihr wirklich gerne glauben würde, dieser merkwürdigen neuen Welt jedoch, in der er sich plötzlich befand, nicht traute. Einen Moment lang überlegte Hattie, ob sie reinen Tisch machen und ihm von Jons Wette erzählen sollte. Aber dann hatte sie doch zuviel Angst, sie könnte das bißchen frisch erworbenes Vertrauen aufs Spiel setzen. Und letztlich war Jimmy mehr geholfen, wenn sie die Wette gewannen – auch wenn dabei ein kleiner, unschuldiger Betrug unumgänglich war. Ihm in diesem empfindlichen Anfangsstadium die ganze Wahrheit bloßzulegen, würde niemandem etwas bringen.
»Morgen geht Claire mit dir einkaufen, Jimmy. Sie ist wirklich eine angenehme Gesellschaft, und sie meint es gut mit dir. Ich treffe euch dann anschließend zum Lunch.«
»Kann ich dann wieder herkommen?«
»Aber natürlich, Jimmy.« Hattie wollte seinen Arm tätscheln, um sein Vertrauen ein bißchen zu stärken. Zur Überraschung beider verursachte die Berührung einen kleinen elektrischen Schlag.

SIEBTES KAPITEL

Als Claire an diesem Morgen aufwachte, ging es ihr ziemlich schlecht. Letzte Nacht mußte sie wohl mehr getrunken haben, als gut für sie war. Allerdings hatte sie nicht mehr die leiseste Ahnung, wo das gewesen sein könnte – oder mit wem. Sie blinzelte zum Wecker, stellte fest, daß sie noch ein halbes Stündchen Zeit hatte, und drehte sich auf die andere Seite. Dabei stieß sie gegen einen ziemlich großen, massiven Körper in ihrem Bett.

»Meine Güte, Eddie, was machst du denn hier?« rief sie entsetzt aus, als sie die schlafende Figur neben sich erkannte.

Eddie öffnete ein verquollenes Auge und schielte sie nicht weniger überrascht an. Das andere öffnete sich eine Sekunde später, und blinzelte mit kalter Berechnung.

»Wo ich schon mal hier bin, Claire, warum führen wir nicht zu Ende, was wir offensichtlich gestern abend begonnen haben?« fragte er und schob sich auf sie.

Eigentlich war sie gar nicht in Stimmung, aber andererseits, meine Güte, es war schließlich Ewigkeiten her ... jedenfalls abgesehen vom Quickie mit dem Ziegenbärtchen. Und Eddie war in ihrem Leben sowieso seit Jahren auf- und abgetaucht – genauso wie er jetzt in ihr auf und ab tauchte.

»Gott, Eddie, ich glaube, ich bin immer noch betrunken«, seufzte sie, während ihr Körper tatsächlich auf sein eher bescheidenes Vorspiel reagierte.
Die Sache dauerte nicht lange. Schon fünf Minuten später stand sie unter der dampfenden Dusche und fühlte sich, als wüsche sie sich in ihren eigenen Tränen. Warum hatte sie das zugelassen? Warum war ihr männliche Aufmerksamkeit so wichtig? Warum hatte sie Eddie nicht gesagt, er sollte sich davonmachen, anstatt sich von ihm anmachen zu lassen?
Nachdem sie ungefähr zweieinhalb Minuten das, was man gemeinhin als Liebesspiel bezeichnet, über sich hatte ergehen lassen, war die Erinnerung wiedergekommen. Es gab gar nichts zu Ende zu führen, hier in ihrem Bett. Sie hatte nur Mitleid mit ihm gehabt. Er mochte nach einer langen Dinnerparty, auf der der Alkohol in Strömen geflossen war, nicht nach Hause gehen. Und sie hatte ihm erlaubt zu bleiben. Es war nie ihre Absicht gewesen, ihre Gastfreundschaft so weit zu treiben. Sie hörte förmlich noch, wie er ihr versicherte, er würde still wie ein Mäuschen neben ihr liegen und sie nicht anrühren. Alles nur, damit er morgen früh nicht so alleine wäre.
Warum war sie nur so blöd, wenn es um Männer ging? Sie hatte in Anglistik promoviert. Sie beherrschte fünf Sprachen, aber keine von denen half ihr, die Sprüche eines Mannes richtig zu verstehen.
Während sie sich ausgiebig schrubbte, dachte sie bitter, irgend jemand sollte mal ein Handwörterbuch für die moderne Sprache von Machos schreiben. Eine vollständige Sammlung von Männersprüchen, in der genauestens erklärt würde, daß *›Ich-leg-mich-nur-neben-dich-und-rühre-dich-nicht-an-ich-will-dir-einfach-*

nahe-sein‹ eigentlich ›*Wenn-ich-dich-erst-mal-im-Bett-habe-werde-ich-dich-schon-rumkriegen*‹ bedeutete. Ein Nachschlagewerk, in dem Phrasen wie ›*So-habe-ich-mich-noch-nie-mit-jemandem-gefühlt*‹ und ›*Oh-Gott-was-bist-du-schön*‹ in das übersetzt wurden, was sie wirklich bedeuteten. Nämlich: ›*So-habe-ich-mich-seit-mindestens-drei-Wochen-mit-niemand-mehr-gefühlt*‹ und ›*Oh-Gott-was-bin-ich-geil*‹.

Die Welt brauchte eine ausführliche Liste der abgedroschenen Klischees, die üblicherweise bei einem Glas Wein und mit bedeutungsschwangeren Dackelblicken vorgebracht wurden. Claire selbst hatten solche Sprüche von einer katastrophalen Affaire in die nächste befördert.

In keinem anderen Lebensbereich bin ich so naiv, dachte sie verzweifelt. Nein, eigentlich war sie sogar sehr auf Draht und eher zynischer Natur. Bei den Beziehungen anderer Leute konnte sie ein Arschloch aus der Ferne erkennen. Den manipulierenden Egoismus von Toby hatte sie zum Beispiel von Anfang an durchschaut, und auch Jons skrupelloses Benehmen seinen diversen Freundinnen gegenüber war ihr nur allzu bekannt. Aber wenn in ihr eigenes Leben ein Mann trat, setzte ihre Kritikfähigkeit einfach aus.

Zu Claires Erleichterung war Eddie spurlos verschwunden, als sie aus dem Badezimmer kam. Wahrscheinlich würde sie jetzt sechs Monate lang nichts mehr von ihm hören, nur um ihm sofort wieder nachzugeben, wenn er dann auftauchte – wie heute morgen.

Es war ein Problem, das sie mit vielen anderen intelligenten, kompetenten Frauen im Alter von Anfang dreißig teilte. Sie fand die lieben, fürsorglichen Männer, die nie logen und betrogen, einfach nicht attraktiv. Außerdem nahmen mit zunehmendem Alter zwei Dinge rapide ab: die eigene Kompromißfähigkeit und die noch verfügbaren Männer. Von den Männern, mit denen sie in den letzten zwei Jahre zu tun gehabt hatte, fiel ihr nicht ein einziger ein, der einigermaßen in Ordnung war. Wenn irgendeiner ihrer Vorstellung vom Traummann nahe kam, hatte er schon eine Traumfrau neben sich (und meist noch zwei Extraumfrauen hinter sich). Claires Leben mochte erfüllt sein, sie hatte Aufgaben und Menschen, die ihr etwas bedeuteten, und trotzdem hatte sie – so unmodern das auch klingen mochte – das Gefühl, ohne Mann fehlte ihr irgendwas.

Schuld daran war natürlich ihre Mutter. Sie hatte Claire nach dem Grundsatz erzogen, Aussehen sei ihr größtes Kapital. Claires dichtes Haar war kastanienbraun, ihr ovales Gesicht ebenmäßig und ihre Figur so, daß andere Frauen vor Neid erblaßten: groß, schlank, mit Brüsten ›wie bei einer aufblasbaren Gummipuppe‹. Diese Beschreibung verdankte sie Jon, dem einzigen Mann auf dieser Welt, der ihr ein Freund war. Claires Mutter hatte von Anfang an große Hoffnungen auf die Heiratschancen ihrer Tochter gesetzt. Sie bleute Claire von frühester Kindheit an ein, daß das wichtigste Ziel im Leben eines Mädchens eine gute Partie sei. Eine ›gute Partie‹ war für ihre Mutter jemand aus gutem Hause mit viel, viel Geld.

»Love and marriage, love and marriage, they go together like a horse and carriage‹ – ›erst Lieben und Heiraten dann, das ist in der Welt das beste Gespann‹ – hatte sie schon der ganz kleinen Claire vorgesungen. Einer der Gründe, die Claire von Kanada nach England getrieben hatten, war, daß sie diese Erwartungen ihrer Mutter enttäuschen mußte. Sie hatte keine gute Partie an Land gezogen. Außerdem war sie – wie sie manchmal mit einem bitteren Lachen sagte – bereits mit allen fünfhundert begehrten Junggesellen in Toronto im Bett gewesen. Es war einfach keiner mehr übrig. Nicht etwa, daß die gut genug für ihre Mutter gewesen wären ...

In solche Gedanken vertieft, führte Claire in ihrem Schlafzimmer die Säuberungsaktion fort. Sie riß die edlen Bettlaken vom Bett und stopfte sie in den Wäschekorb. Dann öffnete sie das Fenster weit, um die warme Morgenluft hereinzulassen. Da klingelte das Telefon. Hattie rief an, um Claire daran zu erinnern, daß sie in einer Stunde mit Jimmy zum Einkaufen verabredet war.

»Ich hab's nicht vergessen, Hattie. Wahrscheinlich wird es sogar der Höhepunkt meiner Woche«, meinte sie.

»Ja, wie ›Pretty Woman‹, nur umgekehrt. Und daß du ja den ›Pretty Man‹ ins Londoner Gegenstück zum Rodeo Drive führst«, antwortete Hattie anzüglich.

Ursprünglich wollte Claire mit Jimmy zu Versace gehen. Sie dachte sich, daß er in den großen verrückten Versace-Jacketts bestimmt toll aussähe. Aber dann hörte sie auf Hatties Warnung. Sie wollten schließlich keinen Paradiesvogel aus ihm machen. Außerdem mußte das veranschlagte Budget von 2.500 Pfund für mehr als eine Jacke und zwei Hemden reichen.

»Wir kleiden ihn nicht für eine Filmpremiere oder ein Rockkonzert ein«, hatte Hattie erklärt. »Er ist weder Elton John noch Eric Clapton. Wir kaufen ihm die

Garderobe für ein neues Leben. Ein Leben, in dem er als Mann von Wert zu bestehen hat. Und nicht als Mann, der es nötig hat, zu zeigen, daß er einen scheußlichen Versace-Anzug wert ist ...«

Am Ende hatten sie sich darauf geeinigt, mit ihm zu Paul Smith zu gehen, wo die Sachen eher klassisch geschnitten waren und die Preisschilder kein Herzversagen hervorriefen.

Diese ganze Einkaufsaktion verwirrte Jimmy. Er war in seinem Leben bisher nur zweimal Kleider kaufen gegangen. Beide Male in Newcastle mit seiner Nan. Sie mußten in die Filiale einer großen Warenkette gehen, weil man dort *Provy cheques* akzeptierte – Bezugsscheine vom Sozialamt. *Provy cheques* waren das einzige Zahlungsmittel, über das seine Nan verfügte.

Wie die meisten Kids in Meadow Well, war er in Kleidern und Sachen vom Flohmarkt groß geworden. Die einzige Art, an neue Sachen zu kommen, waren die *Provy cheques*, eine Art Sparsystem für die ärmsten Familien. Man zahlte jede Woche ein paar Pence ein, und irgendwann einmal war genug Geld zusammengekommen, um sich so einen ›Scheck‹ abzuholen. Sie galten nur in bestimmten Billigläden, in denen es hauptsächlich Overalls und Jogginganzüge gab. Von Designerjeans konnten die Jungen von Meadow Well nur träumen.

Hier, bei Paul Smith, ging ein ganz anderes Ding ab, das merkte Jimmy rasch. Der Laden sah ein bißchen wie Hatties Wohnung aus. Jimmy blickte sich nervös um. In den Regalen lagen schwarze und graue Kleidungsstücke, beschienen von merkwürdigen kleinen, phosphoreszierenden Lampen. Genau solche hatte auch Hattie zu Hause.

»Bitte Maß nehmen!« befahl Claire dem bläßlichen Verkäufer, so als wäre Jimmy ein kleiner Junge, der neue Schuhe brauchte.
Der Mann zog erstaunt eine Augenbraue in die Höhe, als er die merkwürdige Gestalt vor sich begutachtete. Nach Tobys Wutanfall, weil Jimmy seine Klamotten trug, hatte der Junge es vorgezogen, wieder eigene Sachen anzuziehen. Natürlich nicht die, die Hattie und Claire nach seinem Bad weggeworfen hatten, aber andere aus dem Schließfach am Bahnhof.
Er trug ein dickes, grobes Holfzfällerhemd in schrillen Farben – Gelb, Schwarz und Lila. Darunter einen marinefarbenen Trainingsanzug, dessen Kapuze er sich über den Kopf gezogen hatte. Die Sachen waren viel zu warm für den Sommer – selbst nach englischen Maßstäben – aber das Leben auf der Straße hatte Jimmy gelehrt, sich immer schön warm anzuziehen, Sommer wie Winter.
Dementsprechend roch er auch. Über ihm hing der penetrante, muffige Geruch von Kleidungsstücken, die längere Zeit keine Waschmaschine von innen gesehen hatten. All die Schönheit, auf die die Frauen am Tag zuvor einen Blick werfen durften, war in dieser Aufmachung wieder verschwunden. Der Verkäufer näherte sich dem Jungen so widerstrebend wie einem großen Hundehaufen.
»Und welche Größe trägt der Herr?« fragte er abschätzig.
»Weg, Mann«, antwortete ein nervöser Jimmy.
»Was trägst du für eine Größe? 48, 50?«
Jimmy blickte unsicher zu Claire hinüber.
»Er will wissen, wie groß deine Sachen sein sollen«, übersetzte sie.

»Medium«, antwortete Jimmy und errötete ein bißchen.
Der Verkäufer holte einmal tief Luft, hielt den Atem an und legte das Maßband um Jimmys Brust.
»Würde der Herr bitte mal das Hemd ausziehen?« bat er und betonte dabei sarkastisch das Wort ›Herr‹.
Zögernd entfernte Jimmy sein Holzfällerhemd.
»Und das Kapuzendings«, forderte der Verkäufer gehässig.
Jimmy hob die Arme und zog auch das Oberteil aus. Dabei kam ein schmuddeliges, vergrautes Netzhemd zutage.
»Ach je, haben wir aus Versehen die Calvin Kleins mit der Buntwäsche gewaschen«, höhnte der Verkäufer.
»Auch das Unterhemd, Jimmy«, befahl Claire.
Jimmy zog sein Hemd aus, und der ganze Laden hielt den Atem an. Jimmys schöner trainierter, über und über tätowierter Torso zog die Augen aller Männer – und aller begleitenden Damen – auf sich.
Selbst ihr Verkäufer erwärmte sich sichtlich für seinen Kunden und bediente ihn jetzt mit etwas mehr Enthusiasmus.
»Ganz und gar nicht Medium, mein Herr ... LARGE«, rief er ungläubig aus, als er auf das Maßband sah.
»Er braucht eine komplett neue Garderobe, Tony«, kommandierte Claire, die taktisch geschickt den Namen des Verkäufers von seinem Schildchen abgelesen hatte.
»Ich bin sicher, daß ich Ihnen da behilflich sein kann«, hauchte dieser. Ein Blick auf Jimmy ohne Oberbekleidung, und schon wechselte sein Tonfall von beflissen zu unterwürfig.
»Er braucht einen Anzug für alle Gelegenheiten, min-

destens zwei weiße Qualitätshemden, zwei Krawatten, Socken und Freizeitkleidung«, orderte Claire.
»Ich sehe den Herrn schon von mir«, säuselte Tony und warf einen Blick auf Jimmys untere Hälfte. »Als nächstes die innere Schrittlänge«, bestimmte er mit Begeisterung.
»Runter mit den Hosen, Jimmy«, forderte Claire.
»Was hier?« fragte er in Panik.
Tony führte ihn in eine kleine Kabine hinten im Laden und bat ihn, die Trainingshosen auszuziehen.
»Er ist der wandelnde David von Michelangelo, nur besser ausgestattet, wenn Sie verstehen, was ich meine«, flüsterte Tony Claire zu, als er aus der Kabine kam, um einige Hosen und Jacken zu holen, die Jimmy anprobieren sollte.
»Wirklich?« staunte Claire. Sie konnte nicht anders und verrenkte den Hals, um über die Pendeltüren in die Kabine zu sehen.
Jimmy hatte mittlerweile Ausdruck und Verhalten einer Schaufensterpuppe angenommen. Inzwischen waren andere Verkäufer dazugekommen, neugierig auf diesen Kunden. Jimmy ließ sich von allen willenlos an- und ausziehen.
»In grauem Flanell find' ich ihn besonders toll«, schwärmte Tony.
»Schwarzes Leder«, zischelte ein anderer Verkäufer süffisant. »Das ist es!« rief Claire begeistert und griff nach einer astronomisch teuren Lederjacke. Sie warf sie Jimmy über seine prachtvollen Schultern.
»Einfach umwerfend!« lautete Tonys Kommentar.
»Solange er nicht den Mund aufmacht«, flüsterte Claire verschwörerisch.
Dies war der Punkt, an dem Jimmy sich Sorgen zu

machen begann, wer überhaupt für all die Sachen bezahlen sollte, die sich da mittlerweile angesammelt hatten. Er dachte sich, die Chance, daß sie hier *Provy cheques* akzeptieren, konnte nicht sonderlich hoch sein, und selbst wenn, er war ohnehin pleite.
»Wieviel?« fragte er besorgt und zeigte auf die letzte Errungenschaft, die weiche Lederjacke.
»Sie kostet 500 Pfund, und sie ist jeden Pence davon wert. Man könnte sie die ultimative Lederjacke nennen. Sie werden Sie nie mehr ausziehen.«
Jimmy stand der Mund offen. Tony hätte auch 5.000 oder 50.000 oder 5 Millionen sagen können. Alles über 100 Pfund überstieg Jimmys Vorstellungskraft.
»Echt, Mann?« rief er in Panik.
»Mach' dir keine Sorgen, Jimmy. Wir zahlen«, beruhigte ihn Claire und zog wie eine Fee ihre Gold Card aus der Tasche. Diese Karte funktionierte wie ein *Provy cheque*. Sie sicherte ihm den Anzug, zwei weiße Hemden, zwei Krawatten, zwei Paar Schuhe und das weiße T-Shirt, die Jeans, die Lederjacke und die Stiefel, die er jetzt anhatte.
»Schließlich ist es unser Einsatz, falls wir gewinnen ...«
Claire erstarrte im selben Moment, da die Worte aus ihrem Mund kamen. Mein Gott, er wußte ja nichts von der Wette. Wenn er jetzt das Handtuch warf, würde ihr Hattie das nie verzeihen. Aber Jimmys Gesichtsausdruck war schon den ganzen Morgen ein Muster an Verwirrung gewesen, und obwohl er sie einen Moment lang fragend anblickte, ließ er die Sache auf sich beruhen. Er sah nur mit Ehrfurcht zu, wie Claires Karte durch eine Maschine gezogen wurde und eine Quittung herausglitt, die sie unterschreiben sollte.

»Das sollte wohl genügen, Madam«, meinte Tony und ließ sie durch seine Blicke wissen, daß der neu eingekleidete Mann seine Zustimmung fand.
»Da bin ich voll und ganz Ihrer Meinung«, stimmte Claire zu und zog den noch immer benommenen Jimmy aus dem Laden.

Hattie lächelte Lisa aufmunternd zu, als diese ihr Büro betrat.
»Wie geht es dir heute?« fragte sie.
Das kleine Mädchen lächelte zurück und ging hinüber zu dem Regal, in dem Hattie ihre Bücher aufbewahrte.
»Lisa, ich dachte, heute solltest du mir vielleicht eine Geschichte erzählen. Eine von denen aus der Bibel, die dein Vater dir früher erzählt hat«, schlug Hattie versuchsweise vor. Sie sah, daß das Kind enttäuscht war.
»Die Geschichten kennt doch jeder«, sagte das Mädchen.
»Ich habe sie vielleicht früher einmal gekannt, jetzt habe ich sie aber vergessen. Erzähl mir eine, die du schön findest.«
»Da gibt es so viele. Ich könnte Ihnen eine der ersten erzählen. Von Sodom und Gomorrah, von Lot und seiner Frau.«
»Was ist in der Geschichte denn passiert?«
»Also, Abraham befahl Lot, gen Osten zu wandern, und er kam zu dieser Stadt namens Sodom. Gott ließ Lot wissen, daß er die Städte Sodom und Gomorrah vernichten würde, weil die Menschen dort böse und grausam seien und keinen Wert hätten. Aber er sagte auch, daß er Lot und seine Frau verschonen würde. Zwei Engel kamen zu Lot und befahlen ihm, die Stadt zu verlassen. Das tat er dann auch. Kaum hatte er die

Stadtmauern verlassen, begann die Erde zu beben, die Hügel um die Stadt herum explodierten und spiehen heiße Asche und Steine. Dann ergoß sich Lava über das Land, und alle mußten sterben.« Lisa machte eine Pause.

»Aber nicht Lot und seine Frau?«

»Lots Frau drehte sich um und fing Feuer. Aber einer der Engel sagte zu Lot, daß nur sie selbst die Schuld daran trug, sie hätte sich eben nicht umdrehen sollen. Also entkam Lot, und sie erstarrte zur Salzsäule«, beendete Lisa ihren Bericht.

»Meinst du, Lot hätte versuchen sollen, seine Frau zu retten?«

»Nein.« Lisa lächelte herablassend. »Begreifen Sie nicht, sie hatte nicht den wahren Glauben, sie hat es verdient, zu sterben. Außerdem war sie eine Frau.«

»Und das ist das Ende der Geschichte?«

»Aber nein, die Geschichte geht noch endlos weiter. Sarah, die Abrahams Frau war, hat dann noch ein Baby bekommen, als sie schon ganz alt war und weißes Haar hatte. Es war der versprochene Sohn. Und Abraham liebte das Baby Isaak und war glücklich. Dann sagte Gott zu Abraham, er sollte seinen Sohn auf einen Berg führen und ihn opfern. Und Abraham gehorchte Gott.«

»Willst du damit sagen, er tötete seinen geliebten Sohn?«

»Nein, denn Gott schickte ihm in dem Moment, wo er ihn töten wollte, einen Widder. Also schnitt er dem Widder die Kehle durch.«

»Das sind aber keine sehr schönen Geschichten, Lisa, und lustig sind sie auch nicht«, trieb Hattie sie sanft weiter.

Das Kind sah sie nachdenklich an und schüttelte den Kopf. »Ich glaube, Roald Dahl ist mir lieber.«

»Mir auch«, pflichtete Hattie ihr bei.

Dann sprachen sie über Lisas Vater und wie er den Aussagen der Geschichten aus dem Alten Testament noch Nachdruck verlieh. Frauen seien ein Instrument des Teufels, um die Männer in Versuchung zu führen, erklärte er Lisa und ihrer Schwester. Und das schon, seit Adam und Eva im Garten Eden weilten.

»Warum, denkst du, hat er so etwas gesagt?« fragte Hattie.

»Weil es Eva war, die den Apfel wollte. Und weil Frauen Konkubinen sind«, sagte das Kind, als sei es das Selbstverständlichste auf der Welt.

»Euer Vater zog also die Jungen in der Familie vor?« fragte Hattie. Sie wußte, daß sie etwas auf der Spur war.

Lisa nickte.

»Wie zog er sie vor?« bohrte Hattie vorsichtig weiter.

»Die Mädchen mußten Sachen für ihn tun. Weil er der Herr und Gebieter war«, sagte Lisa. Ihre klaren, blauen Augen schauten Hattie groß an. Sie wirkte extrem verwundbar.

»Was für Sachen, Lisa«, flüsterte Hattie, so daß man sie kaum noch hören konnte.

»Sachen eben«, sagte Lisa und wich Hatties Blick aus.

»Ich verstehe nicht, Lisa ...«

»... Uns anfassen, und wir mußten Sachen machen ... Sie wissen schon ...« Das Mädchen rutschte unruhig auf seinem Stuhl herum.

Als die Sitzung zu Ende und Lisa gegangen war, hatte Hattie das Gefühl, einen großen Schritt weiter gekommen zu sein. Sie hatte einen Fall von psychischem und sexuellem Mißbrauch aufgedeckt, der den Behörden jahrelang verborgen geblieben war. Ohne Frage würde sie in den nächsten Wochen mehr Indizien für die Qualen finden, die Lisa von der Hand ihres Vaters erlitten haben mußte. Grausamkeiten, die er hinter dieser schrecklichen, bigotten Scheinheiligkeit versteckt hatte, hinter diesem ganzen Blödsinn mit der heiligen Schrift. Bei so einem harten Vater, hinter dem ein noch grausamerer Gott stand, war es kein Wunder, daß das Kind einen merkwürdigen Moralkodex entwickelt hatte. Wie konnte es irgend jemanden überraschen, daß es – einen kurzen, schrecklichen Moment lang – vom Opfer zum Täter wurde?

Teil zwei von Jimmys Verwandlung fand bei einem Haarstylisten statt, der den Friseurläden seiner Kindheit so wenig glich, wie Woolworth der Paul-Smith-Boutique von vorhin.

Eine hübsche junge Frau führte ihn zu einem Stuhl vor einem Spiegel und gab ihm ein schickes Magazin voller Fotos von Bier, Aftershave, halbnackten Frauen und tuntigen Kerlen, die übrigens ähnlich gekleidet waren wie er jetzt. Zehn Minuten später kam jemand, den Claire ehrfurchtsvoll Moosh nannte. Dieser Moosh kämmte mit einem grobzinkigen Kamm an Jimmys verfilzten blonden Haaren herum. Jimmy entschied, daß es sich bei diesem Moosh um einen Mann handeln mußte, auch wenn sein Haar ein bißchen wie die Perücke von Jimmys Nan aussah: dick, schulterlang und die Spitzen nach außen gedreht, wie bei einem Mädchen. Jimmy rutschte unruhig auf seinem Sitz herum.

»Natur!« rief Moosh nach einer Weile, als hätte er den heiligen Gral auf dem Kopf seines Kunden gefunden.

Dann begann er, mit Claire zu konferieren. Dabei bedienten sie sich einer Sprache, die Jimmy nicht verstand. Es kamen eine Menge Zahlen darin vor.
»Ich könnte ihm eine Nummer zwei machen«, erwog Moosh. »Oder«, sagte er nach ein paar Minuten weiteren Bedenkens, »ich mach' ihm einen frühen Brad Pitt – an der Seite gescheitelt, hinten gestuft und oben voll.«
Claire nickte nur zaghaft und benahm sich überhaupt, als wäre Moosh der Meister – was er ja auch in gewissem Sinne war.
»Er könnte wirklich«, überlegte er laut, während er Jimmys Gesicht im Spiegel musterte, »eine Nummer zwei tragen, oder auch eine Nummer eins. Seine Kopfform wäre sogar für einen Kahlschnitt geeignet.«
Claire lachte nervös.
»Dennoch«, setzte der Meister fort und fuhr mit seinen Händen durch Jimmys Rastalocken, »das wäre bei diesen Haaren wirklich eine Verschwendung. Einmal waschen, Sindy, bitte«, rief er schließlich seiner Assistentin zu.
Jimmy wurde zu einem Waschbecken gerollt, wo man ihm die Haare nach hinten wusch, wie einem Mädchen. Nachdem Jimmy shampooniert und mit Kur und Dampf behandelt worden war, kehrte Moosh zurück, um zu schneiden. Claire verfolgte leise bangend, wie die Schere durch die verfilzte blonde Masse schnitt.
Eine Stunde später schnippelte Moosh immer noch, aber jetzt mit weniger entschiedenen Schnitten. Der Fußboden um Jimmys Stuhl herum war mit kleinen, feuchten, blonden Haarbüscheln bedeckt.
Als Moosh den geometrischen Schnitt gefönt hatte,

war Jimmy nicht wiederzuerkennen. Er sieht aus, als wäre er einer der Zeitschriften entsprungen, die vor ihm auf dem Tisch liegen, dachte Claire. Wie der bildschöne, etwas homoerotische Jüngling in der Kouros-Anzeige oder das männliche Modell auf der ganzseitigen Anzeige für Calvin Klein Jeans.

»Oh Mann!« ließ Jimmy etwas unsicher verlauten, als er in den Spiegel blickte und sein neues Bild begutachtete. Es hatten sich einige Stylisten und Assistenten um sie geschart, und alle murmelten anerkennend und lobten den Schnitt. In Anbetracht ihrer Reaktion freundete sich Jimmy mit seinem neuen Aussehen an. Er berührte sein Haar vorsichtig, daß jetzt noch heller wirkte als vorher, und lächelte.

»Ich könnte ihn gebrauchen«, bemerkte Moosh über Jimmys schimmernden Kopf hinweg zu Claire. »Er hat etwas. Laßt mal ein paar Fotos machen und geht zu dieser Frau von *Models One*. Er könnte groß rauskommen, richtig groß ...«

Claire nahm die Karte, die Moosh ihr hinhielt, und lächelte Jimmys Spiegelbild zu. »Meine Güte, Jimmy, warte nur, bis Hattie dich sieht«, murmelte sie, während sie einträchtig mit Moosh und den anderen Friseuren Jimmys Anblick bewunderte.

ACHTES KAPITEL

Hattie hielt den Mund, als Claire und Jimmy mittags zu ihr stießen. Sie saß bereits an ihrem Tisch bei *Deidre's,* und ihr entging keineswegs, wie die Frauen im Lokal auf Jimmys neuen Look reagierten. Verrenkte Hälse, Gekicher und leise Seufzer begleiteten seinen Weg von der Tür bis zum Tisch.

Jimmys verschlossenes Gesicht hellte sich auf, als er Hattie erspähte. Sie lächelte wärmstens zurück, aber innerlich hätte sie heulen mögen. Wie konnte Claire ihm das nur antun? Sie hatte ihn zu einem wandelnden Accessoire gemacht, eine neue Version von Barbies Ken. Sein glänzendes, hellblondes Haar wirkte durch die neue, affektierte Frisur geradezu künstlich. Zusammen mit den entsetzlichen Klamotten ergibt das Ganze einen Gigolo, und zwar einen schwulen Gigolo, dachte Hattie bei sich.

Und während sie erleichtert zur Kenntnis nahm, daß der muffige Geruch um Jimmy verschwunden war, entsetzte sie doch das, was an seine Stelle getreten war. Der Junge hatte jetzt etwas von einem Schoßhündchen, einem überdimensionalen Pudel, frisch geschoren und eingesprüht mit einem starken, alles überdeckenden Duft. Wie hieß das Zeug, das Leute in ihre Toiletten sprühten, um den Geruch zu vertreiben – Neutradol? Claire hatte Jimmy neutradolisiert.

»Ey, wie findsten das?« fragte Jimmy und zeigte auf die edle Lederjacke, die er trug.
»Sie steht dir sehr gut, Jimmy.« Hattie versuchte überzeugend zu wirken, denn sie wollte ihn nicht kränken.
»Ihm steht einfach alles«, beteuerte Claire. »Und du wirst es nie erraten, Hattie, Moosh hat gesagt, daß er Jimmy für seine neue Show haben will. Außerdem hat er uns noch einen Fotografen genannt, der ihn garantiert toll findet. Moosh sagt, wenn Jimmy an eine gute Agentur gerät, könnte er vierstellige Summen pro Woche verdienen.« Claire boxte hinter Jimmys Rücken in die Luft, um Hattie heimlich anzudeuten, daß die Wette so gut wie gewonnen war.
»Jimmy als Model?« fragte Hattie gedehnt und sah zu dem Jungen hinüber.
»Männliche Topmodelle verdienen heutzutage einen ordentlichen Batzen. Und Jimmy ist ja wirklich was Besonderes«, fügte Claire etwas nachdenklicher an.
»Aber will Jimmy denn wirklich als Fotomodell arbeiten?« Hattie blieb skeptisch. »Schließlich bedeutet Geld nicht alles im Leben.«
»Na, das ist stark, Schätzchen, gerade von dir. Du kannst leicht die Nase rümpfen, aber für Jimmy ist das was anderes. Er hat die Möglichkeit, des Werbers Traum auf einer doppelseitigen Anzeige zu sein und damit ein ordentliches Sümmchen zu verdienen! Für dich war Geld schließlich noch nie ein Problem. Vergiß nicht, wo wir Jimmy aufgegabelt haben«, entgegnete Claire gereizt.
»Wir können später darüber reden. Laßt uns erst mal bestellen.«
Eine Kellnerin brachte ihnen die Karte, und Claire bestellte eine Flasche Weißwein.

»Was möchtest du trinken, Jimmy?« fragte Hattie.
Der Junge sah sich im Restaurant um und bemerkte, daß einige Männer etwas Bierartiges direkt aus der Flasche tranken.
»Ich hab mir selber was mitgebracht«, grinste er und zeigte seinen fehlenden Schneidezahn. Endlich sah er wieder ein bißchen wie der alte Jimmy aus. Er tauchte in die mitgebrachten Plastiktüten – eine enthielt seine alten Sachen – und holte aus der Brusttasche des Holzfällerhemdes eine Dose Newcastle Brown Ale. Jimmy riß an dem Ring und hielt sich das Bier an die Lippen.
»Jimmy! Die verlangen bestimmt Korkengeld«, rief Claire und lachte albern.
»Ey, Mann, wenn die da an 'ner Pulle nuckeln dürfen ...«, war seine Antwort. Er deutete auf die Männer am Nebentisch. »Warum dann nich ich ausse Dose?«
Jimmy entspannte sich etwas. Er zog seine schwarze Lederjacke aus und drapierte sie vorsichtig über die Stuhllehne. Eine Warnglocke schrillte in Hatties Kopf, als sie das enge weiße T-Shirt bemerkte, daß sich über seinem Waschbrettbauch spannte. Es betonte die aufwendigen Tätowierungen auf seinem Arm.
»Wir haben beschlossen, die Tätowierungen zu lassen«, flüsterte Claire verschwörerisch. »Die trägt jetzt jeder. In den Unterschichten sind sie verpönt, und Szeneleute wie wir finden sie hip.«
Jimmy hatte eindeutig einen – Hattie konnte es kaum in Worte fassen – homoerotischen Touch bekommen. Nicht nur die Frauen interessierten sich für seine muskulöse, tätowierte Schönheit. Auch die Männer im Restaurant, mehrere Kellner und ein paar der männlichen Gäste konnten den Blick nicht von ihm wenden.

Er sah aus wie einer dieser Kerle, die bis zur Taille nackt in Aftershave-Anzeigen zu sehen waren, und zwar in den fragwürdigeren Männermagazinen.

Die Bedienung kam wieder an ihren Tisch und brachte ein Schälchen Gewürzöl und einen Korb mit frischem Ciabatta. Jimmy sah fasziniert zu, wie die Frauen ihr Brot in das Öl tauchten und es dann verspeisten. Er schloß daraus, daß es eine bizarre Version von Schmalzbrot sein müsse, die hier in diesen südlichen Breiten üblich war. Er liebte Schmalzbrot.

»Mann, is ja richtig lecker«, stellte er erfreut fest, als er selbst probierte.

»Und es kostet nichts, Jimmy«, erklärte Hattie.

»Null?« fragte er ungläubig.

»Bei *Deidre's* kostet alles etwas«, berichtigte Claire. »Irgendwo wird es schon auf der Rechnung auftauchen.«

»Möchten Sie jetzt bestellen?« fragte die Kellnerin und ließ Jimmy dabei nicht aus den Augen.

Hattie wußte sofort, als Jimmy zur Speisekarte griff, die übertrieben edel und italienisch aufgemacht war, daß er wieder einen dieser Kulturschocks erlebte, die ihn sicherlich schon den ganzen Morgen verfolgt hatten.

»Was möchtest du essen, Jimmy«?

Er blickte verständnislos von der Karte auf Hattie und zuckte mit den enormen Schultern.

»Bestimmt will er rotes Fleisch«, vermutete Claire. »Die Männer aus dem Norden lieben doch alle Schweine- und Rindfleisch, oder etwa nicht?«

»Jap, Mann«, bestätigte Jimmy.

»Es gibt Filet vom Hereford Rind mit Ingwer und Zwiebeln«, half Hattie aus.

»Is das so was wien Steek?« fragte Jimmy. »Das ist ein Steak, Jimmy, vom Rind aus artgerechter Haltung und garantiert BSE-frei«, erklärte Claire. »Ich denke, ich nehme den Salat mit Büffel-Mozzarella.«

»Eee, Mann, *Büffel* ...« rief Jimmy begeistert aus, was Claire unendlich zu amüsieren schien.

»Tut mir leid, Jimmy, hierbei handelt es sich um Käse«, erklärte sie, bevor sie begann, der Kellnerin ihre ganz individuelle Bestellung auseinanderzusetzen. Eine Angewohnheit von Claire, die Hattie ziemlich auf die Nerven ging. »Bitte auf gar keinen Fall ein Dressing, nur einen Spritzer Zitronensaft. Und keine Tomaten. Dann möchte ich noch das Hähnchen natur, aber vom Holzkohlegrill, ohne das gebackene Gemüse oder die Linguine.«

»Ich nehme das Tagesgericht – die Jakobsmuscheln aus der Pfanne«, bestellte Hattie kurz.

»Was 'n das?« wollte Jimmy wissen.

»Fisch, Jimmy.«

»Hey, mit Pommes, wie Fish and Chips?«

»Nein, nicht ganz. Aber wir können ja eine Portion Pommes frites dazu bestellen.«

Trotz ihrer Warnung bestellte er das gleiche wie Hattie. Wahrscheinlich traute er ihrem Geschmack mehr als dem von Claire. Hattie hatte das Gefühl, daß er sich mit ihr überhaupt sicherer fühlte. Vielleicht, weil sie ihn nicht verspottete, wie Claire es manchmal tat. Und sie betrachtete ihn auch nicht als ein neues, unterhaltsames Spielzeug – was bei Claire eindeutig der Fall war. Hattie bemühte sich sehr, hinter der Fassade den wahren Jimmy zu finden und zu erkennen. Sie vermutete, daß der ›wahre‹ Jimmy auch ohne sein gutes Aussehen ein echter Mann von Wert war.

»Isses okay, wenn ich rauche, Hinny?« fragte er und sah sich vorsichtig um. Er hatte schon begriffen, daß diese Angewohnheit in Hatties Welt verpönt war.
»Wenn ich auch eine haben darf ...«, meinte sie und nahm dankbar die Zigarette, die er ihr anbot.
Dann berichtete Claire, was sie an diesem Morgen beim Einkaufen alles erlebt und wie sie den schwuchteligen Verkäufer bei Paul Smith für sich gewonnen hatten. »Als wir ankamen, hat er Jimmy behandelt wie schlechten Atem, und als wir gingen, benahm er sich wie ein liebestoller Hund«, quietschte sie, als wäre Jimmy gar nicht anwesend.
Das Essen kam endlich, und der Junge war sichtlich enttäuscht von seiner Bestellung. Der Koch hatte die Muscheln kunstvoll und sparsam neben Fenchelblättern und feingehackten Frühlingszwiebeln arrangiert. Nur der Anblick einer großen Schüssel Pommes frites versöhnte ihn wieder. Dazu gab es ein Keramiktöpfchen mit etwas, das Jimmy für Salatcreme hielt. Hattie erklärte ihm, daß es sich um *Aioli* handelte.
Als sie mit Essen fertig waren, sah Jimmy immer noch so hungrig aus, daß Hattie vorschlug, noch einen Nachtisch zu nehmen. Sie bestellte für sich und ihn Mascarpone Torte, von der Jimmy zufrieden meinte, sie schmecke mindestens so gut wie *Stottie-kyek*.
»Was ist denn nun wieder *Stottie-kyek*, Jimmy?« fragte Claire.
»Ich nehme an, daß es sich um ein regionales Gericht aus dem Norden handelt«, antwortete Hattie für ihn.
Zehn Minuten später, Gott sei dank, nachdem sie bereits die Rechnung verlangt hatten, betrat Arabella das gut besuchte Restaurant. Sie war die letzte Person auf der Welt, die Hattie in diesem Moment sehen wollte.

»Hat, Darling!« rief Arabella theatralisch aus und ließ ihre Begleitung – einen ähnlich betuchten Medienliebling wie sie selbst – einfach stehen, um an den Tisch ihrer Schwester zu eilen. »Sag mal, wie geht's dir so?« Dann herrschte einen Moment lang Stille, denn Arabella musterte Jimmy.

»Willst du uns nicht bekannt machen, Hattie?« sagte sie schließlich. »Wer ist diese göttliche Person an deiner Seite?«

»Arabella, das ist Jimmy, Jimmy, äh ...«. Hattie wurde bewußt, daß bis jetzt noch keiner von ihnen nach Jimmys Nachnamen gefragt hatte.

»Ryan ...«, half Jimmy ihr auf die Sprünge.

»Jimmy, dies ist Arabella Sykes, meine Schwester«, fügte Hattie schnell hinzu.

»Hey, ich habe Ihr Foto in der Zeitung gesehen«, eröffnete Jimmy das Gespräch.

»Das wundert mich nicht.« Arabella ergriff Jimmys große Männerhand und hob sie an ihre Lippen, was Claire zu einem hysterischen Gelächter veranlaßte. »Wo habt ihr *den* nur gefunden?«

»In einem Hauseingang in Covent Garden«, vertraute ihr eine aufgekratzte Claire an. »Wir sind plötzlich über ihn gestolpert.«

»Ihr Glückspilze!« entzückte sich Arabella mit einem glasklaren, verlogenen Lachen, das Hattie gewaltig auf die Nerven ging. »Und du, Hattie, du bist ja wirklich ein stilles Wasser.«

»Es handelt sich hier um ein ernsthaftes Projekt, das ich in meiner Eigenschaft als Psychologin angenommen habe, wenn du's genau wissen willst«, antwortete Hattie steif. »Jimmy ist eine Fallstudie für eine Abhandlung, an der ich gerade arbeite.«

»Dürfen wir uns zu euch setzen?«
»Tut mir leid«, steckte Hattie ihr Revier ab. »Wir wollten gerade gehen.«
»Na, dann ein ander Mal«, Arabella kicherte noch einmal affektiert. »Ich seh' euch später.«
Nur über meine Leiche, dachte Hattie. Der Gedanke, ihre Schwester – deren Motive ihr noch suspekter erschienen als Claires – könnte ihre manikürten Hände an Jimmy legen, entsetzte Hattie so sehr, daß sie die Rechnung in bar bezahlte, nur damit es schneller ging.
»Ciao, Bella«, rief sie höchstens drei Minuten später und scheuchte Claire und Jimmy aus dem Lokal.
»Ciao, Hattie«, grüßte Arabella zurück. Dabei fragte sie sich, warum ihre Schwester es so eilig hatte, ihren merkwürdigen neuen Freund aus dem Restaurant zu schaffen.

Jon beschloß, Claire auf einen Sprung zu besuchen. Er kam von einer geschäftlichen Besprechung aus einem Hotel ganz in der nähe von Claires Haus. Sein Anspruch, jederzeit bei ihr vorbeischauen zu können, war eigentlich nicht mehr gerechtfertigt, aber da sie ihre Public Relations Agentur von zu Hause aus betrieb, tröstete er sich mit dem Gedanken, daß sie sich gewöhnlich über seine Besuche in ihrem Kutscherhäuschen freute.
Es war inzwischen fünf Jahre her, daß sie ein Paar waren. Sie hatten damals zwei Jahre lang zusammen gewohnt, länger als jeder von ihnen davor und danach mit irgend einem anderen Partner.
Eigentlich war Claire sogar seine einzige echte Freundin. Das lag wahrscheinlich daran, daß Claire – wie sie selbst verkündete – die einzige seiner Bettgenossinnen

war, die mit ihm gleichziehen konnte. Alle anderen Frauen, beziehungsweise Mädchen, um genauer zu sein, mit denen sich Jon danach eingelassen hatte, entsprachen immer dem gleichen Dummchen-Schema. Wie er sich mittlerweile eingestand, suchte er seine Frauen immer nach den falschen Kriterien aus. Kriterium Nummer eins war das Aussehen. Kriterium Nummer zwei war ihre Unerreichbarkeit – verheiratete Frauen zogen ihn an wie ein Magnet.

Zielstrebig begann er immer wieder eine neue Liaison – die meisten waren zu kurz, um sie Affäre zu nennen – die ihm eine kurze Phase der Ekstase verschaffte, nur um ihn danach um so tiefer in ein Loch der Enttäuschung zu werfen.

Claire war die einzige weibliche Konstante in seinem Leben. Und die einzige Frau, der er sich anvertrauen konnte, dachte er, als er vor ihrer Tür stand. Claire machte auf und führte ihn in die Küche. Mit keiner anderen Frau hatte er je so ein enges Verhältnis entwickelt, nicht mit Hattie, die, wie er annahm, einiges an ihm mißbilligte; nicht mit seinen weiblichen Kolleginnen; und schon gar nicht mit einer seiner zahllosen Eroberungen, seit er sich von Claire getrennt hatte.

»Willst du zum Essen bleiben?« fragte sie, da sie in seinem Gesicht den Wunsch nach Gesellschaft las.

Er nickte, und sie reichte ihm eine Flasche Weißwein, die er entkorken sollte, während sie nach etwas Eßbaren suchte.

»Was dabei rauskommt, ist reine Glückssache. Ich habe nicht viel im Haus«, erklärte sie und holte alle möglichen Reste aus dem Kühlschrank, die sie zu einem gewaltigen Salat zusammenwarf.

»Was ist los, Jon? Du siehst ja noch trübseliger aus als

sonst«, bemerkte Claire, als sie sich an dem kleinen Küchentisch gegenübersaßen.
»Das Leben an sich quält mich, nehm' ich an. Es gibt da diese Frau, mit der ich was angefangen habe. Wie immer will sie jetzt, daß ich eine richtige Bindung mit ihr eingehe. Ich werde mit Alison ebensowenig eine Bindung eingehen wie sonst mit einer Frau.«
»Wie ist diese Alison denn so?«
»Jung, hübsch, schlank, lieb ...«, sagte Jon.
»ABER?« fragte Claire, die heimlich triumphierte, daß Jon offensichtlich nicht bindungsfähig war. Ganz tief in ihrem Herzen – aus Motiven, die sie gar nicht näher betrachten mochte – mißfiel ihr der Gedanke, Jon könnte eine Frau finden, mit der er gerne eine festere Beziehung einginge.
»Du hast es erfaßt, Claire, ABER sie langweilt mich. ABER sie bringt mich nicht zum Lachen. ABER sie fordert mich nicht.«
»Oder ist es einfach, ABER es ist nicht der richtige Zeitpunkt?«
»Der Zeitpunkt ist nie richtig. Ich kann mir nicht vorstellen, jemals die perfekte Frau zu finden.« Verdrossen sah er Claire an.
»Also anstelle von Frau Superperfekt eine Serie von Fräulein Okay-aber ...«
»Außer dir, Claire, hat mich nie eine Frau wirklich berührt«, sagt Jon. Es fiel ihm auf, wie hübsch sie aussah, wenn sie so in der Küche herumwirtschaftete.
»Du schwingst da gefährliche Reden, Jon«, schnappte Claire. Sie hatte nicht vergessen, in welche Situation sie mit Eddie letzte Nacht geschliddert war. Und es lag ihr viel daran, Jon als Freund zu behalten.
Es hatten sich über die Jahre genügend Gelegenheiten

ergeben, an denen sie kurz davor standen, miteinander im Bett zu landen. Aber Claire war entschlossen, die Freundschaft, die sich zwischen ihnen entwickelt hatte, nicht aufs Spiel zu setzen. Wenn es auch komisch klang, Jon war der wichtigste Mann in ihrem Leben, wichtiger für sie als die Männer, in die sie zeitweise vernarrt war. Das, was sie beide aneinander hatten, durfte nicht für so etwas Unwichtiges – wenn auch kurzzeitig Allumfassendes – wie Sex riskiert werden.

»Gibt es denn jemand besonderen zur Zeit in deinem Leben?« Jon beobachtete, wie sie die Teller wegräumte, und fragte sich, wie er darauf reagieren würde, wenn es tatsächlich so wäre. Er wußte, daß es selbstsüchtig, vielleicht sogar kindisch war, aber es würde ihn stören, wenn Claire eine feste Beziehung einginge. Irgendwie beruhigte es ihn, daß sie genauso unfähig schien, einen festen Partner zu finden, wie er. Zumindest redete er sich das ein.

»Ich glaub', ich geh' ins Kloster«, war ihre Antwort.

»Willst du damit sagen, du steckst wieder in einer miesen Affäre?« erkundigte sich Jon.

»Affäre kann man es nicht mal nennen. Ich bin einfach wieder ausgenutzt worden.«

»Magst du darüber sprechen?«

»Ach, ich habe diesen Mann auf einer Dinnerparty kennengelernt und dabei seine Signale völlig falsch interpretiert. Ich dachte, alles sei in Ordnung, dann sind wir im Bett gelandet, und mir wurde klar, daß er mich nur als Lockvogel benutzt hat, oder sollte ich lieber sagen *Lockgevögel*? Er hat eine Affäre mit der Gastgeberin ...« Hier machte Claire eine Pause. Dann fuhr sie fort: »Das wäre auch okay, aber ich habe mich diese Woche schon mal in so einer Situation befunden.«

»Du sagst mir immer, daß ich mich mit den falschen Frauen einlasse. Du hast nicht zufällig dasselbe Problem mit Männern, oder?« deutete Jon zaghaft an.
»Jon, das mußt *du* mir nicht erzählen. Ich habe beschlossen, mit einer alten Gewohnheit zu brechen und es von nun an mit einer ganz anderen Art von Mann zu probieren.«
»Aber ich dachte, Männer sind alle gleich: Feiglinge, Lügner, Betrüger und miese Schweine?« antwortete Jon mit einem Lächeln.
»Vielleicht sind sie das ja nicht von Anfang an. Vielleicht werden sie das ja erst später.«
»Was willst du damit sagen?«
»Junge Männer,« erklärte sie knapp.
»Und hast du schon einen im Visier?«
»Eigentlich ja. Ich dachte an Jimmy, du weißt, dieser Typ von der Straße«, sagte Claire, während sie in den Spiegel spähte und sich durch ihr dichtes kastanienbraunes Haar strich. »Verrate bitte nichts davon Toby oder Hattie, aber ich finde ihn wirklich außerordentlich attraktiv.«
»Jimmy?« Jon war fassungslos.
»Gott, Jon, es ist einfach faszinierend zuzusehen, wie er sich verändert«, erklärte sie. »Und am erstaunlichsten ist, daß ich von der ganzen Sache total besessen bin. Es ist, als kreierten wir einen ganz neuen Mann. Ich kann das nicht richtig erklären, der Vorgang ist nicht besonders frauentypisch. Ich hätte nie gedacht, daß ich bei so was mal mitmachen würde. Ich meine, von Männern hört man ja andauernd, daß sie sich junge, naive Mädchen nehmen und sie dann zu ihrer Traumfrau ummodeln. Frauen streben so etwas normalerweise nicht an in ihrer Beziehung zu Männern.

Sicher wollen sie einen Mann verändern – ihn zähmen, sozusagen – in der Regel, weil er ein absolutes Arschloch ist. Aber so ein unbeschriebenes Blatt, das man nach eigenem Geschmack gestalten kann, ist neu in meiner Lebensplanung.«

»Was willst du mir denn damit sagen? Hast du vor, ihn in eine Art Lustknaben für Frauen zu verwandeln?« fragte Jon, von Claires Ton alarmiert. »Schließlich lief die Wette darauf hinaus, den obdachlosen Jungen in einen Mann von Wert zu verwandeln und nicht in ein Sexspielzeug.«

»Ach, sei doch nicht so begriffsstutzig, Jon. Für einen Lustknaben bin ich noch nicht alt genug. Er ist schließlich nur neun Jahre jünger als ich. Aber ich habe bei Jimmys Verwandlungsaktion begriffen, warum ältere Frauen auf junge Männer stehen. Ich glaube, es hat eine Menge damit zu tun, daß die älteren Jahrgänge solche Chauvinisten sind. Junge Männer sind besorgter und liebevoller als die eigenen Altersgenossen. Und natürlich leichter zu haben, wegen der demographischen Veränderungen. Es gibt eine halbe Million mehr Männer unter dreißig als Frauen. Allerdings denke ich, daß der Wunsch, einen Mann zu formen, eigentlich nicht so sehr zur physiologischen Grundausstattung der Frauen gehört.«

»Na gut, es gehört zu den männlichen Phantasien: Ein niedliches junges Entlein zu finden und es dann in den schönen Schwan zu verwandeln. Und vielleicht gehört diese Phantasie ja auch zu den Dingen, die ihr postfeministischen Frauen übernehmt – nur, ich kann mir überhaupt nicht vorstellen, daß irgendeine Frau auf die Idee kommen könnte, Jimmy zum Gegenstand ihrer erotischen Träume zu machen.« Zum ersten Mal seit ewigen Zeiten war Jon eifersüchtig auf Claires Interesse an einem Mann.

»Kannst du dich noch an deinen Freund Charlie erinnern, der dieses junge Mädel, Susie hieß sie glaub' ich, in den Ferien aufgegabelt hat? Weißt du noch, daß ich nicht verstehen konnte, was ihn an ihr reizte? Jetzt auf einmal kann ich es ihm nachfühlen«, fuhr Claire fort.

»Ach ja, damit du's weißt: die beiden heiraten.«

»Das überrascht mich ganz und gar nicht«, antwortete Claire nachdenklich. »Wahrscheinlich hat sie denselben frischen, unverbrauchten Charme wie Jimmy. Und ihr Körper kann sich auch mit seinem messen. Weißt du was, als wir heute bei *Deidre's* gegessen haben, gab es keine Frau im Lokal, die nicht sofort mit ihm ins Bett gegangen wäre. Wahrscheinlich erlebt Charlie ähnliche Reaktionen von anderen Männern, wenn er mit Susie unterwegs ist. Ich gehe davon aus, daß er sie deshalb ganz für sich allein haben will.«

»Reden wir überhaupt über denselben Mann? Willst du etwa sagen, ihr habt ihn in nur zwei Tagen in ein Gegenstück zu Susie verwandelt?« Die Vorstellung irritierte Jon auf unerklärliche Weise. Mit so einem Resultat hatte er wahrlich nicht gerechnet, als er die Wette vorgeschlagen hatte.

»Nein, natürlich nicht. Aber er hat etwas, Jon. Und das sind nicht nur sein Gesicht und sein Körper«, versuchte Claire zu erklären.

»Und Hattie, ist die auch so vernarrt in den Jungen wie du?« Jons Gesicht spiegelte seine Verblüffung wider.

»Ach, du kennst doch Hattie. Deren Gefühlsleben ist mir ein Rätsel. Die hängt seit Jahren an diesem Toby fest, in dieser mühsamen, gefühlskalten Beziehung.

Ich glaube nicht, daß Hattie besonders sinnlich ist, was meinst du? Nein, ich denke, es wird wohl mir überlassen sein, Jimmy beizubringen, wie man in der feinen Gesellschaft die Früchte der Erotik kostet.« Claire kicherte ungezogen.

Jon stand auf und stellte sein leeres Glas auf den Küchentresen. Zeit zu gehen, dachte er. Aus irgendeinem unerfindlichen Grund nervte ihn diese Unterhaltung, und als er ging, war er noch deprimierter als vorher.

Als Hattie und Jimmy an diesem Nachmittag nach Hause kamen, begrüßte sie ein ekliger Geruch in der Wohnung. Der widerlich faulige Gestank schlug ihnen gleich beim Öffnen der Tür entgegen. Rex bellte und knurrte wütend.

»Is ja gut, Junge, is ja gut«, versuchte Jimmy den Hund zu beruhigen.

Erst dachte Hattie an Einbrecher. Das ganze untere Stockwerk war verwüstet. Bücher, Papiere, Kissen, Pflanzen – alles lag durcheinandergeschmissen auf dem Parkett.

Aber natürlich waren es keine Einbrecher gewesen, die dieses Chaos verursacht hatten, sondern der eifersüchtige Rex. Der Hund hatte wie eine Furie versucht, aus der Wohnung zu kommen. Dabei hatte er Vorhänge heruntergerissen, Möbel umgeworfen und Stoffe zerfetzt, und die paar dekorativen Stücke aus Glas und Porzellan, die Hatties puristisches Heim zierten, lagen in Scherben am Boden. Schlimmer noch, das Tier mußte etwas gefressen haben, was ihm nicht bekommen war, vielleicht die Daunenfüllung der Kissen oder die hohen Wachskerzen. Auf jeden Fall hatte er meh-

rere bestialisch stinkende dunkle Haufen in dem Durcheinander hinterlassen.
»Rex geht's echt mies«, jammerte Jimmy, offensichtlich mehr um sein Tier besorgt als um Hatties schöne Wohnung. »Ich hätte ihn nie allein lassen dürfen, echt.«
»Wir müssen aufräumen, bevor Toby kommt.« Hattie war in Panik, daß ihr hyperreinlicher Partner – Claire bezeichnete ihn als analfixiert – diese entsetzliche Verwüstung sehen könnte. Beim Anblick dieser Katastrophe würde Toby Mann und Hund ohne Umschweife auf die Straße setzen. Tatsache war, daß Hattie – auch wenn sie ihm in ihren mutigeren Momenten gesagt hatte, er könnte ja gehen, wenn es ihm nicht paßte – panische Angst davor hatte, mit Toby zu brechen. Er bedeutete für sie ebenso Sicherheit, wie Rex für Jimmy ein Fixpunkt war.
Es dauerte ziemlich lange, bis die Wohnung wieder einigermaßen ordentlich aussah. Das meiste war oberflächliches Chaos, aber manche Sachen waren so kaputt, daß sie sie wegwerfen mußten. Hattie füllte mehrere schwarze Plastiksäcke mit zerkauten Büchern, zerfetzten Kissen und Glasscherben. Sorgfältig verwischte sie die Spuren und brachte die Beweisstücke zum Müll in den Keller. Toby sollte nichts entdecken. Sie dachte, es wäre auch besser, Jimmy und den Hund nicht in der Wohnung zu haben, wenn ihr Partner nach Hause käme.
»Hör mal Jimmy, geh doch ein bißchen spazieren und nimm Rex mit. Hier ist ein Schlüssel, dann kannst du dich selber reinlassen, wenn du zurückkommst«, sagte sie und setzte dann ihre verzweifelte Aufräumaktion fort.

Als sich Tobys Schlüssel im Schloß drehte, war Hattie überzeugt, alle Spuren beseitigt zu haben – zum Teil mit Desinfektionsmittel. Sie hatte es sogar noch geschafft, ein bißchen Lippenstift aufzulegen und ein Hähnchen in den Backofen zu stecken. Das sollte Toby von der minimalisierten Einrichtung ihrer Wohnung ablenken. Also empfingen Toby beim Betreten der Wohnung keine fauligen Hundedüfte, sondern das appetitliche Aroma von Brathähnchen.

»Hallo Liebling«, rief Hattie. »Wie war dein Tag?«

Diese ungewöhnlich enthusiastische Begrüßung ließ Toby stutzen. »So là là. Ich glaube, Tom Charter kann mich seit unserer Dinnerparty hier nicht mehr leiden. Er hat mich heute so merkwürdig angesehen.« Er ging zum Kühlschrank, um eine Flasche Weißwein aus dem Kühlschrank zu holen. Dann nahm er zwei Gläser und schenkte ein.

»Das bildest du dir bestimmt nur ein. Ich glaube, der Abend hat ihm Spaß gemacht. Auch wenn das Ende vielleicht ein bißchen abrupt kam«, beteuerte Hattie und schenkte ihm ein gewinnendes Lächeln.

Toby ging in den Wohnbereich und setzte sich aufs Sofa. »Irgendwas ist hier anders, Hattie. Was ist es?«

»Jimmy ist nicht da«, erklärte sie mit einem noch gewinnenderen Lächeln.

»Hast du die Möbel umgeräumt oder so was?« Toby sah sich aufmerksam im Raum um, als wolle er eine Bestandsaufnahme machen.

»Ach, das war bestimmt Sandrino. Du weißt doch wie sie ist, vielleicht hat sie noch mal Frühlingsputz gemacht«, antwortete Hattie nervös. »Warum gehst du nicht Duschen, während ich das Essen auf den Tisch bringe?«

Toby sah sie liebevoll an. Heute abend benahm sie sich, wie er sich eine perfekte Partnerin vorstellte. Sie hatte sich die Lippen geschminkt, was ungewöhnlich war, sie hatte für ihn gekocht, und die Wohnung war so sauber, daß er neben dem verführerischen Duft des Hähnchens fast noch das Putzmittel riechen konnte.

So muß es früher meinem Vater gegangen sein, dachte Toby und lockerte seinen Schlips. Er legte einen Arm um Hattie. Es war schön, abends in ein ordentliches Heim zu kommen, zu einem Frauchen, das ihn respektierte und auf die Rückkehr ihres Herrn und Meisters wartete. Sie trug ja sogar das Kleid, das er ihr letztes Jahr in Italien gekauft hatte – und darüber eine Schürze.

»Okay, Liebes.« Er verwuschelte ihr das Haar. Dann ging er nach oben.

Hattie fiel ein Stein vom Herzen. Es hatte geklappt.

»Scheiße! Scheiße! Scheiße!« ertönte es da von oben.

Hattie war überhaupt nicht auf den Gedanken gekommen, ins Schlafzimmer zu schauen. Sie stürmte die Treppe hoch und fand Toby vor dem offenen Kleiderschrank. Er starrte entsetzt auf die Verwüstung darin. Hier schien Rex' Aktion vom Tage ihren Anfang genommen zu haben. Der Hund hatte alle feinen Anzüge von Toby von den Bügeln gerissen und angekaut, er hatte die Hemden auf den Boden geworfen und darüber sein Beinchen gehoben. Unter dem feuchten Haufen fanden sie die größte Katastrophe. Rex hatte einen Gruß in Tobys sündhaft teuren hellbraunen Gucci Schuhen hinterlassen.

»Mist. Die sind hin!« fauchte Toby.

Während Hattie begann, dieses zweite Schlachtfeld aufzuräumen, ging ihr auf, daß Rex absichtlich versucht hatte, Toby zu ärgern. So gut wie alles, was Rex heute angefressen oder beschmutzt hatte, gehörte ihm. Sie wußte, daß Hunde einen besonders ausgeprägten Geruchssinn haben, und allmählich dämmerte ihr, daß die ganze Sache ein persönlicher Racheakt von Rex an Toby war.

Hattie setzte diese Nacht alles daran, Toby den Wind aus den Segeln zu nehmen. Er sollte keinen Anlaß haben, Jimmy und Rex irgend etwas nachzutragen. Erst räumte sie den Schrank auf, dann stopfte sie die verschmutzten Kleidungsstücke in die Waschmaschine. Sie säuberte die Schuhe so gut es ging und servierte das Essen mit ihrem bezauberndsten Lächeln.

Nach zwei Flaschen Wein und viel beschwichtigendem Geschwätz schaffte sie es sogar, ihn lautstark zu verführen. Gott sei Dank konnte sie dabei sicher sein, daß weder Jimmy noch der rachsüchtige Rex sie hören konnten.

Selbst ihre Erschöpfung hielt sie nicht davon ab, wachzubleiben, bis sie das beruhigende Geräusch einer ins Schloß fallenden Tür hörte. Es war weit nach Mitternacht, als Junge und Hund wieder in die Wohnung kamen. Hattie schlief mit der Überlegung ein, was in den nächsten zwei Monaten wohl die schwierigere Aufgabe sein würde: Jimmy so umzukrempeln, daß sie die Wette gewannen, oder Toby die ganze Aktion über bei der Stange zu halten.

NEUNTES KAPITEL

Kieferorthopädie gehörte in Claires Heimat Kanada zum Erwachsenwerden. Als Kind hatte man sie einer Reihe qualvoller Prozeduren unterzogen – in einer bestimmten Phase mußte sie sogar nachts eine Stahlklammer um den Kopf tragen – und das nur, um mit dem perfektesten aller Lächeln aufwarten zu können. Da sie fast zwei Jahre mit einem Mund voller Metall verbracht hatte, war sie mit den Fachbegriffen vertraut, die Jimmy einige Tage später verwirrten, als er in dem großen Behandlungsstuhl in der Praxis von Barry Driver, dem ›Zahnarzt der Stars‹, in Knightsbridge lag.

Barry war von Jimmys Mundhöhle gleichermaßen entsetzt und fasziniert.

»Wissen Sie, daß es ohne weiteres möglich wäre, ein soziologisches Referat über den Zustand der Schneidezähne dieses Mannes zu halten?« sagte er zu Claire, als wäre Jimmy gar nicht anwesend.

»Was meinen Sie damit?« erkundigte sich Claire.

»Nun, der Zahnverfall deutet auf eine schlechte, zuckerreiche Ernährung hin, zudem auf unzureichende Mundhygiene und vermutlich die Art von extremer Armut, die ich in diesem Teil Londons nicht sehe. Mehr noch, Jimmy ist ein typisches Kind der Thatcher-Ära: In seinen ersten Schuljahren bekam er keine

kostenlose Milch – was den Calciummangel erklären würde – und als die Kürzungen des staatlichen Gesundheitsdienstes in Kraft traten, dürfte es höchst unwahrscheinlich gewesen sein, daß er je beim Zahnarzt war. Um ganz offen zu sein, ich bezweifle, daß er überhaupt je eine Zahnbürste gesehen hat, geschweige denn Fluortropfen oder Zahncreme gegen Parodontose. Als Folge davon hat er den Mund eines Mannes aus dem Mittelalter. Keine Füllungen, Riesenlöcher, deutlicher Überwuchs und dann noch mehrere fehlende Backenzähne. Himmel, das Royal College hätte seine helle Freude an diesem Mund.«
Es stimmte: Jimmy war noch nie beim Zahnarzt gewesen.
»Meine Nan hat mir die Zähne gezogen, wie ich klein war«, sagte er als Erklärung.
»Einschließlich des vorderen linken Schneidezahns?« fragte Barry.
»Nee, den hat mir meine Mam rausgeschlagen, wie se mich mal beim Schwänzen erwischt hat«, sagte Jimmy. Etwas Spucke rann ihm am Kinn herunter bei dem Versuch, den Mund so lange offenzuhalten.
Bei der Ankunft war er nervös gewesen. Zahnärzte galten im Nordosten Englands als Schreckgespenster, die man nur dann aufsuchte, wenn es nicht mehr anders ging, und die die meisten Kids aus der Sozialsiedlung mit Furcht, Argwohn und Abscheu betrachteten. Dieser Mann aber schien in Ordnung, und seine Praxis sah so aus, wie Jimmy sich das Innere eines Raumschiffes vorstellte – große Apparate, Edelstahl und in der Mitte der Stuhl, der einer Schlafkapsel in einem Science-fiction-Film glich: Eine breite Liege aus Plastik, die sich auf die kleinste Bewegung von Barrys

Fuß hin hob, senkte oder schräg stellte. An der Decke über ihm hingen mehrere Fernsehbildschirme, auf denen Cartoons zu lauter Rockmusik liefen. Jimmy konnte gar nicht mehr glauben, daß er solche Angst gehabt hatte.
»Kann ich ihn als Fallstudie nehmen?« fragte Barry mit wachsender Erregung, als er sich anschickte, einen Abdruck von Jimmys Gebiß zu machen.
»Natürlich«, antwortete Claire an Jimmys Stelle.
»Das glaubt mir keiner. Ich könnte ganze Vorlesungen über diesen Mund abhalten«, setzte Barry hinzu.
»Was haben Sie jetzt vor?« wollte Claire wissen.
»Hm, schwierig, wo man da anfangen soll. Füllungen sind im Moment sinnlos. Sie dürften Tage in Anspruch nehmen. Ich mache mal diesen Abdruck und überlege dann, wie ich am besten vorgehe. Auf jeden Fall beginnen wir mit einem provisorischen Schneidezahn. Und ich sage meiner Assistentin, daß sie mit dem Zahnsteinentfernen anfangen soll. Sie könnten ihn eigentlich für den Rest des Tages hier lassen. Holen Sie ihn gegen sechs wieder ab – und nehmen Sie bitte auch diesen Hund mit.« Barry geleitete Claire und den unwilligen Rex aus dem Behandlungszimmer.

Hattie sah der Begegnung mit Lisa am nächsten Tag mit gemischten Gefühlen entgegen. Sie spürte, daß ihre Sitzungen sich immer mehr dem Punkt näherten, an dem sie endlich über das Verbrechen des Kindes sprechen konnten.
Hattie wollte die Enthüllungen, die unweigerlich kommen würden, nicht hören, wollte die fürchterlichen Einzelheiten über das, was passiert war, nicht aufrollen. Sie hatte die Abschriften der Aussagen gele-

sen, die Lisa – in Anwesenheit ihrer Eltern – bei der Polizei gemacht und in denen sie weinend gestanden hatte, das kleine Mädchen vom Spielplatz weggelockt zu haben. Seit dem Zeitpunkt, in den Wochen, in denen sie das Kind betreute, hatte Hattie dieses Wissen jedoch verdrängt.

Es war soviel einfacher gewesen, über Lisas Leben zu reden: Über die Schwierigkeiten innerhalb ihres engen Familienkreises; über die Art, in der sie und ihre Geschwister daran gehindert wurden, mit anderen Kindern zu spielen. Über die zu Hause herrschende starre Disziplin; über den anmaßenden und irregeleiteten religiösen Glauben des Vaters, mit dem dieser den sexuellen Mißbrauch seiner Töchter rechtfertigte. Und nicht zuletzt über den Umzug der Familie von ihrem heimatlichen Leeds zu einer unwirtlichen Wohnsiedlung im Norden Londons, wenige Monate vor dem Verbrechen.

Lisa betrat den Raum und lächelte Hattie an. Wie bei den vorangegangenen Treffen war sie wie ein Musterkind aus der Vergangenheit angezogen, das Abbild eines sittsamen hübschen kleinen Mädchens aus den fünfziger Jahren. Adrett, ordentlich und mit einem süßen Lächeln.

Mehrere Dinge waren Hattie ein Rätsel: Warum hatten zum Beispiel die Lehrer an Lisas Grundschule nicht gemerkt, wie isoliert das Kind war; das Fehlen jeglicher vorhergehender Grausamkeiten anderen Kindern – insbesondere ihren Geschwistern – gegenüber; die Tatsache, daß der Mißbrauch jahrelang unentdeckt blieb.

Andererseits entsprach Lisa wiederum nicht dem klassischen Persönlichkeitsdiagramm eines mißbrauchten

Kindes. Sie kam aus einer traditionellen Familie: Die Mutter blieb zu Hause, um die vier Kinder in einem von Strenge und finanzieller Armut geprägten Milieu aufzuziehen, während der Vater zur Arbeit ging. Ihre Erziehung war in keiner Weise mit der der anderen Kinder der Siedlung zu vergleichen, die den schlimmsten Auswüchsen der Massenkultur – brutalen Videos, Kabelfernsehen und Pornomagazinen – ausgesetzt waren. Und während die anderen gleichaltrigen Kinder an den Wochenenden auf der Suche nach Zoff die Straßen unsicher machten, besuchte Lisa die Bibelstunde in ihrer Kirche.

Für Außenseiter – für Lehrer, Nachbarn und Sozialarbeiter – mußte es den Anschein gehabt haben, als gäbe es in Lisas Familie all die althergebrachten Werte, die in ihrem sozialen Umfeld schlichtweg fehlten. Doch der Schein kann sehr trügen, dachte Hattie.

Als Lisa schließlich über die Ereignisse jenes Tages zu sprechen begann, bestätigten sich Hatties Theorien darüber, wie und warum dieses Kind den Unterschied zwischen Gut und Böse falsch interpretiert hatte. Alles führte unweigerlich auf ihren Vater zurück.

»Hast du in deinem neuen Zuhause Freunde gefunden, Lisa?« fragte Hattie.

»In der Kirche«, sagte Lisa.

»Ja, aber außerhalb der Kirche – in der Schule oder unter Nachbarskindern – hast du da Freunde gefunden?«

»Mein Vater sagte, sie wären Heiden«, antwortete das Mädchen.

»Heiden?«

»Wie die Leute in Sodom und Gomorrha«, sagte Lisa und sah Hattie schräg an.

»Aber das waren doch nur Kinder ...«, begann Hattie.
»Das ist egal. Wissen Sie nichts über die Ursünde?« fragte Lisa.
»Erzähl doch mal davon.«
»Also, es bedeutet, daß sogar Babys Sünder sind. Sie sind geborene Sünder«, erklärte Lisa.
Hattie schwieg, ungewiß, wo das hinführen würde.
»Verstehen Sie nicht?« fragte Lisa. »Ich habe versucht, ihr zu erklären, daß Gott sie von ihren Sünden befreien würde. Ich habe versucht, sie zu taufen, die Sünde wegzunehmen. Aber sie hat nur in einem fort geschrien.«
»Und?« hakte Hattie sanft nach.
»Und dann wurde ich wütend. Ich wurde so wütend, weil sie nicht zu schreien aufhörte, wie wenn sie verrückt sei, besessen. Und dann hielt ich sie unter Wasser ...«, sagte Lisa und brach zum ersten Mal in Tränen aus. »Ich wollte sie nur für Gott retten ...«, stieß sie schluchzend hervor.
Hattie wußte nicht, was sie sagen, wie sie auf Lisas Enthüllungen reagieren sollte. Sie schaute in das gequälte, hübsche Gesicht des Kindes und sann über die scheußlichen Taten nach, die im Namen Gottes begangen wurden.

Als Claire und Rex an jenem Abend zu Barry Drivers Praxis zurückkehrten, saß Jimmy bereits mit verschiedenen Dingen im Wartezimmer, die ihm der Zahnarzt gegeben hatte: Ein Päckchen Zahnseide, Fluortropfen, zwei Zahnbürsten (eine dicke für den normalen Gebrauch und eine dünne für die unzugänglicheren Stellen), Farbtabletten, die Plaque anzeigten und eine große Tube Zahnpasta.

Von den Farbtabletten, mit denen er prüfen konnte, wie gut er sich die Zähne geputzt hatte, war er besonders angetan. Und auf dem Weg von der Praxis zurück zu Hatties Wohnung versuchte er, der verblüfften Claire zu demonstrieren, wie sie funktionierten.

»Ey, damit siehste die ganzen Keime unso, Plaque, die de sonst nich sehen kannst«, erklärte er ihr, als würde er einen Zaubertrick vorführen.

»Ja, Jimmy«, sagte Claire mit nachsichtigem Lächeln. »Laß uns mal lieber ein Taxi zu Hattie nehmen; wir kommen sonst zu spät zum Essen.«

»'n echtes Taxi?« fragte er begeistert und bestand darauf, auf die Straße zu treten und die Arme zu schwenken, bis ein freies Taxi anhielt.

»Wie warn Rex?« fragte er Claire, nachdem sie zu dritt im Taxi saßen.

»Ich habe ihn mit zu mir genommen, und er hat sich ziemlich gut benommen. Er hat einem meiner Klienten gegenüber ein bißchen heftig sein Revier verteidigt, und er mußte alle halbe Stunde raus, aber eigentlich mag ich ihn. Und, hat's beim Zahnarzt weh getan?«

»Nee, Mann«, sagte er und grinste, so daß sie seine fürchterlichen Zähne sehen konnte, die kaum weniger verfärbt und entstellt wirkten.

Sie war froh, daß sie Hatties Einladung zum Abendessen angenommen hatte. Sie war von Jimmys Verwandlung vom jugendlichen Penner zum Mann von Welt fasziniert, und je mehr Zeit sie mit ihm verbrachte, desto mehr gefiel er ihr. Sie wußte auch, daß sie Hattie einen Gefallen tat, da Jimmy und Toby seit dem Tag, da Rex die Wohnung so schändlich verunreinigt hatte, in Anwesenheit einer neutralen Person leichter miteinander auskamen.

»Ey, Mann«, sagte Jimmy mit stolzem Lächeln, als Hattie ihnen die Tür öffnete. Sie sah erschöpft aus. »Barry fand mein Gebiß cool.«

Von Jimmy unbemerkt sagte Claire mit hochgezogener Braue zu ihrer Freundin: »Hattie, er hat gesagt, daß er so was noch nie gesehen hat. ›Das Gebiß eines Mannes aus dem Mittelalter‹ waren seine genauen Worte. Er wird Jimmy als Fallstudie verwenden.«

Sind wir nicht alle Fallstudien? dachte Hattie, als sie in die Küche zurückging, um sich weiter ums Abendessen zu kümmern. Jimmy entpuppt sich als Prototyp des primitiven Menschen, dachte sie. Ungeformt, ungebildet und unbewandert im Umgang mit den Annehmlichkeiten der modernen Gesellschaft. Dennoch hatte er etwas Reines an sich. Trotz der mutmaßlichen Trostlosigkeit und Brutalität seiner Kindheit, trotz der Zeit, die er auf der Straße verbracht hatte, war er vom Leben unbefleckt. Er war fast – und sie zögerte, das Wort zu gebrauchen – jungfräulich.

Sie hatte keine Ahnung, ob Jimmy tatsächlich Jungfrau war. Angesichts seiner Erziehung und seiner unbestrittenen Attraktivität schien es unwahrscheinlich. Zweifellos aber war er naiv, und kein einziges Mal seit ihrer ersten Begegnung hatte er etwas Grobes oder Vulgäres über eine Frau gesagt. In der Tat schien er Frauen zu respektieren. Er würde, dachte sie jäh, den fantastischsten Liebhaber abgeben.

Sie wollte nicht zu lange über Jimmys Sexualität nachdenken. Während sie zusah, wie er mit Claire sprach, empfand sie seine physische Ausstrahlung als geradezu verwirrend. Sie war etwas erschrocken darüber, wie Jimmy sich in den wenigen Tagen verändert hatte, und noch mehr darüber, wie sie darauf reagierte.

Sie holte eine Flasche Weißwein und eine Dose Newcastle Brown aus dem Kühlschrank – speziell für Jimmy hatte sie einen Karton Bier gekauft – und ging zu ihnen hinüber. Sich selbst und Claire goß sie ein Glas Wein ein, Jimmy reichte sie die Bierdose.

»Mann, is ja echt klasse von dir«, meinte er. Beim Anblick seines Lieblingsbiers strahlte er übers ganze Gesicht.

»Wie schmeckt's, Jimmy?« fragte Claire – wie Hattie fand – reichlich kokett.

»Ey, probier ma, Hinny«, sagte Jimmy und hielt ihr die geöffnete Bierdose hin.

Claire hob die Dose an die Lippen, den Blick unverwandt auf Jimmy gerichtet.

»Gut«, erklärte sie, leckte sich aufreizend die Lippen und reichte die Dose zurück. »Ich laß den Wein, Hattie, und trinke wie Jimmy auch ein *Newkie Brown*«, fügte sie hinzu, in einem kläglichen Versuch, seinen Akzent zu imitieren.

»Dann hol' dir eine Dose, Claire«, sagte Hattie müde. »Im Kühlschrank liegen ein paar ...«

Als Toby eine gute Stunde später nach Hause kam, war Hattie nicht gerade erfreut darüber, wie Claire sich an Jimmy heranmachte. Zum ersten Mal freute sie sich, ihren Freund zu sehen, und begrüßte ihn mit einem Kuß.

»Abendessen ist fertig«, sagte sie.

Sie sieht bezaubernd aus, dachte Toby. Ihr Gesicht war vom Kochen leicht gerötet, und das dichte dunkle Haar fiel ihr auf die Schultern. Wie sehr er sich auch über die Anwesenheit des schrecklichen Duos Jimmy und Rex ärgerte, mußte Toby sich eingestehen, daß Hattie dieses Projekt guttat. Sie hatte ihre Lebensfreu-

de wiedergewonnen, die er so anziehend fand, als er sie kennengelernt hatte, und die sie – warum, wußte er nicht – in den letzten Monaten anscheinend verloren hatte.
Er beschloß, sich Jimmy gegenüber toleranter zu verhalten, weil es Hattie glücklich machen würde. Es konnte ihm nicht schaden, dem Typ etwas weniger feindselig gegenüberzutreten, auch wenn er ihn nervtötend fand. Und indirekt würde es auch ihm guttun, überlegte er im Hinblick auf ihr Sexleben, das sich unlängst sehr gebessert hatte. Und dann die Abendessen – wann hatte Hattie das letzte Mal angeboten, für ihn zu kochen, bevor Jimmy auftauchte?
Es ist fast so, als sei Jimmy ihr Kind, dachte Toby, als er zusah, wie sie in der Küche herumhantierte. Vielleicht fehlte gerade das in ihrem Leben, ein anderes Ventil für ihren mütterlichen Instinkt als ihre Arbeit. Vielleicht war es an der Zeit, daß sie ein Baby bekamen.
»Leute, das Essen ist fertig!« rief Hattie.
Toby setzte sich erwartungsvoll an den Tisch. Essen gehörte für ihn zu den schönen Dingen des Lebens, und Hattie wußte genau, was er gern aß, auch wenn sie nie sonderlich darauf erpicht war, zu kochen. *Nouvelle cuisine* international nannte er das, eine eklektische Mischung der verschiedensten ethnischen Gerichte, von denen sich Leute seines Alters, seiner Klasse und seines finanziellen Status seit einigen Jahren vorrangig ernährten. Thai, Italienisch, Französisch, Karibisch, Mexikanisch – und, inzwischen voll im Trend und politisch korrekt, sogar südafrikanisches Essen. Um so mehr überraschte es ihn, als Hattie das auftrug, was man als altenglische Küche bezeichnen konnte.

»Bratwurst?« fragte er ungläubig, als sie eine Pfanne auf den Tisch stellte, die großen braunen Würste aufzuspießen begann, die in etwas schwammen, das zweifellos kein extra natives Olivenöl war, und sie auf die Teller verteilte. Schlimmer noch, sie schleppte eine Riesenschüssel Kartoffelbrei an – ›Matschkartoffeln‹, in Jimmys Vokabular – der, wie sie mit gewissem Stolz verkündete, aus einer Packung stammte.

»Jimmys Lieblingsessen«, sagte sie erklärend.

»Himmel, Hattie, weißt du auch, woraus man diese Würste macht?«

»Aus Schweinefleisch, ey«, sagte Jimmy in der Überzeugung, einmal die richtige Antwort zu kennen.

»Aber aus welchem Teil vom Schwein, Jimmy?« fragte Toby.

»Die Teile, an die wir normalerweise nicht rankommen«, kicherte Claire albern.

Statt des üblichen feinen Sortiments an Chutneys und Dressings stand eine sonderbare Mischung aus Würzsaucen für den Massengeschmack auf dem Tisch – Branston Pickles. HP-Sauce, Tomatenketchup, Salatcreme und scharfer Senf aus der Tube.

»Toby, was bist du nur für ein Spießer«, ereiferte sich Hattie. »Wenn du nicht aus so einer gräßlichen Kleinbürgerfamilie kämst, würdest du Bratwurst mit Kartoffelbrei nicht so verachten. Eine meiner schönsten Erinnerungen an meinen Großvater, den fünften Grafen«, wandte sie sich an Jimmy, »war, mit ihm Bratwurst und Kartoffelbrei im großen Speisesaal zu essen ...«

»Mir schmeckt's«, verkündete Claire und hob ihre vierte Dose Newcastle Brown an die Lippen.

»Ey, Hinny, schmeckt echt«, sagte Jimmy, als Hattie

das Hauptgericht auftischte – einen Topf mit dampfend heißen Baked Beans.
Toby hatte bereits Verdauungsstörungen, bevor er zur Gabel griff. Es war eine Sache, diesen Kuckuck an seinem Tisch etwas mehr zu tolerieren – ihm zu erlauben, eine zivilisierte Mahlzeit mit ihm zu teilen – aber eine ganz andere, sich auf sein Niveau hinabzubegeben. Außerdem wußte Hattie, daß er Gebratenes oder Fettes nicht vertrug. Und was sie hier aßen, dachte er, als er mit der Gabel auf seinem Teller herumstocherte, war gebraten *und* fettig.
»Ich lasse diesen Gang lieber aus«, sagte er und schob den Teller von sich weg.
»Toby, warum bist du nicht in der Lage, dich zu ändern oder einen Kompromiß zu schließen?« fragte Hattie in ungewohnt hartem Ton.
»Du meine Güte, Hattie! Ich habe wohl mehr als meinen Beitrag an Kompromissen geleistet, seit der Typ hier aufgetaucht ist«, konterte Toby. »Und bei diesem Fraß hier ist bei mir der Ofen endgültig aus.«
»Wie du meinst, Toby«, sagte Hattie, als er aufstand, zum Kühlschrank ging und mit einem Stück Ciabatta (das an diesem Abend bei Tisch durch normales weißes Toastbrot ersetzt worden war) und Ziegenkäse zurückkam. Mit einem märtyrerhaften Ausdruck biß er säuerlich in das Brot.
»Haste noch, Hinny?« fragte Jimmy begeistert.
»Tja, da ist Tobys Teller«, sagte Hattie voller Wärme. »Ich glaube, er hat nichts von seinem Essen angerührt ...«
Jimmy langte über den Tisch und spießte zwei von Tobys Würsten auf. Toby warf sein Messer hin und stand vom Tisch auf.

»Beachte ihn nicht weiter«, sagte Hattie mit verkrampftem Lächeln. »Ich hole den Nachtisch.«
»Nachtisch!« blaffte Toby. Seine Wut kannte keine Grenzen mehr. »Wann hast du das letzte Mal einen Nachtisch serviert?«
»Nun, ich weiß, wie sehr du auf dein Gewicht achtest, Toby, daher mache ich mir meistens nicht die Mühe«, erklärte Hattie kühl. »Aber da Jimmy nicht so neurotisch ist, was sein Gewicht anbelangt, habe ich etwas mit Äpfeln gemacht.«
»*Tarte aux pommes*?« fragte Toby bockig.
»Nein, Toby, Apfelstreusel mit Vanillesauce«, ließ Hattie verlauten.
»Vanillesauce?« wiederholte Toby entgeistert.
»Eyy, Mann!« rief Jimmy.
»Ist es dir wohl möglich, auch normal zu sprechen?« fauchte Toby Jimmy an. »Du kennst anscheinend nur ein Vokabular von zehn gutturalen Lauten: eee und eyyy und neee und aay und Maaann. Vermutlich wäre es zuviel verlangt, von dir ein Danke oder Bitte zu erwarten.«
Jimmy sah mit einem Ausdruck der Verwirrung zu Hattie hoch, während Rex unter dem Tisch Toby warnend anknurrte.
»Das reicht jetzt, Toby«, sagte Hattie resoluter als je zuvor in ihrem Leben. »Wie kannst du es wagen, so scheiß unhöflich zu unserem Gast zu sein ...«
Jimmy zuckte bei ihren Worten zusammen. Seine Sprache mochte vielleicht guttural sein, aber außer ›meine Fresse‹ hatte er noch keinen Kraftausdruck verwendet.
»Hör mal, Schätzchen, wenn Toby sich durch Jimmys Anwesenheit so gestört fühlt«, nuschelte Claire und

legte die Hand auf Jimmys Schenkel, »warum nehme ich ihn dann nicht mit zu mir nach Hause?«
»NEIN! Das geht nicht«, wandte Hattie etwas forciert ein. »Ich nehme ihn morgen mit ins Büro. Wir müssen mit meinen – mit meinen Forschungsarbeiten anfangen ...«
»Also, Schätzchen, bloß keine Panik. Ich bring ihn dir vorbei, kein Problem. Er kann die Nacht bei mir verbringen, damit ihr beiden, du und Toby, ein bißchen Freiraum habt«, erklärte Claire und stand leicht schwankend auf.
»Claire, das ist das beste, was ich heute abend gehört habe«, stichelte Toby. »Solange du diesen blöden Köter mitnimmst.«
»Abgemacht, Schätzchen«, meinte Claire. Zu Jimmy gewandt fügte sie hinzu: »Hol' deine Jacke und Rex' Leine, und dann gehen wir.«
»Also wirklich«, stammelte Hattie voller Entsetzen bei dem Gedanken, was passieren könnte, wenn Claire und Jimmy allein waren. »Das wäre total unpraktisch ...«
Claire aber ignorierte sie und schob Jimmy und Rex ohne ›Auf Wiedersehen‹ oder ›Danke‹ aus der Wohnung.

Jimmy fühlte sich bei Hattie zwar wohler, mußte jedoch zugeben, daß Claires Wohnung weitaus gemütlicher war. Ihr ehemaliges Kutscherhäuschen mit den großen Sofas, den Tischen voller Ziergegenstände und den extravagant drapierten Vorhängen entsprach eher seinen – und Rex' – Vorstellungen von Wohlhabenheit.
»Zieh deine Jacke aus, Jimmy, und mach's dir gemüt-

lich«, sagte Claire. Sie ging zum Barschrank und mischte sich einen Gin Tonic. Rex sprang auf einen großen Ohrensessel, der neben dem Kamin stand.
»Einen Drink?«
Jimmy schüttelte den Kopf, setzte sich auf das tiefe Chintzsofa und überlegte, ob er hier wohl rauchen dürfte und ob er es wagen sollte, ihr zu sagen, daß sie für den Abend genug Alkohol getrunken hatte.
Claire setzte sich zu ihm auf das Sofa, für seinen Geschmack etwas zu dicht neben ihn. Dieser Meinung war auch Rex. Der Hund sah aus seinem Sessel auf und knurrte leise. Jimmy konnte ihren Atem riechen – eine Mischung aus Bier und Gin – und rückte instinktiv von ihr weg.
»Jimmy, du bist ein wenig prüde«, sagte sie.
»Hä?« Er tat bewußt so, als wüßte er nicht, was sie meinte.
»Ich will dich nur ein bißchen näher kennenlernen. Findest du mich denn nicht attraktiv?« fragte sie, warf das üppige Haar zurück und schlug die Beine auf eine Art übereinander, die er, ehrlich gesagt, unschicklich fand und die – nach dem tief aus Rex' Kehle kommenden Knurren zu urteilen – auch dieser im Sessel gegenüber als Bedrohung ansah.
»Bist ja echt hübsch ...« meinte er nervös.
»Zeig mir, wie hübsch«, sagte sie und strich zu seinem Entsetzen mit der Hand über den Knopfschlitz seiner neuen Paul Smith-Jeans.
»Nee, du«, wehrte er ab und rückte weiter von ihren tastenden kleinen Händen weg, als Rex aus dem Lehnstuhl sprang, um sich Jimmy vor die Füße zu legen.
Jimmy fand Claire etwas aufdringlich und war zutiefst schockiert von dem, was sie andeutete.

»Was ist los, Jimmy? Du bist doch wohl nicht von der anderen Truppe, oder?« Claire lachte spröde.

»Nee, du, wir ham beide heute abend zuviel gebechert.«

»Kannst du nicht oder willst du nicht, Jimmy?«

»Ey, ich bin echt müde«, sagte er und gähnte ein wenig zu offensichtlich, um seinen Schock und seine Verwirrung zu verbergen.

»Du mußt nicht im Gästezimmer schlafen, weißt du«, gurrte Claire.

»Tu ich aber besser«, erklärte er fest, stand auf und ging mit Rex im Schlepptau auf die Treppe zu. Die Frau war hübsch, das konnte er nicht bestreiten, aber sie jagte ihm Angst ein. Außerdem war sie betrunken, und wer weiß, was sie in nüchternem Zustand denken würde, wenn er ihrem Wunsch nachkam?

»Warum schläfst du nicht bei mir im Zimmer? Ich hasse es, allein zu schlafen.« Nachdem eine subtilere Taktik fehlgeschlagen hatte, versuchte es Claire auf dem direkten Wege.

»Nee, du, was würde Hattie denken?«

»Warum sollte es uns was ausmachen, was Hattie denkt? Du bist jetzt hier bei mir«, flötete Claire mit noch mehr Schmalz in ihre Stimme.

»Weil es Hattie nicht gefallen würde.«

»Und ob es Hattie nicht gefallen würde«, erklärte Claire. Ihr verführerischer Ton schwand langsam. »Sie sonnt sich in dem Gedanken, daß du ihr gehörst.«

Jimmy schluckte. Er war sich ganz sicher, daß Hattie sich nie im Leben so benehmen würde wie Claire, auch wenn sie mit Toby neulich abends wer weiß was getrieben hatte. Sie ist anständig, dachte er, im Unterschied zu ihren anderen Freunden.

»Komm schon, Jimmy, ich will nur neben dir liegen. Ich werde dich nicht berühren. Ich will nur in deiner Nähe sein ...« Und noch während sie sich das sagen hörte, Worte, die ihr erst neulich Eddie ins Ohr geflüstert hatte – Eddie, der alle Frauen als Freiwild betrachtete – riß sie sich endlich zusammen und gab auf. Als sie in ihr großes, kaltes, leeres Bett stieg, verfluchte sie ihre eigene Ungeschicklichkeit. Bei Jimmys Sexualerziehung würde sie ein gemächlicheres Tempo anschlagen müssen.

Kaum waren Claire und Jimmy gegangen, brach Toby einen erbitterten Streit vom Zaun, in dem er Hattie alle nur denkbaren Beleidigungen an den Kopf warf. Sie sei ein egoistisches, verdorbenes, kaltes, hartes und gefühlloses reiches Miststück.

Sie zeigte keine Reaktion. Sie saß nur da, beobachtete ihn und überlegte, was wohl diesen Ärger in ihm ausgelöst haben mochte. Ihr Verhalten machte ihn nur noch wütender.

»Empfindest du denn ÜBERHAUPT NICHTS?« schrie er sie an.

»Da bin ich mir nicht mehr so sicher, Toby. Und schon gar nicht, wenn du dich so benimmst. Wenn du nur wüßtest, was für einen Tag ich hinter mir habe – und dann bist du heute abend so unfreundlich zu Jimmy gewesen«, sagte sie sehr leise.

»Jimmy, Jimmy. Immer nur Jimmy, was? Verdammt, er ist wahrscheinlich dein perfekter Mann, Hattie. Jemand, den du kontrollieren und auf den du von deinem hohen Roß herunterblicken kannst, dem du dich wer weiß wie überlegen fühlst. Hast du ihn deshalb hier angeschleppt?«

»Ich sehe Jimmy keineswegs so, aber das kannst du nicht begreifen, oder? Typisch für dich, etwas Gutes und Anständiges auf dein eigenes, mieses Niveau runterzuziehen«, konterte Hattie. Durch seine Anspielungen auf Jimmy brach ihr Ärger sich endlich Bahn.
»Du wirst allerdings feststellen«, fuhr Toby fort, Hatties Ausbruch offensichtlich ignorierend, »daß du dich mit ihm verkalkuliert hast. Ich kann mir gut vorstellen, wie er es geschafft hat, mit seinen babyblauen Augen und dem blonden Haar auf der Straße zu überleben. Frauen, möchte ich meinen, sind ihm dabei weniger untergekommen.«
»Was willst du damit sagen?« fragte sie, plötzlich alarmiert.
»Nur, daß du fürchterlich naiv bist, Hattie. Du hältst Jimmy anscheinend für unbedarft und unschuldig. Wie kann er das aber sein? Du lebst nicht jahrelang auf der Straße, ohne erniedrigt und korrupt zu werden. Da draußen geht's hart auf hart, Hattie. Kids machen alles mögliche, nur um über die Runden zu kommen. Sie werden in die Niederungen von Drogen und geringfügigen Delikten gezwungen und können nur mit Köpfchen und, in seinem Fall höchstwahrscheinlich, mit gutem Aussehen überleben ...«
»Willst du etwa damit andeuten, daß Jimmy eine Art heruntergekommener Strichjunge sei? Kannst du nicht einfach akzeptieren, daß er momentan eine Pechsträhne hat? Jimmy ist ein Opfer. Du mußt wirklich immer alles in den Schmutz zerren.«
»Na, dann denk mal drüber nach, Hattie. Sieh dir doch an, was er hier hat. Die ganzen Klamotten, das Essen – er kriegt sogar sein verdammtes Newkie Brown frisch vom Faß – und die Bewunderung von

zwei attraktiven Frauen. Er lebt doch hier wie Gott in Frankreich, oder? Wenn hier jemand ein Opfer ist, dann bin ich es.«

»Oh, erspare mir die rührselige Nummer, Toby. Was ich mit Jimmy mache, ist wirklich wichtig für mich. Ich kann dir gar nicht sagen, wie sehr ich Jon beweisen möchte, daß er unrecht hat. Und dir«, setzte sie leidenschaftlich hinzu.

»Dann wirst du dich zwischen Jimmy und mir entscheiden müssen.«

»Warum muß *ich* eine Wahl treffen? Warum können wir nicht so weitermachen? Es ist doch nicht für ewig«, versuchte sie ihn zu beschwichtigen.

»Hattie, für mich ist es unerträglich, so zu leben. Mach' du mit deiner Bekehrung von Jimmy weiter. Aber ohne mich. Ich ziehe für eine Weile wieder in meine eigene Wohnung. Wenn du mit deiner Wette fertig bist, können wir noch einmal über unsere Beziehung nachdenken«, sagte er in jenem frostigen Ton, den er bei ihren Auseinandersetzungen stets anschlug.

»Gut, vielleicht ist es das beste«, erklärte Hattie gelassen. Die Tatsache, daß er ausziehen wollte, ließ sie kalt.

Sie fühlte sich hin- und hergerissen zwischen ihrer fast zehnjährigen Beziehung zu Toby und ihrer Entschlossenheit, die Wette zu gewinnen. Womöglich ging sie ein wenig zu hart mit ihrem Lover um. Hatte sie nicht stets betont, seit sie diese Wohnung mit Geld aus ihrem Vermögen gekauft hatte, daß es ihre *gemeinsame* Wohnung sei? Und nun erinnerte sie ihn fast täglich daran, daß es *ihre* Wohnung war, und beharrte darauf, daß sie, wen auch immer (samt seinem Hund) mit nach Hause bringen konnte – egal, was Toby davon hielt. Vielleicht hätte sie ihn öfter fragen sollen; vielleicht hätte sie auf ihn hören, ein paar Kompromisse schließen sollen.

Jetzt aufzugeben kam überhaupt nicht in Frage. Sie war so in die Wette verstrickt, daß sie – wenn es sein mußte – ihre Beziehung zu Toby opfern würde. Es würde nicht ganz einfach sein, ihn gehen zu lassen, aber Jimmy aufzugeben, war schlicht undenkbar.

ZEHNTES KAPITEL

Als Hattie am nächsten Tag in ihrem Büro ankam, wartete Jimmy bereits auf sie. Er saß auf einem der beiden Stühle, die wie in einer Kassenpraxis zu einem kleinen Sofa zusammengeschoben waren, und schaute sich die für ihre jüngeren Patienten bestimmten Spielsachen an. Über die Jahre hinweg hatte sie eine beachtliche Sammlung an Spielzeug zusammengetragen, das den Kindern half, sich in ihrer Anwesenheit wohler zu fühlen: einen Hubschrauber zum Aufziehen, Klickerkugeln im Chromgestänge, mehrere Puzzles, einen Teddybären und die Bücher, an denen Lisa solchen Gefallen hatte.

»Jimmy«, sagte sie froh, als sie ihn sah. »Und Rex«, setzte sie etwas kühler hinzu, als der Hund sie anknurrte.

Ihr fiel ein Stein vom Herzen. Zum einen, weil sie Zweifel hatte, ob Jimmy nach Tobys Benehmen seinen Besuch bei ihr tatsächlich wahr machen würde, zum anderen, weil sie befürchtet hatte, daß Claire ihm den Kopf verdreht haben könnte.

»Hat's dir bei Claire gefallen?« fragte sie so beiläufig wie möglich.

»War okay«, sagte er.

»Sie hat doch nicht, ähm, hat doch nicht irgendwas Dummes angestellt, oder?«

»Hats versucht, unso«, sagte er mit verlegenem Grinsen.
»Etwa mit Erfolg, Jimmy?«
»Nee, Hinny.«
Erleichterung durchströmte sie. Es hätte Claire wirklich ähnlich gesehen, das Ganze dadurch zu ruinieren, daß sie Jimmy verführte.
»Tee?« fragte sie mit einem Lächeln.
»Jap«, sagte er und setzte dann ein zögerndes »bitte« hinzu, als hätte er sich Tobys Bemerkungen vom Vorabend zu Herzen genommen.
Hattie ließ ihn einen Augenblick allein und ging in die kleine Küche neben ihrem Büro, um ihm einen starken schwarzen Tee und sich einen Kaffee zu machen.
»Tja, Jimmy, hier arbeite ich also. Meistens werden die Patienten vom Jugendamt, von Ärzten oder vom Gericht an mich überwiesen. Ich sehe alle möglichen Kinder und Jugendliche. Sehr oft sind sie Opfer, aber manchmal sind sie auch die Täter. In beiden Fällen sind sie jedoch meist geschädigt. Und ich soll ihnen helfen oder beurteilen, ob man ihnen helfen kann.«
Er hörte ihr aufmerksam zu.
»Offensichtlich paßt du in keine der Kategorien von Patienten, die mich normalerweise aufsuchen. Du bist nicht minderjährig, du bist freiwillig hierher gekommen, und du hast keines der Probleme, bei denen ich gewöhnlich zu Rate gezogen werde. Es wäre aber doch hilfreich, wenn ich dir einige Fragen stellen und etwas mehr über dich herausfinden könnte. Und wenn es dir nichts ausmacht, nehme ich das auf, was du mir erzählst. Das mache ich fast immer, okay?«
»Jap«, sagte er, als sie das Tonband auf ihrem Schreibtisch einschaltete. »Kann ich ma 'ne Fluppe haben?«

»Ja, wenn es hilft.« Sie beobachtete ihn sehnsüchtig, als er sich eine Zigarette anzündete.
»So, dann erzähl' doch mal von dir, Jimmy. Gehen wir ganz zum Anfang zurück – wenn du damit einverstanden bist – und sprechen wir über deine frühesten Erinnerungen.«
Er starrte sie verständnislos an.
»Das erste, woran du dich bewußt aus deiner Kindheit erinnern kannst?« fragte sie.
»Ich steh aufm Fischkai und guck jemand zu – meim Granddad, glaub' ich – wie er Fische ausnimmt«, begann Jimmy langsam.
»Erzähl' mir vom Fischkai.«
»Den gibts jetz nich mehr. Aber damals, vor zwanzig Jahren, da war da die Hölle los, da war er das Zentrum von North Shields. Die Männer standen an großen Holzbänken und nahmen Fische aus. Ham Köpfe und Innereien auf einen Haufen geworfen und die ausgenommenen Fische in Kisten verpackt. Manchmal nahm uns meine Nan da mit runter. Es war laut und hat gestunken, aber ich fands gut. Die Männer haben viel Wirbel um uns gemacht unso ...« sagte er, überrascht, wie lebendig diese Erinnerung war.
»Und deine Großmutter war auch immer mit dabei?«
»Meine Nan hat uns nie allein gelassen. Und manchmal ham Nan und Granddad uns mit zur Mission genommen, wir ham Tee getrunken und 'n Rosinenbrötchen oder 'n Stück Brot mit Zucker gekriegt.«
»Brot mit Zucker?«
»Das gabs auch immer zum Frühstück unso – Brot mit Margarine und Zucker drauf.«
Beim Erzählen wurde seine Sprache flüssiger, und es schlichen sich nicht so viele seiner umgangssprachli-

chen Ausdrücke ein, die Hattie oft nicht verstand. Die Art, wie er sein frühes Leben beschrieb, hatte einen gewissen Charme, fand Hattie.

»Und waren deine Nan und dein Granddad nett?«

»Jap. Meine Nan, die war echt gut zu mir. Hat mich behandelt, als wär ich ihr eigenes Kind. Meine Mam hat in Welch's Bonbonfabrik gearbeitet, und wir warn den ganzen Tag bei meiner Nan. Hat uns mit zum Putzen genommen und zum Einkaufen. Im Sommer hat sie uns mit an den Strand nach Whitley Bay genommen, um mit 'n *Shuggyboats* zu spielen.«

»Shuggyboats?«

»So wie große Schaukeln an Seilen, und wenn du dran ziehst, bewegen sie sich. Die gabs überall am Strand, und die Kids schaukelten drauf. Ham nichts gekostet unso.«

»Und sind das glückliche Erinnerungen, Jimmy?«

»Jap, sie warn gut. Meine Nan und mein Granddad und ich warn eine Familie, irndwie.«

»Deine Mutter aber nicht?«

»Nee«, er schüttelte den Kopf. »Die war jung unso und wollte mich nich.«

»Weil sie nicht verheiratet war?«

»Nee«, sagte er mit zynischem Lachen, »weil sie sich nich häuslich niederlassen wollte. Nan sagt, sie hat alles versucht, um mich wegzukriegn – die Treppe runterfallen und son Zeug.«

»Du hast also bei deiner Großmutter gelebt?«

»Bis ich vier oder fünf war ...«

»Und dann?«

»Und dann hat meine Mam jemand kennengelernt.«

»Einfach irgend jemand?«

»Er hieß Bob.«

»Und seid ihr zu ihm gezogen, du und deine Mutter?«
»Nach 'ner Weile. Wie sie Wayne gekriegt hat. Da sind wir nach Meadow Well. Von da an lief alles schief. Sie kam mit Wayne nich klar – er schrie, und Bob – also, der trank unso. Und dann fuhr sie auf Alan ab.«
»Wie alt warst du da?«
»Sechs.«
»Und hast du deine Nan oft gesehen?«
»Die hat sich mit meiner Mam gestritten. Sie konnte nich auf Bob und er nich auf sie. Und da warn nur wir, um auf die Kleinen aufzupassen.«
»Mit sechs mußtest du auf deine Brüder aufpassen?«
»Also, meine Mam ging zur Arbeit. Bob war auf Stütze unso. Arbeit war nich. Die Bergwerke hatten dichtgemacht und die Werften waren leer und die meisten Männer wurden entlassen. Bob hing den ganzen Tag im Wettbüro oder inner Kneipe rum unso. Schule war nich, mußte ja auf meine Brüder aufpassen.«
Die Geschichte seiner Erziehung war genauso schrecklich wie die anderen, die sie in diesem Raum gehört hatte. Die einzigen glücklichen Momente in Jimmys Leben waren die, die er mit seinen Großeltern verbrachte. Die übrige Zeit mußte er die Gleichgültigkeit seiner Mutter und den Zorn seines Stiefvaters über sich ergehen lassen. Die Arbeitsmoral unter den Männern im industrialisierten Nordosten war besonders stark, und in der Zeit, da Jimmy aufwuchs, versiegte ein Großteil der regulären Arbeit. Die Arbeitslosigkeit stieg sprunghaft in die Höhe, und viele Männer – wie Bob, sein erster Stiefvater – fühlten sich fehl am Platz und voller Wut. Für so viele junge Männer seiner Generation war es der Anfang vom Ende, dachte Hattie, als sie Jimmys stolze Züge betrachtete.

Selbst jetzt, wo die Lage sich langsam zu normalisieren begann, konnten nur wenige Männer einer Anstellung sicher sein. Jimmy wäre die dritte Generation seiner Familie ohne Arbeit und ohne Zukunftsaussichten außer ›Stütze‹ gewesen. Sogar sein Großvater – der auf dem geschäftigen Fischkai, an den er sich erinnerte – hatte zehn Jahre zuvor, kurz bevor er mit Würde in Pension hätte gehen können, wegen der Einführung neuer EU-Gesetze sein Fischerboot verloren. Danach hatte kein einziger Mann in seiner Familie mehr einen festen Job, und wie Jimmy sagte, war ›ein Mann im Norden kein Mann, wenn er seine Familie nicht ernähren konnte‹.

Gott weiß, was für tägliche Demütigungen Jimmy erdulden mußte, als er an jenem gräßlichen, feindseligen Ort aufwuchs. Hattie hatte einige Erkundungen angestellt. Meadow Well war ein Bezirk von North Shields, der von Bewohnern anderer Viertel tunlichst gemieden wurde – ein Ort, wo jede Problemfamilie sich letztlich in einem Getto der Verzweiflung und Hoffnungslosigkeit fand. Innerhalb seiner Grenzen wurden alle nur erdenklichen städtischen Greueltaten begangen, und wer nicht der Norm entsprach, wurde drangsaliert und verprügelt. Es stand außer Frage, daß Jimmys besondere Schönheit – das hellblonde Haar und die erstaunlich blauen Augen – wahrscheinlich auch gegen ihn gesprochen hatten. Auf den Bildern, die Hattie gesehen hatte, wirkte er mit seiner Größe und seinem guten Aussehen neben seinen Brüdern mit ihren krummen Schultern und den hinterhältigen, hageren Gesichtern deutlich als Fremdling. Im Alter von vierzehn Jahren hatte er fünf Brüder von vier Stiefvätern. Alle seine Stiefväter waren brutal mit ihm umgegangen, doch der dritte mißbrauchte ihn sexuell, so daß er im Alter von neun mit seinen Brüdern zu Pflegeeltern kam, um einige Monate später wieder zu seiner Mam und ihrem neuesten Freier zurückgeschickt zu werden.

Hattie nahm den ganzen Morgen über Jimmys Erinnerungen auf. Um halb zwei schaltete sie das Tonband aus und schlug vor, zum Lunch zu gehen. Diese Sitzung hatte etwas besonders Aufreibendes an sich gehabt. Hattie war an Patienten mit schwierigen Vorgeschichten gewöhnt, nur kannte sie die meisten nicht persönlich. Nichts lag ihr mehr am Herzen, als die Dinge in Jimmys Leben wieder gutzumachen, und sie war sich nicht sicher, wieviel mehr von seiner trostlosen Vergangenheit sie ertragen konnte.

Sie gingen zu einem Pub in der Nähe ihres Büros. Einige der weiblichen Angestellten hatten die Augenbrauen hochgezogen, als sie mit Jimmy wegging, offensichtlich verblüfft über den seltsamen jungen Mann, der soviel von Hatties Zeit in Anspruch nahm.

Sie versuchte, ihm ein Newcastle Brown Ale zu bestellen, doch da es das nicht gab, mußte er sich mit etwas anderem zufriedengeben. Sie trank einen Gin Tonic, was ihr während eines Arbeitstages gar nicht ähnlich sah.

»Nun, Jimmy, wie fühlst du dich?« fragte sie, als sie sich in eine Ecke des kleinen Nebenraums setzten.

»Müde«, sagte er und zündete sich eine Zigarette an.

Hattie kramte in ihrer Tasche und zog ebenfalls ein Päckchen Zigaretten hervor. Sie hatte wieder angefangen zu rauchen. Das heimliche Rauchen mit Jimmy in ihrer Wohnung hatte sie wieder auf den Geschmack gebracht.

»Es muß schwer sein, seine Vergangenheit zu durchleuchten«, sagte sie und inhalierte.
Er sah sie einen Moment lang an und begann dann, sie auf die gleiche Art und Weise auszufragen, wie sie es am Morgen getan hatte.
»Und was is mit deiner? Warste glücklich als Kind?«
Sie lächelte. »Meine Kindheit war ganz, ganz anders und doch ...«
»Was?«
»Einige der Dinge, die du mir erzählt hast, kann ich nachempfinden. Mit deiner Mam zum Beispiel und ihr totales Desinteresse an dir. Ich glaube nicht, daß meine Mutter mir große Zuneigung gezeigt hat. Aber sie hatte halt die Hilfe, die man mit Geld kaufen kann – Nannies, Haushälterinnen und so weiter – so daß ich nicht viel davon mitbekam.«
»Und haste auch 'ne Nan gehabt?«
»Ja, Jimmy, aber meine Großmutter war nicht wie deine. Und ich habe einen Vater gehabt, und zumindest er hat sich manchmal ein wenig für mich interessiert. Obwohl Arabella natürlich immer sein Liebling war. Sie sah aus wie meine Mutter, und mein Vater vergötterte sie.«
»Und da warste so einsam in dem großen Haus wie ich in Meadow Well?« fragte Jimmy.
»Und im Internat. Das war wohl das schlimmste. Es war nicht wirklich Armut, aber es war das, was die Reichen unter Entbehrung verstehen«, sagte Hattie mit bitterem Lachen. »Wir wurden rituell gedemütigt, drangsaliert und lebten in schrecklichen Verhältnissen. An manchen Wintermorgen war Eis an der Innenseite der Fenster. Zweimal die Woche durften wir baden – gewöhnlich in kaltem Wasser und nicht mehr als eine

Handbreit tief. Und wir bekamen in etwa das zu essen, was die Kids in Meadow Well aßen, billige Lebensmittel mit viel Fett und Zucker. Nicht gerade dein Brot mit Zucker zum Frühstück, aber nicht weit davon entfernt. Ich wage jedoch zu bezweifeln, daß man die Unzulänglichkeiten meiner eigenen Erziehung in einem englischen Internat je als so unerträglich ansehen würde, wie die deiner Jugend«, schloß sie mit mitfühlendem Lächeln.

Wieder in ihrem Büro, schaltete Hattie erneut das Tonband ein.
»Konntest du irgendwie entkommen?« fragte sie.
»Jap, am Ende.«
»Und wie?«
»Fußball ...«
»Du meinst, du hast mit Freunden Fußball gespielt?«
»Nee, ich meine, ich kam in die Jugendmannschaft, in die Liga, und ich war gut. Das war son natürliches Talent, irndwie. Ich war echt gut ...« sagte er. Zum ersten Mal, seit sie ihn kannte, zeigte sein Gesicht eine heftige Regung.
»Wie gut?«
»Gut genug, um für einen Topverein zu spielen. Ich war der erste Junge, der es aus Meadow Well rausschaffte«, sagte er.
»Die Medaillen, die Pokale, die du zu Hause hast – hast du die auf dem Fußballfeld gewonnen?«
Jimmy nickte. »Das war mein Weg nach draußen unso. Hab' alle Medaillen für super Leistungen im Training gekriegt. Dann sah uns 'n Scout. Als ich vierzehn war, ging ich als Junior zu Everton. Hab' in den letzten Buden gewohnt und die Dreckarbeit gemacht' un-

so. Die Stiefel der großen Spieler geputzt, die Umkleideräume saubergemacht. Aber ich konnte mit ihnen trainieren und sehen, wo das vielleicht hinführen würde«, sagte er, und seine Augen leuchteten bei dieser Erinnerung.

»Und was war mit deinen Klassenarbeiten, deinen Schulaufgaben?«

Er wurde rot, schaute auf den Boden und murmelte etwas Unverständliches.

»Jimmy, bist du zur Schule gegangen?«

»Ich sollte der nächste Gascoigne werden. Ich hatte eine Zukunft, von der die anderen Jungs nur träumten. Für Everton zu spielen und dann ein Transfer zurück zu Newcastle, unso. Sogar meine Mam war stolz. Ich war anders und nich, weil ich so aussah. Ich war anders, weil ich gut war ...«

Für das Trainingsprogramm von Everton ausgewählt zu werden, war der Höhepunkt seines kurzen Lebens. Natürlich war er von Anfang an anders gewesen. Hübsch, während seine Brüder häßlich waren. Sensibel, während seine Geschwister hart gewesen waren. Groß und muskulös, während sie klein und gebeugt waren.

Dieser Unterschied, diese Fähigkeit aber, Fußball spielen und Tore schießen zu können, war zum ersten Mal in seinem Leben ein besserer Unterschied. Ein Unterschied, der es ihm in gewisser Hinsicht unmöglich machen würde, je nach Meadow Well zurückzukehren.

»Und dann?«

»Und dann hatte ich da den Unfall. Als ich für das zweite Team spielte. War mein erstes richtiges Spiel«, sagte er. Seine Miene verfinsterte sich.

Man hatte ihn zur Erholung nach Hause geschickt,

hatte ihn drei Monate später zurückgeholt, nur, um ihn für immer zurückzuschicken. Nun war er für sie nutzlos. Seine Verletzung – ein gebrochenes Bein – hatte seine einzige Chance, Meadow Well mit Stolz zu entkommen, zunichte gemacht.
Abgeschoben und ohne finanzielle Entschädigung kehrte er in Schande nach Hause zurück, wo er einen neuen Mann im Bett seiner Mutter vorfand und wo er – weitaus schlimmer – erfuhr, daß seine Nan unheilbar an Brustkrebs erkrankt war.
»Und da bist du von zu Hause fort?«
»Jap«, nickte er. »Ich hab' sie nie wieder gesehn, irndwie. Bin nich zur Beerdigung. Hab' ihr nie die letzte Ehre erwiesen ...«
Sie arbeiteten bis in den frühen Abend. Am Ende des Tages hatte Hattie über sieben Stunden Band aufgenommen. Jimmys Lebensgeschichte war zwar nicht besonders tragisch, aber nichtsdestotrotz eine Geschichte seiner Zeit. Ähnlich dem Inneren seines Mundes – dem Gebiß eines primitiven Menschen, wie Barry Driver bemerkt hatte – stellte seine Kindheitsgeschichte ein einzigartiges Dokument gesellschaftlicher Veränderungen dar. Es ist ein Armutszeugnis der modernen Gesellschaft, dachte Hattie, ein erschreckender Bericht, der perfekt veranschaulicht, was geschieht, wenn man Menschen ihres Stolzes und ihres Anrechts auf Arbeit beraubt und ihnen statt dessen Armut ›auf Stütze‹ anbietet.

Als sie in ihre Wohnung zurückkehrten, war Toby weg. Er hatte einen Großteil seiner Kleidung und einige seiner persönlichen Dinge gepackt und war in seine Wohnung zurückgekehrt.

»Bin ich schuld?« fragte Jimmy wie das verlorene Kind bei einer Scheidung, als Hattie ihm die Neuigkeit mitteilte.
»Natürlich nicht. Toby und ich brauchen nur etwas Freiraum, mehr nicht. Dein Auftauchen hat das nur bestätigt«, sagte sie.
Sie bekam auf einmal fürchterliche Kopfschmerzen, die, wie sie vermutete, durch Jimmys Leid und ihr eigenes Gefühl des Verlusts hervorgerufen wurden. Toby hatte eine große Rolle in ihrem Leben gespielt, und sie fürchtete, ihn für immer zu verlieren.
Sie machte Jimmy etwas zu essen und beschloß dann, früh ins Bett zu gehen.
»Ich danke dir, daß du so offen und so ehrlich zu mir warst«, sagte sie, bevor sie sich anschickte, die Treppe zu ihrem leeren Schlafzimmer hinaufzugehen.
»Eyy, Hinny ...« Er nickte mit dem besonderen Lächeln, das seine Verletzlichkeit zeigte und so sehr an ihrem Herzen rührte.
Toby hatte eine Nachricht auf dem großen Doppelbett hinterlassen, das sie so lange miteinander geteilt hatten.

Hattie,
ich habe die meisten meiner Sachen mitgenommen, komme aber wahrscheinlich in den nächsten Tagen zurück, um den Rest abzuholen. Ich wünschte, es wäre nicht so gekommen.
Wenn du dir über deine Prioritäten klar geworden bist, wirst du das alles vielleicht aus meiner Sicht verstehen können. Wie es scheint, hast du soviel Mitgefühl für den Rest der Welt und sowenig für mich. Mach's gut.
Toby

Es sah Toby ähnlich, ihr die ganze Schuld in die Schuhe zu schieben. In Wirklichkeit steckte ihre Beziehung schon lange, bevor Jimmy in ihr Leben getreten war, in einer Krise. Sie beide hegten verschiedene Ideale, verschiedene Interessen und verschiedene Ziele. Hattie hatte ihn aber so lange geliebt, so lange mit ihm gelebt, daß es schmerzte, ihn gehen zu lassen. Dabei war er in der Anfangszeit ihrer Beziehung so fürsorglich, so hilfsbereit, auf so sanfte Weise ermutigend zu ihr gewesen.

Sie zerknüllte den Zettel und überlegte, ob sie vielleicht nicht doch verrückt war, ihr eigenes Glück für etwas aufzugeben, das – zumindest am Anfang – nichts anderes als eine leere Herausforderung schien. Das Ganze hatte sich jedoch zu weitaus mehr als einer Wette entwickelt, und es stand außer Frage, daß sie Jimmy in diesem Stadium nicht im Stich lassen würde. Sie wollte, ja, sie mußte die Wette gewinnen, nicht für sich und nicht, um Jon zu beweisen, daß er unrecht hatte. Jetzt wollte sie die Wette für Jimmy gewinnen. Es würde nicht einfach werden, soviel war ihr klar. In der kurzen Zeit, die ihr zur Verfügung stand, gab es noch viel zu tun. Wenn es ihr am Ende jedoch gelang, Jimmy glücklich zu machen, ihm ein Gefühl von Freiheit zu vermitteln und ihm einen Job zu verschaffen, wäre es den Kampf und den Verlust wert gewesen. Sie legte sich aufs Bett, den Zettel noch immer in der Hand, und weinte um Toby, sich selbst und um Jimmy.

ELFTES KAPITEL

»Fußball?« meinte Claire nachdenklich, legte die Gabel hin und hörte Hattie aufmerksam zu.

»Ja, Fußball«, sagte Hattie. »Verstehst du nicht? Gerade darin liegt das Besondere an Jimmy. Seine Kindheit selbst hat ihn nicht zu dem gemacht, was er ist. Tausende von Kindern machen solch eine Erziehung durch. Es ist einfach nur der ganz normale Alptraum. Was ihn so besonders macht, ist, daß er einen Weg nach draußen gefunden hatte. Eine Zeitlang waren seine Hoffnungen so groß, daß er den Ruhm und das Vermögen, die eines Tages ihm gehören würden, in greifbarer Nähe sah. Er hat mir erzählt, daß er in den Umkleideräumen der ersten Mannschaft saß und einfach nur das Spiel einatmete. Es war eigentlich wie eine Lehre. Von den Jungs – den jungen Hoffnungen – erwartete man, daß sie die Dreckarbeit für die etablierten Spieler der ersten Mannschaft machten: Ihre Mercedesse und ihre BMWs zu polieren, ihre Nike-Schuhe auf Hochglanz zu bringen, Botengänge für sie zu erledigen. Dafür durften sie beim Training mitmachen. Die jungen Hoffnungen, die Möchtegerne, durften mit den Großen zusammen dem Ball nachrennen. Und es gab keinen Hoffnungsvolleren, keinen Vielversprechenderen als unseren Jimmy. Zumindest bis zu seinem Unfall.«

Hattie und Claire hielten beim Abendessen in Claires Maisonnette Kriegsrat. Vier Wochen nach Abschluß der Wette hatten sie ein Stadium in ihrem Unterfangen – Hattie nannte es ›Mission‹ – erreicht, wo sie gemeinsam planen mußten, wie es weitergehen sollte, ohne daß Jimmy etwas davon mitbekam. Sie hatten mit Erfolg einige kosmetische Korrekturen vorgenommen (Barry baute Jimmys Gebiß quasi von neuem auf), doch mit den anderen für den Gewinn der Wette notwendigen Veränderungen hatten sie so gut wie noch gar nicht begonnen. Hattie fühlte sich nicht ganz wohl in ihrer Haut, da sie ihm nicht den wahren Grund erklärt hatten, warum sie ihn von der Straße geholt hatten. Er nahm immer noch an, daß es mit ihrer Forschungsarbeit zusammenhing. Er hatte keine Ahnung, daß er Gegenstand einer Wette war. Es würde ihn schrecklich verletzen, wenn er die Wahrheit erfuhr.

»Die physischen Veränderungen vorzunehmen, war noch das einfachste. Seine Einstellung und seine Ambitionen zu verändern und ihn zu einem erfolgreichen, intelligenten, kultivierten Mitglied der Plaudergesellschaft umzumodeln, ist wesentlich schwieriger«, sagte Claire. Sie machte eine nachdenkliche Pause und fuhr dann fort: »Neulich hat mich Moosh angerufen. Die Agentur *Models One* würde ihn gerne sehen, aber Jimmy scheint das nicht ganz zu behagen. Ich muß dir langsam recht geben, daß eine Karriere als Dressman nicht die richtige Antwort ist.«

»Der Job wäre eine Zeitlang gut bezahlt, aber wir beweisen damit nicht, daß Jon unrecht hat«, meinte Hattie. Sie zündete sich eine Zigarette an und inhalierte gedankenvoll.

»Es gibt doch bestimmt eine Möglichkeit, Jimmy cle-

ver zu vermarkten. Wenn mir nur etwas einfiele ...« überlegte Claire und schenkte sich ein weiteres Glas Wein ein.
Es mochte wohl Hattie gewesen sein, die das Ganze in Gang gebracht hatte, Hattie, die anfänglich mehr Interesse an der Wette gezeigt hatte als sie, doch nun war Claire von dem Gedanken beseelt, daß sie selbst die treibende Kraft hinter Jimmys Umwandlung war. Es lag an ihr, für ihn einen Weg vorwärts zu finden. Hattie ging eher ideologisch denn pragmatisch an die Sache heran. Da sie nicht materiell eingestellt war, übersah sie ständig die Tatsache, daß das, was Jimmy brauchte, nicht ihre wohlmeinende Fürsorge war, sondern eine Möglichkeit, eigenes Geld zu verdienen.
Claire hatte den Eindruck, daß sich in ihrer beider Verhältnis zu Jimmy eine Art Rivalität breitmachte, und sie war leicht verärgert – um nicht zu sagen, eifersüchtig – über die Art, wie Hattie seine Zeit monopolisierte, besonders, seit Toby ausgezogen war. Hätte Toby noch bei Hattie gewohnt, wäre die Wahrscheinlichkeit äußerst gering, daß Hatties Beziehung zu Jimmy sich zu einer ausgewachsenen Affäre entwickelte. Nun aber hatte dieses Arrangement – nur Hattie und Jimmy – etwas zu Vertrautes, Intimes an sich. Manchmal kam sich Claire an den Rand geschoben und ausgeschlossen vor.
»Hast du von Toby gehört?« fragte sie vorsichtig und hoffte, die Unterhaltung behutsam auf Hatties Verhältnis zu Jimmy zu lenken.
»Nicht direkt. Er hat wegen einer Versicherungspolice für meine Wohnung angerufen, aber über uns haben wir eigentlich nicht gesprochen. Einerseits wünschte ich mir, wir hätten es getan, Claire. Ich weiß, wir sind

zuletzt nicht mehr sehr gut miteinander ausgekommen, aber ich habe uns immer als Paar gesehen – mit dem ganzen Drumherum: Kinder, Hunde, du weißt schon. Trotz seiner Fehler dachte ich, daß er einen guten Vater abgeben würde. Aber zwischen uns ist es aus, es gibt kein Zurück mehr. Und nun muß ich der Tatsache ins Gesicht sehen, daß ich vielleicht nie eine eigene Familie haben werde.«

»Was für ein Unsinn! Natürlich wirst du eines Tages Kinder haben, Hattie«, sagte Claire ungeduldig. »Mensch, du bist doch erst zweiunddreißig. Du hast noch jede Menge Zeit.«

»Meinst du wirklich, Claire? Schau dir doch dich und mich an. In früheren Generationen wären wir schon längst verheiratet und hätten ein oder zwei Kinder. Unsere Generation aber hat beschlossen, daß Kinder ganz unten auf der Prioritätenliste stehen. Wir sind so darauf aus, unabhängig zu sein und Karriere zu machen, daß wir völlig vergessen, daß Fortpflanzung der stärkste Drang ist, den der Mensch kennt. Und bis wir soweit sind, das zu akzeptieren, ist es oft zu spät«, bekannte Hattie niedergeschlagen.

»Das Traurige ist, daß es keiner von uns in den Sinn käme, Kinder ohne einen regulären Mann zu kriegen«, meinte Claire. »Ich bin so gedrillt worden, das ganze Paket zu wollen – reicher, gutaussehender Mann, wahre Liebe, Kinder. Wenn du aber nicht den richtigen Mann kriegen kannst, wie kommst du dann an die Kinder? Mir fällt keine Frau in meinem Bekanntenkreis ein, die mit ihrem Mann glücklich ist, sofern sie einen hat. Sie sind entweder zu häuslich und fürsorglich – wie Carolines Nick –, oder sie haben Angst, sich fest zu binden. Die meisten von uns müssen sich doch notgedrungen mit einem Schwächling begnügen, den wir wahrscheinlich auch noch finanziell und emotional unterstützen müssen, oder wir sitzen in einer Beziehung mit einem Arschloch fest. Vorausgesetzt, wir schaffen es überhaupt, uns eins anzulachen«, sagte sie und sah Hattie dabei bedeutungsvoll an.

»Ich habe immer geglaubt, du seist so, wie du bist, ziemlich glücklich, Claire. Es wäre mir nie im Traum eingefallen, daß du dich nach wahrer Liebe, nach Kindern sehnst ...«

»Aber ja doch. Warum lasse ich mich denn immer wieder mit den Typen ein?«

»Willst du damit sagen, daß du diese romantischen Vorstellungen von all den Männern hast, die du triffst – wie zum Beispiel dem Typen, den du neulich bei der Dinnerparty kennengelernt hast?«

»Ja, Hattie. Und selbst wenn die Zeichen sehr schlecht stehen – gewöhnlich, nachdem wir tollen Sex hatten und er nach Entschuldigungen sucht und abhaut, oder wenn ich herausfinde, daß er verheiratet ist –, auch dann überlege ich noch, ob er vielleicht nicht doch der Richtige ist.«

»Glaubst du, wir werden je den Richtigen finden?«

»Weißt du, was meiner Meinung nach vielen Frauen unserer Generation passieren wird?« sagte Claire eindringlich. »Wir werden nach Jimmys suchen. Jüngeren Männern, die unseren Erfolg anerkennen, die uns respektieren können. Jüngere Männer, die beim Heranwachsen gesehen haben, was Frauen leisten können, und sich daher nicht von einer Frau bedroht fühlen, die klug, kompetent und körperlich attraktiv ist. Jüngere Männer, denen man etwas beibringen und die man zum idealen Gefährten umkrempeln könnte. Die

Leute haben immer solche Vorurteile über ältere Frauen und jüngere Männer – man nimmt immer an, die Beziehung beruhe allein auf Sex. Es geht aber nicht nur um Sex, sondern auch um die Art, wie sie sich verständigen, den Respekt, den sie zeigen, ihre Ehrlichkeit, ihre Verletzlichkeit. Hat Jimmy nicht solche Gefühle in dir ausgelöst?«

Hattie fühlte sich etwas unbehaglich unter Claires prüfendem Blick. »Ich sehe Jimmy nicht in dem Licht. Mein Interesse ist eher – hm, man könnte es wohl mütterlich nennen ...« sagte Hattie verlegen, während sie sich eine neue Zigarette anzündete. »Und jetzt, wo ich weiß, wie schwer es für ihn in seiner Kindheit und Jugend war, wie wenig Zuneigung er von seiner Mutter bekam, fühle ich ein noch größeres Bedürfnis, ihn zu umsorgen.«

Claire war so erleichtert, daß sie Hattie fast geküßt hätte. Es war absurd gewesen, sich vorzustellen, daß Hatties Interesse an Jimmy sexuelle Motive hatte. Oder gar, daß Jimmy sich zu Hattie hingezogen fühlen könnte.

»Da hast du dir aber was angewöhnt«, bemerkte Claire, auf die Zigaretten deutend. »Toby wäre entsetzt.«

»Offen rauchen zu können, ist das Beste, was sich durch Tobys Auszug ergeben hat«, erklärte Hattie und zog dankbar an ihrer Zigarette.

»Weißt du, an dieser Fußballsache könnte etwas dran sein«, sagte Claire nachdenklich. »Hast du bemerkt, wie besessen die meisten Männer heutzutage von Fußball sind? Dieses verdammte Frankreich ’98 treibt mich noch zum Wahnsinn. Es gibt zwei Sachen, die man Männern verkaufen kann: Sex und Fußball. Sex langweilt sie aber sehr viel schneller als Fußball. Fußball ist die letzte männliche Bastion. Einige Frauen bekunden vielleicht ein Interesse an Fußball, aber ich bin überzeugt, daß Fußball das letzte wahre Männlichkeitssymbol in unserer Gesellschaft ist.«

»Und das letzte Ventil für ihre primitiven Stammesinstinkte, wohl der Grund dafür, daß er in ihrem Leben eine noch größere Bedeutung gewonnen hat«, fügte Hattie grinsend hinzu.

»Die Sache ist die«, fuhr Claire fort, »daß Fußball inzwischen über die Klassenschranken hinwegreicht. Nicht das Spielen – das ist in erster Linie immer noch eine Sache der Arbeiterklasse. Du mußt hungrig sein – so hungrig wie Jimmy –, aber auch talentiert, um es zum Fußballprofi zu bringen. Nur spricht das Spiel eben jeden an. Hast du gewußt, daß es an der University of East Anglia einen Dozenten für Fußball gibt?«

»Was willst du damit sagen, Claire?« fragte Hattie.

»Ich versuche damit zu sagen, daß zwischen Fußball und Jimmys Umwandlung in einen Mann von Wert ein Zusammenhang besteht. Hattie, könntest du mir Abschriften deiner Tonbandaufnahmen besorgen?«

»Es sind über sieben Stunden an Aufnahmen. Es ginge schneller, wenn ich dir einfach Kopien der Tonbänder schicken würde.«

»Je länger und je detaillierter sie sind, desto besser. Ich habe da eine Idee, die hinhauen könnte«, sagte Claire.

Hattie zog die Augenbrauen hoch.

»Nein, ich verrate nichts. Ich habe es noch nicht richtig durchdacht, vielleicht ist es auch reine Zeitverschwendung.«

»Okay, ich warte, aber was machen wir in der Zwischenzeit, um Jimmy in der feinen Gesellschaft einzuführen?« fragte Hattie.

»Wie wäre es, wenn wir ihn zur Vernissage von Benedicts Ausstellung in der *Serpentine* mitnehmen würden?« schlug Claire mit zynischem Lächeln vor.
»Solange Jon nicht auftaucht. Ich meine, wir sollten dafür sorgen, daß Jimmys und Jons Wege sich nicht kreuzen. Wir dürfen nicht vergessen, daß ihm genauso viel daran liegt, diese Wette zu gewinnen wie uns – wenn nicht sogar mehr.«
Claire sah Hattie abwägend an. »Wahrscheinlich hast du recht. Ich habe mich nur gewundert, warum Jon mir in letzter Zeit soviel Aufmerksamkeit geschenkt hat. Er ruft mich ständig unter irgendeinem Vorwand an und hinterläßt Nachrichten auf meinem Anrufbeantworter – aber natürlich rufe ich nicht zurück. Er will herausfinden, wie wir mit Jimmy vorankommen. Ich muß vorsichtiger sein. Mach' dir keine Gedanken um Benedicts Party – Jon taucht auf keinen Fall da auf.«
»Tja, früher oder später müssen wir Jimmy der Kultur der zeitgenössischen Plaudergesellschaft aussetzen«, sagte Hattie und stand auf. »Weiß der Himmel, was er von konzeptioneller Kunst hält ...«

Rex schien sich fast zu freuen, Hattie zu sehen, als sie an jenem Abend nach Hause kam. Jimmy war nicht der einzige, der eine körperliche Veränderung durchgemacht hatte. Sein Hund hat sich eindeutig zum Vorteil verändert, dachte Hattie, als sie sich bückte, um ihn zu streicheln. Er war immer noch kein hübscher oder besonders anziehender Hund, doch sein Fell hatte das vernachlässigte, räudige Aussehen verloren, und er war weniger schreckhaft. Die Umstellung auf ein anderes Futter – eines der neuen ›wissenschaftlich erprobten‹ Premium-Futter – hatte seine Verdauungsprobleme behoben (die Ozonschicht war nun weit weniger bedroht), und auf den Rippen hatte er sogar etwas Fett angesetzt.

»Braver Hund«, sagte sie ermutigend, als der Hund ihre Hand beschnüffelte.

Aus dem großen offenen Wohnbereich konnte sie den Fernseher hören und lächelte bei dem Gedanken daran, wie Jimmy sich bei ihr bereits zu Hause fühlte. Er hatte seinen Schlafraum in seinen eigenen kleinen Schrein verwandelt, Newcastle United-Poster aufgehängt und seine Fußballmedaillen an den japanischen Wandschirm gesteckt. Er schlief unter seiner Everton-Decke – von Hatties ungläubiger Putzfrau gewaschen und gebügelt – und hatte einen von Hatties High-tech-Chromstühlen in einen Nachttisch umfunktioniert und darauf seine Blackpool-Schneekugel, ein Foto seiner Nan in einem Perlmuttrahmen und seinen 1990er Pokal der Jugendmannschaft aufgestellt.

Auch in der Küche hatte er sein Revier abgesteckt und sich eine Ecke des großen Küchenschranks für seine eigenen Lebensmittel eingerichtet. Am Tag nach Tobys Auszug hatte Hattie Jimmy zum Einkaufen in den Supermarkt mitgenommen, und die Erinnerung daran zauberte immer noch ein Lächeln auf ihr Gesicht. Es war so anders gewesen als die zweiwöchentlichen Besuche, die sie früher mit Toby gemacht hatte. Statt ihres gewöhnlich gesunden, ernährungsbewußten Einkaufswagens kam sie an der Kasse mit einem Sortiment kalorienreicher Fertigprodukte an, die bei ihrem Exlover einen Insulinschock verursacht hätten.

Jimmys Instantsuppe (›mit einem Viertel Liter heißem Wasser verrühren‹) hatte die Eierfusilli ersetzt, dickgeschnittener Räucherspeck den Pancetta und Mazola das extra native Olivenöl. Cooper's Orangenmarmelade mit Stücken, Tobys Lieblingsmarmelade, war Golden Shred-Sirup gewichen, Schokokekse hatten den ungesalzenen Reiscrackern den Garaus gemacht, und dicke, gesüßte Kondensmilch hatte Tobys Bio-Joghurt verdrängt.

»Jimmy, ich bin wieder da ...« rief Hattie, als sie ihre Jacke an dem großen Chromkleiderständer im Flur aufhing und in den Wohnbereich ging. Sie blieb stehen, als sie sah, daß Jimmy nicht allein war.

»Oh, Jimmy, du hast einen Freund zu Besuch«, sagte sie. Ihre Miene verdüsterte sich bei dem Anblick, der sich ihr bot. »Ich meine Freunde.«

Drei an der Zahl saßen da. Zwei Männer – vielleicht die, die in der ersten Nacht, als sie ihren Vorschlag unterbreitet hatte, mit ihm zusammen waren, und ein zierliches junges Ding mit blondem Haar. Die Art und Weise, wie sie gruppiert waren – ein Mann lag ausgestreckt auf dem cremefarbenen Sofa in einen Schlafsack gewickelt, der andere saß auf Tobys Aram-Stuhl mit den Füßen auf dem Rand einer großen antiken chinesischen Vase, und das Mädchen hockte auf dem Boden neben Jimmy und rollte allem Anschein nach einen Joint –, ließ deutlich erkennen, daß sie schon seit geraumer Zeit hier waren. Der Tisch neben dem Fernseher war mit Essen, Zigarettenkippen und leeren Dosen Newcastle Brown übersät. Auf dem Boden häuften sich Chipstüten, Plastikbeutel und verschiedene schmutzig aussehende Kleidungsstücke.

Jimmy machte keine Anstalten, Hattie vorzustellen, und sie stand ziemlich betreten in der Mitte des Raums, bis der Mann auf dem Sofa sie bemerkte.

»Ich bin Scott«, sagte er, »und das aufm Boden is Annie und aufm Stuhl Mick ...«
Hattie nickte ihnen zu und zog sich dann in die Küche zurück, um sich eine Tasse Kamillentee zu machen. Sie kam sich wie ein Eindringling in ihrer eigenen Wohnung vor.
Der Tisch in der Küche war ebenfalls mit schmutzigem Geschirr, Zigarettenasche und leeren Bierdosen übersät.
»Das is echt stark, echt«, sagte Scott, der ihr in die Küche gefolgt war. »Hat das große Los gezogen, unser Jimmy.«
Sie lächelte, etwas unsicher, wie sie sich in dieser Situation verhalten sollte. Ihr hätte klar sein müssen, daß Jimmy an irgendeinem Punkt das Bedürfnis haben würde, wieder mit seinen Freunden Kontakt aufzunehmen. Hier war also Freundlichkeit angesagt.
»Kennst du Jimmy schon lange?« fragte sie.
»Schon ewig«, antwortete Scott und beäugte sie von oben bis unten auf eine Art, die ihr überaus mißfiel.
Jimmy kam in die Küche geschlendert, und Hattie stellte fest, daß er völlig benebelt war, entweder vom Alkohol oder von Drogen oder von beidem. Eine Welle der Enttäuschung überrollte sie. Wie naiv sie war zu erwarten, daß Jimmy während seiner Jahre auf der Straße nicht moralisch verdorben worden wäre, doch sie klammerte sich an die Vorstellung, daß er ein fast jungfräuliches Opfer seiner schrecklichen Kindheit und Jugend war. Sie beobachtete, wie Jimmy zum Kühlschrank stolperte. Vielleicht erhaschte sie nun einen Blick von dem anderen Jimmy, dem echten Jimmy. Was sie sah, gefiel ihr nicht. Sie kam sich vor wie die entrüstete Mutter eines Teenagers, die plötzlich ent-

deckt, daß ihr Kind noch ein anderes Leben führt. Irgendwie war es ihr nie in den Sinn gekommen, daß er Drogen oder andere illegale Substanzen nehmen könnte.

»Kein Newkie mehr«, nuschelte er vorwurfsvoll.

»Komm, gib uns ma 'n bißchen Kohle, Kleine«, sagte Scott, »dann hol ich uns noch welches«.

Hattie kramte nervös in ihrer Tasche und zog ihre Geldbörse heraus, die Scott sich im Nu schnappte und ausleerte.

»Das langt ja prima«, sagte er und warf ihr einen lüsternen Blick zu, den sie erschreckend intim fand. »Mach' schon, Jimmy.«

Sie zogen davon, und Hattie fragte sich bang, ob sie je zurückkommen würden. Eine halbe Stunde später aber stolperten sie wieder durch die Wohnungstür mit mehreren Einkaufstüten, aus denen sie Zigaretten, Sixpacks und einige Flaschen Wodka holten.

»Los, komm, Rex«, nöhlte Jimmy, als er den Ringpull einer Dose Newcastle Brown aufzog. »Mach' Männchen, dann kriegste dein Newkie ...«

Der Hund hatte, wie Hattie bemerkte, die zusammengekauerte Haltung angenommen, die er auch beim Einzug gezeigt hatte. Er hatte die Ohren zurückgelegt, sein Kopf hing nach unten, und er winselte in seiner alten nervösen Art.

»Hopp, Alter«, sagte Jimmy, als er den Inhalt der Dose in Tobys formvollendete silberne Alessi-Obstschale goß und sie auf den Boden stellte.

Der Hund schien zu zögern. Er stand mit einem traurigen Ausdruck – fast einer Armesündermiene – vor Jimmy, als wäre er absolut nicht in der Laune für seine Tricks.

»Newkie, Rex!« schrie Jimmy in barschem, für ihn völlig uncharakteristischem Ton.
Schließlich senkte Rex den Kopf in die Schale und schlabberte etwas Flüssigkeit, bevor er innehielt, in die Luft sprang und zweimal bellte.
»Braver Hund!« rief Jimmy, als Annie die Arme um ihn schlang und ihn neben sich auf den Boden zog. Die Art, wie sie ihm die Zunge in den Mund stieß, fand Hattie sehr beunruhigend.
»Mehr Newkie für meinen Freund Rex!« brüllte Scott.
Es war nun sehr spät, und zum ersten Mal, seit Jimmy eingezogen und Toby ausgezogen war, fühlte Hattie sich unbehaglich bei dem Gedanken, ins Bett zu gehen. Es wäre aber unhöflich und herablassend, vorzuschlagen, daß seine Freunde gehen sollten. Nicht allein deswegen, weil sie außer der Straße kein anderes Zuhause hatten.
»Jimmy«, sagte sie nervös. Sie wartete einen Moment ab, bis er sich aus Annies Umarmung gelöst hatte.
Anscheinend hörte er sie nicht. Vielleicht wollte er sie auch nicht hören. Seit sie nach Hause gekommen war, hatte er sie noch keines Blickes gewürdigt.
»Gute Nacht«, rief sie, als sie nach oben ging, doch es erfolgte keine Antwort.
Sie schloß die Zimmertür ab und saß auf ihrem Bett, unfähig, zu schlafen. Der Ton vom Fernseher ging in dem Lärm der in voller Lautstärke gespielten CDs unter. Sie mußte wohl kurz eingenickt sein, als sie zusammenzuckte und von rhythmischem Klopfen an die Tür geweckt wurde.
Es war Rex. Der Hund sah sie mit mitleidheischendem Ausdruck an, als befremdete das Benehmen

seines Herrchens ihn genauso wie Hattie. Hattie war sehr froh über seine Gesellschaft.
»Ach, Rex«, sagte sie, streckte die Hand nach ihm aus und kraulte sein Fell.
Der Hund schob sich an ihr vorbei, sprang aufs Bett und legte sich dann mit dem Kopf auf den Pfoten hin. Vielleicht hat auch er ein bißchen zu viel Newkie abgekriegt, dachte Hattie, als sie die Tür wieder absperrte und Rex ins Bett folgte.
Der Lärm hielt fast die ganze Nacht lang an. Tobys kostbare Bang&Olufsen-Anlage dröhnte so laut, daß weder Rex noch Hattie viel Schlaf bekamen.

Sie erwachte mit einem schrecklichen, unruhigen Gefühl. Es war halb neun, und wenn sie sich nicht beeilte, würde sie zu spät zur Arbeit kommen. Rex lag auf dem Bett ausgestreckt und schlief einen tiefen, alkoholgetränkten Schlaf. Sie kroch an ihm vorbei ins Badezimmer, um zu duschen. Der Hund schlief immer noch, als sie angezogen war. Sie tätschelte ihm sanft die Schulter und ging leise nach unten. Sie hatte Angst vor dem, was sie erwarten würde.
Zwei von Jimmys Freunden waren auf dem hellen Sofa ausgestreckt. Jimmy und das Mädchen lagen vermutlich auf seinem Futon auf der anderen Seite des japanischen Wandschirms.
Um sie herum herrschte Chaos. CDs lagen auf dem Boden, der Inhalt halbleerer Dosen Newkie hatte sich über den Tisch ergossen, und überall im Wohnraum standen Teller mit eingetrocknetem Ketchup. Jemand hatte sich auf dem Perserteppich übergeben.
Hattie war nicht gerade ein Putzteufel, im Gegensatz zu Toby mit seiner peniblen Art. Aber sie war wütend,

daß Jimmy seinen Freunden erlaubt hatte, sich so in ihrer Wohnung aufzuführen.
Sie holte einen Müllsack aus der Küche und fing an, ihn mit leeren Dosen, Plastiksuppentöpfen und Zigarettenkippen zu füllen – an die hundert Zigarettenkippen lagen auf dem Boden, und eine war sogar auf der Lehne eines Polstersessels ausgedrückt.
Jimmy mußte gehört haben, wie sie aufräumte, und kam in die Küche. Er trug nur Calvin Klein-Boxershorts und hatte seine Everton-Decke um die Schultern gehängt. Seine Pupillen, das sah sie auf einen Blick, waren vergrößert, und selbst aus zwei Metern Entfernung konnte sie schalen Alkohol- und Zigarettenrauch riechen.
»Oh, Jimmy, du bist auf ...« sagte sie in einem Ton, der ihr selbst hochnäsig und überlegen vorkam.
»Jap, ich bin auf«, sagte er in aggressivem Tonfall und schwankte leicht von einer Seite zur anderen, während er sie beobachtete.
»Ich bin sehr von dir enttäuscht, Jimmy«, klagte sie und hörte sich mit jeder Sekunde mehr an wie ihre alte Schulleiterin.
»Ich bin sehr enttäuscht von dir, Jimmy«, flötete er und verzog das Gesicht, als er ihre Worte mit betont vornehmem Akzent wiederholte.
»Ich dachte, du seist anders«, murrte sie, als sie die Küche aufzuräumen begann.
»Nich so wie meine Freunde, unso?« sagte er wieder im Normalton.
»Ja«, entgegnete sie und wich vor ihm zurück.
»Warum?« wollte er wissen. »Warum soll ich anders sein?«
Sie sah ihn an und erkannte, daß sie sich vielleicht ge-

irrt hatte. Vielleicht unterschied er sich nicht von dem gierigen, gerissenen und durch und durch unsympathischen Scott – oder der flittchenhaften Annie.

»Ich habe an dich geglaubt, Jimmy ...«, stammelte sie und kämpfte gegen die aufsteigenden Tränen an.

»Hast eben geglaubt, was de glauben wolltest, Hinny«, sagte er kühl.

»Ich gehe jetzt zur Arbeit, Jimmy. Kannst du bitte dafür sorgen, daß deine Freunde weg sind, wenn ich nach Hause komme?« erwiderte sie genauso kühl. Dann drehte sie ihm den Rücken zu, ging vorsichtig über den Fußboden voller Abfall und aus der Wohnung und knallte die Eingangstür laut hinter sich zu.

ZWÖLFTES KAPITEL

Als Hattie am frühen Abend nach Hause kam, fand sie ihre Wohnung leer. Jimmy hatte sein Wort gehalten. Seine Freunde waren verschwunden, und er selbst hatte sogar einen Versuch unternommen aufzuräumen – die Bierdosen, Zigarettenstummel und Flaschen waren wie weggezaubert. Über der Wohnung lag trotz allem, wie Hattie bei einer innerlichen Bestandsaufnahme feststellte, noch ein schaler Geruch von Alkohol und Schweiß. Und es gab auch kleine Anzeichen dafür, was sich in der Nacht abgespielt haben mochte: Auf dem Grund der Alessi-Obstschale stand noch ein Rest Newkie-Brown, und der Perserteppich wies einen traurigen feuchten Fleck auf.

Sie brauchte fast den ganzen Abend, um sich einzugestehen, daß es weniger Jimmys Freunde waren, die die Wohnung verlassen hatten, als vielmehr Jimmy selbst. Als er um zehn Uhr immer noch nicht zurück war, schaute sie sicherheitshalber hinter dem japanischen Wandschirm nach. Seine bescheidenen Besitztümer waren verschwunden: Rex, der Blackpool-Schneesturm, das Foto seiner Nan in dem Perlmuttrahmen, die Everton-Decke, die Medaillen, der Pokal der Jugendmannschaft 1990.

Jimmy hatte lediglich die Garderobe zurückgelassen, die Claire mit ihm zusammen gekauft hatte: den Anzug, die Hemden, die schwarze Lederjacke, die Jeans. Jedes Teil, bis hin zu den Calvin Klein Slips, lag ordentlich zusammengefaltet auf dem Futonbett.

Da erst dämmerte Hattie, wie schlecht sie die Situation in der vergangenen Nacht gehandhabt hatte und daß sie am Morgen danach nicht so sauer hätte reagieren dürfen. Schließlich hatte Jimmy es sich bloß mit ein paar Freunden und ein paar Bierchen gemütlich machen wollen. Ihre Erwartungen an ihn waren einfach zu hochgeschraubt gewesen, zu unrealistisch. Sie hatte ihn, wie sie betrübt erkannte, ziemlich idealisiert und den wahren Jimmy nicht sehen wollen. Ihre Interpretation von ihm als unschuldiges Opfer war einfach absurd. Möglicherweise gab es tief in seinem Inneren etwas Reines, Gutes und Unschuldiges, aber war es denn in Anbetracht seiner Lebensumstände ein Wunder, daß er sich gelegentlich danebenbenahm? Daß er trank, mit Freunden einen Joint teilte und daß er, wie sie sich jäh eingestand, Sex hatte?

Und hatte sie in ihrem Beruf nicht tagtäglich mit Fällen wie Jimmy zu tun? War ihr diese Art von Benehmen, wie sie es letzte Nacht erlebt hatte, denn nicht geläufig? Ihre Vorstellung, daß Jimmy sich von all den anderen bedürftigen, vernachlässigten und mißbrauchten Kindern unterschied, war schlichtweg lächerlich. Sie hatte ihn behandelt, als sei er gegen jene Korruptionsmechanismen gefeit, denen Kinder seiner Generation und aus seinem Milieu ausgesetzt waren.

Und als sie nun Zeuge seiner allzu menschlichen Schwäche geworden war, hatte sie reagiert wie eine schockierte Hausfrau, ihn wie ein kleines Kind behandelt und ihn vor den Augen seiner Freunde heruntergeputzt und gedemütigt.

Sie beschloß, Claire vorerst nichts von Jimmys Fehltritt zu erzählen; sie sollte nicht wissen, wie schlecht sie, Hattie, mit der Situation vergangene Nacht umgegangen war. Hattie hatte schon länger den Eindruck, daß ihre Freundin Jimmys Zukunft in die Hand nehmen wollte, und sie sollte ihr momentanes Zerwürfnis nicht dahingehend ausnutzen, daß sie ihn noch mehr unter ihre Fittiche nahm. Es wäre somit besser, wenn sie sich erst einmal still verhielt und darauf hoffte, daß er irgendwann wieder auftauchte.

Claire war sich nicht mehr so sicher, ob es eine gute Idee war, Toby zum Abendessen einzuladen. Es schmeckt irgendwie nach Verrat, dachte sie. Was es in gewisser Weise auch war. Es würde ihr nämlich ganz gut in den Kram passen, wenn Toby und Hattie sich wieder versöhnten, und sie, Claire, freien Zugriff auf Jimmy bekam. Sie würde heute abend ihr Bestes versuchen, damit sich eine Versöhnung zwischen den beiden anbahnte. Trotzdem plagten sie Gewissensbisse wegen dieser Einladung, und sie hatte Hattie nicht ein Sterbenswörtchen gesagt.

Als Toby läutete, saß Claire immer noch an ihrem Computer. Ihre Geschäfte hatten sich in den letzten Monaten derart rasant entwickelt, daß sie jetzt das Stadium erreichte, wo ihr kleines Arbeitszimmer nicht mehr genügte und sie ein ordentliches Büro brauchte. Beim Klang der Türglocke stand Claire müde auf – nach ihrem langen Arbeitstag fehlte ihr eigentlich die Kraft für den bevorstehenden Abend.

Toby brachte ihr Blumen mit – ein netter Zug von ihm – und eine Flasche guten Weißwein – bereits gekühlt – und bot sofort an, ihn zu entkorken. Er kannte sich in ihrer Wohnung bestens aus, er war schon oft mit Hattie zum Abendessen hier gewesen und dann natürlich zu außerplanmäßigen Besprechungen in der UCO-Angelegenheit. Während er die Flasche öffnete und Weingläser holte, ging Claire an den Kühlschrank und nahm das Essen heraus.

»Leider nur ein Fertiggericht«, erklärte sie und dachte dabei, daß der gute alte Toby im Moment sicherlich alles akzeptierte, was ihm angeboten wurde. Hattie hielt sowieso nicht viel vom Kochen, und jetzt, da er auf sich selbst angewiesen war, lebte er vermutlich – wie die meisten Männer nach Claires Erfahrung – von Takeaways und Edelkonserven.

»Tut einfach gut, hier zu sein«, meinte Toby.

»Wie läuft's denn so, Toby?« fragte Claire in dem freundlich-neckischen Ton, der gewöhnlich ihren tête-à-têtes mit Jon vorbehalten war.

»Na ja, du weißt ja, es ist immer schwierig, mit größeren Veränderungen im Leben fertigzuwerden.«

»Glaubst du wirklich, daß es kein Zurück mehr gibt?«

»Glaubst du's denn?« fragte er zurück.

»Es nimmt Hattie ganz schön mit«, startete Claire ihren Versuchsballon.

»Tatsächlich?« fragte er hoffnungsvoll.

»Ich glaube, im Moment weiß sie nicht so recht, was sie eigentlich will«, meinte Claire.

»Bis auf den Jungen und den stinkenden Köter ...« warf Toby ein.

»Ach Toby, sei nicht albern. Nicht, was du denkst. Sie hegt rein mütterliche Gefühle ihm gegenüber.

»Du glaubst also nicht, daß sie mit ihm schläft?« platzte Toby heraus.

»Ich bitte dich, Toby.« Claire wand sich innerlich bei

dem Gedanken. »Nein, sie frönt bloß ihrem allseits bekannten Beschützerinstinkt. Sie ist doch erst glücklich, wenn sie einem armen, unglücklichen Menschen helfen kann.«

»Mich hat sie nie so gesehen«, meinte Toby trübsinnig.

»Ihr beide wart doch so gut zusammen, Toby. Warum so einfach aufgeben? Warum versuchst du nicht, sie zurückzugewinnen?« gurrte Claire.

»Ich weiß nicht, ob ich das kann, Claire. Ist alles ziemlich kompliziert inzwischen«, sagte Toby.

Claire zog den Deckel von der Fertigpasta und schob sie in die Mikrowelle. Dann leerte sie eine Schale Mischsalat in eine Schüssel und knallte eine Ciabatta in den Ofen. Nach zehn Minuten war alles zum Essen bereit.

»Das sieht gut aus.« Toby lächelte Claire verklärt an. Die drei Gläser Wein zeigten allmählich Wirkung und hoben seine Stimmung.

»Also, Toby. Warum ist denn nun dein Leben so kompliziert?« wollte Claire wissen.

»Du sagst aber Hattie nichts ...?« fragte er ängstlich besorgt.

»Was denn, Toby?«

»Na ja, ich habe schon seit einer Weile diese Sache mit einem Mädchen aus dem Büro.«

»Du meinst, noch bevor Jimmy und Rex aufgetaucht sind?« fragte Claire und konstatierte, wie galant Toby seine Untreue als ›diese Sache haben‹ umschrieb. Schon wieder ein Eintrag für ihr Mann/Frau-Lexikon. Er schaute sie mit einem einfältigen Grinsen an und nickte.

»Also hattest du ja einen prima Vorwand, wie du dich aus der Affaire stehlen konntest.« Claires Augen wurden schmal, als sie ihn so ansah und feststellen mußte, wie recht sie hatte. Die Männer waren doch allesamt miese Schweine, selbst der nette, verläßliche Toby.

»Ich weiß auch nicht. Ich wollte ja, daß es mit Hattie und mir klappt. Ich habe sie geliebt, unser gemeinsames Leben auch – ihr Loft, ihre Familie, die ganze Sippe. Aber Chrissie ist anders, sie ist so …«

»So was, Toby? Toll im Bett, eine gute Haushälterin und fantastische Köchin?«

»In der Tat, alles drei«, strahlte Toby.

»Das sind ja auch die drei wichtigsten Dinge, die ein Mann von einer Lebensgefährtin erwartet, oder? Selbst heute noch, kurz vor der Jahrtausendwende. Selbst bei all dem Gerede über Frauenpower und die großen Erfolge in der Emanzipation. Männer urteilen immer noch nach diesen drei Standardqualitäten. Die einzigen drei, wie ich annehmen möchte, die Hattie deiner Meinung nach nicht hat.«

»Hattie und ich hatten Probleme …«

»Du meinst, sie hat dir nicht jede Nacht einen geblasen, hat dir morgens kein Frühstück ans Bett gebracht und deine Unterhosen nicht gebügelt?« sagte Claire.

»Meine Güte, Claire. Du kennst doch Hattie. Die Armen und Bedürftigen kamen für sie immer zuerst – lange bevor dieser dämliche Jimmy auftauchte.«

»Während diesem Mädchen, mit dem du *diese Sache* hast, dein Wohlbefinden und deine sexuelle Befriedigung wichtiger sind?«

»Nein … es ist nur …« Verunsichert legte Toby Messer und Gabel nieder.

»Hättest du Hattie denn je reinen Wein eingeschenkt, Toby? Nein, hättest du gewiß nicht. Männer sind von Natur aus unfähig, die Wahrheit zu sagen. Mir ist neu-

lich erst eingefallen – das war, nachdem mir ein Mann eine besonders häßliche Lüge aufgetischt hatte -, daß man Millionen damit verdienen könnte, wenn man einen kleinen, tragbaren Lügendetektor für Frauen erfinden würde, der in ihre Handtasche paßt, und jedesmal, wenn ein Mann eine Frau anlügt, zu piepsen anfängt. Ich bin wirklich überrascht, Toby. Ich habe dich immer für den einzig vertrauenswürdigen und ehrlichen Mann gehalten«, erklärte Claire, indem sie sich – ganz gegen ihre Natur – schützend vor Hattie stellte.
Toby fühlte sich getroffen. Er straffte sich und setzte zu seiner Verteidigung an.
»Himmel, denk' bloß nicht, daß ich Hattie regelmäßig betrüge«, sagte er. »Aber schließlich bin ich mit Hattie seit der Universität zusammen ...«
»Dann solltest du die Flinte nicht so rasch ins Korn werfen, Toby«, konterte Claire mit einiger Schärfe. »Soll ich uns noch eine Flasche Wein aufmachen?«
»Warum nicht? Ich weiß, daß dir das alles mißfällt, aber es hat richtig gut getan, einmal darüber zu reden. Es hat ganz schön an mir genagt«, gestand Toby.
Armer Kerl, dachte Claire. Er hat nicht das Zeug zum miesen Schwein. Ein Seitensprung in zehn Jahren, und sie stempelte ihn gleich zu einem Jack-Nicholson-Typen ab.
»Keine Sorge, Toby«, lenkte sie ein wenig später ein, als sie in ihrem Wohnzimmer saßen. »Ich werd' Hattie nichts sagen.«
Er blickte sie voller Dankbarkeit an. »Du bist eine wundervolle Frau, Claire«, sagte er.
»Nicht ganz. Es war Hattie gegenüber nicht fair, daß ich dich ohne ihr Wissen zu mir eingeladen habe. Sie wäre ziemlich sauer, wenn sie das wüßte. Ich wollte ja

bloß versuchen, euch beide wieder zusammenzubringen.«
»Glaubst du wirklich, das ist möglich?« fragte er.
»Alles ist möglich, wenn man es nur will«, erklärte Claire. »Du solltest das, was du mit Hattie hattest, nicht durch einen Seitensprung zerstören. So ein Arschloch bist du doch wirklich nicht.«
»War das als Kompliment gemeint?« erkundigte sich Toby.
»Ja«, lächelte sie.
Er nahm die Weinflasche und kam zu Claire, um ihr nachzuschenken. Dann setzte er sich neben sie auf das Sofa.
»Einen Toast«, sagte er mit leicht vernebelter Stimme. »Auf uns ...«
Und dann, als sie gerade damit beginnen wollte, ihn mehr als Opfer denn als sexuellen Aggressor zu sehen, warf er sich über sie – wobei er ihren Wein verschüttete – und bohrte seine Zunge in ihren Mund. Sie wollte schreien, was aus verständlichen Gründen nicht ging, also schlug sie ihm die Zähne in die Zunge, was einen weitaus größeren Erfolg zeitigte als ein Schrei.
»Raus mit dir, Toby«, fauchte sie.
Er sagte gar nichts – vielleicht konnte er auch nicht. Er stand einfach auf, das Gesicht rot vor Schmerz oder Scham, und ging.
Claire konnte nur sich selbst die Schuld geben. Es war dumm von ihr gewesen, sich in Hatties Angelegenheiten zu mischen. Und so sehr es ihr auch gepaßt hätte, wenn die beiden Arm in Arm in den Sonnenuntergang gewandert wären, mußte selbst Claire zugeben, daß Toby Hattie nicht verdiente. Und sie hatte das ganze nur wegen Jimmy angezettelt. Im Moment schien alles

in ihrem Leben nur um Jimmy zu kreisen. Während sie die Gläser einsammelte und die Teller in den Geschirrspüler stellte, fiel ihr das Päckchen mit den Tonbandkassetten wieder ein, das Hattie ihr geschickt hatte. Sie ging in ihr Arbeitszimmer, öffnete den wattierten Umschlag und zog die Kassetten heraus. Sie waren numeriert. Sie legte die Nummer eins in das Kassettendeck ihrer Hifi-Anlage und setzte sich.

Ich steh aufm Fischkai und guck jemand zu, – meim Granddad, glaub' ich – wie er Fische ausnimmt ... Den gibts jetz nich mehr. Aber damals, vor zwanzig Jahren, da war da die Hölle los, da war er das Zentrum von North Shields. Die Männer standen an großen Holzbänken und nahmen Fische aus. Ham Köpfe und Innereien auf einen Haufen geworfen und die ausgenommenen Fische in Kisten verpackt ...

Claire hörte sich die ersten vier Kassetten in einem Durchgang an und unterbrach ihre Sitzung erst, als sie merkte, wie spät es war, und ihr einfiel, wieviel Arbeit am nächsten Tag auf sie wartete. Die Kassetten waren unglaublich, faszinierend. Sie hätte die ganze Nacht hindurch einfach weiter zuhören können. Aber wichtiger als ihre Wirkung auf Claire war ihr potentieller Effekt auf andere Leute. Diese Kassetten, dachte sie in wachsender Erregung, boten Jimmy eine Möglichkeit, das schreckliche Vermächtnis seiner Kindheit zu überwinden. Und ihr und Hattie die Chance, die Wette zu gewinnen.

Hattie war viel glücklicher, wenn sie sich ihren kleinen Patienten widmen konnte, statt an den Routinebesprechungen teilzunehmen, die während einer laufenden Behandlung stattfanden. Heute war sie schon gar nicht in der Stimmung, sich der agressiven Tina Brooks zu stellen, der für Lisas Fall verantwortlichen Sozialarbeiterin.

Hattie hatte ein Vorabgutachten über das Kind geschrieben, in welchem sie sehr vorsichtig andeutete, was ihres Erachtens die Ursache für Lisas Problem sein könnte. Sie erwähnte darin nicht alles, was Lisa ihr erzählt hatte. Es bedurfte noch einiger Recherchen, ehe sie es wagen konnte, ernsthafte Beschuldigungen gegen den Vater vorzubringen. Es gab jedoch genug Beweise, wie die Tonbandprotokolle ihrer Gesprächssitzungen mit dem Mädchen zeigten, um anzudeuten, daß die Familie bei ihrer Ankunft in London von der zuständigen Behörde genauer hätte überprüft werden müssen. Und genau diese winzige Andeutung eines Mangels an Kompetenz hatte Tina Brooks gegen sie aufgebracht.

»Es gibt überhaupt keinen Grund, warum dieses Kind in seiner eigenen Familie gefährdet gewesen sein soll. Die Mutter ist intelligent, verantwortungsbewußt und fürsorglich. Himmel noch mal, diese Kinder sind sonntags in die Kirche gegangen und wuchsen in einer geborgenen und allem Anschein nach glücklichen Umgebung auf. Es gab keinerlei Anzeichen von Vernachlässigung, geschweige denn – *Mißbrauch*«, sagte Tina Brooks.

»Wollen Sie damit sagen, nur weil sie nicht den üblichen Grad der Verwahrlosung aufwiesen, den wir bei so manchem unserer Fälle feststellen müssen, hielten Sie es nicht für nötig, genauer hinzuschauen? Eine konventionelle Familie mit einem strengen, religiösen Touch. Kein Grund, sich über *die* Gedanken zu machen«, erwiderte Hattie.

»Was ich damit meine«, fauchte die Sozialarbeiterin, »ist, daß alles völlig normal erschien. Sogar mehr als das. Sie waren Lichtgestalten der elterlichen Fürsorge in einer Wüste der Bedürftigkeit und Hoffnungslosigkeit. Und ich wehre mich entschieden gegen Ihre Schlußfolgerung, meine Behörde sei gewissermaßen verantwortlich für das, was geschehen ist«, schloß sie und knallte ihre Hand auf die Akten, die vor ihr lagen.
»Sie mißverstehen meinen Bericht. Ich will die Schuld an dem Geschehen gar nicht dem Jugendamt anlasten. Ich will die Ursache für Lisas Problem herausfinden. Das ist mein Job, Tina. Und es ist ganz offensichtlich, daß diese Familie ernste Probleme hatte ...«
»Offensichtlich? Wir sind doch nicht die Polizei, Hattie. Wir können nicht einfach bei einer Familie hereinspazieren und sie über ihre religiöse Gesinnung befragen. Wir können auch nicht zu einer der wenigen Familien dieser Siedlung, die uns zur Abwechslung mal keinen Kummer macht, hingehen und erklären: ›Ihre Kinder sind höflich, wohlerzogen, strebsam, adrett, sauber und gepflegt – mißbrauchen Sie sie?‹ Woher sollten wir ahnen, daß diese Familie gravierende Probleme hatte?«
Es mußte Hattie gelingen, Tina Brooks auf ihre Seite zu ziehen. Wenn sie auch nur irgend etwas für Lisa erreichen wollte – zum Beispiel eine Verteidigung, die auf mildernde Umstände plädierte – mußte sie einige der Leute gewinnen, die an dem Fall arbeiteten. Nur lagen die Dinge im Moment leider so, daß sie Tina nicht von dem Kindesmißbrauch überzeugt, sondern sie statt dessen dazu getrieben hatte, in heftigster Form ihre eigene Position zu verteidigen.
»Hören Sie, Tina. Ich weiß doch, was für eine Grat-

wanderung Ihr Job bedeutet. Was immer Ihre Behörde unternimmt, Sie stehen als erste in der Schußlinie. Wenn Sie zu schnell eingreifen, wirft man Ihnen Überreaktion vor. Reagieren Sie nicht schnell genug, kriegen Sie von der Polizei und der Öffentlichkeit die Schuld zugeschrieben, wenn was schiefgegangen ist. Ich weiß auch, daß Ihnen einfach die Zeit fehlt, hinter die Kulissen der Familien zu schauen, die – auf den ersten Blick – normal und glücklich erscheinen. Ich kann mir vorstellen, daß es extrem schwierig gewesen wäre, das, was in der Price-Familie vorging, mitzukriegen …«

Tina entspannte sich ein wenig und zuckte die Achseln, als ob sie damit sagen wollte, daß sie gelegentlich schon mal auf eine Familie stieß, wo die Anzeichen für irgendwelche Probleme praktisch nicht ersichtlich waren.

»Die Sache ist die, Tina. Ich brauche Ihre Hilfe. Ich muß wissen, was Sie von Lisa halten und von dem, was passiert ist. Hatten Sie je zuvor mit einem ähnlich gelagerten Fall zu tun?«

Tina blickte Hattie über den Tisch hinweg an und fuhr sich mit den Fingern durchs Haar. »Einen Fall wie diesen hatte ich tatsächlich noch nicht. Ich kann mich aber an Fälle erinnern, wo offensichtlich liebevolle und besorgte christlich-gesinnte Familien ihre Kinder unverhältnismäßig hart diszipliniert haben. Ich bin trotzdem nicht überzeugt von Ihrem vorläufigen Gutachten über Lisa«, schloß sie.

»Sie werden es sein, Tina, wenn ich innerhalb der nächsten zwei Wochen meinen vollständigen, offiziellen Bericht abliefere«, sagte Hattie.

»Um Lisas Willen will ich das hoffen«, erklärte Tina,

begann, ihre Unterlagen von Hatties Bericht in ihre Aktentasche zu stecken, und erhob sich.

»Wir sollten keine Gegner sein, Tina. Wir sind doch beide auf derselben Seite, oder?« fragte Hattie mit einem vorsichtigen Lächeln.

»Ich muß Ihnen gestehen, in diesem Fall bin ich mehr auf der Seite des anderen Kindes, der armen kleinen Lindy«, sagte Tina, als sie sich verabschiedete. »*Ihr* familiäres Umfeld von Mißbrauch und Verwahrlosung gab Anlaß zu weitaus mehr Sorge als das von Lisa.«

Doch Hattie hörte schon gar nicht mehr zu. Sie machte sich eilig Notizen zu ihrem vorläufigen Gutachten, sich voll der Tatsache bewußt, daß sie, wenn sie andere für Lisas Fall gewinnen wollte, noch eine Menge zu tun hatte. Sie mußte noch mehr Beweise finden – mehr Einzelheiten über den Mißbrauch, den das Kind erlitten hatte – damit das von ihm begangene Verbrechen, so schrecklich es auch war, bei dem Richter und den Geschworenen mehr Verständnis finden würde.

Erst nach drei Tagen hörte sie wieder etwas von Jimmy. Oder besser gesagt, von Rex. Am Samstag morgen wurde sie von lauten Geräuschen vor ihrer Wohnungstür geweckt: einem Kratzen und Winseln, das hin und wieder von einem fordernden Bellen unterbrochen wurde. Als sie die Tür aufmachte, saß Rex erwartungsvoll auf ihrer Schwelle.

»Rex«, rief sie aus, von unerklärlicher Freude erfüllt.

Er trottete hinter ihr her in die Küche und blieb erwartungsvoll vor dem Sack mit Hundefutter stehen. Hattie füllte seinen Freßnapf und stellte ihn vor ihn hin. Der Hund fraß gierig. In nur wenigen Tagen war der Hund bereits wieder bei Null. Sein Fell war stumpf und schmutzig, und seine Rippen standen hervor. Sie fragte sich, wie es wohl seinem Herrchen ging und ob er auch schon wieder so verkommen war wie sein Hund.

Dennoch war Rex' Auftauchen ein gutes Zeichen. Der Hund und sein Herr trennten sich höchst selten, und so vertraute Hattie darauf, daß Jimmy früher oder später Rex bei ihr suchen würde, falls ihm nicht etwas Schreckliches zugestoßen war.

Er erschien am frühen Abend und sah fürchterlich aus. Allerdings nicht so schlimm wie bei ihrer ersten Begegnung. Er wirkte verdreckt und ungepflegt – trug wieder dieses gräßliche alte Holzfällerhemd – aber er schien nüchtern zu sein.

»Suchst du Rex?« fragte sie und sah, mit welcher Erleichterung er den Hund entdeckte.

»Ey«, meinte er, während der Hund ihn stürmisch begrüßte. »Dachte mir, er könnte hier sein ...«

Hattie sah zu, wie Jimmy den Hund tätschelte, der vor lauter Freude nicht wußte, wohin mit sich.

»Tut mir echt leid, das da neulich ...« sagte Jimmy nach einer Weile.

»Du brauchst dich nicht zu entschuldigen, Jimmy«, beeilte sich Hattie zu sagen. »Vielmehr müßte ich mich entschuldigen. Ich hätte dich vor deinen Freunden nicht so abkanzeln dürfen. Es scheint ihm bei mir zu gefallen ...« meinte sie, als Rex in den Wohnbereich zurücktrottete und sich auf eine Ecke des Perserteppichs legte.

»Ey«.

»Möchtest du eine Tasse Tee?« schlug Hattie vor, und Jimmy nickte.

Sie bereitete den Tee so, wie er ihn mochte: mit Unmengen Zucker, stark und dunkel, nicht den hellen, blumigen, parfümierten Earl Grey, den sie bevorzugte. Sie wollte ihn nicht wieder verschrecken, wollte aber dennoch klären, was falsch gelaufen war.

»Warum bist du fortgegangen, Jimmy?«

»Hast doch gesagt, ich soll.«

»Ich wollte aber nicht, daß du gehst.«

»Aber meine Freunde wollste weghaben.«

»Wegen der Unordnung, Jimmy«, versuchte sie zu erklären, ungewiß, wie sie den Hinauswurf seiner Freunde rechtfertigen sollte. »Du weißt, daß du mit Rex hier bei mir wohnen kannst, ja?«

Jimmy schüttelte den Kopf. »Vielleicht besser, wenn ich wieder auf Platte bin«, meinte er.

»Warum, um alles in der Welt, sollte das besser sein?«

»Is das, was ich kann, unso », sagte er. »Kann ja sonst null.«

»Oh doch, Jimmy. Du kannst eine ganze Menge. Nur hat sich bisher noch niemand die Mühe gemacht, es dir beizubringen.«

Er schaute sie mit einem Blick an, als ob er dem Wahrheitsgehalt ihrer Worte nicht trauen wollte.

»Was hastn vor, Hinny?« wollte er wissen.

Hattie wußte nicht so recht, was sie sagen sollte. »Was hast du denn so vor, Jimmy«, fragte sie zurück.

»Was meinsten damit, ey?«

»Außer Fußballspielen, gab es da noch etwas, was du machen oder werden wolltest?« wollte sie wissen.

»Hat kein Sinn, wenn unsereins was will. Was wir wollen kriegen wir eh nich«, erklärte er mit einem resignierten Achselzucken, wie um die Sinnlosigkeit irgendwelcher Ambitionen zu unterstreichen.

»Das mag mal gestimmt haben, tut es aber heute nicht

mehr. Claire und ich können dir helfen, das zu werden, was du immer sein wolltest, Jimmy.«
Er blickte sie skeptisch an. »Wasn für dich drin, Hinny? Ich hab' null, was ich dir geben könnte.«
Hattie überlegte, ob jetzt vielleicht der richtige Zeitpunkt wäre, Jimmy von Jons Wette zu erzählen. Er würde ihr Anliegen, ihn retten zu wollen, besser verstehen, wenn er wüßte, daß sie damit etwas Plausibles beweisen wollte. Sie war sich jedoch nicht ganz sicher, ob er schon bereit dazu war. Es könnte ihn auch wieder verschrecken. Sie würde ihm einfach sagen müssen, daß sie ihn immer noch für ihre Forschungsarbeit benötigte, und daß er mit seinem bisherigen Leben brechen sollte. Die Wette bedeutete ihr auch tatsächlich nicht mehr soviel. Was jetzt für sie zählte, war, Jimmy eine zweite Chance zu geben, ihm zu helfen, die Fähigkeiten zu entwickeln, die, wie sie mit der Zeit immer deutlicher merkte, in der Anlage vorhanden waren.
»Ich würde mich einfach freuen, wenn ich dir helfen könnte. Nicht bloß, weil ich dich für meine Arbeit brauche. Ich wäre glücklich, wenn du hier wohnen würdest und Claire und ich dir helfen dürften, wieder Fuß zu fassen. Ich verspreche dir, daß es gut wird. Wenn du hier wieder eingezogen bist, kannst du ab und zu auch ruhig deine Freunde einladen. Deine Freundin – wie hieß sie noch gleich, Annie? – auch«, fügte Hattie hinzu, obwohl ihr der Gedanke von Jimmy und Annie in einem Bett unter ihrem Dach nicht sonderlich behagte.
»Annie is nich meine Freundin, ey«, korrigierte Jimmy und errötete leicht.
Hattie fiel ein Stein vom Herzen. Alles wird gut, dachte sie. Er wird zurückkommen.

»Wirst du dableiben, Jimmy? Und Claire und mich dir helfen lassen?« fragte sie.

Statt einer Antwort senkte er nur den Kopf und kraulte weiter seinen Hund.

Irgend etwas nagte an ihm, das konnte Hattie sehen.

»Ist da noch etwas, was du mir erzählen möchtest, Jimmy?« fragte sie.

»Weißt du noch, wie wir über meine Vergangenheit geredet ham' unso?«

»Ja, und?«

»Da is noch was, was ich dir nich gesagt hab' ...«

»Ja?«

»Ich hab' null inner Schule gelernt«, druckste er in einiger Verlegenheit heraus.

Hattie hatte so etwas vermutet. Bei der mühsamen Schilderung seiner Kindheit hatte sie bereits Mutmaßungen darüber angestellt, ob er wenigstens Ansätze einer Schulbildung aufwies. Abgesehen davon, was hätte ihn denn zu einer Ausbildung veranlassen sollen? In seiner Gegend gab es nirgendwo Arbeit, und von daher auch keinen Grund, sich zu qualifizieren.

»Ich kann nich richtig schreiben oder lesen, unso«, fügte er erläuternd hinzu, falls sie ihn nicht verstanden haben sollte.

»Ich könnte es dir beibringen, Jimmy.«

Er hob den Kopf und lächelte sie an. »Ich kann aber meinen Namen schreiben. Ich kenn' auch die Buchstaben und Zahlen.« Er riß ein Blatt von ihrem Notizblock und nahm einen Kugelschreiber zur Hand, um ihr seine Künste zu demonstrieren.

»Ich bin nich blöd' unso ...«

»Ich nehme an, du hast eine Dyslexie, Jimmy. Meine Schwester hat das auch«, meinte Hattie mitfühlend.

»Was?« Er schaute sie verblüfft an.
»Dyslexie. Eine Art Wortblindheit. Das heißt nicht, daß du dumm bist, obwohl ich denke, eine Menge Kinder in Meadow Well wären vermutlich als dumm eingestuft worden, wenn sie eine Lesestörung hatten. Hätten hinten an den Katzentischen sitzen müssen, wie man so schön sagt. Aber hier bei uns im Süden gilt es in der Mittelschicht schon fast als schick. Alle möglichen Leute sind in den letzten Jahren plötzlich auf den Dreh gekommen und haben erklärt, an Dyslexie zu leiden«, sagte Hattie.
»Aha«, meinte Jimmy, ohne von der mühsamen Arbeit seiner Hand auf dem Papier aufzublicken.
»Wenn du hierbleibst, können wir gleich morgen anfangen«, lockte Hattie, während sie das Blatt Papier betrachtete. In ungelenker Kinderschrift entstand da das Wort *Jimmy*.

Die Frau in der Buchhandlung sprach im Flüsterton mit Hattie, als wäre Jimmy tatsächlich blöd. Es gab, wie sie mit einem gönnerhaften Lächeln in Jimmys Richtung versicherte, jede Menge Leseübungen für Erwachsene.
Aber dann, nach einem Gang durch die Kinderabteilung mit ihren Bilderbüchern und Videos, entschieden sie sich für ein Lernsystem für Vierjährige.
»Es macht dir doch nichts aus, daß es für Kleinkinder ist, Jimmy?« fragte Hattie.
»Nee, Hinny.«
Wieder zu Hause und ohne die Zwänge, die Toby ihrem Leben auferlegt hatte, machte Hattie sich daran, Jimmy Lesen und Schreiben beizubringen.
Sie hatte phonetische ABC-Poster und Schaubilder

gekauft, die sie wie Flaggenschmuck in ihrem puristischen Loft aufhängte. Sogar im Bad hängte sie eine Buchstabentafel auf, damit Jimmy beim Waschen oder Pinkeln sein Alphabet üben konnte.
Sie entdeckte rasch, daß Jimmy nicht unter Dyslexie litt, er hatte keine Probleme mit der Zuordnung der Buchstaben. Vielmehr schien sein Problem allein in seiner kümmerlichen Schulbildung zu liegen – konstantes Schuleschwänzen und mangelnde elterliche Zuwendung während seiner Kindheit.
Der schwierigste Teil ihrer Aufgabe bestand darin, sein Vokabular zu bereichern, ohne seinen klangvollen Geordie-Dialekt zu opfern. Hattie wollte auf keinen Fall seine bildhafte Sprache verwässern. In den vergangenen Wochen war sie allmählich hinter die Bedeutung mancher seiner Ausdrücke gekommen, die ihr anfangs unverständlich vorgekommen waren. Manche von ihnen hatte sie sogar inzwischen, sehr zu Jimmys Belustigung, in ihr Alltagsvokabular integriert. Dennoch war es schwierig, die in den Lesebüchern abgebildete Welt mit der aus Jimmys Kindheit in Einklang zu bringen. Obwohl die Personen möglichst politisch korrekt dargestellt waren – eine weiße und eine schwarze Familie lebten friedlich Tür an Tür, die Väter machten das Essen, während die Mütter das Auto wuschen – hatte nichts von dem irgend etwas gemein mit dem Milieu, aus dem Jimmy stammte.
»Keine Pubs, keine Wettbüros, keiner kriegt Stütze«, erklärte er mit dem Anflug eines Lächelns.
Und keine häusliche Gewalt, kein sexueller Mißbrauch, keine funktionsgestörte Familie, fügte Hattie während einer ihrer Leseübungen insgeheim hinzu.
Ob es nun an seiner Ernährung lag oder an einer ange-

borenen Hyperaktivität, vermochte Hattie nicht zu sagen, auf jeden Fall fiel es Jimmy schwer, sich über einen längeren Zeitraum zu konzentrieren. Wenngleich er in den ersten Minuten aufmerksam und reaktionsschnell wirkte, ließ sein Interesse sehr bald nach, ja in allem, was er tat, lag eine motorische Unruhe, die ihre Fortschritte blockierte. Zum Beispiel aß er grundsätzlich, während er vor dem Fernseher auf und ab ging – die eine Hand am Essen, die andere an der Fernbedienung, mit der er von einem Programm zum nächsten zappte. Seine Gedanken sprangen derartig schnell von einem Thema zum anderen, daß sogar Hattie allmählich die Geduld verlor.

Aber es war ja nicht seine Schuld, wie sie sich zerknirscht eingestand. Es hatte sich bloß niemand ausreichend mit ihm befaßt – außer seiner Nan, als er noch ein Baby war -, daß sich seine geistigen Fähigkeiten hätten entwickeln können. Keiner hatte je sein Interesse an irgend etwas anderem als an Fußball gefördert. In der psychischen und physischen Armut seines sozialen Umfelds stellte allein schon das tägliche Überleben eine Leistung dar.

Abgesehen davon war er einem konstanten Lärmpegel ausgesetzt gewesen. Von morgens bis abends lief der Fernseher, und die fünf Jungen machten in dem kleinen Haus derartigen Krach, daß es nicht verwunderte, wenn Jimmy heute außer Stande war, einem Gedankengang bis zu seinem logischen Schluß zu folgen.

Er und seine Brüder waren praktisch wie ein Rudel wilder Tiere aufgewachsen, sie balgten sich ums Essen, um die Mittel zum Leben. Somit schlüpften sie auch ganz leicht durch die Maschen des schulerzieherischen Systems. Während Jimmy auf diese Weise zu

einem gerissenen, hartgesottenen Jungen wurde, der in den Straßen zu überleben – oder besser gesagt, zu vegetieren – verstand, hatte er nie eine gewisse Lernfähigkeit im intellektuellen Sinne entwickelt. Bei seinen Sitzungen mit Hattie mußte er regelmäßig Pausen einlegen, damit er sich ein dickbelegtes Brot oder eine Instantsuppe machen konnte.
In den wenigen kostbaren Momenten jedoch, da er sich konzentrierte, stellte Hattie zu ihrer Freude fest, daß er, in der Tat, helle war. Sehr helle. Sie mußte ihm nur dabei helfen, seine eigene Intelligenz zu erkennen, und ihn zu einer positiveren Sicht seiner Fähigkeiten ermutigen.
»Ee, Mann. Jetzt langt's mir aber«, sagte er einmal nach einer besonders harten Lernstunde. »Ich pack's nich, was, Hinny?«
»Natürlich packst du es, Jimmy. Eigentlich hast du's schon gepackt, du willst es nur nicht zugeben. Du *kannst* schreiben und du *kannst* lesen, du willst es bloß nicht«, erklärte Hattie. »Aber zum Lernen gehört noch mehr. Claire besteht darauf, daß wir den anderen Aspekt deiner Erziehung nicht aus den Augen verlieren.«
Jimmy sah sie neugierig an. »Was meinsten?«
»Du mußt dich damit vertraut machen, wie Leute wie Claire und ich leben. Du mußt lernen, wie wir zu essen – nicht, indem man dabei vor dem Fernseher hin- und hertigert.«
»Aber so hab' ich's immer gemacht.«
»Und dann mußt du auch noch unsere Speisen würdigen lernen – die Pastas, die Brotsorten, die Saucen, die regionale französische und italienische Küche. Ganz zu schweigen von den Ethno-Restaurants – Thailändisch, Vietnamesisch, Karibisch. Und du mußt eine

gute Nase für Wein entwickeln«, schloß Hattie und lächelte über seine Verwirrung.
»Wenn du einmal mit dem Essen soweit klarkommst, mußt du lernen, wie man Konversation macht. Du wirst über deine Gedanken und Gefühle zu reden lernen, und du wirst lernen, Kommentare zum politischen Geschehen abzugeben, zu aktuellen Fragen, so in der Art«, sagte sie.
»Was noch?«
»Und dann wirst du noch einigen Unsinn schätzen lernen, den unsereins Kunst und Unterhaltung nennt.«
»Der Kasten?« fragte Jimmy eifrig.
»Nein, der nun überhaupt nicht. Außer vielleicht die eine oder andere Sendung auf Channel 4. Nein, ich meine Theater, Oper, Ballett, Film und Kunstgalerien. Und was gemeinhin *Die Saison* genannt wird – eine Abfolge reichlicher dröger Sportereignisse im Frühsommer. Du hast doch bestimmt schon von Ascot und Henley gehört? Zum Üben möchte Claire mit uns morgen abend zur Ausstellungseröffnung eines sehr kontroversen Mannes gehen. Benedict Wright macht sogenannte Freiskulpturen und Installationen.«
»Du meinst, der is'n Künstler?«
»Ja.«
»Zeichnungen und so? Mein Granddad, der war auch 'n Künstler, und so. Der hat richtig, wie aus dem Leben gezeichnet.«
»Nun, Benedict ist etwas anders«, wandte Hattie ein. »Ich bin gespannt, was du zu seinem Werk sagst.« Jimmy wird, dachte sie bei sich, als sie in sein strahlendes, schönes Gesicht blickte, einen gewaltigen Kulturschock erleiden.

DREIZEHNTES KAPITEL

Vor lauter Partygästen in der Serpentine Gallery konnte man kaum die Ausstellungsstücke sehen. Charles Saatchi war da und Doris, seine Exfrau. In der Tat jeder, der im engen, exklusiven Kreis zeitgenössischer Kunst etwas darstellte, machte Benedict Wright und seinem – Hatties Meinung nach – ziemlich dubiosem Talent seine Aufwartung. Er stand jedoch in der engeren Wahl für den diesjährigen *Turner Prize*.

Claire mochte ihn besonders gern, und im Laufe der Jahre hatte sie Hattie zu so vielen seiner Ausstellungen mitgeschleppt, daß sie seinen Schocktaktiken gegenüber abgestumpft war. Er hatte sich seinen Namen mit einigen scheußlichen Arbeiten gemacht, die bei gewissen Boulevardblättern einen Skandal verursacht hatten. Während seiner heute als Organische Periode bekannten Phase, hatte er Teile des menschlichen Körpers zu bizarren und blutigen Kunstwerken umfunktioniert. *Broken Heart*, sein berühmtestes Werk, das die Tate Gallery gekauft hatte, bestand aus einem menschlichen Herzen, aus dessen scharlachroter Mitte ein großes Küchenmesser herausragte. Es hatte natürlich zahlreiche empörte Reaktionen auf die Ausstellung dieser Arbeit gegeben, hauptsächlich deshalb, weil das Herz, zumindest laut der *Sun*, ohne die ausdrückliche Erlaubnis des Spenders verwendet worden war.

Benedict hatte dieses Thema in seinen nachfolgenden Ausstellungen weitergeführt, die nach und nach immer grausiger und grotesker wurden. *Five Finger Exercise* zum Beispiel war eine zerstückelte Hand um eine Hantel und *Old Blue Eyes* eine freistehende Skulptur mit zwei strahlend blauen Augen, aus denen Formaldehydtränen tropften. Die heutigen Ausstellungsstücke jedoch schlugen wieder in eine andere Richtung. *Full Stomach* beispielsweise bestand aus einer mit berühmten Markenartikeln gefüllten, blutigen, gedehnten Magenwand.

»Was meinst du, Hattie?« fragte Benedict, der sich darin sonnte, ihre politischen Ansichten und ihr soziales Gewissen zu teilen. »Der Magen ist so ausgedehnt, wie wir es von den Mägen verhungernder Kinder in der Dritten Welt gewöhnt sind, und sein Inneres ist voll von konservierten Konsumgütern. Es ist eine Metapher für die Art, wie wir sind: die Gier der Ersten Welt und der Hunger der Dritten Welt.«

Statt ihm zu sagen, was sie wirklich dachte, lächelte Hattie ihn nur an.

»Übrigens, Benedict, das ist Jimmy«, stellte sie vor.

»Jimmy wer?« fragte Benedict und blickte den großen blonden Fremden neben ihr interessiert an.

»Jimmy Ryan«, warf Claire rasch ein. »Selbst eine Art Künstler.«

»Ach?« meinte Benedict.

»Ey, Hinny«, murmelte Jimmy nervös.

»Worin arbeiten Sie?« erkundigte sich Benedict.

»Leben«, entgegnete Claire und warf Jimmy einen warnenden Blick zu.

Sie gingen zum nächsten Ausstellungsstück weiter, *Steak Ta Ta*, einem in Formaldehyd konservierten T-

Bone Steak, in dessen Fleisch Benedict die Buchstaben BSE gestempelt hatte.
»Was meinen Sie, Jimmy?« fragte Benedict.
»Ich würd' dafür bezahlen, um es zu essen, Mann. Aber an die Wand hängen – nee!« sagte er so laut, daß einige andere Gäste es hörten.
Jimmy war verblüfft, als Hattie ihm den Katalog mit den sauber, neben die Namen der Ausstellungsstücke getippten Preisen zeigte.
»Dieses hier kostet 60.000 Pfund«, flüsterte sie, als sie *Smell's Good* erreichten, einen auf eine Packung Salbei-Zwiebel-Füllung montierten Schweinekopf.
»Was, 60.000 Pfund für eine Schweineschnauze voller Rotz? Willst du mich verarschen, Hinny?« fragte Jimmy. »Würd' ich selbst ja noch besser hinkriegen.«
Claire bog sich vor Lachen. »Genau! Jimmy könnte ein konzeptioneller Künstler werden. Eines seiner belegten Brote auf einem Sockel würde die hier alle zum Sabbern bringen.«
»Ey, Mann, oder vielleicht ein paar Pötte von meiner Nudelterrine«, sagte Jimmy und freute sich über den Witz.
Zu Benedicts offensichtlichem Ärger hörten viele der Besucher nun Jimmy zu, und seine Bemerkungen wurden flüsternd von einer kleinen Gruppe zur nächsten weitergegeben.
»Was ist das denn, Hinny?« fragte er Hattie, als er bei einer Sprudelflasche stehenblieb, die zur Hälfte mit einer bernsteinfarbenen Flüssigkeit gefüllt war.
»Hier steht, es heißt *Bottled Water.* Verkauft für – sieh hier, der rote Punkt – für 20.000 Pfund«, erklärte Hattie. »Ich glaube, das ist Urin.«
»Was?« fragte Jimmy und verstand immer noch nicht,

worum es sich bei dem Inhalt dieses speziellen Ausstellungsstücks handelte.

»Urin, Jimmy. Du weißt, was Urin ist«, sagte Claire. »Pisse, Pipi, Strull ...«

»Puller, Mann! Er verkauft Puller in der Flasche!« Jimmy sah ungläubig drein. »Was 'n Megafischburger!«

Inzwischen waren viele der anwesenden Kunstkritiker auf Jimmy aufmerksam geworden. Man flüsterte sich zu, er sei ein neues Talent in der Kunstwelt, mit dem man rechnen müsse.

»Was halten Sie von Benedicts Arbeit?« fragte ihn Nigel Reynolds vom *Telegraph*.

»Is doch Scheiße, oder?« sagte er. »Oder jedenfalls ziemliche Pisse ...«

Hattie konnte sich nicht erinnern, wann sie sich das letzte Mal so amüsiert hatte. Doch da erblickte sie Arabella in einer Ecke der Galerie und sah sich gezwungen, zu ihr hinüberzugehen.

»Daddy möchte mit dir reden, Hattie«, sagte sie, als Hattie ihr gegenüberstand.

»Warum?« fragte Hattie.

»Tja, er hat von dir und Toby gehört. Und er hat herausgefunden, was es mit Geordie Boy dort drüben auf sich hat. Er ist nicht glücklich, Schätzchen. Glaubt, du seist verrückt geworden. Wir alle glauben das übrigens. Nicht, daß er nicht, hm – auf seine Art – ganz schnuckelig wäre ...« setzte sie hinzu und warf einen Blick hinüber zu Jimmy, der von einer Gruppe verzückter Galeriebesucher umringt wurde.

»Arabella, wie oft muß ich dir noch sagen, daß diese Sache mit Jimmy rein beruflicher Natur ist? Warum mußtest du es Daddy erzählen?«

»Wer sagt denn, daß ich es ihm erzählt habe?« maulte

Arabella wie ein kleines Kind, das man beim Petzen erwischt hat.
»Wer weiß denn sonst noch davon, Arabella?«
»Nur ganz London.« Sie deutete auf die Besucher.
»Also, mit Daddy hat das überhaupt nichts zu tun«, sagte Hattie defensiv.
»Aber ja doch. Bezahlt Daddy nicht dafür? Du hast doch seine Klamotten nicht mit deinem mickrigen Krankenkassengehalt bezahlt«, feixte sie.
»Mein Gehalt mag zwar mickrig sein, Arabella, aber zumindest verdiene ich es mir«, konterte Hattie.
»Du findest also, ich verdiene mein Geld nicht?«
»Du hast ziemlich viel mit Benedict gemeinsam, weißt du?« zischte Hattie und wurde rot vor Wut. »Er wird dafür bezahlt, die High Society zu verarschen, und du wirst dafür bezahlt, daß du dich mit der High Society verarschen läßt. Ihr nehmt euch beide nicht viel. Er stellt nur größere Ansprüche als du.«
»Du glaubst wohl, ich wär' dumm, Hattie, oder?«
»Nein, Arabella, ich *glaube* nicht, daß du dumm bist, ich *weiß*, daß du dumm bist. Du bist die ungebildetste Person mit der kostspieligsten Ausbildung, die mir je begegnet ist. Das ist das Tragische bei dir.«
»Du bist immer auf mich eifersüchtig gewesen, und das ist das Tragische bei dir«, konterte Arabella.
»Ach, wärm' doch das nicht wieder auf, Arabella«, entgegnete Hattie. Sie war sich bewußt, daß ihr Gezanke genausoviel Interesse erzeugte wie Jimmys Reaktion auf Benedicts Arbeit. Sie vergaß manchmal, daß ihre Schwester in diesen Kreisen eine Berühmtheit war. Sie ließ Arabella stehen, die nun die Aufmerksamkeit der Paparazzi auf sich gezogen hatte, und ging wieder zu Claire und Jimmy zurück.

»Hinny, wo bist du'n gewesen?« fragte Jimmy.
»Hattie, laß uns von hier verschwinden und etwas essen gehen«, sagte Claire.
»Ich glaube nicht, daß ich nach all dem hier was runterkriege«, sagte Hattie. Sie wußte nicht, ob ihr mehr ihr eigenes Fleisch und Blut oder Benedicts Kunstwerke den Appetit verdorben hatte.
»Wie fandest du Benedict?« fragte Claire Jimmy, als sie ihre Mäntel holen gingen.
»Dem gehört das Hinterende langgezogen«, meinte Jimmy.
»Was?« sagte Claire.
»Er braucht 'n Tritt in den Hintern«, übersetzte Hattie mit diebischem Grinsen.
»Bring' ihn nicht auf Ideen, Jimmy. Er hat Kunst aus dem menschlichen Körper und Kunst aus der Verbindung zwischen dem menschlichen Körper und Essen geschaffen. Was aus seinem *Hinterende* herauskommt, könnte unter Umständen die Grundlage für seine nächste Ausstellung sein«, sagte Claire.
»Sag bloß, Scheiße, Mann!« sagte Jimmy grinsend.

Hatties Vater rief sie am folgenden Montag im Büro an und fragte, wie es so seine Art war, ob sie mit ihm zu Mittag essen würde. Wie es so ihre Art war, kam es ihr nicht in den Sinn, nein zu sagen. Sie legte auf, nachdem sie zugestimmt hatte, ihn am nächsten Tag in seinem Club zu treffen, und verspürte eine gewisse Nervosität.
Merkwürdig, dachte sie, als sie später am Morgen in einer Konferenz über einem besonders erschütternden Familienfall saß, daß die eigenen Eltern, egal, wie privilegiert man war, einem immer alles ›vermurksten‹.

Natürlich hatte ihr Vater sie nie mißhandelt, nie die Hand gegen sie erhoben oder sie gar sexuell belästigt. Und er war nicht wegen Alkohol, Drogen oder – wie im heutigen Fall – wegen krimineller Aktivitäten aus ihrem Leben weggeblieben. Er hatte ihr auch keine fehlgeleiteten religiösen Glaubensrichtungen aufgezwungen und schreckliche Bestrafungen für eingebildete Verbrechen gegen Gott angedroht, wie Lisas Vater es getan hatte. Ihr Vater hatte aus eigenem persönlichen Antrieb in ihrer Kindheit gefehlt.

Sein Streben nach Erfolg, seine gräßlichen, vorrangigen materiellen Ambitionen hatten ihn daran gehindert, sich mit dem alltäglichen Leben seiner Familie auseinanderzusetzen. Er hatte die Lücken mit Geld gestopft – mit exotischen Ferien, teuren Schulen, Ponies und dem ganzen anderen konventionellen Drum und Dran, das Reichtum mit sich brachte. Hattie waren materielle Dinge jedoch unwichtig gewesen, das einzige, wonach sie sich als kleines Mädchen gesehnt hatte, waren die Anerkennung und das Interesse ihres Vaters. Er hatte sie kurz zur Kenntnis genommen, als sie zum Studieren nach Oxford ging, doch als sie Psychologie als Studienfach wählte, hatte er sie – ironischerweise, wie sie fand – als ›verrückt‹ eingestuft. Wäre sie in seine geschäftlichen Fußstapfen getreten, hätte ihn das vielleicht, aber auch nur vielleicht, beeindruckt.

Irgendwann war sie zu dem Schluß gekommen, daß seine eigene Art von Chauvinismus so tiefverwurzelt war, daß er Frauen, die nicht seiner eigenen Anschauung des weiblichen Ideals entsprachen – das heißt, die nicht hübsch und frivol waren –, einfach nicht begreifen konnte.

Ihre Mutter und ihre ältere Schwester stellten schlichtweg alles dar, was eine Frau je sein sollte, während sie mit ihrem scharfsinnigen akademischen Verstand und ihrem Bedürfnis, etwas zur Gesellschaft beizutragen und nicht nur Gesprächsthema dieser Gesellschaft zu sein, in seinen Augen ein Sonderling war.

Dennoch konnte selbst heute, nach Jahren, in denen sie sich mit seinem Desinteresse abgefunden hatte, ein einfacher Telefonanruf den ganzen Schmerz und die ganze Sehnsucht aus ihrer Kindheit zurückbringen. In der Tat fiel sein Schatten heute über sie, so wie damals, als sie klein war, und sie fühlte sich verzagt, mutlos und unsicher.

Auf dem Nachhauseweg, gedanklich von ihrer Arbeit belastet und ihren Befürchtungen, was ihr Treffen mit ihrem Vater anging, war sie mit Claire auf einen Drink in einer Weinbar verabredet. Wie gewöhnlich bei ihren Treffen war Hattie zuerst da. Sie bestellte sich ein Glas Rotwein und schaute sich den Bericht an, den sie nach der heutigen Besprechung geschrieben hatte. Er trug nicht gerade dazu bei, ihre Stimmung zu heben.

»Hattie!« sagte Claire, als sie an den Tisch kam und Hattie ein dickes Manuskript auf den Schoß warf. »Schau dir das mal an.«

Hattie hob es hoch. In fetten Lettern waren über die erste Seite die Worte *Schlußpfiff* geschrieben und darunter in kleineren Buchstaben *Ein verlorenes Leben. Aufgezeichnet von Jimmy Ryan.* Sie blätterte um und begann zu lesen. Es war ein Transkript der Bänder, die sie Claire in der Vorwoche geschickt hatte. Hatties Fragen waren herausredigiert worden, so daß das Ganze nun eine einfache Ich-Erzählung darstellte. Und eigenartigerweise war es eine zwingende und bewegende Lektüre, auch wenn Jimmy durch sein Vokabular und seinen Dialekt Grenzen gesetzt waren. In seiner Sprache lag eine, wie sie nun feststellte, schlichte Schönheit, und sein Stil war auf wunderbare Art unverbrämt flüssig.

Fragend blickte sie zu Claire hoch.

»Ich habe Jimmys Geschichte einer Freundin gegenüber erwähnt, die für eine der großen Literaturagenturen arbeitet. Sie ist total ausgeflippt, so wahnsinnig fand sie das. Meint, es hätte das Zeug zu einem irren Bestseller. Fußball – wie du gesagt hast, Hattie – ist eine Marketingkraft ohnegleichen. Natürlich kommt erleichternd hinzu, daß Jimmy als Geordie eine Phase erwischt, wo das Verlagswesen absolut besessen ist vom ›provinziellem Patois‹, wie sie es nennt. Wenn du für den Booker Prize in die engere Wahl kommen willst, mußt du eine Sprache vorweisen, die von Slang durchsetzt ist, von Kraftausdrücken, Flüchen und umgangssprachlichen Wendungen, die nur ein Einheimischer verstehen würde. Roddy Doyle, Irvine Welsh, James Kelman – sie fallen alle in diese Kategorie. Dann sind da die ganzen politischen Untertöne: Im Zeitalter der Gier aufzuwachsen – ein Kind der Thatcher-Ära, dem eine Ausbildung untersagt, das mißbraucht und dem dann ein wundersamer Weg nach draußen angeboten wurde – DAS SPIEL. Das, wie wir alle wissen, sich nur als weitere optische Täuschung in seinem Leben herausstellt, so daß er im Alter von einundzwanzig zum alten Eisen gehört, als Penner lebt und den Leuten die *Big Issue* verkauft.«

Hattie hörte Claires aufgeregtem Redeschwall mit wachsender Unruhe zu. Irgendwie hatte ihre Freundin die Kontrolle über Jimmys Zukunft übernommen.

»Egal, Hattie, es läuft darauf hinaus, daß Jay Hector ganz wild darauf ist, Jimmy unter Vertrag zu nehmen. Will so schnell wie möglich ein Treffen arrangieren. Und das Tüpfelchen auf dem i: Unser Junge ist verdammt hübsch. Das ist für die wichtig. Die Werbekampagne wird ein Traum. Er wird bei jeder Talkshow dabei sein – *Start the Week*, *Room 101*, *Frank Skinner* ... Jeder, der im Mediengeschäft etwas darstellt, ist verdammt scharf auf Fußball. Ich habe alles genau geplant«, schloß sie atemlos.
»Aber was wird Jimmy sagen? Was ist mit dem Vertrauen Patienten gegenüber? Meiner Schweigepflicht? Ich hätte nie zulassen dürfen, daß du dir diese Tonbänder anhörst, ganz zu schweigen davon, sie niederzuschreiben und zu redigieren. Denn selbst wenn er nichts dagegen hätte, ist er möglicherweise nicht ganz so erpicht darauf, seine Lebensgeschichte wie ein verdammtes Waschpulver vermarktet zu sehen«, ereiferte sich Hattie. Ihr Gesicht glühte vor Entrüstung.
»Denk' an die Wette, Hattie. Denk' an Jons Gesicht, wenn er im *Telegraph* liest – und das wird er nächste Woche –, daß Jimmy Ryan einen Vertrag über zwei Bücher mit HarperCollins für eine ungenannte fünfstellige Summe unterschrieben hat. Dann haben wir's geschafft. Jimmy wird zum Gesprächsthema der Schickeria. Und mehr noch, er wird ein Mann von Wert sein. Er wird seine Unabhängigkeit erlangen. Er wird der Hölle von Meadow Well wirklich und wahrhaftig entkommen sein.«
»In den Verlagshimmel?« spottete Hattie. »Hör zu, ich kann dir nicht erlauben, Jimmy so zu benutzen. Es ist nicht fair. Wir haben ihn überlistet, ihn betrogen. Ich habe diese Tonbänder aufgenommen, weil ich ver-

suchen wollte, ihm zu helfen. Ich mußte verstehen, was genau ihn zu dem Punkt geführt hat, an dem wir ihn getroffen haben. Ich hätte dir nie etwas von den Tonbandaufnahmen sagen oder sie dir sogar aushändigen sollen. In meinem ganzen Berufsleben habe ich noch nie einen Patienten kompromittiert. Was du vorschlägst, ist unmoralisch und falsch ...«

»Ach, sei nicht so zimperlich, Hattie. Ich mache das doch nicht für meinen persönlichen finanziellen Gewinn. Ich mache es für Jimmy. Dadurch bekommt er die Chance, zu seinen eigenen Bedingungen von der Straße wegzukommen. Keine Wohltätigkeit mehr von dir oder mir. Er wird sein eigenes Geld haben. Und wir werden die Wette gewonnen und bewiesen haben, daß Jon unrecht hatte. Laß deine kostbaren Prinzipien Jimmy nicht im Weg stehen«, fügte sie etwas boshaft hinzu.

Zögernd gestand sich Hattie ein, daß Claire wahrscheinlich recht hatte. Dieses Buch wäre die bestmögliche Art, sicherzustellen, daß Jimmy sein eigener Mann von Wert wurde.

»Er müßte aber zustimmen. Wir müssen ihm genau erklären, was passiert und worum es bei alldem geht«, sagte sie nervös. Die Ironie, daß Jimmy, der kaum schreiben konnte, einen Buchvertrag und einen Literaturagenten hatte, entging ihr nicht, doch es bedurfte eines PR-Hirns wie das von Claire, um derlei Fakten vergessen zu machen.

»Jimmy fährt garantiert darauf ab«, meinte Claire. Sie war erleichtert, daß sie Hattie nun auf ihrer Seite hatte. »Er fand die ganze Aufmerksamkeit bei Benedicts Ausstellung neulich abends irre. Das hier wäre noch eine Steigerung.«

»Ich muß ihn sehr vorsichtig vorbereiten. Er muß sich sicher sein, daß die Veröffentlichung dieser Aufnahmen ihn in keinster Weise bloßstellt«, erklärte Hattie.
»Wer wird denn je erfahren, daß er nicht *schreiben* kann? Die Leute werfen einen Blick auf ihn, und was er sagt, ist den Leuten egal, vorausgesetzt, er sagt es in seinem starken Geordie-Akzent. Ich sage dir, Hattie, dieses Buch ist Dynamit.«
»Da hast du wahrscheinlich recht«, erwiderte sie. Zum ersten Mal an diesem Tag zog sich ein strahlendes Lächeln über ihr Gesicht.

Sie brachte das Thema nicht zur Sprache, als sie an diesem Abend nach Hause kam. Jimmy schaute sich im Fernsehen ein Fußballspiel an, und sie entschied, daß es nicht der richtige Zeitpunkt war.
»Setz dich zu mir, Hinny, und guck mit. Newcastle United spielt«, sagte er.
»Ich habe keine Ahnung von Fußball«, entgegnete sie. »Ich glaube, ich nehme lieber ein schönes heißes Bad und gehe früh zu Bett.«
Er brachte sie aber doch dazu, sich neben ihn aufs Sofa zu setzen, und erklärte ihr ernst die Regeln. Keiner hatte das je für sie getan, und komischerweise fand sie Gefallen an dem Spiel. Innerhalb weniger Minuten feuerte sie sein Team an, als sei auch sie schon ihr Leben lang Newcastle-Fan.
Er umklammerte ihre Hand, als Tottenham ein Elfmeter zugesprochen wurde. Er schrie, als sie danebenschossen. Von ihrer Begeisterung angesteckt, rannte Rex mit einer großen schwarzweißen Schleife, den Farben von Newcastle United, um den Hals im Kreis um sie herum.

»Ey, Mann, hast du das gesehen?« schrie Jimmy und warf die Arme um sie.
Und als Newcastle United ein Tor schoß, führte er einen kleinen komischen Tanz mit Rex auf – unverkennbarer Stammesinstinkt, dachte Hattie –, daß ihr vor Lachen die Tränen in die Augen traten. Sie trank ihm zuliebe sogar eine Dose Newcastle Brown.
»Was 'n Megafischburger!« schrie er, als Newcastle das zweite Tor schoß.
Zur Halbzeit machte er für sie beide eine Instantsuppe, und sie saßen bei leise geschaltetem Ton da und unterhielten sich kurz. Er erzählte ihr, wie sein Großvater ihn immer zum St. James' Park mitgenommen hatte, wenn Newcastle United spielte, und wie sie anschließend zum Fischereihafen hinuntergegangen waren und *Fish and Chips* gegessen hatten, während Jimmy den großen Kränen auf den Docks zusah. Hattie hörte aufmerksam zu: Wie wenig gute Erinnerungen Jimmy doch an seine Kindheit hatte.
»Hinny, hast du gesehen ...« sagte er nach einer Weile und schenkte ihr ein besonders strahlendes Lächeln.
»Oh, Jimmy, du hast Zähne. Perfekte perlweiße Zähne«, sagte sie und bewunderte die unglaubliche Arbeit, die Barry in den letzten paar Wochen geleistet hatte.
»Jap, Mann, und da ist noch mehr«, sagte er. »Mach' mal die Augen zu ...«
Als sie sie wieder öffnete, zog er ein Buch hervor – ein richtiges Buch für Erwachsene – und begann, ihr die ersten Seiten recht flüssig vorzulesen.
»Das ist fantastisch, Jimmy, und das in nur wenigen Tagen«, rief sie, außer sich vor Freude über seine außergewöhnlichen Fortschritte.
Sie holte einen großen Becher Schokoeis aus der Kühl-

truhe, so daß sie das Eis während der zweiten Hälfte des Spiels essen konnten, und Jimmy holte zwei weitere Dosen Newcastle Brown.
»Zwo null, zwo null, zwo null«, sang er.
Die Spannung stieg während der zweiten Halbzeit, als Tottenham erst ein Tor und dann das Ausgleichstor schoß.
»Ey, Mann, die Jungs haben verlorn«, wimmerte Jimmy.
Zehn Minuten vor Spielende, als Newcastle United im Begriff war, einen Elfmeter auszuführen, klingelte es an der Tür. Rex begann hysterisch zu bellen.
»Mist, wer kann das bloß sein?« sagte Hattie und riß sich vom Fernseher los zur Gegensprechanlage.
Es war Toby. Er stand im strömenden Regen und wollte hereingelassen werden. Hattie drückte auf den Summer und wartete an der Tür auf ihn.
»Ich will nur ein paar Sachen abholen«, sagte er und blickte zu Jimmy hinüber, der sich vor dem Fernseher wand und beim Elfmeter fieberte. »Ich habe versucht, anzurufen, bin aber nicht durchgekommen.«
»Zeigt's ihnen, Jungs!« schrie Jimmy. »Tooor, Hinny, es is 'n Tor!«
Hattie wollte ebenfalls schreien, hielt sich aber vor Toby zurück.
»Na, dann kommst du wohl besser rein, obwohl es ein bißchen spät ist«, sagte sie.
»Tut mir leid, wenn ich störe«, sagte er und musterte mit kaltem Blick die Unordnung auf dem Tisch beim Fernseher: die Instantnudeln, den leeren Becher, die geleerten Bierdosen, die von Zigarettenkippen überquellenden Aschenbecher. Ganz zu schweigen von dem Hund, der mitten auf Tobys schneeweißem Sofa saß und ihn feindselig beäugte.

»Oh, Jimmy hat sich nur gerade sein Team im Fernsehen angeschaut, und ich habe es angefeuert«, sagte sie.
»So?« Toby sah sie bedeutungsvoll an.
Hattie spürte, wie sie rot wurde. Gott weiß, wie Toby dieser Abend vorkam. Sie und Jimmy auf dem Sofa aneinandergekuschelt vor einem Fußballspiel im Fernsehen, was, so schoß es ihr durch den Kopf, wohl das Intimste war, was ein Mann und eine Frau tun konnten.
»Hör mal, ist es möglich, daß wir ein Wort unter vier Augen reden?« sagte Toby ziemlich knapp zu Jimmy.
»Solang' du ihr keine ballerst«, antwortete Jimmy und sah Toby mit schmalen Augen an.
»Was hat er gesagt«, fragte Toby aggressiv, nachdem Jimmy den Raum verlassen hatte.
»Das hat er nur so dahingesagt. Ballern bedeutet, jemanden zu schlagen. Er meinte wohl, du siehst etwas gefährlich aus«, sagte Hattie.
»Menschenskind, Hattie, was ist über dich gekommen? Hast du vor, in gottverdammtem Straßenslang zu promovieren?«
»Seine Sprache ist interessant. Einige der Wörter sind ungemein ausdrucksvoll. Und Straßenslang ist es ganz und gar nicht.«
»Immer er, nicht wahr, Hattie?« sagte Toby gereizt.
»Nein, so ist es nicht, Toby. Ich stecke nur ziemlich tief drin in dem, was ich für Jimmy tue. Es frißt mich auf. Ich kann mich nicht erinnern, wann ich je an so einem aufregenden Projekt beteiligt war. Ein Großteil meiner täglichen Arbeit ist heutzutage deprimierend und hoffnungslos und von der Bürokratie der Krankenkassen bestimmt. Es tut richtig gut, mal wieder vorn an der Front mitzumischen, näher am Geschehen dran zu sein.«

»Hm, das ist aber ein interessanter Ausdruck – näher am Geschehen dran, Hattie, ich glaube, du bist von diesem Jungen besessen und hast den Überblick verloren. Sieh dich doch mal an – säufst Bier und frißt diesen ganzen Scheiß mit ihm. Ich dachte, du solltest ihn in einen Mann von Rang verwandeln und dich nicht selbst hinab auf sein Niveau begeben«, stichelte Toby und stellte fest, daß er auf die offensichtliche Vertrautheit zwischen Hattie und dem Jungen eifersüchtig war.
»Wie darf ich das verstehen, Toby?«
»Herr im Himmel, sieh doch mal in den Spiegel, Hattie! Was für ein Bild du bietest, diesem Jungen hinterherzurennen – mit seinem Geordie-Akzent zu sprechen, jedem seiner Wünsche nachzugeben? Er muß verdammt noch mal das Gefühl haben, im Himmel gelandet zu sein. Keine Miete, so viel Bier, wie er nur trinken kann, so viel Essen, wie er will, und dich als Zugabe.«
»Toby, du bist wirklich albern. Ich mag Jimmy, es macht Spaß, mit ihm zusammenzusein. Er hat mir die Augen geöffnet, fast so, wie ich ihm die Augen geöffnet habe. Es ist aber nicht die Art von Verhältnis, wie ich es mit dir hatte.«
»Du hältst mich wohl für einen Idioten, Hattie. Ist er denn so gut im Bett?«
»Ich habe keine Ahnung, wie gut er im Bett ist, Toby. Ich weiß aber, wie du im Bett bist, und ich kann mir kaum vorstellen, daß er schlechter ist als du.«
Hattie war überzeugt, daß Toby getrunken hatte, und diese letzte Beleidigung saß wirklich.
»Verdammt, Hattie, wie kannst du es wagen?« rief er und ging auf sie zu, als wollte er sie schlagen.
»Ey, Mann, das reicht«, mischte sich Jimmy ein, der

wieder aufgetaucht war und sich zwischen Toby und Hattie schob.
»Geh' mir aus dem Weg«, blaffte Toby und hob die Hand gegen Jimmy.
Da wurde Rex aktiv, fletschte die Zähne und sprang an Toby hoch wie eine moderne Ausgabe von Lassie, wild entschlossen, sein Herrchen zu verteidigen.
Toby hatte Hunde nie gemocht. Wie Hattie vermutete, hatte man ihm von klein auf beigebracht, sie zu fürchten, und der Anblick dieser an ihm hochspringenden Bestie brachte den Feigling in ihm zum Vorschein. Er wich zurück, schoß Hattie und Jimmy haßerfüllte Blicke zu, rannte dann zur Tür und verließ die Wohnung ohne ein weiteres Wort.
»Entschuldige«, sagte sie, als sie die Haustür ins Schloß fallen hörten. »Du darfst dir Tobys Unhöflichkeit nicht zu Herzen nehmen.«
»Er hat aber recht, Hinny, weißt du, so, wie ich hier mit dir wohne, und so.«
»Es ist in Ordnung, Jimmy, echt. Toby steht nur voll unter Druck. Ist alles nur leeres Gerede – nur Gelaber«, sagte sie und übersetzte, wie sie es sich in letzter Zeit zur Gewohnheit gemacht hatte, ihre Sprache in seine. »Weißt du, ich kann mich nicht entsinnen, wann ich je so einen lustigen Abend verbracht habe – zumindest, bevor *er* aufgetaucht ist«, schloß sie mit einem Grinsen.
»Aber, Hinny, ich bin abgebrannt ... pleite ...«
»Nicht mehr lange. Schau mal.« Hattie holte das Manuskript aus ihrer Aktentasche, das Claire ihr in der Weinbar gegeben hatte.
Jimmy nahm es und schaute es ratlos an. »Was ist das, Hinny?«

»Ein Buch, Jimmy. Schau dir den Namen auf der Vorderseite an.«

Er sah verwirrt zu ihr hoch, nachdem er seinen eigenen Namen gelesen hatte.

»Es ist dein Buch, Jimmy, deine Geschichte. Ich hatte Angst, es dir zu erzählen, Angst, daß es dich vielleicht ärgert, aber erinnerst du dich an die Tonbänder, die wir aufgenommen haben – in meinem Büro? Nun, ich habe sie Claire gegeben. Sie sagte nämlich, sie hätte eine Idee. Ich hatte keine Ahnung, daß dies dabei herauskommen würde. Aber es ist irre, Jimmy, sie hat meine Fragen herausgestrichen, und übrig geblieben ist eine bewegende und bestürzende Geschichte unserer Zeit.«

»Aber ich bin doch kein Schreiber, Hinny«, sagte Jimmy und sah sie zweifelnd an.

»Na ja, genaugenommen nicht. Aber auf diesen Seiten hast du für deine ganze Generation gesprochen. Da ist dieser Literaturagent – er ist ziemlich berühmt –, und er findet dein Buch wahnsinnig toll. Er möchte es *Schlußpfiff* nennen, und er möchte dich nächste Woche kennenlernen. Und jetzt paß auf, Jimmy. Er will dir Geld geben. Eine Menge Geld ...«

»Ey, Hinny ...«

»Es macht dir doch nichts aus, Jimmy, oder? Daß die ganze Welt deine Geschichte erfährt?« fragte Hattie.

»Ich will nicht, daß die Leute denken, ich bin dumm, oder so«, meinte er zögernd.

»Wie oft soll ich dir noch sagen, daß du nicht dumm bist? Im Gegenteil. Du bist clever, Jimmy, wirklich clever. Und wenn das Ding erscheint, hast du sowieso viel mehr Selbstvertrauen. Keiner wird wissen, daß du es nicht direkt geschrieben hast«, beruhigte sie ihn.

»Versprichst du das?« Um Zusicherung flehend sah er sie an, auf seinem schönen Gesicht ein tiefer Ausdruck der Verwundbarkeit.

»Ich verspreche es«, sagte Hattie sanft.

VIERZEHNTES KAPITEL

Kaum betrat Hattie den Club ihres Vaters, hatte sie das Gefühl, in ein dunkles Zeitalter einzutauchen. Während ein Teil von ihr die Aufmerksamkeit, die man ihr schenkte, sehr genoß – die altmodische Höflichkeit, mit der ihr der Lakai, die Kellner und die Clubmitglieder begegneten –, war sich ein anderer Teil ihrer selbst darüber im klaren, daß Frauen für die Männer an diesem Ort noch immer untergeordnete Wesen darstellten.

»Ich bin mit Sir Jeffrey George verabredet«, sagte sie am Empfang zu dem Herrn im Anzug, als sie sich ins Gästebuch eintrug.

»Wie nett, Sie wiederzusehen, Miss Henrietta«, entgegnete er.

Natürlich würden ihr Vater und seine Freunde ihren Chauvinismus vehement abstreiten und darauf bestehen, während sie ihr zur Begrüßung einen Handkuß gaben, daß sie dies taten, weil sie Frauen gern wie Frauen behandelten. In Wirklichkeit aber hatten die meisten Männer hier keine Ahnung von den Auswirkungen der feministischen Bewegung.

Sie waren so überzeugt von ihrer männlichen Überlegenheit, daß es ihnen nie in den Sinn kam, daß Frauen wie Hattie sie in nahezu jedem Bereich des modernen Lebens überflügelten. Als sie die geschwungene Treppe zum Salon hochstieg, wiederholte sie im Geist wie ein Mantra die Statistiken, die bewiesen, daß Frauen die Siegerinnen waren. Es war kein Wunder, daß ihr Vater und seine Freunde – das männliche Establishment der heutigen Zeit – immer mehr Zeit an diesem Ort verbrachten. Der *In and Out Club* war einer der wenigen noch vorhandenen Orte, wo sie Frauen die Türen versperren und so tun konnten, als sei es 1958 und nicht 1998.

Ihr Vater stand zur Begrüßung auf, und sie lächelte ihn strahlend an. Sie hatte sich besondere Mühe gegeben, ihr Outfit den Umständen anzupassen. Sie trug ihr schickstes Kostüm, das sie sich auf Tobys Anraten hin für eine Hochzeit im Sommer des Vorjahres gekauft hatte. Es war hellblau, saß eng und war ihrer Meinung nach ›ganz im Stil von Arabella‹.

»Henrietta, Liebes. Wie schön, dich zu sehen«, begrüßte er sie lächelnd und legte den Arm um sie. Sie richtig zu umarmen, wagte er nicht ganz.

»Daddy«, sagte sie.

»Sollen wir ins Speisezimmer gehen?« fragte er.

Ihre Verabredungen zum Mittagessen – jedes halbe Jahr einmal – liefen stets nach demselben Schema ab. Er bestellte ihr Essen, ohne auch nur einen Blick auf die Speisekarte zu werfen, und sie fügte sich seiner Wahl, auch wenn sie lieber eine von Jimmys Instantsuppen gegessen hätte.

Das Essen im Club hatte sich, wie die Einstellung der Mitglieder, in vierzig Jahren kaum geändert. Man servierte noch immer eine Mischung aus Babynahrung und gebratenem Fleisch, für die die Männer aus der Generation ihres Vaters eine große Vorliebe hegten.

Das clubeigene Essen ist so verdaulich wie ein Kunstwerk von Benedict Wright, ging es Hattie durch den Kopf, als sie einen Blick auf den imposanten Rinderbraten auf einem riesigen silbernen Servierwagen warf. In der Tat ähnelte ihr Teller mit kaum durchgebratenem Fleisch auf unheimliche Weise seinem *Steak Ta Ta*.

Wie stets war ihre Unterhaltung anfänglich oberflächlich und formell. Ihr Vater erzählte ihr von seinen neuesten geschäftlichen Transaktionen – seine Handelsgesellschaft war inzwischen eine der größten des Landes –, und sie erzählte ihm von ihrem unlängst veröffentlichten Forschungsbericht. Ihr Vater war zwar kein Selfmademan im ursprünglichen Sinne, hatte aber einen Großteil seines Lebens mit dem Versuch zugebracht, den Erwartungen ihrer Mutter zu entsprechen. Lady Miranda Sykes, die älteste Tochter des Herzog von Cumbria, war Debütantin des Jahres gewesen, als sie sich kennenlernten, während er der relativ unbedeutende, bescheidene halbjüdische Sohn eines Tory-Parlamentsmitglieds war. Als sie durchbrannten, hatte ihre Familie das mit Entsetzen aufgenommen, und in den Jahren, die folgten, war sein Verlangen, sich dem Herzog zu beweisen, die treibende Kraft hinter seinem Ehrgeiz gewesen.

»Nun, Henrietta, was kommt mir da über dich und Toby zu Ohren?« fragte er schließlich.

»Wir haben uns getrennt, Daddy«, sagte sie.

»Ist das klug?«

Daß ihr Vater Toby so offensichtlich billigte, war einer der Gründe gewesen, warum sie es so lange in der Beziehung ausgehalten hatte. Vom ersten Moment ihres Kennenlernens an hatte er erkannt, daß Toby ein Mann voller Tatendrang war, der es mit der Zeit zu ›Großem‹ bringen würde, wie ihr Vater das nannte.

»Wir haben nicht richtig zueinander gepaßt, Daddy«, erwiderte sie.
»Unsinn, er war perfekt für dich. Ein gutes Gleichgewicht zu deinem wahnwitzigen Sozialismus.«
»Daddy, du vergißt, daß Toby Labour-Mitglied ist.«
»Wie ich höre, steht er auf der Kandidatenliste für eine der Nachwahlen.«
»Ja? Über so etwas haben wir nur sehr selten gesprochen.«
»Arabella sagt, man hat dich mit jemand Neuem gesehen.«
»Nein, ich bin in ein Projekt mit einem jungen Mann verwickelt, und Arabella hat angenommen, daß zwischen uns was Romantisches läuft. Dem ist aber nicht so, Daddy, ich verspreche es dir.«
»Aber dieser junge Mann *wohnt* in deiner Wohnung?« fragte er und schaute sie über die Gläser seiner Halbbrille an.
»Er *lebt* aber nicht mit mir, Daddy. Ich habe ihm nur ein Bett zur Verfügung gestellt, mehr nicht, nicht *mein* Bett. Und auch nur, bis er wieder mit sich im Reinen ist. Was übrigens nicht mehr sehr lange dauern wird.«
»Und was *macht* dieser junge Mann?«
»Er ... er ist Schriftsteller ...«
»Ah, künstlerisch veranlagt, wie?«
»Er schreibt über Fußball«, sagte sie.
»Fußball?« In seiner Stimme schwang ein Anflug von Interesse mit.
Neben seinen vielen Geschäftsunternehmungen saß ihr Vater auch im Ausschuß der Tottenham Hotspurs und war von jungen Jahren an ein Fan dieses Fußballvereins gewesen. Sein Streben nach sozialem Aufstieg – er war zum Ritter geschlagen worden und auf dem

besten Weg, zum Peer auf Lebenszeit gewählt zu werden – brachte es mit sich, daß er seit neuestem ein gewisses Interesse an Rugby bekundete. Tief in seinem Herzen aber war er ein Fußballfan, viel glücklicher auf den Tribünen von Tottenham als in Twickenham.

»Er hat früher selbst gespielt, Daddy – für Everton.«

»Was du nicht sagst«, meinte ihr Vater.

»Aber wegen einer Verletzung mußte er das Ganze aufgeben.«

»Deine Mutter und ich dachten, du solltest am Sonntag zum Lunch zu uns aufs Land kommen. Mit deinem neuen Mann.«

»Er ist nicht mein neuer Mann, und ich weiß nicht, ob ich es im Augenblick ertragen könnte, von Mummy unter die Lupe genommen zu werden.«

»Stell dich nicht so an, Hattie. Es ist der Geburtstag deiner Mutter, und wir sehen dich dieser Tage herzlich wenig.«

»OK, ich komme ...«

»Und dieser Bursche?«

»Wenn du darauf bestehst. Und wenn er ja sagt.«

»Gut. Für welche Mannschaft ist er?«

»Newcastle United.«

»He«, rief ihr Vater. »Die Bastarde haben gestern abend Tottenham geschlagen ...«

Hattie machte sich allmählich Gedanken über ihre Sitzungen mit Lisa Price. Jeden Augenblick ihrer Zeit, der nicht von Jimmy oder dem Rest ihrer Arbeit in Anspruch genommen wurde, widmete sie Lisas Fall. Sie hatte immer wieder ihre Notizen durchgelesen, um Hinweise dafür zu finden, was sie dem Mädchen noch entlocken konnte.

Sie mußte mehr aus Lisa herausbekommen, um solide Beweise für den Mißbrauch und die Grausamkeit zusammenzutragen, denen Lisa in ihrer Familie ausgesetzt gewesen war. Und es wurde zunehmend schwieriger, sie dazu zu bringen, über ihre Vergangenheit zu reden.

Sie lächelte, als Lisa ihr Büro betrat und zu dem Regal hinüberging, auf dem Hattie die Bücher aufbewahrte, die sie so liebte. Nun, da Lisa ihr erklärt hatte, was sie zu ihrem Angriff auf Lindy motiviert hatte, versuchte sie, einen Zusammenhang zwischen der Tat und dem Verhältnis des Mädchens zu seinem herrischen, dominierenden, religiös fanatischen Vater herzustellen.

Eine Weile schauten sie sich die Bücher zusammen an, dann lenkte Hattie mit viel Geduld die Unterhaltung zurück auf Lisas Leben zu Hause und fand heraus, daß die Mutter – die vor George Price wahrscheinlich genausoviel Angst hatte wie die Kinder – jegliche Disziplinierung ihrem Mann überließ.

»Wie hat er dich bestraft?« fragte Hattie sanft.

»Wir mußten Gott um Vergebung bitten«, sagte Lisa und wartete Hatties Reaktion ab, bevor sie fortfuhr. »Und manchmal durften wir überhaupt nicht reden. Wir mußten dann den ganzen Tag still sein.«

»Aber hat er dir weh getan, Lisa?« hakte Hattie nach.

Das Kind nickte und schaute auf seinen Schoß.

»Wie hat er dir weh getan?«

»Er hat uns mit einem Gürtel geschlagen, wenn wir gesündigt haben«, sagte sie leise und hielt wieder inne, um Hatties Reaktion abzuwarten. »Und wenn wir jemand anderem etwas antaten, hat er das gleiche mit uns gemacht.«

»Auge um Auge ...« murmelte Hattie.

»Einmal hat er mich gebeten, ihm Tee zu kochen. Und als ich ihm den Tee brachte, ist ein bißchen auf den Ärmel seines Pullovers geschwappt ...«
»Und?« fragte Hattie.
»Er sprang auf und führte mich in die Küche, und er nahm den Kessel und goß mir kochendes Wasser über den Arm«, sagte Lisa und zog den Ärmel ihres Kleids hoch, um die unverkennbare Narbe einer schweren Verbrennung zu zeigen, die Hattie am Tag ihrer ersten Begegnung bemerkt hatte.
»Oh, Lisa ...«
»Ich habe nicht geweint, weil es Gottes Strafe war«, erklärte das Kind und zog den Ärmel hinunter.

Als Hattie an jenem Abend nach Hause kam, hatte Jimmy sich im Badezimmer eingeschlossen. Er war dabei, sich fertigzumachen, um mit Claire ins Theater zu gehen. Als kleiner Junge hatte seine Nan ihn einmal zu einer Pantomime im Theatre Royal in Newcastle mitgenommen, und seine Erinnerungen daran stellten einen der bewegendsten Momente in *Schlußpfiff* dar.
»Lauter scharlachrote Vorhänge und Männer mit Geigen und Lichter, die dir in die Augen schienen, unso«, hatte er gesagt.
Hattie bezweifelte, ob das *Donmar Warehouse* seinen Kindheitserinnerungen an *Mother Goose* entsprechen würde, doch Claire war der Meinung gewesen, daß dies ein nützlicher Auftakt für seine bevorstehende Begegnung mit der Schickeria sei.
Hattie hatte beschlossen, zu Hause zu bleiben, da sie noch einiges aufarbeiten mußte. Außerdem wollte sie vermeiden, daß Jimmy sich zu sehr an sie gewöhnte. Es wäre gut für ihn, allein mit Claire auszugehen. Und

es würde ihr guttun, an diesem Abend etwas Freiraum zu haben.
Er tauchte aus dem Bad auf und trug zum ersten Mal seinen neuen Anzug.
»Weißt du, Jimmy, wir sind hier in London ziemlich lässig. Wir ziehen uns nur für die Oper schön an«, sagte sie bei seinem Anblick. Er sah atemberaubend aus.
»Ey, Hinny, fürs Theater nur Sonntagsklamotten«, entgegnete er.
Aha, so sieht also Claires Sonntagskluft aus, dachte Hattie bei deren Ankunft. Claire hatte viel Zeit und Mühe auf ihr Aussehen verwendet. Sie trug ein topmodisches, halbdurchsichtiges Spitzenkleid, unter dem man ihre Unterwäsche (Körbchengröße 34DD) sehen konnte.
Jimmy war sichtlich besorgt, daß sie in der Aufmachung ausgehen wollte. Bevor sie gingen, nahm er Hattie beiseite.
»Da kannste die Montagswäsche drunter sehen«, flüsterte er in Anspielung auf Claires schwarzen BH und Höschen.
»Das soll man auch, Jimmy. Das ist modern.«
»Mann, ich hab' ja jetzt alles gesehen.«
»Nicht ganz, Jimmy, aber wenn es nach Claire geht, wirst du alles sehen«, murmelte Hattie grimmig.
Nachdem die beiden gegangen waren, goß sie sich ein Glas Rotwein ein, schaltete den Fernseher ein und fütterte einen erwartungsvollen und ungeduldigen Rex. Sie war versucht, sich ein Sandwich à la Jimmy oder gar eine Instantsuppe zu machen, widerstand aber der Versuchung, nahm statt dessen eine Ciabatta aus dem Tiefkühlfach und machte sie im Ofen warm. Toby wä-

re entsetzt, dachte sie, als sie den Inhalt ihres Edelstahlkühlschranks musterte, wenn er sehen würde, wie Velveta & Co. seiner üblichen Auswahl an erlesenen Käsesorten den Rang abgelaufen hatten. Sie hatte jedoch allmählich eine Vorliebe für dicken Käseaufstrich entwickelt, mit Bergen von Branston-Pickle und Ketchup obendrauf. Sonderbarerweise geschah dasselbe mit Jimmy – nur umgekehrt. Allmählich wurde sein Geschmack – in jeder Hinsicht – dadurch beeinflußt, daß er sich in Hatties und Claires Welt bewegte. Er wurde langsam mit allen möglichen ungewöhnlichen Lebensmitteln und Zutaten vertraut, doch auf eine Art, die Hattie insgeheim ziemlich bedrückend fand. Statt der Instantsuppe, früher Hauptbestandteil seiner Ernährung, bevorzugte er nun die Singapur-Nudeln aus ihrem Takeaway. Heinz-Salatcreme war in seinen dicken Sandwiches durch Hellman's Mayonnaise ersetzt worden. Er hatte sogar eine Vorliebe für frischen, trockenen Weißwein anstelle seines geliebten Newkie entwickelt. Diese Veränderungen waren zwar ein notwendiger Bestandteil seiner Umwandlung, doch es hatte manchmal den Anschein, als ob sie ihn korrumpierten, ihm einen Teil seines ursprünglichen Charmes und seiner Unschuld nahmen.

Hattie war nun diejenige, die darauf achtete, daß die Sachen, die Jimmy früher so gut schmeckten, in der Küche stets vorrätig waren. Sie machte sich ein Tablett mit ihrem Abendessen zurecht – ihrer eigenen Version von Jimmys dickem belegten Brot (sie gestand sich allerdings einige Blätter Rucola zu) und einer Dose Newkie – und verzog sich aufs Sofa. Gerade rechtzeitig, um den Anfang von *Coronation Street* nicht zu verpassen.

Auch in Sachen Fernsehen war Toby sehr pingelig gewesen. Seit seinem Auszug – und seit Jimmys Einzug – aber hatte Hattie zu verstehen begonnen, was am Massenmedium Fernsehen so reizvoll war. In Tobys erlesenem Freundeskreis war es gesellschaftlich akzeptabel gewesen, sich *East Enders* anzuschauen, das Hatties Meinung nach entschieden in Richtung New Labour zielte, doch jede andere Sendung (abgesehen von *Newsnight* und *ER*), die man sich womöglich regelmäßig anschaute, war verpönt. Hattie hatte sich vor Jimmys Ankunft noch nie eine ganze Episode von *Coronation Street* angesehen. Ihr war auch nicht klar, was die Leute an *Blind Date* oder *The Bill* fanden. Inzwischen war sie jedoch dazu übergegangen, ihre Abende so zu planen, daß ihr Abendessen mit den Sendungen zusammenfiel, die sie am meisten mochte. Mit Rex zu ihren Füßen zusammengerollt und ihrem Essenstablett auf dem Schoß, saß sie gebannt vor dem Fernseher, als es zu einem besonders ungünstigen Augenblick an der Tür klingelte.

Sie spielte mit dem Gedanken, nicht aufzumachen. Doch wer immer es sein mochte, drückte beharrlich auf die Klingel, bis sie zögernd ihr Tablett abstellte und zur Tür ging.

»Hattie, ich dachte, ich schau mal vorbei, um zu sehen, wie du so vorankommst«, sagte ein nervöser Jon auf der Türschwelle.

Sie hatte Jons Gegenwart immer als bedrohlich empfunden. Wenn sie sich anfangs zu Toby hingezogen gefühlt hatte, weil er ihr so sicher, so ungefährlich erschienen war, war sie vor Jon stets zurückgewichen, da er zu aalglatt, zu zynisch war. Er sah sehr gut aus – dunkle Haare, dunkle Augen –, und Frauen flogen nur so auf ihn, doch Hattie fand ihn vom Typ her fast abstoßend. Er hatte ständig einen Bartschatten und dazu Haare auf den Armen, die vermutlich einen Großteil seines muskulösen Körpers bedeckten. Sie konnte sich keinen Reim darauf machen, was er hier wollte. Spionieren vielleicht – etwas für Toby herausfinden oder zu ergründen versuchen, wie es um die Wette mit Jimmy stand?

»Hat Toby dich geschickt?« fragte sie argwöhnisch.

»Nein, ich habe seit Wochen nicht mit ihm geredet«, entgegnete Jon.

»Na ja, dann komm halt rein. Kann ich dir was von meinem Abendessen anbieten?« fragte sie, insgeheim bedauernd, daß sie den Fernseher ausschalten mußte und die Hälfte von *Coronation Street* verpassen würde. Nachdem sie eine Flasche Wein aus dem Kühlschrank geholt hatte, setzten sie sich an den Tisch in der Küche.

»Ich nehme das gleiche wie du«, sagte Jon und deutete auf ihre Dose Newcastle Brown. »Ich hatte keine Ahnung, daß du Bier trinkst, Hattie.«

»Habe ich früher auch nicht. Ich bin frisch bekehrt«, erklärte sie.

»Braune Sauce?« fragte er, als er die Flasche HP-Würzsauce inspizierte und sich davon reichlich auf sein Käsebrot goß. »Ist mir auch neu, daß du eine Frau bist, die auf braune Sauce steht. Mann, ich liebe dieses Zeug. Hier hat sich ja allerhand verändert.«

Auch Jon hatte sich verändert, stellte Hattie fest. Er war zugänglicher, nicht mehr ganz so kritisch. Ihr kam es vor, als wollte er – nach all den Jahren gegenseitiger Animosität – ihr Freund werden.

»Toby bekäme einen Herzanfall, wenn er uns sehen

könnte«, sagte sie, und wahrscheinlich zum ersten Mal überhaupt lächelten sie sich verschwörerisch an.
»Wie läuft's denn so mit der Wette?« fragte Jon in altgewohntem Tonfall.
»Ich bin mir nicht sicher, ob ich dir das erzählen soll. Wie du aber wahrscheinlich erraten hast, hängen das Bier und die HP-Sauce damit zusammen.«
»Du meinst, dieser Junge hat eine größere Veränderung in Sachen Geschmack und Sensibilität bei dir bewirkt als du bei ihm?« mokierte er sich.
»Hm, das denkt zumindest Toby. Ich habe mich eigentlich aber nur einem Bereich im Leben geöffnet, der mir zuvor verschlossen gewesen war«, erläuterte sie.
»Wie *Coronation Street.*« Er deutete auf den Fernsehapparat.
»Und *Casualty* und *The Bill* und *Blind Date*«, grinste sie und genoß die Tatsache, daß Jon sie einmal nicht verulkte oder kritisierte.
»Und was ist mit Claire? Ist sie von diesem Knaben und seinem primitiven Geschmack genauso angetan?« fragte Jon, um einen lockeren Ton bemüht. Es war ihm inzwischen egal, ob er die Wette verlieren würde – er hatte sich fast schon mit der Tatsache abgefunden –, aber er war in großer Sorge, Claire zu verlieren. Er war an diesem Abend nur hierhergekommen, um mehr über Claires Beziehung zu Jimmy herauszufinden.
»Na, du kennst doch Claire. Ich glaube, bei ihr ist das mehr körperlich. Sie kümmert sich um ihn auf den Gebieten, die mir etwas fremd sind. Klärt ihn über Sex und Einkaufen auf, so Zeug«, sagte Hattie mit einer gewissen Schärfe.
»Etwa wörtlich?« fragte Jon entgeistert.

»Sie hat ihn heute abend mit ins Theater genommen, und dann gehen sie essen.«

»Tatsächlich?« Jon sah nachdenklich aus, als versuchte er sich dazu durchzuringen, Hattie reinen Wein einzuschenken.

»Wenn ich es mir recht überlege, hat Claire von keinem anderen Mann gesprochen, seit wir uns um Jimmy kümmern. Sie sagt, sie will mit diesen miesen Typen, in die sie sich meist verliebt, nichts mehr zu tun haben. Sie ist ziemlich angetan von dem Ganzen. Für sie ist es eine ganze neue Erfahrung, mit einem jüngeren Mann zusammenzusein, ihm etwas beibringen zu können«, sagte Hattie. Sie bemühte sich sehr, ihren Ärger über die Freundin nicht allzu deutlich zu zeigen.

»Ist sie sehr scharf auf ihn?« fragte Jon so beiläufig wie möglich.

»Du hättest sehen sollen, was sie heute abend anhat. Es wäre mir nie in den Sinn gekommen, daß Claire an einem Mann interessiert sein könnte, der ihr finanziell nichts zu bieten hat, keines der Statussymbole vorweisen kann, die für sie so wichtig sind ...«, sinnierte Hattie. Was Jimmy und Claire in diesem Augenblick wohl machten? überlegte sie sorgenvoll.

Jon rutschte auf seinem Stuhl herum. Hattie hatte ihn noch nie so nachdenklich gesehen wie an diesem Abend.

»Glaubst du, daß dieser Junge sich auch zu Claire hingezogen fühlt?« fragte Jon nach einer Weile.

»Wenn ich das nur wüßte«, meinte Hattie geknickt.

»So habe ich sie seit unserer Trennung noch nie erlebt«, sagte Jon. »Andere Männer sind ständig in ihrem Leben ein- und ausgegangen, aber ich habe sie noch nie so entrückt gesehen. Ich hielt Claire immer für meine beste Freundin – und auf einmal habe ich das Gefühl, daß ich in ihrem Leben keinen Platz mehr habe.« Er hielt inne und schaute zu Hattie hinüber, um ihre Reaktion zu beurteilen. »Und die Sache ist die, Hattie, es gefällt mir nicht.«

»Bist du etwa eifersüchtig?« wollte Hattie wissen.

»Ich glaube, ja. Allein die Erkenntnis macht mich wahnsinnig. Hätte ich bloß nie die Idee mit dieser blödsinnigen Wette gehabt. Es war nur ein Spiel, nur eine Möglichkeit, dich zu reizen. Mir wäre es nie in den Sinne gekommen, daß Claire sich so in die Sache hineinsteigern könnte.«

»Hast du ihr das erklärt, Jon?«

»Nein, noch nicht. Du wirst ihr doch nichts sagen, Hattie, oder?«

»Nicht, wenn du nicht willst«, sagte sie. Er tat ihr direkt leid.

»Ob wir wohl Freunde sein können, Hattie?«

»Warum nicht?« Sie lächelte ihn breit an. »Sobald ich diese Wette gewonnen habe ...«

»Es ist doch egal, wie die Wette ausgeht. Können wir Freunde sein? Können wir uns bald mal wieder so unterhalten ... über Claire und über alles?« fragte er zögernd.

»Was die Wette angeht, Jon, hast du schon überlegt, wie der endgültige Test aussehen soll?« wechselte sie geschickt das Thema.

»Nein«, sagte er desinteressiert. »Der Ausgang der Wette ist für mich nicht mehr so wichtig.«

»Du hast an jenem Abend gesagt, Jimmy müßte beweisen, daß er einen Job hat oder bekommen könnte, daß er die feineren Dinge des Lebens zu schätzen weiß und in der Lage ist, eine gepflegte Unterhaltung zu

führen. Ich könnte dir das alles heute abend beweisen, wenn du so lange bleibst, bis er nach Hause kommt. Ich könnte mir aber denken, daß du einen öffentlicheren Beweis möchtest«, sagte Hattie.
»Ich glaube, ich habe etwas über die feine Gesellschaft gesagt, Hattie. Wir brauchen etwas, irgendeinen Ort oder eine Party oder ein gesellschaftliches Ereignis, das als sein abschließender Test dient. Irgend etwas, wo man sich den Eintritt nicht erkaufen kann. Die *Royal Enclosure*, der Bereich für die Königsfamilie und entsprechende, vornehme Gäste beim Pferderennen in Ascot käme nicht in Frage – da kann doch heute jeder rein, es kostet nur dementsprechend. Das Opernfestival in Glyndebourne wäre auch nichts. Es muß ein Ereignis sein, zu dem es nur schriftliche Einladungen gibt.«
Hattie stand auf und räumte die Teller fort.
»Es ist dein Test, Jon. Du mußt entscheiden, wo Jimmy beweist, daß er kein kleiner Fisch mehr ist.«
»Die Königliche Regatta in Henley«, sagte Jon, und sie lachten beide. »Nein, ich hab's: Frosts Gartenparty im Sommer. Wenn dein Typ eine Einladung dazu bekommt – natürlich nur um seiner selbst willen, nicht weil du Mummy oder Daddy anrufst – und wenn die anderen Gäste ihn akzeptieren, dann hast du gewonnen.«
»OK«, sagte Hattie und streckte ihm einwilligend die Hand hin. »Wir sind immer Feinde gewesen, Jon. Du hast konstant Gefallen daran gefunden, alles anzuzweifeln, was ich gesagt habe. Ich hatte aber nie wirklich das Gefühl, daß du so herzlos bist, wie du getan hast.«
»Es hat mir einfach Spaß gemacht, dich aufzuziehen«,

sagte er, als er aufstand und sich zum Gehen anschickte. »Und es ist immer so einfach gewesen.«
Sie lächelten einander an. Zwischen ihnen hatte sich eine Art Bande entwickelt. Aus der Tatsache heraus, dachte Hattie, daß sie beide ähnliche Gefühle Claire und Jimmy gegenüber teilten. Ihr mißfiel Claires Engagement für ihren Schützling fast genauso wie Jon.
»Liebe Grüße an Claire ...«, sagte er verlegen beim Verlassen ihrer Wohnung.

Kaum gingen die Lichter im Zuschauerraum des *Donmar Warehouse* aus, da wußte Claire auch schon, daß Jimmy enttäuscht war. Zwei Schauspieler in Jeans und T-Shirts standen auf einer Bühne, die außer einem Bugholzstuhl vollkommen leer war.
»Wo ist denn die Band, und so?« flüsterte er ihr fünf Minuten nach Beginn des Stückes zu.
»Band?« fragte Claire zurück. »Dies ist kein Konzert, Jimmy. Es ist ein Theaterstück ...«
»Im Theater gibt's aber immer 'ne Band.«
»Du meinst ein Orchester!« korrigierte Claire. »Tut mir leid, Jimmy, das hier ist etwas anderes.«
»Psst!« zischte der Mann vor ihnen.
Während der Vorstellung stellte Jimmy – sehr zu Claires Vergnügen und zum Ärger der Zuschauer – ihr wiederholt Fragen, nicht nur über die Handlung – es war ein unbekanntes südafrikanisches Stück über Unterdrückung in den Townships, das aber gute Kritiken bekommen hatte –, sondern auch darüber, was unbedingt zu einem Theaterbesuch gehörte und seiner Meinung nach hier fehlte. Warum gab es keinen roten Plüschvorhang, keine Kulisse, keinen Kostümwechsel, keine Requisiten und in der Pause kein Eis?

Selbst Claire hatte Mühe, der Handlung – sofern man es als solche bezeichnen konnte – zu folgen. Außerdem war ein Großteil des Stückes in einer Mischung aus Afrikaans und Pidgin-Englisch geschrieben, die sie fast genauso unverständlich fand wie Jimmys Geordie-Dialekt. Wie er war auch sie erleichtert, als die erschütternde Schlußszene vorüber war und die beiden Schauspieler an den Rand der Bühne traten und die geballte Faust im Kampfgruß an den ANC, den African National Congress, zu heben.

»Ey, Hinny, das is aber nich so fein«, sagte Jimmy so laut, daß der Mann vor ihnen sich abrupt umdrehte, als wolle er seinerseits Jimmy einen Fausthieb verpassen. Die Begeisterung der Zuschauer war dergestalt, daß einige von ihnen stockend zu singen begannen, als die Schauspieler abgingen.

»Was machen die?« fragte Jimmy, als ein Zuschauer nach dem anderen – darunter nur wenige Südafrikaner oder Schwarze – ›*Nkosi Sike Lela Lafrika*‹, die Hymne des ANC, anstimmte.

»Das ist die südafrikanische Hymne, Jimmy«, sagte Claire.

»Und was ist mit ›*God save the queen*‹ passiert?«

Anschließend ging sie mit ihm ins *Zen Central.* Er erklärte ihr, daß er noch nie Chinesisch gegessen hatte.

»Dann ist dies ein ganz neues Erlebnis für dich«, sagte Claire und bewunderte seinen Anblick, als er ihr gegenübersaß.

Beim Betreten des Restaurants hatten sich alle Köpfe nach ihnen umgedreht. Sie konnte sich des Gedankens nicht erwehren, daß sie ein eindrucksvolles Paar abgaben. Was war schon dabei, wenn er ein wenig jünger war als sie? Schließlich war er nicht minderjährig und sie keine Mutter Mitte Dreißig mit drei Kindern. Die paar Jahre, die sie trennten, waren in den späten Neunzigern gänzlich unbedeutend. Zudem machte es immensen Spaß, diejenige zu sein, die die Führung übernahm – das Essen und den Wein bestellte und ihm erklärte, welche Gerichte am besten schmeckten.

Einen Großteil ihres romantischen Lebens hatte Claire mit Männern verbracht, die sie – in jeder Hinsicht – dominierten. Männern, die das Restaurant auswählten, das Essen empfahlen, den Wein aussuchten, die Rechnung bezahlten und bestimmten, auf welcher Seite des Bettes sie schliefen. Es war so wunderbar, einmal selbst die Kontrolle zu haben. Obwohl sie natürlich wußte, daß es noch eine Weile dauern würde, bevor sie es riskieren konnte, bei Jimmy das Thema Sex zur Sprache zu bringen. Sie würde nicht wieder den Fehler machen, die Dinge zu überstürzen. Statt dessen würde sie langsam an ihm arbeiten – wie Männer langsam an ihr gearbeitet hatten –, ihn umwerben, ihm schmeicheln, ihm das eine oder andere Geschenk kaufen, ihn zum Essen ausführen, so daß er sich nach und nach in sie verlieben würde.

Die ersten Reaktionen haben nicht lange auf sich warten lassen, dachte Claire, als sie eine Auswahl der einfachsten Gerichte bestellte. Jimmy hatte bereits Gefallen gefunden an den schöneren Dingen des Lebens wie etwa dem frischen trockenen Chardonnay, den der Kellner ihnen eingeschenkte.

Als die ersten Gerichte aufgetragen wurden, nahm Claire ihre Eßstäbchen in die Hand und begann, mit vollendeter Grazie zu essen.

Jimmy starrte sie entgeistert an. Es war schlimm genug, mit den verschiedenen Messern und Gabeln zu-

rechtzukommen, die Hattie ihm vorlegte. Aber Stäbchen, Mann?
»Mit denen kann ich nich essen«, erklärte er.
»Doch. Schau mal, du mußt es so machen«, erklärte sie und demonstrierte, wie er die Stäbchen halten mußte. Er nahm seine auf und kopierte sie. Er ist fix, dachte sie, viel fixer, als Hattie es wahrhaben will. Innerhalb von Minuten war er fast perfekt im Umgang mit Eßstäbchen. Und er ist nicht nur fix, dachte Claire, als sie ihn beobachtete, sondern auch wißbegierig. Er zeigte echtes Interesse an den neuen Gerichten auf dem Tisch, kostete eins nach dem anderen und erklärte abschließend, daß das Essen »echt gut« schmeckte. Claire hatte richtig vermutet, daß ihm chinesisches Essen schmecken würde, weil es so süß war. Die wenigen Kinder in ihrem Bekanntenkreis mochten chinesische Gerichte aus genau demselben Grund, weswegen sie heute abend dieses Restaurant gewählt hatte. Jimmy war in vieler Hinsicht wie ein Kind. Sie würde ihn nach und nach mit neuen Erfahrungen, neuen Geschmäckern, neuen Ideen vertraut machen. Denn – und daran bestand kein Zweifel – wußte er erst einmal frische Trüffeln zu schätzen, so würde er auch die Frau schätzen, die sie ihm vorsetzte.
»Das ist erst der Anfang, Jimmy. In den nächsten Wochen werden wir eine ganze Menge neuer Dinge ausprobieren. Und wir werden ins Theater und ins Kino gehen. Und zu sportlichen Ereignissen – Polo, Geländejagdrennen, nicht zum Fußball oder zum Hunderennen. Bist du damit einverstanden?«
Er lächelte sie an und hob sein Glas Chardonnay.
»Jap, Hinny, wenn das alles so gut is wie das hier, und so«, sagte er und leerte das Glas in einem Zug.

FÜNFZEHNTES KAPITEL

Arabellas aktueller Lover hatte angeboten, Hattie und Jimmy im Wagen zum Sonntagslunch mit nach Whitehaven zu nehmen. Falls Jimmy aufgeregt war, weil er Hatties Eltern vorgestellt werden sollte, ließ er es sich jedenfalls nicht anmerken. Im Gegensatz zu Hattie.
Sie war immer nervös, wenn sie zu ihren Eltern fuhr. Diesmal aber ganz besonders bei der Vorstellung, ihre Familie auf Jimmy loszulassen. Sei nicht albern, hatte Claire sie zu beruhigen versucht und ihr versichert, daß ihr Schützling absolut in der Lage sei, mit dem snobistischen Gehabe des George-Clans umzugehen. Sie sollte das Ganze als eine Art Trockenübung für den Ernstfall ansehen. Der neue Mann in Arabellas Leben – sie hatte sich nach einem publicityträchtigen Streit in einem Nachtclub von ihrem Rockstar getrennt – war der gutaussehenden Besitzer von zwei der exklusivsten Restaurants in London. Die Sorte Mann, die Hattie eine Gänsehaut verursachte: gewandt und selbstsicher, in der geschniegelten Sommeruniform seiner Kaste – Blazer, Sergehose und Schuhe, von denen Hattie ohne hinzusehen wußte, daß sie auf seinen eigenen Leisten bei Lobb angefertigt worden waren.
Daneben wirkte Jimmy in seinem besten Sonntagsanzug unbehaglich und overdressed. Er sah genauso

aus, wie Hattie sich immer fühlte, wenn sie die Kleider trug, die Toby für sie ausgesucht hatte – wie ein Kind, das sich als Erwachsene verkleidete. Noch schlimmer, dieser formelle Anzug schien Jimmy in seiner Persönlichkeit einzuengen und seine Individualität zu schmälern. Jimmy war einfach umwerfend in Jeans und T-Shirt, weil er sich darin wohlfühlte. Der Anzug war für ihn, im wahrsten Sinne des Wortes, eine Verkleidung.

Noch deutlicher wurde die Kostümierung dadurch, wie Rex (ohne den Jimmy nirgendwohin ging), für diesen Anlaß herausgeputzt worden war. Mit seinem frisch gebürsteten Fell, der neuen Leine und dem neuen Halsband – einem häßlichen schwarzen, mit Nieten beschlagenen Lederding, das einem Dobermann oder einer S&M-Domina besser zu Gesicht gestanden hätte – sah der Hund genauso fremd und fehl am Platz aus wie sein Herrchen.

Während der Autofahrt – Alistair lenkte seinen Range Rover mit derselben arroganten Selbstherrlichkeit, mit der er alles im Leben steuerte, eine Hand auf dem Lenkrad bei extremem Tempo – unterhielt Jimmy sich mit Arabella, die sich hin und wieder mit einem ratlosen Gesichtsausdruck zu Hattie umwandte.

»Was sagt er, Hattie?« fragte sie dann, worauf Hattie das eine oder andere Wort erklärte.

»Nur gut, daß er seinen Dolmetscher mitgebracht hat«, meinte Alistair mit hochgezogener Braue zu Arabella gewandt, die sich daraufhin vor Lachen krümmte.

Hattie war sich bewußt, daß Jimmy heute die Starnummer bei einer Theateraufführung sein würde, die er nicht verstand. Sie kannte das Spiel der rasch ge-

wechselten Blicke, der heimlichen Knuffe und der hochgezogenen Augenbrauen und hoffte nur, daß Jimmy nichts davon bemerken würde.
Ihre Mutter kam zur Begrüßung auf die kiesbestreute Auffahrt, gefolgt von ihrem West Highland Terrier und den zwei alten Labradors. Sie war, wie immer, unglaublich elegant. Ihr cremefarbenes Kleid und die Perlenreihen schmeichelten ihrem Gesicht und paßten perfekt zu ihrem gepflegten, honigfarbenen Haar.
Wie Hattie erwartet hatte, stürzte sich Alistair sogleich auf sie, küßte ihr die Hand, umgarnte sie mit Schmeicheleien und stellte in der ersten Minute ihres Kennenlernens sofort einen Kontakt zu ihr her. Nachdem sie Arabella umarmt und fröhlich mit Alistair gezwitschert hatte, wandte Hatties Mutter nunmehr die Aufmerksamkeit ihrer anderen Tochter zu, die sie häufig als ›das schwarze Schaf der Familie‹ bezeichnete. Eine Anspielung, wie Hattie irgendwann einmal erkannt hatte, auf die Tatsache, daß sie das dichte, lockige schwarze Haar von ihrer Großmutter väterlicherseits geerbt hatte.
»Hattie, Schätzchen, du siehst bezaubernd aus«, sagte sie mit diesem gewissen Ton der Unaufrichtigkeit, den sie nur ihrer jüngeren Tochter gegenüber anschlug.
»Und du, Mummy, bist wunderschön. Herzlichen Glückwunsch zum Geburtstag«, erwiderte Hattie und tat so, als ob sie sie auf beide Wangen küßte, wobei selbstverständlich kein echter physischer Kontakt zwischen ihnen zustandekam.
Sie hatte ihrer Mutter die Erstausgabe eines Buches mitgebracht, das von einem ihrer Sykes-Vorfahren stammte – eine Gabe, die wahrscheinlich auf ihre Mutter verschwendet war, insbesondere, wenn sie sie mit

dem teuren Geschenk verglich, das Arabella ohne Zweifel für sie gekauft hatte. Sie überreichte das kleine Päckchen, das sich, wie sie befürchtet hatte, minderwertig ausnahm neben dem kunstvoll verpackten und mit Designer-Schleifchen raffiniert verschnürten Geschenk ihrer Schwester.

Schließlich fiel Lady Mirandas Blick auf Jimmy, der Rex mit festem, wenn auch nervösem Griff an der Leine hielt.

»Und Sie müssen Jimmy sein«, erklärte sie huldvoll und hielt ihm eine schlaffe Hand entgegen.

Anstatt sie zu nehmen, fiel Jimmy zu Hatties absolutem Entsetzen in einen ungeschickten Hofknicks.

»Eure Ladyschaft ...«, murmelte er, neigte den Kopf und ließ für einen kurzen Moment Rex' Leine los, was eine noch peinlichere Szene zur Folge hatte. Jimmys Hund, offensichtlich erregt von dem köstlichen Duft, den Lady Mirandas West Highland Terrier ausströmte, fackelte nicht lange und machte sich daran, die Hundedame zu besteigen.

»Nimm den Köter von Jontie!« kreischte die Lady in höchster Abscheu.

»Ey Rex, sei brav!« rief Jimmy, packte die Leine wieder und zerrte den Hund von der wütend kläffenden kleinen Hexe weg.

»Sie werden ihn anbinden müssen«, erklärte Lady Miranda und maß Rex mit demselben mißbilligenden Blick, den sie Jimmy zukommen ließ.

Während Jimmy den Hund an einem schmiedeeisernen Gitter festband, schoß es Hattie durch den Sinn, daß ihre Mutter Rex und sein Herrchen aus demselben Grund verabscheute. Es wäre für sie gleichermaßen schrecklich, ihre kostbare Jontie von einem hergelaufenen Bastard geschwängert zu sehen, wie herauszufinden, daß ihre Tochter sich mit einem wie Jimmy einließ (was natürlich nicht der Fall war). In den Augen ihrer Mutter hatten weder der Hund noch der Mann das erforderliche Stammbuch. Keiner von beiden verfügte über das, wie ihre Mutter es nennen würde, notwendige Zuchtpotential.

Im Wohnzimmer offerierte Hatties Vater allen Anwesenden die üblichen Drinks, und Jimmy wiederholte seinen merkwürdigen Hofknicks, als er Sir Jeffrey vorgestellt wurde.

»Euer Lordschaft ...«, murmelte er dieses Mal.

»Nein, das haben Sie falsch verstanden, ich bin *Sir* Jeffrey«, sagte ihr Vater leicht irritiert.

»Es dauert noch ein Jahr oder so, bis er in den Adelsstand erhoben wird«, erklärte Arabella mit glockenhellem Lachen.

»Erhoben?« fragte Jimmy etwas verwirrt.

»Mein Vater hat eine Anwartschaft, in den Peersstand erhoben zu werden, er wäre dann Lord George«, erklärte Hattie Jimmy mit vor Verlegenheit hochrotem Gesicht.

Alistair hatte sich bereits an Sir Jeffrey herangepirscht und bedachte ihn mit einer Anekdote über ein verstoßenes Mitglied der Königsfamilie, das Stammkunde in einem seiner Restaurants war.

»Nachdem sie sechs Monate lang die Rechnungen nur abgezeichnet hatte, fanden wir endlich den Mut, sie um die Begleichung zu bitten. Einige Wochen später schickte sie uns einen Scheck, der uns von ihrem Bankhaus mit den unsterblichen Worten ›Zurück an Aussteller‹ zurückgeschickt wurde. Was wir natürlich nicht gewagt haben«, schloß er.

»Sie ist so vulgär«, sagte Lady Miranda. »In die ›Firma‹ einzuheiraten, war wie ein Lotteriegewinn für sie«.

»Eine Freundin meiner Nan hat mal in der Lotterie gewonnen«, sprang Jimmy ein. »Hat sich'n schniekes Haus dafür in Whitley Bay gekauft.«

»Ach, wirklich«, meinte Lady Miranda, ohne ihn auch nur eines Blickes zu würdigen.

»Deine Kolumne heute hat mir gefallen, Arabella«, sagte Sir Jeffrey.

»Ja, Darling«, rief Lady Miranda. »Für mich ist das immer wie eine Ansichtskarte von dir, wenn ich dich länger nicht gesehen habe. Obgleich ich sagen muß, daß dieses Versace-Fähnchen ein *bißchen* knapp geschnitten war ...«

Hattie war eindeutig die einzige in der Familie, die Arabellas Wochenkolumne peinlich fand. Ein banales, seichtes Auflisten all der Parties, die sie besucht, und der Garderobe, die sie getragen hatte. Das alles war, zumindest für Hattie, ein schrecklicher Beweis für das hohle Leben ihrer Schwester und darüber hinaus für die Tatsache, daß Großbritannien am Ende des zwanzigsten Jahrhunderts nicht weniger eine klassenlose Gesellschaft war als zu Beginn des neunzehnten Jahrhunderts.

Als sie sich schließlich im Eßzimmer zum Lunch niedersetzten, war es Hattie bereits übel. Jimmy wurde zwischen ihre Mutter und Arabella plaziert, und sie fürchtete um seine Sicherheit. Ihr Vater hatte ihn schon – wie ein Richter des Obersten Gerichtshofs – über seine Herkunft befragt und ihn innerhalb einer halben Stunde als ›absolute Null‹, wie Jimmy sagen würde, abgetan – als einen Menschen ›ohne Belang‹.

»Und, wo genau, kommen Sie her?« erkundigte sich Lady Miranda, scheinbar Interesse an Jimmy bekundend.
»Meadow Well, Ma'am«, sagte Jimmy brav.
»Und wo liegt das?« fragte sie.
»Ganz in der Nähe von Newcastle«, warf Hattie rasch ein.
»Wird da viel gejagt?« wollte Lady Miranda wissen.
»Die stehen da eigentlich mehr auf Spritztouren und Ladeneinbrüche«, preßte Hattie im Flüsterton hervor. »Und gelegentliche Schießübungen mit einer Uzi oder einer AK-47.«
»Verstehe«, sagte ihre Mutter und betrachtete Jimmy eingehend. »Und wie haben Sie meine Tochter kennengelernt?«
»Er hat die *Big Issue* in Covent Garden verkauft«, erklärte Hattie.
»Oh«, meinte Lady Miranda.
Für den Rest der Mahlzeit richtete niemand mehr direkt das Wort an Jimmy. Statt dessen pflegten sie die Sorte Smalltalk, die Hattie so abgründig haßte: Unerhebliches, müßiges Geschwätz über Leute, die Jimmy sowieso nicht kannte. Hattie hatte ganz vergessen, warum sie ihre Familie so selten besuchte. Nun, da sie sie mit Jimmys Augen sah – hochnäsig, herablassend und kalt – wurde sie wieder daran erinnert, warum sie sich so sehr von ihrer Sippe entfremdet hatte.
»Wenn niemand etwas dagegen hat, würde ich Jimmy gern ein wenig herumführen«, sagte sie, als das gräßliche Essen sich dem Ende näherte.
Sie führte ihn durch die schwere Eichenhaustür auf die Auffahrt, wo sie sich – zu beiderseitiger Erleichterung – erst einmal eine Zigarette anzündeten.

»Darf ich dir den Garten zeigen und die Stallungen, Jimmy?«
»Klar, Hinny«, erklärte er und erlaubte ihr, seinen Arm zu nehmen.
»Was 'n Megafischburger!« rief er aus, als sie bei ihrem Rundgang auf dem Kiesweg zum Treibhaus angelangten.
Rex hatte sich irgendwie losgerissen und paarte sich gerade mit einer mehr als willigen Jontie.
»Laß sie doch«, meinte Hattie und bog sich vor Lachen.
Als die Hunde fertig waren – und Jontie sich in einer, wie es schien, postkoitalen Trance auf dem Boden wälzte – nahmen sie Rex wieder an die Leine und banden ihn noch fester an das schmiedeeiserne Tor.
»Ey, was wird deine Mam sagen?« fragte Jimmy einigermaßen nervös.
»Sie braucht es doch nicht zu wissen, oder?« konterte Hattie fröhlich.
Jimmy blickte sie sprachlos an.
»Siehst du das denn nicht, Jimmy? Das ist Rex' Rache an meiner schrecklichen Sippe. Das ist seine Art, ihnen den Stinkefinger zu zeigen, seine Markierung auf – oder vielmehr in – dem Hund meiner Mutter zu hinterlassen. Kannst du dir ihre Freude vorstellen, wenn Jontie in zehn Wochen, von heute an gerechnet, sechs oder sieben rauhaarige Bastarde wirft?«
Nur konnte Jimmy den Witz an der Sache nicht erkennen. Er war ihr plötzlich genauso fremd wie ihre Familie. Es kam Hattie so vor, als ob seine hohe Meinung von ihr durch seine Zurschaustellung vor ihrer Familie besudelt worden wäre. Es war ein schrecklicher Fehler gewesen, ihn mit hierher zu bringen.

Sie verließ Whitehaven an diesem Abend mit der absoluten Gewißheit, daß die einzig wirklich noble Person an diesem Tag Jimmy gewesen war.

Als sie abends allein in ihrem Loft waren, verriet Jimmys Schweigen Hattie mehr als irgend etwas, daß er sehr verletzt war von der Art und Weise, wie ihre Familie ihn behandelt hatte. Es wurde ihr grausam bewußt, daß Jimmy nach seinem Besuch bei ihrer Familie in Whitehaven seine Ansichten gründlich revidiert hatte. Sie versuchte, das Benehmen ihrer Familie und ihren Snobismus zu entschuldigen, schien aber auf taube Ohren bei Jimmy zu stoßen.

»Tut mir leid, daß sie so arrogant und unhöflich waren, Jimmy«, begann sie.

»Laß mal, Hinny. Schon gut«, sagte er.

»Es ist überhaupt nicht gut, Jimmy. Kannst du jetzt verstehen, warum ich meine Familie so selten sehe?«

»Sind deine Leute, Hinny«, erklärte er leise.

»Manchmal wünschte ich, sie wären es nicht.«

»Wir kommen aus verschiedenen Welten, Hinny.«

»Eigentlich nicht, Jimmy. Du hast mir mal erzählt, daß du dir oft wie ein Außenseiter in deiner Familie vorkommst – weil du deinen Vater nie kennengelernt hast, fühlst du dich neben deinen Brüdern wie ein Fremdling, wie ein Ausgestoßener. Mir geht es so mit meinen Leuten. Als ob ich eine Art Wechselbalg wäre, der ihnen untergeschoben wurde. Meine Mutter nennt mich immer ›ihr schwarzes Schaf‹. Wir *kommen* nicht aus verschiedenen Welten, Jimmy. Wir sind nur in verschiedenen Welten *aufgewachsen* ...«

»Ich bin müde, Hinny«, erklärte Jimmy und wandte sich ab.

»Ich muß morgen zeitig los. Aber ich hab dir was zum Arbeiten hingelegt. Oxford Kinderfibel, dritter Band, sechstes Kapitel. Und noch ein paar Lernübungen mit Buchstaben«, sagte Hattie. »Im Kühlschrank ist genug zu essen. Ich werde nicht so spät zurückkommen. Versuch mal, das ganze Buch durchzuarbeiten, dann können wir morgen abend zusammen das Alphabet üben.«

»Klar, Hinny«, sagte er wenig begeistert.

Im Verlauf der Monate, seit Hattie ihn behandelte, war Ben ihr richtig ans Herz gewachsen, obwohl er ihrer Überzeugung nach unbelehrbar war. Mit seinen fünfzehn Jahren wies er bereits eine Polizeiakte auf, die von hier bis Birmingham gereicht hätte. Er hatte jede urbane Straftat begangen, die man sich nur vorstellen konnte: Autoaufbrüche, Spritztouren, Drogenhandel, Straßenraub, Einbruchdiebstahl. Er war ein Lügner, ein Schwindler, ein Feigling und ein Schläger.

Im Laufe seiner beachtlichen kriminellen Karriere hatte er es – in einigen Boulevardblättern – zu gewissem Ruhm gebracht und war in den Genuß des Spitznamens ›der Aal‹ gekommen. Dies nicht nur, weil er nach dem Datenschutzgesetz nicht mit seinem richtigem Namen genannt werden durfte, sondern auch wegen seiner erstaunlichen Fähigkeit, sich geschickt vom Ort des Verbrechens davonzuschlängeln. Die Gespräche mit Hattie saß er einfach so ab, auf Empfehlung des Jugendrichters und seines Sozialarbeiters, der darauf baute, in Hatties Gutachten einen Befund über seine geistige Unzurechnungsfähigkeit zu bekommen. In Wahrheit vermochte Hattie, trotz einer etwas harten, aber nicht besonders schädlichen Kindheit, keinerlei Anzeichen einer irgendwie gelagerten psychischen Störung erkennen, die verantwortlich wäre für das unsoziale Verhalten des Jungen. Ja, es ging sogar soweit, daß sie sich trotz seines schlechten Rufs auf die Sitzungen mit ihm freute. Womöglich lag es daran, daß sie verhältnismäßig leichte Kost waren im Vergleich zu den tiefschürfenden Gesprächen mit Patienten wie Lisa.

Sie hatte schon vor längerem festgestellt, daß Ben über einen gewissen Charme verfügte – ein Attribut, das ihn unter anderen Lebensumständen als denen, in denen er aufgewachsen war, sehr weit gebracht hätte. Er war witzig, selbstironisch, etwas zu vertraulich und sympathisch.

»Hi, Ben«, sagte sie, als er in der üblichen Art auf ihr kleines Sofa plumpste und sich betont maskulin breitbeinig hinfläzte. Er hob den Arm zu einem, wie Hattie vermutete, im Moment gängigen Straßengruß.

»Wie geht es dir?«

»Okay«, meinte er.

»Weißt du, Ben, ich sehe eigentlich keinen Grund mehr, warum wir zwei uns in dieser Form weiterhin treffen sollten.«

»Sie meinen, Sie haben Ihre Beurteilung fertig?«

Hattie nickte.

»Wollen Sie dann vorschlagen, daß man mich auf eine dieser teuren Auslandsreisen schickt?« mokierte er sich mit einem breiten Grinsen.

»Nein, ich glaube nicht, daß du Urlaub brauchst. Ich glaube auch nicht, daß du überhaupt eine Therapie brauchst.«

»Also, was dann? Werde ich jetzt vom Gericht verurteilt?«

»Ja, aber keine Sorge, du wirst nicht in einem Erziehungslager oder in einer Jugendstrafanstalt landen.« Hattie hielt einen Moment inne. »Jedenfalls nicht, wenn das Gericht meinen Empfehlungen folgt.«
»Und die wären?«
»Daß du in eine Spezialschule in Oxfordshire gehst. Ich habe in meinem Gutachten erwähnt, daß ich dich für hochintelligent halte, Ben. Daß du Fähigkeiten hast.«
»Ich will auf keine Schule.«
»Diese wird dir gefallen. Es ist ein Internat«, erläuterte Hattie.
»Wollen Sie damit sagen, daß Sie mich in dieses Scheiß-Eton oder so was schicken wollen?«
»Wenn ich könnte, ja. Du würdest dich gut in Eton machen«, meinte Hattie lächelnd.
Sie zeigte ihm den Prospekt der Internatsschule, die in einer zauberhaften ländlichen Idylle lag, aber Ben blieb unbeeindruckt.
»Wenn du dir die Alternativen vorstellst, sieht das hier gar nicht so übel aus.«
Es war ungewöhnlich für Hattie, daß sie eine Lösung vorschlagen konnte, von der sie mit Sicherheit wußte, daß sie dem Kind helfen würde. In Bens Fall – obwohl immer die Gefahr bestand, daß er weglief und rückfällig wurde – war die offenkundige Lösung Schulbildung. Wenn Overton House auch kein Eliteinternat war, bestand doch die Chance, daß Ben unter Aufsicht, in kleinen Unterrichtsklassen und bei intensiver Betreuung einige seiner Fähigkeiten entwickeln würde. Hattie verließ ihr Büro an diesem Tag mit dem ungewohnten Gefühl, das Beste für ›den Aal‹ getan zu haben. Auch wenn er es nicht so sah.

Als sie nach Hause kam, spürte sie sofort, daß etwas nicht in Ordnung war. Kein Rex, der sie mit Gekläffe, Geheul und – seit neuestem – stürmischer Zuneigungsbekundung begrüßte. Und kein Jimmy, der darauf wartete, seine Hausaufgaben mit ihr zu machen. Seine Schlafecke hinter den japanischen Wandschirmen war wieder einmal geräumt. Das einzige, was er zurückgelassen hatte, waren die ordentlich auf Bügeln hängende Garderobe, die sie ihm bei Paul Smith gekauft hatten, und seine Bücher. Das Manuskript von *Schlußpfiff* lag zuoberst auf der Oxford Kinderfibel. Eine kurze Notiz in seiner unbeholfenen Kinderhandschrift war auf den zusammengerollten Futon gepinnt: »Paß gut auf dich auf, Hinny.«

Sie rief bei Claire an.

»Zum Teufel, Hattie. Wir haben am Freitag eine Lunchverabredung mit Jay Hector. Du mußt Jimmy finden. Was meinst du, warum ist er abgehauen?«

»Meine Familie, Claire ...?«

»Deine Familie?«

»Du weißt doch, wir waren gestern in Whitehaven zum Lunch, und sie waren unglaublich gemein zu ihm. Als wir gestern abend nach Hause kamen, wußte ich, daß er verstört war, hatte aber keine Vorstellung, wie sehr.«

»Was meinst du, wo er hin ist?«

»Keine Ahnung.«

»Verdammt noch mal, Hattie, finde ihn!«

Hattie legte auf und überlegte, wo sie zuerst suchen sollte. Ob er wieder auf der Straße herumlungerte? Steckte er mit Scott, Mick und Annie in irgendeinem Hauseingang? Während sie noch dastand und darüber grübelte, was sie tun sollte, läutete das Telefon.

Es war Arabella.
»Ist er weg?« fragte sie.
»Was meinst du damit, Arabella?«
»Hat Jimmy sich aus dem Staub gemacht?«
»Warum sollte er?«
»Während du heute im Büro warst, bin ich mal vorbeigekommen, um einiges richtigzustellen ...«
»Was denn richtigstellen, Arabella?«
»Meine Güte, Hattie, stell' dich doch nicht so blöde an. Ich habe ihm erklärt, daß er sich keine Hoffnungen auf unsere Familie machen soll.«
»Warum sollte er sich Hoffnungen machen, Arabella?«
»Du stellst Fragen, Hattie! Es war für uns alle gestern sonnenklar, daß er meint, er hätte einen Fuß in der Tür. Und die Hand anderswo, würde ich sagen ...«
»Wie oft soll ich dir noch sagen, daß zwischen Jimmy und mir absolut nichts läuft, Araballa?«
»Wie auch immer, ich habe ihm reinen Wein eingeschenkt. Daß er der letzte in einer langen Reihe von lahmen Enten ist, die du aufgelesen hast. Daß er für dich nur eine berufliche Herausforderung darstellt. Daß du Toby liebst und er nur im Weg ist. Daß du ihn bloß von der Straße aufgelesen hast wegen der Wette zwischen dir, Claire und Jon. Und daß Jon eine Wette über 5.000 Pfund darüber abgeschlossen hat, ob es dir gelingt, Jimmy in so etwas ähnliches wie ein passables Mitglied der Gesellschaft zu verwandeln.«
»Du hast WAS gesagt, Arabella?«
»Von der Wette schien er keine Ahnung zu haben. Ich glaube auch nicht, daß ihm die Idee gefallen hat. Daddy hat gemeint, ich sollte ihm Geld anbieten. Das brauchte ich aber gar nicht. Er fing schon an zu packen, als ich noch mitten im Satz war.«

»Wo ist er hin, Araballa?«
»Woher soll ich das wissen?«
Hattie knallte den Hörer auf die Gabel. Als sie sich wieder einigermaßen gefangen hatte, rief sie Claire an und erzählte ihr die Neuigkeit.
»Ich hab ja gesagt, wir hätten ihm gleich von Anfang an von der Wette erzählen sollen«, sagte Claire vorwurfsvoll.
»Das hätte ihn nur gekränkt. Ich meine, wenn man sich's mal richtig überlegt, Claire, dann war es schon ein schrecklich überheblicher Gedanke, nur einer Wette wegen Jimmy umkrempeln zu wollen.«
»Über diese Konsequenzen hättest du dir vorher Gedanken machen sollen. Jetzt ist es zu spät.«
»Was soll ich bloß tun, Claire?«
»Du wirst ihn suchen, ihn überzeugen, daß er zurückkommen muß, und ihn dann am Freitag zu dem Meeting mit Jay Hector mitbringen. Dann gewinnen wir auch die Wette«, erklärte Claire.
»Jetzt geht's doch aber eigentlich gar nicht mehr um die Wette oder? Jetzt geht's um Jimmy. Es geht nicht mehr darum, Jon zu beweisen, daß er falsch liegt. Es geht darum, die Dinge für Jimmy besser zu gestalten.«
Claires Schweigen am anderen Ende der Leitung bewies Hattie, daß die Freundin ebenso dachte. Je besser sie ihr soziales Versuchskaninchen – wie sie Jimmy liebevoll nannten – kennenlernten, desto mehr hatte sich ihre Einstellung zu dem Unterfangen verschoben. Die Wette war nicht länger das Vehikel, um sich selbst oder Jon etwas zu beweisen, vielmehr wollten sie jetzt etwas für Jimmy tun.
»Hör zu, Hattie. Ich habe diese Woche eine Riesenpräsentation laufen. Ich kann unmöglich alles stehen

und liegen lassen und nach Jimmy suchen. Kannst du dir nicht freinehmen?«

»Ich denke schon. Das letzte Mal ist er wieder auf die Straße zurück.«

»Das letzte Mal?«

»Ach, das habe ich dir gar nicht erzählt. Wir hatten vor ein paar Wochen einen Streit, und er ist abgehauen. Er kam aber zurück, weil er Rex suchte«, gestand Hattie.

»Na, schön. Halt mich auf dem laufenden, ja?« sagte Claire.

Nachdem sie aufgelegt hatte, nahm Hattie Jimmys Abschiedszeilen zur Hand und las sie noch einmal durch, als hoffte sie, darin einen Hinweis zu finden, wo sie suchen sollte.

»Paß gut auf dich auf, Hinny ...« las sie laut, zerknüllte den Zettel und warf ihn in den Papierkorb.

Hattie bat den Taxifahrer, am Opernhaus zu halten. Während sie bezahlte, kam sie sich vor wie auf einer Zeitreise zurück in die Vergangenheit – zurück zu jenem Abend, da ihre und Jimmys Wege sich zum ersten Mal gekreuzt hatten.

Es regnete, wie damals, als sie in *Aida* gewesen waren. Es schien so lange her. So vieles war in den Wochen seither geschehen. Hattie überquerte die Straße und trat auf das Gebäude der Halifax-Bank zu, in deren Eingang sie an jenem schicksalsträchtigen Abend Schutz vor dem Regen gesucht hatten. Aber da war nichts und niemand, bis auf ein paar leere Coladosen, Pizzaschachteln und Zeitungen. Sie begann, durch die angrenzenden Straßen des West End zu wandern, schaute in jeden Hauseingang und in die Gesichter der

Männer – hin und wieder auch Frauen -, die dort campierten.
Es mußten an die dreihundert Gestalten gewesen sein, die Hattie innerhalb der nächsten zwei Stunden in dem Gewirr der Straßen abgraste. Keines der Gesichter jedoch war vertraut, und im Grunde wußte Hattie auch, daß sie Jimmy hier nicht finden würde. Nicht in London.
Für sie stand fest, daß er wieder nach Hause gefahren war. Nach Meadow Well. Vermutlich tiefer verletzt als damals bei seiner Rückkehr nach seinem Unfall.

SECHZEHNTES KAPITEL

Hattie saß im ersten Zug, der am nächsten Morgen King's Cross verließ. Man war im Büro ein wenig verwundert gewesen, daß sie so überraschend Urlaub forderte, aber da sie zur Zeit nicht über hohen Arbeitsanfall zu klagen hatte, erhob niemand Einspruch.

Sie war noch nie zuvor in den Nordosten gereist. Ja, sie hatte die Landschaft ihres Heimatlandes überhaupt noch nie aus dem bequemen Sitz eines Eisenbahnwaggons genossen, wurde Hattie plötzlich klar. Sicherlich war sie schon in Schottland gewesen, aber immer mit dem Flugzeug. Und so waren ihr die geographischen Veränderungen entgangen, die den Norden vom Süden trennen.

Wie sie so aus dem Fenster des fahrenden Zugs sah, wurde ihr bewußt, daß sie bis jetzt eigentlich nicht sehr viel über ihre Heimat wußte. Es schien tatsächlich eine klare Grenze zwischen Nord und Süd zu geben. Sie lag nicht ganz bei Watford, wie es immer hieß, aber doch sehr in der Nähe. Nach etwa einer halben Stunde erschienen die Wahrzeichen des Industriegebietes – hohe Schornsteine, Kräne, Halden und Fördertürme der Zechen. All das war auch Symbol für die krassen Unterschiede zwischen ihrer und Jimmys Welt. Selbst die Landschaft mutierte irgendwie: aus den sauber gemähten und begradigten Wiesen des Südens wurde

eine wilde, dunkle und viel gehaltvollere Moorlandschaft.
In Newcastle winkte sie sich unter den Arkaden vor dem Hauptbahnhof ein Taxi herbei. In der Stadt herrschte geschäftiges Treiben, Newcastle schien zu florieren. Überall gab es Filialen der bekannten Ladenketten, dazwischen Restaurants, Cafés und Bistros, wie man sie auch in den Städten im Süden des Landes sah. Selbst in den Randgebieten war der Wohlstand nicht zu übersehen: Hier lagen die Villen und Landhäuser mit hohen Zäunen und riesigen Vorgärten.
»Wo sind wir denn hier?« fragte Hattie den Taxifahrer, da sie alles über Jimmys Geburtsstadt wissen wollte.
»Jesmond«, antwortete der Mann und sah neugierig in seinen Rückspiegel.
Erst auf der alten Küstenstraße Richtung North Shields bemerkte man den industriellen Verfall, der Jimmys Kindheit so entscheidend geprägt hatte. Die weitläufigen Gebäude von Wills Fabrik, die offensichtlich schon seit Jahren geschlossen war, hatte man notdürftig mit Brettern vernagelt, grobe *Betreten-Verboten*-Schilder machten sie nicht gerade freundlicher.
Am Ufer der Tyne sah es dann wieder ein bißchen besser aus: Es wurde gebaut. Hier entstanden Warenhäuser, Bürokomplexe, und auch die Hotels wurden renoviert.
Als sie fast in North Shields angekommen waren, fragte der Taxifahrer sie nach der genauen Adresse. Auf ihre Antwort: ›Meadow Well‹ verzog er ein wenig das Gesicht.
»Wo da?« fragte er weiter und beobachtete sie genau im Rückspiegel.

»Avon Avenue.«
»Oh.« Er holte scharf Luft.
Sie erkannte das Haus von Jimmys Foto. Die andere Hälfte war immer noch rußgeschwärzt und vernagelt, der Vorgarten von Nr.23 voller Müll, Plastiktüten, alter Reifen und vergessenen Spielsachen.
»Passen Sie auf sich auf«, rief der Fahrer noch warnend, als sie ihn bezahlt hatte und den kleinen Weg zur Haustür ging.
Vor dem Haus blieb sie eine Weile stehen und betrachtete das Bild, daß sich ihr bot. Als sie klopfte, hörte sie innen einen Hund bellen. Rex konnte es nicht sein, denn statt des hellen, hohen Gekläffs erklang eine tiefe, resonante Hundestimme, wahrscheinlich von einem Schäferhund.
Hattie wartete einige Minuten. Sie zögerte, noch einmal zu klopfen. Dann, gerade als sie sich wappnete, es erneut zu versuchen, wurde die Tür aufgerissen und eine Frau erschien – Jimmys Mama.
»Was wollnse denn?« Es war kaum zu glauben, daß der schöne Jimmy von dieser ungehobelten Erscheinung abstammte.
»Oh, ich bin Hattie George, eine Freundin von Jimmy aus London«, sagte sie so freundlich sie konnte und lächelte.
Die Frau musterte sie mißtrauisch von oben bis unten. »Dann kommse rein. Aus, Tyson, aus«, befahl sie dem Hund. Die Frau führte Hattie durch einen langen, dunklen Korridor, vorbei an dem schnüffelnden, sabbernden Tyson – einem Schäferhund, wie Hattie vermutet hatte – und in das Wohnzimmer.
Die schäbige Ausstattung stand für einen Minimalismus ganz anderer Art als in Hatties schickem Londo-

ner Loft. Es gab so gut wie keine Möbel, nur ein Kunstledersofa, einen gepolsterten Hocker und einen riesigen Fernsehapparat. Auf dem Fußboden lag ein abgewetzter Teppich, dessen Muster hier und da von großen, braunen Flecken zweifelhafter Herkunft variiert wurde. Die Wände waren kahl, nur ein Bild hing dort – das Porträt der Queen, wahrscheinlich aus einer Zeitschrift geschnitten, tippte Hattie. Es stank fürchterlich. Tyson mußte wohl sein Revier markiert haben. Und obwohl es Sommer war, hatte niemand die Fenster geöffnet. Sogar die dünnen Blumenvorhänge waren geschlossen, so daß der Raum in diffuses gelbes Licht getaucht war.

»Ist Jimmy zu Hause, Mrs ...« Hattie wußte nicht, wie sie die Frau anreden sollte, deshalb ließ sie das Ende des Satzes in der Luft hängen.

»Dawn«, ergänzte Jimmys Mutter und lächelte. »Un selbst?«

»Hattie ... Hattie George«, wiederholte sie.

»Jimmy is mal in Co-op rüber.«

Jimmys Mutter – Dawn – brachte eine Tasse starken Tees, der tief orange schimmerte. Farblich ausgesprochen gut abgestimmt auf ihre erstaunliche Haarfarbe, dachte Hattie bei sich.

»Kriegst 'n Tritt in Hintern, Tyson«, schimpfte Dawn und gab dem Hund einen Tritt, der ihn aus dem Zimmer beförderte. Dann setzte sie sich neben Hattie.

Die nächsten zehn Minuten quälten sie sich beim Tee mit einer steifen Unterhaltung, die keine von beiden so richtig verstand. Dann wurde die Haustür geöffnet, und Hattie erkannte Jimmys Stimme. Er schien in Begleitung eines Kindes zu sein.

Jimmy betrat das Wohnzimmer und erstarrte, als er sie

sah. Hinter ihm erschienen ein dunkelhaariger, etwa neunjähriger Junge und Rex.
Hattie freute sich sehr, daß der Hund sich sofort auf sie stürzte und begeistert winselnd begrüßte.
»Rex«, rief sie und streichelte ihn in aufrichtiger Zuneigung. In der Ecke gab Tyson ein feindseliges Knurren von sich.
Jimmy schwieg. Er starrte Hattie nur mit kalten Augen an.
»Jimmy«, begrüßte ihn Hattie und lächelte.
Er trug dieselben Sachen wie an jenem Tag, als Claire mit ihm einkaufen war, den flauschigen Trainingsanzug und das Holzfällerhemd. Aber die tiefergreifende Veränderung an ihm war immer noch sichtbar. Er sah aus wie als Junge auf dem Foto, das vor dem Haus aufgenommen worden war – viel zu schön, um in diese häßliche Umgebung zu gehören, zu diesen unscheinbaren Leuten. Sein kleiner Bruder verrenkte sich den Hals, um Hattie besser sehen zu können. Seine Mutter, die offenbar der Überzeugung war, daß solches Verhalten ungezogen sei, schubste ihn aus dem Zimmer, so wie sie Tyson geschubst hatte.
»Was gibts 'n da zu glotzen, Sean?« sagte sie zu ihm und folgte dem Jungen. Hattie und Jimmy waren allein.
»Was willst du hier?« fragte Jimmy eisig.
»Ich wollte dich sehen, Jimmy. Ich möchte dich überreden, mit mir zurückzufahren. Ich weiß, Arabella hat furchtbare Sachen gesagt. Aber sie hatte unrecht. Was sie sagte, entspricht nicht der Wahrheit ...«
Er schüttelte heftig den Kopf. »Das war ein Spiel für dich, das alles?« sagte er wütend.
»Nein das war es nicht, glaub' mir, Jimmy.«

»Alles nur für 'ne Wette, wie bei Pferden und Hunden. Alles nur, weil du gewinnen wolltest«, meinte er bitter.
»Vielleicht war es am Anfang so. Ich weiß, das muß dir schrecklich vorkommen, aber ich wollte Jon beweisen, daß er im Unrecht ist. Selbst wenn ich gewonnen hätte, konnte ich doch nichts Materielles gewinnen – das Geld sollte sowieso für dich sein. Du mußt wissen, daß ich nie an dem Geld interessiert war«, bekannte Hattie.
Er schnaubte verächtlich: »Ums Geld mußt du ja wohl auch keine Sorgen haben.«
»Aber als ich dich näher kannte, als Claire und ich dich besser verstanden haben, änderte sich alles.«
»Und wieso hast du nichts gesagt?«
»Dir von der Wette erzählt?«
Er nickte.
»Weil mir klar wurde, sehr bald sogar, daß dich die ganze Sache kränken würde. Und ich hatte Angst, daß du weglaufen könntest«, fügte Hattie noch hinzu.
Sie schien keinen Eindruck auf ihn zu machen. Er sah sie so distanziert an, wie er sie noch nie angesehen hatte.
»Gib mich jetzt nicht auf, Jimmy, nicht gerade jetzt, wo wir tatsächlich etwas erreicht haben. Die blöde Wette hat sicher deinen Stolz verletzt, aber es wäre verrückt, diese Chance einfach in den Wind zu schlagen, die Chance, noch einmal ganz neu anzufangen«, beschwor sie ihn.
»Vielleicht will ich gar nicht neu anfangen«, erwiderte er mutlos, während er sie ansah.
»Gib nicht auf, Jimmy. Mir ist egal, was mit der Wette passiert. Ich werde nicht weinen, wenn ich verliere.«
»Nicht?«

»Nein, es geht mir nur um dich.«
Endlich schenkte er ihr ein kleines Lächeln.
»Wie findst du denn die Bude hier?« fragte er und erfaßte mit einer ausholenden Geste den Raum.
»Sie gefällt mir viel besser als Whitehaven«, sagte Hattie.
»Kuscheliger, und so?«
Sie nickte. »Ich habe dir meine Welt gezeigt, Jimmy, zeigst du mir jetzt deine?« fragte sie ihn mit einem betörenden Lächeln.

Sie gingen bis zum Ende der Straße, wo der Bus Richtung Fischereihafen abfuhr. Hattie führte Rex an der Hundeleine. Während der Fahrt zeigte ihr Jimmy die verschiedenen Wahrzeichen seiner Kindheit, viele kannte sie ja schon aus *Schlußpfiff*. Da war die Kneipe namens ›Ballard Rat‹, in der es angeblich immer so rauh zuging, daß man dort ›Plasma vom Faß‹ bestellen konnte; und der Wettladen, in den Jimmy als kleiner Junge die Tipscheine seines Stiefvaters tragen mußte. Jetzt schützten dicke Metallgitter die Fenster.
Der Fischereihafen hatte sich seit Jimmys Kindertagen sehr verändert. Nichts erinnerte mehr an den regen Betrieb, der dort herrschte, als er seinem Großvater beim Ausnehmen des Tagesfangs zugesehen hatte. Alle Fischerboote waren verkauft, und der Hafen war zu einem Treffpunkt der Einwohner geworden, mit kleinen Cafés und *Fish and Chips*-Buden überall.
Die alte Holzanlegestelle, von der aus Jimmy manchmal mit seiner Nan auf Tagesausflüge nach Jarrow gefahren war, gab es nicht mehr. Ein modernes Gebäude mit viel Glas und Klinker war an ihre Stelle getreten.
Sie suchten sich ein kleines Café, und Jimmy bestellte

Tee. Er war ein bißchen verträglicher geworden, schien es Hattie.

»Willste *Stottie-kyek*, Hinny?« fragte er und deutete lächelnd auf die Auswahl im Buffet. Darin lagen mehrere große, flache Kuchenstücke.

»Natürlich, ich muß doch unbedingt *Stottie-kyek* probieren«, rief sie aus, und Jimmy kaufte einen für jeden.

»Und, was denkst du?« fragte er und deutete wieder mit einer großzügigen Geste in die Runde.

»Ich kann mir vorstellen, wie es für dich hier als kleiner Junge war.«

»Da drüben ist die Mission, und den ›Dschungel‹ gibt es auch noch.« Jimmy zeigte aus dem Fenster.

»Claire hat angerufen. Sie hat jetzt einen Besprechungstermin für das Buch arrangiert«, versuchte Hattie vorsichtig das Thema wieder auf London zu lenken.

»Echt?«

»Es gibt da diesen Mann – Jay Hector – der hat sich das Manuskript von *Schlußpfiff* angesehen. Er meint, daß sich schon fünf Verlage um die Rechte schlagen.« Jimmy zuckte mit den Schultern.

»Warum willst du jetzt aufgeben, Jimmy?«

»Du hast ja keinen Schimmer, wer ich überhaupt bin. Du kennst den echten Jimmy nicht«, wies er sie zurecht.

»Ich denke doch«, erwiderte Hattie sanft.

»Nee, kennste nich. Jetzt bin ich wieder da, wo ich hingehöre, ich bin wieder zu Hause.«

»Und was bietet dir dieses Zuhause?«

Er sah sie über den Rand seiner Teetasse an.

»Stempeln gehen, das kannst du hier in deinem Zuhause.«

»Nee, nee, die bauen hier alles mögliche inzwischen. Ich krieg 'nen Job, kein Problem«, meinte er.
»Komm mit mir zurück nach London, Jimmy, nur ganz kurz. Und dann kannst du hierher zurückkehren, mit genügend Geld in der Tasche, um ein Café aufzumachen, ein Geschäft, was du willst ...«
»Un du streichst die Wette ein?«
»Ich sage dir doch schon die ganze Zeit, Jimmy, es geht nicht mehr um die Wette. Es geht nur um dich.« Hattie spielte mit dem angebissenen Kuchen auf ihrem Teller.
»Dann futter mal auf«, sagte er.
Der Kuchen war ausgesprochen gehaltvoll, süß und deftig. Das bißchen, was sie davon probiert hatte, klebte ihr jetzt am Gaumen oder lag schwer im Magen. Ob sie wollte oder nicht, sie brachte keinen Bissen mehr hinunter. Als Jimmy einen Moment lang wegsah, steckte sie schnell den Rest in ihre Jackentasche.
Der Junge erblickte den leeren Teller und stand auf. Er ging zur Tür.
»Komm, ich zeig dir die Mission.«
Hattie nickte und folgte ihm kleinlaut auf die Mole. Rex hüpfte fröhlich vor ihnen her.
»Weißt du, was ich am liebsten sehen möchte, Jimmy?«
»Was denn?«
»Die Schaukelboote am Strand von Whitley Bay.« Während Hattie das sagte, schnüffelte Rex an ihrer Tasche herum und brachte schließlich zu Jimmys sichtlicher Enttäuschung den ungegessenen Kuchen zutage.

Auch wenn die Sonne nicht schien, war es doch warm genug am Strand. Viele Leute, auch Familien mit Kindern, hatten sich hinter Windschutzwände gesetzt. Die Schaukelboote glichen den alten Schiffschaukeln, die es früher auf den Jahrmärkten gab. Man saß sich gegenüber auf einem Holzgestell und zog an einem bunten Seil, um das Boot zum schaukeln zu bringen.

Sie stellten sich in die Schlange vor dem Kassenhäuschen. Als sie an der Reihe waren, half Jimmy Hattie in die Schaukel und zeigte ihr, wie sie das Seil halten mußte.

Später kaufte sich jeder ein Eis, und sie bummelten den Strand entlang, dabei unterhielten sie sich. Interessanterweise erzählte jetzt nicht Jimmy seine Kindheitsgeschichte, obwohl sie sich doch in seiner Heimatstadt befanden, sondern Hattie die ihre. Sie hoffte, daß sie ihm damit begreiflich machen könnte, wie sie zu ihrer Familie stand. Wenn sie ihn nur dazu brächte, sich in sie hineinzuversetzen, würde er verstehen, wieviel sie trotz ihrer unterschiedlichen Herkunft doch gemein hatten. Und vielleicht könnte sie ihn dann auch überreden, mit ihr nach London zurückzufahren.

»Bevor ich acht war, kann ich mich an meine Mutter überhaupt nicht erinnern. Wir wurden von einer Reihe Kindermädchen erzogen. Selten kamen wir aus unserer Kinderstubenwelt hinaus, wie das eben bei der altmodischen englischen Oberschicht so üblich ist. Es war schon etwas Besonderes, wenn unsere Eltern uns mal einen Gutenachtkuß gaben. Meine Mutter und mein Vater waren viel unterwegs, und wir Kinder blieben in Whitehaven bei den Dienstboten. Niemand behandelte uns schlecht, aber da meine Mutter eine schwierige Person ist, wechselten die Kindermädchen so häufig, daß wir zu keiner eine richtige Beziehung aufbauen konnten«, erzählte Hattie.

»Dann hattest du keinen für dich allein, wie ich meine Nan, keinen, der dich toll fand?« fragte Jimmy.

»Es gab meine Großmutter väterlicherseits. Die betete mich an. Ich glaube, ich sah ihr ähnlich, und ich hatte ihr Interesse an Menschen und Politik geerbt. Aber da sie mit meiner Mutter nicht klarkam, sahen wir sie nicht besonders häufig. Weißt du, meine Mutter stammt aus einer der ältesten, bedeutendsten Familien Englands. Und meine Großmutter war eine jüdische Russin, die nur durch die Heirat mit meinem Großvater vor Üblem bewahrt wurde, so sah es zumindest meine Mutter. Es gab keine Berührungspunkte. Ich glaube, mein Vater hat sich ein wenig für seine Mutter geschämt. Je älter wir wurden, desto weniger sahen wir von unserer Großmutter. Aber die schönsten und zärtlichsten Erinnerungen an meine Kindheit verdanke ich ihr.«

Hattie erzählte Jimmy auch von ihrer Schulzeit. Wie sie im Schatten ihrer hübschen, lebhaften und äußerst beliebten älteren Schwester stand. Ihre einzige Fluchtmöglichkeit war die Arbeit, erklärte sie lächelnd, und die brachte sie um so mehr in eine Außenseiterposition.

»Und Toby?« wollte Jimmy wissen.

»Toby war der erste Junge, mit dem ich richtig gegangen bin. Ich glaube, ich war einfach dankbar, daß er sich für mich interessierte. Und meine Eltern mochten ihn, sie dachten, er sei gut für mich. Ich war immer unsicher, was mein Aussehen angeht. Du weißt, meine Mutter galt als große Schönheit, und Arabella schlug nach ihr. Ich war immer anders ...«

»Wie bei meinen Leuten und so?«

»Ja, wie bei euch. Du siehst deiner Mutter auch nicht ähnlich. Oder deinen Brüdern. Ich glaube, etwas an

sich so Unwichtiges wie Aussehen kann einen doch isolieren, kann einem, während man aufwächst, das Gefühl geben, am falschen Ort, in der falschen Familie zu sein ...« Hattie schwieg einen Moment lang. Dann brachte sie das Thema wieder auf Jimmys Vergangenheit. »Und bei dir, Jimmy? Gab's da keine Mädchen? Gab es irgend jemanden so wie Toby in deinem Leben?«
Sie hatten sich noch nie über Jimmys Liebesleben unterhalten. Auf keinem der Bänder für *Schlußpfiff*, die jetzt als Buch veröffentlicht werden sollten, hatte er eine Frau in seinem Leben erwähnt. Hattie hielt es für höchst unwahrscheinlich, daß er bei seinem guten Aussehen von weiblicher Aufmerksamkeit verschont geblieben war. Und wenn es sich nur um blindes Gefummel in dunklen Straßenecken hinter dem ›Ballard Rat Pub‹ handelte.
»Als ich fünfzehn war, hatte ich dieses Mädchen, Linda.« Jimmy rollte seinen Ärmel hoch und zeigte Hattie die Tätowierung mit Lindas Namen auf seinem Arm, es war ein Dolch. Darunter befanden sich noch vier weitere Bildchen. »Und dann war da noch ne Freundin von meiner Mam, die hat sich, äh, um mich gekümmert ...« Er zögerte und sah Hattie unsicher an, als ob er nicht wüßte, ob er fortfahren solle.
»Was ist aus Linda geworden?«
»Ich bin ja weg – wegen Fußball -, und sie hat wen anders getroffen«, sagte er und wich ihrem Blick aus.
»Hast du sie geliebt?«
Er zuckte die Schultern. »Weiß nich ...«
Sie schwiegen gemeinsam, Jimmy blickte auf das Meer hinaus. Hattie hielt den Zeitpunkt für geeignet, das Thema ihrer Rückfahrt wieder anzuschneiden.

»Jimmy, laß uns doch zu Ende bringen, was wir angefangen haben. Laß uns nach London zurückfahren und das Buch veröffentlichen.«
»Nee, Hinny, das war gleich 'ne saublöde Idee.«
»Aber damit würdest du genug Geld bekommen, um das zu tun, was du schon immer wolltest. Es ist das große Los. Wie damals, als die Freundin deiner Nan im Lotto gewonnen hat.«
»Nee, Hinny, das klappt nicht.«
»Natürlich klappt das. Claire hat sich um alles gekümmert. Du wirst berühmt.«
»Du kapierst nicht, Hinny ...«
»Was kapiere ich nicht?«
»Es gibt was, was du nicht weißt.«
»Was denn, zum Beispiel? Jimmy, du hast mir doch alles erzählt. Das ganze Buch handelt von deinem Leben. Alles, was dir je passiert ist ...«
»Du weißt ja nicht mal die Hälfte ...«, murmelte er.
»Machst du dir immer noch Gedanken über dein mangelhaftes Lesen und Schreiben?«
»Hinny, was denks du denn, wie ich gelebt hab', auf der Straße?« drängte er.
»Du hast die Obdachlosenzeitung verkauft«, sagte Hattie. »Und die Leute haben dir immer was für Rex gegeben.«
»Ja, aber nich nur.«
Jetzt war Hattie alarmiert. Welche dunklen Geheimnisse hatte er vor ihr verborgen? Sie wußte, daß einige der Straßenjungen auf den Strich gingen. Sie hatte schon häufiger beruflich mit solchen Kindern zu tun gehabt. Minderjährige Jungen, die von zu Hause weggelaufen waren und in Prostitution verwickelt wurden. Was, wenn Jimmy ein Strichjunge gewesen war?

»Hattest du was mit Männern zu tun, Jimmy, mit Sex?« fragte sie zögernd.
»Was denkste denn von mir?« entrüstete er sich.
»Tut mir leid.«
»Sie haben's probiert«, räumte er ein, »als ich zuerst nach London kam. Aber das war nicht mein Ding. Es war mehr so in Drogen und Klauerei und so ...«
»Mußtest du deine Sucht finanzieren?«
»Nee, mein Überleben«, sagte er schlicht.
»Was habt ihr denn geklaut?«
»Autos, Handys, Knete, und dann hab ich Ärger gekriegt.«
»Das heißt, sie haben dich erwischt?«
»Wieder und wieder. Zum Schluß haben sie uns 'n ganzes Jahr eingebuchtet.« Er blickte zu ihr hinüber, um zu sehen, wie sehr sie diese Neuigkeit schockierte. Er wußte ja nicht, daß Hattie, bedingt durch ihre beruflichen Erfahrungen, nur schwer zu schockieren war.
»Du warst im Gefängnis? War es schlimm?« fragte sie sanft.
Jimmy lachte. »Nich schlimmer als auf der Straße oder Meadow Well – oder in deiner feinen Schule. Wenigstens bin ich fit geblieben.«
»Und als du rauskamst?«
»Bin ich sauber geworden. Ich hab mit der Zeitung angefangen.« Er studierte ihr Gesicht und suchte nach Zeichen ihres Mißfallens.
»Warum sollte das einen Unterschied machen, Jimmy?« fragte Hattie ruhig. »Was ist daran schlimmer als an den anderen Sachen, die du erzählt hast?«
»Aber wenn sie's nun rauskriegen?« fragte er.
»Es würde wahrscheinlich den Verkauf deines Buches

steigern, Jimmy.« Hattie merkte, daß diese Antwort ihn verblüffte. »Solange du nicht wehrlose alte Damen überfallen hast ...«
Er lächelte erleichtert. »Nee, so was doch nicht, Hinny.«
Als die Dämmerung einsetzte, fuhren sie mit dem Bus zurück nach Meadow Well. Hattie spürte, daß Jimmy jetzt wahrscheinlich mit ihr nach London kommen würde. Die Gewichte in ihrer Beziehung hatten sich verschoben. Hier, an seinem Geburtsort, war sie die Verletzbare, die Unsichere. Sie war nicht länger die Lehrerin, nicht mehr diejenige, die führte. Zum ersten Mal waren Jimmy und sie ebenbürtig.

Hattie merkte auch, daß das verwahrloste, mickrige Häuschen, das sich Jimmys Heim nannte, ein freundlicherer Ort war als Whitehaven. Selbst Jimmys Mutter war netter und gastfreundlicher, als ihre eigene es je zu einer Fremden gewesen wäre, deren gesellschaftliche Stellung oder Einkommensklasse sie nicht kannte. Und Dawns neuer Kerl, Tom, schien, zumindest oberflächlich gesehen, in Ordnung zu sein. Er war freundlich und fürsorglich Jimmys jüngeren Brüdern gegenüber, die noch zu Hause wohnten, dem neunjährigen Johnny und dem fünfzehnjährigen Steve. Auch wenn er im Unterhemd durch die Wohnung lief und seinen Status als Hausherr mit laut gebrüllten Anordnungen zu beweisen suchte. Zum Beispiel drohte er alle fünf Minuten, irgend jemandem ›eine zu scheuern‹.
Dawn hatte für sie ein großes Abendbrot vorbereitet. Zu diesem Zweck wurde ein Tisch in das dürftige Wohnzimmer gestellt, auf den Dawn nun Wurstpastetchen, Sandwiches mit Lachsersatz, kleine Kuchen, ge-

buttertes Malzbrot und – als Dessert sozusagen – Tuttifrutti aus der Dose mit Kondensmilch türmte.
Dazu gab es den starken, orangefarbenen Tee, der aus einer bauchigen braunen Kanne gegossen wurde. Um die Kanne saß ein gestrickter Schoner. Während des Essens wurde nicht gesprochen. Der belanglose Smalltalk, so wichtig beim Lunch mit Jimmy in Whitehaven, fand hier nicht statt. Dafür wurde die Mahlzeit von dem gewaltigen Fernsehapparat dominiert, der wie ein Schrein in der Mitte des Raumes stand. Eine Sache ähnelte allerdings ihrem Besuch in Whitehaven: Obwohl man ihretwegen eine Show im Fernsehen ansah, merkte Hattie, wie auch sie von Jimmys Familie gemustert wurde.
»Vielen Dank für das schöne Essen, Dawn«, bedankte sie sich bei Jimmys Mutter, während sie die Teller wegräumten.
»War in Ordnung«, bestätigte Tom.
Nach dem Essen ging Dawn nach oben, um sich für den bevorstehenden Abend umzuziehen.
»Heute läuft was im Club«, erklärte Jimmy.
Zwanzig Minuten später kam Dawn wieder herunter. Sie trug eine Lurexstrickjacke, dazu einen knallengen, kurzen schwarzen Rock, dessen Nähte gefährlich spannten. Auf Strumpfhosen hatte sie verzichtet, aber ihre Füße steckten in spitzen, roten Stöckelschuhen. Und Schmuck trug sie, eine ordentliche Portion an Schmuck: große, goldene Kreolen, fünf oder sechs goldene Ketten und an fast jedem Finger einen Ring.
Hattie wurde sich bewußt, daß sie in ihrer weißen Bluse und der schwarzen Hose viel zu zurückhaltend gekleidet war für diesen Anlaß. Ihr einziger Schmuck bestand aus einer schlichten Tiffany-Platinkette.

»Haste nichts anderes zum Anziehen, Herzchen?« fragte Dawn und beäugte sie kritisch.
Hattie schüttelte den Kopf.
»Kamma nichts machen, dann musses so gehen.«
Sie begaben sich wieder zu der Bushaltestelle und fuhren mit dem Bus die paar Kilometer in das Zentrum des kleinen Städtchens, zum Club. Hier fand das Nachtleben der Gemeinde statt.

SIEBZEHNTES KAPITEL

Der West Allotment Working Men's Club war, wie Hattie rasch feststellte, das Äquivalent der Arbeiterklasse im Norden zum *In and Out Club* ihres Vaters in London. So wie ihr Vater und seine Freunde ihren Club, in dem die Welt noch in Ordnung war, als Refugium, als Zufluchtsstätte vor der Welt der Frauen ansahen, so betrachteten die Männer im Norden ihre Arbeiterclubs als sicheren Hort, wo sie ihren Frauen entrinnen konnten.

Insgesamt gesehen ging es hier natürlich lauter und lustiger zu, doch es war immer noch ein Ort, wo man unerbittlich an der alten Ordnung der Dinge festhielt – wo Männer Männer waren und Frauen dies fraglos hinnahmen.

Jimmy und Tom verschwanden gleich in der den Männern vorbehaltene Bar mit dem Gemisch aus Sägemehl und Speichel auf dem Boden, während sie mit Dawn und Jimmys verwitweter Tante, Auntie Mary, mit der sie sich an der Tür getroffen hatte, in den Big Room verbannt wurde. Der Unterschied, dachte Hattie, lag darin, daß der *In and Out Club* in London die letzte Bastion des Chauvinismus darstellte, während der *West Allotment* im Norden nur einer von vielen, vielen Außenposten eines Netzwerks von Clubs war, die die Ideale männlicher Überlegenheit pflegten.

Andererseits gab es im Norden viele Dinge, die man im Süden seit langem verbannt oder aufgegeben hatte, weil sie mit der *Political Correctness* nicht vereinbar waren. Hattie konnte sich zum Beispiel nicht daran erinnern, je auf irgendeiner Veranstaltung, irgendeinem Empfang gewesen zu sein, wo der Rauch wie hier innerhalb von fünf Minuten so dick in der Luft hing, daß Nichtraucher weniger zu Passivrauchern als zu Kettenrauchern wurden.

Außerdem hatte sie auch keine Erinnerung daran, je soviel Zucker wie heute konsumiert zu haben.

»Malibu-un-Limonade?« fragte Dawn und reichte ihr einen Drink, vor dem Hattie am liebsten die Flucht ergriffen hätte.

»Könnte ich vielleicht ein Glas Hauswein haben?« fragte Hattie. Schweigen senkte sich über die dichtgedrängte Menge an der Bar im Big Room.

»Iiiih, *Hauuus*wein«, sagte die Bardame spöttisch, als sie die Flaschen zu inspizieren begann, die sich hinter ihr entlang der Wand stapelten. »Haben wir ma gehabt unso. So vor zwei Jahren, da war ma einer hier, der hat Wein bestellt ...«

Fünf Minuten später kam sie mit einer verstaubten Halbliterflasche weißem Hirondelle mit Schraubverschluß an und goß Hattie ein Glas ein. Aber auch diese trübe Flüssigkeit war süß.

»Auch'n Glimmstengel?« bot Auntie Mary an, nahm eine Zigarette aus Dawns Packung, zündete sie an und reichte sie Hattie.

»Danke«, sagte Hattie.

Der Big Room war der Ort, an dem Punkt zwanzig Uhr die Showeinlagen begannen. In der Ecke war eine kleine mit Silberpapier dekorierte Bühne, die von einem riesigen, altmodischen Mikrofonständer beherrscht wurde. Daneben saß der Orgelspieler, der für die musikalische Begleitung sorgte und jetzt gerade, in Vorbereitung auf den großen Augenblick, die Stimmung mit einem Potpourri aus Lionel-Richie-Songs anheizte.

Linkerhand der Bühne gab es eine kleine Tanzfläche, über der sich eine Silberkugel drehte und auf der sich bereits die eine oder andere Frau sanft zur Musik wiegte.

Auntie Mary erklärte Hattie, daß die Frauen deshalb so früh in den Big Room geschickt wurden, damit sie sich ›ihre Plätze sichern konnten‹. Wie deutsche Touristen an einem spanischen Swimmingpool hatten die Stammkunden im *West Allotment* ihre Lieblingsplätze auf den glatten Plastikpolsterbänken, die die Wände des Raums säumten.

»Wärn wir nur fünf Minuten später gekommen«, sagte Auntie Mary mit wissendem Nicken, als sie Dawn und Hattie zu ihren Plätzen führte, »wären unsere Plätze weg gewesen.«

»Fünf Minuten, und sie springen dir ins Grab«, bemerkte Dawn zu Hattie.

Was Hattie an diesem Abend am meisten schockierte, war die Art, wie selbstverständlich es die Frauen hinnahmen, daß sie den Männern untertan sein sollten. Im Verlauf des Abends hörte sie von keiner Frau auch nur ein winziges Wort der Kritik über einen Mann, und das, obwohl viele von ihnen längst selbst die Lohnempfänger waren, während ihre Männer vom Staat dafür bezahlt wurden, zu Hause zu bleiben oder in den Pubs und Wettbüros herumzuhängen.

In ihrem eigenen kultivierten Freundinnenkreis war

als Folge der Alle-Männer-sind-Schweine-Bewegung die rituelle Demütigung der Männer geradezu ein Sport. In der Tat war die Überflüssigkeit des Mannes für Frauen im Süden eine Art Girliejoke – und Thema zahlreicher Witze – geworden: ›Wie nennt man einen Mann mit einem halben Gehirn? Talentiert.‹/›Frauen, die Männern gleich sein wollen, fehlt es an Ambitionen‹ und so weiter. Eine ihrer Freundinnen hatte an der Heckscheibe ihres Wagens einen Sticker mit der Aufschrift: ›Als Gott den Mann erschuf, wollte sie nur beweisen, daß sie Humor hat.‹

Hier im Norden aber, wo alle Männer ›Schweine‹ zu sein schienen, wagte niemand, diese Meinung laut zu äußern. Hattie fragte sich im stillen, wie Jo Brand, die feministische Alleinunterhalterin, und ihr berühmter Tip für Frauen – ›Vertraue nie einem Mann mit Hoden‹ – bei diesem Publikum hier ankämen.

Fünf Minuten vor acht schlurften die meisten Männer in den Big Room und setzten sich in die Nähe ihrer Frauen, aber nicht unbedingt neben sie. Jimmy schaute sich suchend um, bis sein Blick auf Hattie fiel.

»Na, alles okay?« fragte er sie.

»Ja, prima«, erwiderte sie und lächelte ihn an. Er saß dicht neben ihr auf der Bank, und sie spürte, wie die Art, in der ihre Körper aneinandergedrückt wurden, als Auntie Mary und Dawn sich ebenfalls auf der Bank niederließen, sie merkwürdig erregte.

Das Licht wurde dunkler, als der Conférencier, ein junger Mann in billigem glänzenden Abendanzug und Fliege, zum Mikrofon ging, um ein paar Witze zu erzählen – die Hattie akustisch nur schlecht und mental überhaupt nicht verstehen konnte – und die erste Nummer anzukündigen.

»Bitte mal um warmen Applaus für ne echt irre Nummer – Bills und Annies Wild West Extravaganza«, sagte er, als ein Paar in mittleren Jahren als Annie Oakley und Wild Bill Hickok verkleidet die Bühne betrat. Sie sang eine Strophe aus ›Annie get your Gun‹, während er sie an ein großes Stück Sperrholz fesselte und dann beim erstickten Aufschrei des Publikums theatralisch ein Dutzend scharfe Küchenmesser um sie herum in das Holzbrett bohrte.

Tom flüsterte, sie sähe aus, als müsse man es ihr mal ordentlich besorgen, und Auntie Mary lachte, bis ihr die Tränen über das mit dickem Make-up zugekleisterte Gesicht liefen. Wild Bill holte als nächstes eine Peitsche hervor und trieb Annie zum Entzücken des Publikums zu einer komischen Tanznummer an, die Hatties Meinung nach einen deutlich sadomasochistischen Zug hatte. Während sie zusah, fragte sie sich, was Arabella von diesem Abend halten – und wie sie darüber in ihrer Kolumne schreiben würde.

Am Ende der Nummer brachte Jimmy ihr ein weiteres Glas des billigen, süßen Hirondelle, den sie gierig trank.

Als nächstes betrat ein Mann ›direkt aus Gateshead‹ die Bühne, der ›Stimmen‹ nachmachte. Hattie hatte Schwierigkeiten zu erkennen, wen er imitierte. Sein Akzent war so breit, daß sie es von den unterschiedlichen Kopfbedeckungen des Mannes erraten mußte. Alle anderen aber schütteten sich aus vor Lachen und schrien, wenn sie seine Nachahmungen erkannten.

Anschließend gab es eine kurze Pause, und die Männer und Frauen begannen unter der sich drehenden Silberkugel zu tanzen. Auntie Mary drängte Jimmy, Hattie zum Tanz aufzufordern, und die beiden schoben sich fürchterlich verlegen über die Tanzfläche, wohl wissend, daß die Augen seiner Familie ihnen folgten. Ganz offensichtlich nahm Jimmys Familie an – wie im übrigen auch ihre eigene – , daß zwischen ihnen etwas lief.

»Okay, Hinny?« flüsterte Jimmy ihr ins Ohr.

»Ja«, nickte sie, obwohl sie sich in Wahrheit von dem Abend etwas erschlagen fühlte.

Als sie zu ihren Plätzen auf der Bank zurückkehrten, nahm Hattie einen sonderbaren Mann in einem weißen Mantel wahr, der mit einem Bauchladen mit Undefinierbarem die Runde machte. Er sah fast so aus wie die Zigarettenmädchen, die in einigen der großen, schicken Restaurants in London herumstöckelten, abgesehen davon, daß er Übergewicht und eine Glatze hatte und die Waren, die er verkaufte, sich deutlich von Zigaretten und Süßwaren unterschieden.

»Muuuschellln, Krebssticks ...« rief er, als er auf sie zukam.

Dawn wollte einige Krebssticks (die für Hattie so viel Ähnlichkeit mit echtem Krebs hatten wie eine Tüte Crunchie-Speck mit einem Schwein), und als Tom es ablehnte, ihr welche zu kaufen, fingen sie an zu zanken, wobei Tom Dawn vorwarf, zuviel getrunken zu haben.

»Mal wieder voll zu«, sagte er und fegte ihr das Glas aus der Hand, das klirrend zu Boden fiel.

Dawn, die nun auf ihrem Sitz hin- und herschwankte, sah wütend zu ihm hoch, sagte aber nichts.

»Muß immer ausse Rolle fallen«, sagte Tom defensiv zum Mann mit den Krebssticks.

»Würd' ihr ma eine langen«, meinte dieser.

Bei diesen Worten zerrte Tom Dawn grob auf die Füße

und begann sie aus dem Big Room hinaus zur Eingangstür des Clubs zu schieben. Hattie war schockiert, daß keiner versuchte, ihn aufzuhalten, und da niemand sich anschickte einzuschreiten, stand sie auf, um ihnen zu folgen.

»Was glotzte denn so?« blaffte Tom Hattie an, schubste sie beiseite und drängte sich weiter in Richtung Tür vor.

»Jimmy, tu was«, rief Hattie.

Jimmy folgte ihnen nach draußen. Hattie und Auntie Mary eilten ihm nach. Draußen auf der Treppe des Clubs war Tom dabei, Dawn links und rechts zu ohrfeigen.

»Laß sie in Ruh, Mann!« schrie Jimmy und schob sich zwischen seine Mutter und Tom.

»Halts Maul, Junge, oder kriegst selber eins auf die Fresse«, brüllte Tom und erhob die Hand gegen Jimmy.

»Dann mach doch«, sagte der.

Hattie war sich nicht sicher, wer wem den ersten Schlag versetzte, doch innerhalb von Minuten kämpften die beiden miteinander in einem verbissenen Clinch. Jimmy ging als erster zu Boden, und Tom kickte ihn fast reflexartig in die Brust. Blut spritzte auf.

Aus dem Nichts aufgetaucht, umringte eine Gruppe Männer mit anfeuernden Rufen das auf dem Boden kämpfende Paar, so daß Hattie die Sicht versperrt war, obwohl sie über dem Schreien die auf Fleisch prasselnden Hiebe und Schläge und das darauffolgende schmerzvolle Ächzen vernehmen konnte. Noch nie in ihrem Leben hatte sie sich so machtlos gefühlt. Die brutale Kraft der Männer und die Macho-Positur der wiehernden Zuschauer machten ihr angst und gaben

ihr zu verstehen, daß sie als Frau nichts, rein gar nichts tun konnte, um Jimmy zu helfen.
Sie versuchte es aber trotzdem, drängte sich an der Schar der fürchterlichen Männer vorbei in den Club zurück, um jemanden zum Einschreiten zu bewegen. In den Big Room brauchte sie gar nicht erst zu gehen, man konnte bereits die nächste Nummer hören, und so sah Hattie sich in den anderen Räumen nach einem Mann um, der nüchtern genug wäre, um zu helfen.
Im kleinen Nebenzimmer war niemand, daher blieb ihr nichts anderes übrig, als die Tür zur Men's Bar aufzustoßen und hineinzugehen. Es wurde plötzlich mucksmäuschenstill im Raum, als die versammelten Männer sich der kleinen, dunkelhaarigen jungen Frau bewußt wurden, die in ihrer Mitte stand.
»Ey, was' n Megafischburger!« rief der Barmann aus.
Im Nachhinein überlegte Hattie, daß sie ihr wahrscheinlich nur gefolgt waren, damit sie ihr die Leviten lesen konnten, weil sie gegen die jahrhundertealte Regel verstoßen hatte, die Frauen das Betreten der Men's Bar im *West Allotment Working Men's Club* untersagte. Aber wenigstens machten sie dem Kampf ein Ende.
Als sie die zwei blutenden Kampfhähne auseinanderzogen, rappelte Dawn, die als Häufchen Elend schluchzend auf der Treppe gesessen hatte, sich endlich auf. Mit einem vernichtenden Blick auf Jimmy ging sie zu Tom, um ihm zu helfen, und führte ihn, auf ihre Schultern gestützt, zurück in den Club.

Jimmy und Hattie gingen mit Auntie Mary zu ihrem einige Straßen vom Club entfernten Reihenhäuschen, da es offensichtlich war, daß Jimmy in jener Nacht zu Hause nicht willkommen sein würde.

»Kannst ja im Gästezimmer schlafen, Schätzchen«, sagte sie sanft zu Hattie. »Und Jimmy kann sich im Wohnzimmer hinlegen.«
Sie kochte ihnen eine Kanne des starken schwarzen Orange Pekoe-Tees, holte dann etwas Watte und Desinfektionsmittel und machte sich daran, Jimmys blutiges Gesicht zu säubern.
»Ich laß euch zwei dann ma allein, aber keine Mätzchen«, sagte Auntie Mary, als sie fertig war. »Das Klo ist hinten raus, Herzchen.«
Hattie setzte sich Jimmy gegenüber an den kleinen Küchentisch und legte ihm die Hand auf den Arm.
»Ist das mit deiner Mutter und ihren Männern immer so gewesen?«
»Ja, Hinny«, bekannte er traurig.
Es hatte eine Zeit gegeben, erklärte er ihr, da ging seine Mutter unten im ›*Golden Fleece*‹ am Fischhafen anschaffen. Sein eigener Vater, da war er sich sicher, war ein zahlender Freier gewesen. Und seine ganze Kindheit hindurch hatte er mit ansehen müssen, wie sie Männer nach Hause brachte. In der Schule wurde er an den wenigen Tagen, an denen er sich dort blicken ließ, geneckt und drangsaliert, weil seine Mutter ›'ne Nutte‹ war. Das war einer der Gründe, warum sie sich mit seiner Nan zerstritten hatte. Das und ihre Trinkerei. Die Männer, die länger als eine Nacht geblieben waren, sagte Jimmy, benahmen sich am Ende immer wie Tom und verprügelten sie. Und gelegentlich schlugen sie auch ihn zusammen.
»Sie ist aber immer noch meine Mam, und so«, sagte er und sah Hattie an.
Sie nickte im Bewußtsein ihrer eigenen widerstrebenden Zuneigung – und Loyalität – gegenüber jener

Frau, die zwar in keiner Weise der normalen Definition einer liebevollen Mutter entsprach, ihr aber dennoch das Leben geschenkt hatte.
»Ich bin echt alle, Hinny«, erklärte Jimmy mit müdem Lächeln.
Sie half ihm ins Wohnzimmer und deckte ihn mit den Decken zu, die Auntie Mary für ihn bereitgelegt hatte. An seinem linken Backenknochen zog sich ein Bluterguß entlang, und unter seiner Nase hatte sich ein kleines Blutgerinnsel gebildet. Er schlief fast unverzüglich ein, und sie stand da und betrachtete ihn eine Weile. Bevor sie das Zimmer verließ, fuhr sie ihm zärtlich mit dem Finger über sein schönes, übel zugerichtetes Gesicht.
Hattie ging nach draußen hinters Haus und zu dem sogenannten Badezimmer in dem windschiefen Anbau. Trotz des Sommers war es dort kalt und roch feucht. Sie wusch sich das Gesicht und spülte sich den Mund aus, nachdem sie ihn sich mit einigen Tupfen von Auntie Marys Zahnpasta ausgerieben hatte. Ihre Reisetasche stand bei Jimmy zu Hause, und ohne ihre eigenen Sachen fühlte sie sich unbehaglich.
Oben in dem kleinen Gästezimmer mit seiner Rosenknopsen-Tapete zog sie sich bis auf BH und Slip aus und stieg zwischen die Nylonlaken unter einer verblichenen, rosafarbenen Bettdecke. Das einzige andere Möbelstück im Zimmer war ein Nachttisch, auf dem eine angeschlagene Gipsfigur stand, wie man sie vermutlich auf einem Jahrmarkt gewann – die grell bemalte Figur eines kleinen Jungen mit einem Hündchen auf dem Arm. Doch trotz ihrer billigen Sentimentalität sprach die kleine Figur Hattie mehr an, als die kostbaren Kunstwerke in ihrer eigenen Wohnung. In

Hatties Augen hatte sie mehr Wert als eines von Benedict Wrights anmaßenden und abstoßenden Stücke. Sie lag im Bett und konnte nicht einschlafen, fühlte sich auf ihre eigene Art genauso deplaziert, wie Jimmy sich die erste Nacht in ihrer Wohnung auf dem aufrollbaren Futon gefühlt haben mußte.

Selbst wenn sich nichts anderes aus ihrem Besuch hier ergeben würde – selbst wenn es ihr nicht gelang, Jimmy zu überzeugen, mit ihr nach London zurückzukehren – so hatte sie doch wenigstens etwas von seiner Welt gesehen – und erkannt, daß diese ihr genauso fremd war, wie ihm ihre Welt vorgekommen sein mußte.

Heute nacht hatte sie sich zum ersten Mal in ihrem Erwachsenendasein wirklich verletzlich und machtlos gefühlt. Zum ersten Mal in ihrem Leben war sie an einen Ort gekommen, an dem ihr Reichtum und ihre Privilegien – wie sehr sie das auch ignorieren wollte – ihr nicht helfen konnten. Ein Ort, wo sie nicht mehr Status, nicht mehr Wert hatte als Jimmy. Schließlich schlief sie über dem Zählen der Rosenknospen auf der Tapete um sie herum ein, die sie in dem orangefarbenen Straßenlicht, das durch die dünnen Vorhänge an Auntie Marys Fenstern fiel, nur undeutlich wahrnahm.

Hattie wurde von Essensgeruch geweckt. Sie zog sich an, machte das Bett und ging die Treppe hinunter zur Küche. Jimmy saß am Tisch. Sein zerschundenes Gesicht spiegelte die dramatischen Ereignisse des vergangenen Abends wider.

»Ei, da biste ja, Schätzchen«, sagte die freundliche Auntie Mary und goß Hattie einen großen Becher Tee ein. »Setz dich ma und schieb dir Frühstück rein.« Sie reichte ihrem Gast einen Teller, auf dem mehrere Scheiben von etwas Braunem, Durchweichtem lagen. Hattie sah Jimmy voll fragenden Erstaunens an.

»Brot un Bratfett«, sagte er begeistert.

Normalerweise frühstückte Hattie nicht – zu Hause würde sie hastig eine Tasse Earl Grey und ein Glas frisch gepreßten Orangensaft trinken – aber sie wollte Auntie Mary nicht beleidigen. Sie rief sich Jimmys ersten Morgen in ihrer Wohnung ins Bewußtsein – seine Verwirrung angesichts der Lebensmittel, die die Edelstahlschränke ihrer herrlichen Küche füllten, die ganzen absurden französischen Brotsorten und süßen Stückchen, all die teuren Konfitüren, all die lächerlichen, affektierten Kräutertees und Tisanes. ›Brot un Bratfett‹ war für Hattie eine so fremde Delikatesse wie für ihn anfangs ein *pain au chocolat*.

Zaghaft nahm sie Messer und Gabel in die Hand, schnitt ein kleines Stück ab und kostete es. Nach drei weiteren Bissen, an denen sie zu ersticken glaubte, legte sie ihr Besteck hin.

»Es ist köstlich, aber ich schaffe wirklich nicht mehr«, sagte sie.

»Nee, Schätzchen, kein Wunder, dassde so dürr bist«, meinte Auntie Mary.

Als Hattie und Jimmy mit ihrem Frühstück fertig waren, und bevor Auntie Mary sich auf den Weg zur Arbeit machte, umarmte sie die beiden.

»Gehste man zu deiner Mutter, ja«, ermahnte sie Jimmy.

Er nickte.

»Vielen Dank für Ihre Gastfreundschaft«, sagte Hattie.

»Nichts zu danken, Schätzchen.«

Kurz vor Mittag schafften sie den Bus zurück nach Meadow Well. Falls Jimmy angesichts der bevorstehenden Szene nervös war, ließ er sich davon nichts anmerken. Doch an diesem Morgen zeigte er eigentlich überhaupt keine Gefühlsregung. Das Vertrauen, das er Hattie am Tag und am Abend zuvor entgegengebracht hatte – das Gespräch über seine Vorstrafe und seine Beziehung zu seiner Mutter – war entweder vergessen oder bedauert und beiseite geschoben.

Hattie saß neben ihm im Bus und hatte das Gefühl, keinen Zugang mehr zu ihm haben. Nichts an ihm ließ erkennen, ob er ihr den Verrat mit der Wette verziehen hatte oder nicht. Als sie sein verquollenes Gesicht von der Seite ansah, kam es ihr vor, als würde sie für ihn gar nicht existieren.

Bei ihrer Ankunft im Haus fanden sie Rex an den kaputten Zementfuß einer Wäschespinne geleint. Es sah aus, als hätte auch er sich mit Jimmys Familie zerstritten. Über dem linken Auge verlief ein frischer Kratzer.

»Tyson ...«, knurrte Jimmy verärgert und kniete sich hin, um seinen Hund loszubinden.

Er klopfte an die Tür, und einige Minuten später öffnete eine verschlafene Dawn.

»Willste dein Zeug holen«, fragte sie und deutete auf Hatties Tasche neben der Tür.

Von Tom oder Jimmys Brüdern war nichts zu sehen. Hattie trat einen Schritt zurück, da sie die Begegnung zwischen Mutter und Sohn nicht stören wollte, aber Jimmy schob sich an Dawn vorbei und deutete Hattie an, ihm zu folgen.

»Komm mal mit, während ich pack'«, sagte er und führte sie die dunkle Treppe zu einem kleinen Hinter-

zimmer hoch, das zwei Etagenbetten und eine durchgelegene alte Matratze enthielt, die den restlichen knappen Raum auf dem Boden ausfüllte.
»War dies dein Schlafzimmer?«
»Hier haben wir alle geschlafen«, erklärte er und begann, seine wenigen Besitztümer einzupacken.
»Kommst du denn mit mir zurück, Jimmy?« fragte Hattie zögernd.
Er zuckte die Achseln, als hätte er sich noch nicht entschieden. »Gibt hier nichts mehr für mich«, sagte er, hob seine Reisetasche auf und schaute sich traurig um.
Als sie wieder herunterkamen, war seine Mutter ausgegangen. Bis auf den knurrenden Tyson war das Haus leer.
Wenn Jimmy es vielleicht bereute, sein Zuhause zu verlassen, so war Rex offensichtlich erleichtert. Mit jedem Schritt weiter weg von Avon Avenue Nummer 23 schien der Hund sein Vertrauen wiederzuerlangen. Sie schafften gerade noch den Bus nach Newcastle, um den Zug um vierzehn Uhr fünfundzwanzig nach London zu erreichen.
Als der Zug aus dem Bahnhof rollte, schaute Jimmy Hattie an und lächelte. Sie berührte kurz seine Hand, unfähig, Worte für die erlebten letzten vierundzwanzig Stunden zu finden. Sie spürte, daß sie eine neue Basis gefunden hatten, und war zuversichtlich, daß Jimmy sich endlich von seiner Vergangenheit befreien würde, sobald sie den Buchvertrag unter Dach und Fach hatten. Sie konnte jedoch nachempfinden, daß die Reise nach Hause für ihn schmerzhaft gewesen war. Statt herauszufinden, daß er da hingehörte, mußte er feststellen, daß er in North Shields genauso fehl am Platze war wie in London. Hattie war jetzt noch

mehr davon überzeugt, daß sie ihm helfen mußte, nicht nur Glück und finanzielle Sicherheit zu finden, sondern ein Gefühl der Zugehörigkeit. Fast die ganze Fahrt lang saßen sie schweigend da und sahen zu, wie die Landschaft sich veränderte, je weiter sie nach Süden kamen.

»Ich will da raus, Hinny«, sagte Jimmy ernst und brach damit endlich das Schweigen. »Ich will lernen.«

»Du lernst bereits, Jimmy. Es ist unglaublich, wie schnell du mit dem Lesen vorankommst.«

»Nich nur Lesen, ich will *alles* lernen«, bekannte er eifrig. »Ich werd' diese Wette gewinnen; ich werd's denen zeigen.«

ACHTZEHNTES KAPITEL

Claire und der Literaturagent Jay Hector saßen bereits an einem Ecktisch im Restaurant *The Ivy*, als Hattie und Jimmy ankamen. Jeder drehte sich nach ihnen um, während sie auf ihren Tisch zusteuerten. Nicht nur Jimmys bemerkenswerter Ausstrahlung wegen, dachte Hattie, sondern auch wegen der großen blauvioletten Flecken, einer Reminiszenz an seinen Besuch in der Heimat.

Sie hatte an jenem Morgen einige Stunden damit verbracht, ihm einzuprägen, wie er sich zu benehmen hätte – nicht, welches Messer und welche Gabel er benutzen mußte (ausnahmsweise einmal wäre das egal), sondern welchen Eindruck er machen sollte. Es sei wichtig, hatte sie ihm erklärt, daß er Hectors Vorstellung von dem stereotypen Geordie entspreche, weil es die Sprache des Nordostens von England war, die Hectors Interesse an *Schlußpfiff* geweckt hatte. Einer seiner größten Erfolge in den letzten Jahren war die Entdeckung eines inzwischen sehr berühmten Autors gewesen, dessen erster, von den Kritikern hochgelobter Roman ohne ein einziges Interpunktionszeichen (kein Komma, kein Punkt, kein Großbuchstabe oder Doppelpunkt in dem 200.000 Wörter zählenden Manuskript) und in breitem Geordie verfaßt worden war. »Du mußt also das sein, was er erwartet – der rohe, rauhe Mann aus dem Norden«, hatte Hattie erklärt. Aus Angst, Jimmy von der Sache abzubringen, hatte sie Hectors Vorliebe für große, schöne Männer (roh oder geschliffen) vorsichtshalber nicht erwähnt.

»Was meinst du, wie?« fragte Jimmy.

»Ach, du weißt schon, eine Mischung aus Jimmy Nail und *Gazza* Gascoigne«, entgegnete sie.

Der große und bedeutende Mann erhob sich bei ihrer Ankunft, von Jimmys Aussehen sichtlich beeindruckt. Hattie vermutete, daß Jimmy – er trug seine Lederjacke, ein enges weißes T-Shirt und Jeans mit Knopfverschluß – garantiert Hectors Ideal vom perfekten Mann entsprach. Wenn es Zweifel an seiner Begeisterung über das Manuskript gegeben hatte, bevor er Jimmy zu Gesicht bekam, so waren diese nun zerstreut.

»Jay, das ist Jimmy Ryan«, stellte Hattie vor, als sie Platz nahmen und Claire ihnen beiden ein Glas Champagner aus der Flasche einschenkte, die, schon halbleer, auf dem Tisch stand. Jay Hector war ein berüchtigter Homosexueller, obwohl man dies nicht auf den ersten Blick erkennen konnte, da sein Stil eher knallharter Geschäftsmann denn affektierte Tunte war (abgesehen von der bedauernswerten Tatsache, daß er kein »R« sprechen konnte). Seine Stoppelhaarfrisur kam einer Glatze sehr nah, seine Kleidung war von düsterem Macho-Schick – perfekt geschnittene schwarze Anzüge zu glatten schwarzen T-Shirts (es hieß, Hector besäße in seiner umfangreichen teuren Garderobe über hundert schwarze T-Shirts). Er war einer der wichtigsten Männer in London. Sein Bekanntheitsgrad unter der einflußreichen schwulen Mafia der neuen Linken hatte dazu beigetragen, ihn innerhalb Blairs aufstrebendem politischen und gesellschaftlichen Establishment in eine Machtposition zu hieven. Hattie hatte ihn mit Toby bei verschiedenen New Labour-Versammlungen getroffen. Sie konnte ihn nicht ausstehen, fand ihn anmaßend, aufgeblasen, verschlagen und intrigant, doch wahrscheinlich war er der einzige Mann, der Jimmy erfolgreich lancieren und dafür garantieren konnte, daß er den Vorschuß bekam, der ihn befreien und sie und Claire die Wette gewinnen lassen würde.

In den ersten paar Minuten führte Claire die Unterhaltung und lieferte Jay eine sorgfältig redigierte Version dessen, wie sie den obdachlosen Jimmy kennengelernt hatten. Jay Hector durfte nie von ihrer Wette erfahren, hatten sie beschlossen.

»Er wollte schon immer Schriftsteller werden«, erklärte sie ernst.

»Jap«, sagte Jimmy, zwinkerte Hattie zu und übertrieb seinen Akzent fast bis zum Gehtnichtmehr. »Wollt ich echt imma schomma, echt, unso, irndwie ...«

Jay Hector war eine in literarischen Kreisen höchst respektierte Figur. Zu den von ihm betreuten Autoren gehörte die Crème de la Crème der Literaten. Darunter die Frau eines prominenten Geschäftsmannes und Labour Party-Aktivisten, die ein neues Genre anspruchsvoller erotischer Romane geschaffen hatte, ein Dissident aus Kenia – Eggo Massif –, der für einen Roman über sein Heimatland den Booker Prize gewann, und der nun zum Schriftsteller avancierte ehemalige Kolumnist Brian Brute, der seine eigene Nabelschau in ein innovatives, vieldiskutiertes neues Buch verwandelt hatte, dessen Umschlag ein stimmungsvolles Schwarzweißfoto seiner eigenen Exkremente zierte. Mehr noch, Hector war ein fanatischer Anhänger des Fußballvereins Chelsea und hatte eine wichtige Rolle dabei gespielt, Niveau und Status des Spiels zu heben. Er war derjenige, der Billy Dean entdeckt hatte, dessen Studie über Stammesriten beim Fußball dem Sport ein neues Ansehen bei der Intelligentsia verschafft hatte. Jimmy würde nicht nur perfekt in seine Kundenkollektion passen, sondern auch durch und durch – das war Hattie eindeutig klar – seinem Geschmack in Sachen Sex entsprechen.

»Nun, Jimmy«, sagte Jay und verschlang Gesicht und Körper seines neuen Autors mit Blicken, »*Schlußpfiff* steht zum Gebot. Man hat uns tatsächlich schon ein Angebot gemacht. Ich meine, wir düfen hier mit 150.000 Pfund wechnen. Natülich auf zwei Bücher verteilt. Sie weden doch ein weitees Buch scheiben können, ode?« säuselte er kokett.

Oh Gott, dachte Hattie, was wird er jetzt wohl sagen?

»Na klar doch, Mann«, sagte Jimmy mit besonders leerem Gesichtsausdruck.

In diesem Augenblick erkannte Hattie, daß Jimmy ihren Rat allzu wörtlich genommen hatte und so tat, als würde er eine Show im West Allotment Working Men's Club abziehen: die Geordie-Parodie.

Merkwürdigerweise aber schien Jay Hector das nicht aufzufallen. Je unverständlicher Jimmy klang, desto verzauberter wirkte Jay. Und zum Glück hatte Jimmy noch nicht die sexuellen Signale aufgefangen, die der Literaturagent in seine Richtung aussandte.

Als der Ober an ihren Tisch kam, um ihre Bestellung aufzunehmen, sah Hector zu Jimmy hinüber und fragte ziemlich atemlos, was er wolle.

»Newkie«, sagte Jimmy.

»Wie bitte?« fragte Hector unsicher.
»Newcasselbrown«, erklärte Jimmy.
»Oh ja, was für eine gute Idee – Newcastle Bown«, sagte Hector zum Ober.
»Das wäre dann 1998er Newcastle Brown«, bemerkte Claire und versuchte, aus der Verwirrung des Obers einen Scherz zu machen. »Ein besonders guter Jahrgang.«
»Und zu essen?« fragte Hector, der ehrlich gesagt so aussah, als würde er lieber aufs Essen verzichten und statt dessen Jimmy verschlingen.
Sie nahmen ihre Speisekarten zur Hand. Hattie befürchtete, die verschiedenen Gerichte und ihre pompösen Beschreibungen (die selbst für jemandem mit einem Diplom in moderner Linguistik unverständlich waren) würden Jimmy die Sprache verschlagen.
Das Glück war an jenem Tag jedoch auf seiner Seite, da Jay Hector Blutwurst auf der Karte entdeckte, die sich in den letzten paar Jahren zu einer Delikatesse der Schickeria gemausert hatte.
»Ich glaube, ich nehme die Blutwust. Und Sie, Jimmy?«
Jimmy grunzte zustimmend und legte die Karte beiseite.
»Fü uns alle also Blutwust«, sagte Jay. »Wissen Sie, Jimmy, *Schlußpfiff* ewinnete mich nachdwücklich an dieses wundebawe Zitat von Dan Leno: ›*Ich sehe die Welt als Fußball, hochgekickt von den höhewen Mächten, und ich hänge mit Zähnen und Zehennägeln bis zu den Schnüsenkeln dawan.*‹«
»Na denn ma zu, du Panz, un volle Pulle«, sagte Jimmy mit starrem Lächeln.

Hattie, die das insgeheim mit »Verpiß dich, du fetter Sack« übersetzte, gab ihm unter dem Tisch mit dem Fuß einen Stups. Sie befürchtete, daß er jeden Moment zu weit gehen würde. Oder schlimmer noch, daß er endlich Jays sexuelle Neigung erkannte. Homosexuelle, das wußte Hattie, betrachtete man im Nordosten mit Grauen und Abscheu. Sie wollte sich lieber nicht vorstellen, was Jimmy anstellen würde, wenn er bemerkte, daß Jay Hector sich körperlich für ihn interessierte.
Der Maître d' mußte nach einem Sixpack Newcastle Brown schicken lassen, die er in einem großen silbernen Sektkühler an den Tisch brachte.
»Eeeyyy, Mann ...«, rief Jimmy aus, riß einen Ringpull ab und trank die Dose in einem Zug leer. Dann lehnte er sich zurück und rülpste so laut, daß man es deutlich über der plätschernden Unterhaltung von den Nebentischen hörte.
»Jap, tschuldigung ...«, sagte er zu einem der Gäste, deren Aufmerksamkeit nun auf ihren Tisch gelenkt war. Dann nahm er eine weitere Bierdose aus dem Kühler, zog den Ringpull ab und machte sich daran, auch diese Dose zu leeren. Jay beobachtete jede seiner Bewegungen mit wachsender Faszination.
»Was 'n verdammta Megafischburger! Irrrre gut«, grunzte Jimmy, zog seine Lederjacke aus und enthüllte ein T-Shirt, daß seinen eigenen bemerkenswerten Sixpack (wie Claire seine Bauchmuskeln nannte) zeigte.
Hattie brauchte nicht einmal für Jay zu übersetzen, der so tat, als würde er jedes Grunzen und jeden obskuren umgangssprachlichen Ausdruck, den Jimmy von sich gab, vollkommen verstehen.
»Dieses Buch dwückt die Stimmung des Augenblicks

aus«, erklärte Jay. Sein Blick schweifte unablässig über Jimmys Brust. »Dieses Gefühl de Übeflüssigkeit, das so viele junge Männe empfinden. De Velust männlichen Stolzes ...«

Wahrscheinlich braucht inzwischen eher Jimmy einen Dolmetscher, dachte Hattie. Durch seinen unglücklichen Sprachdefekt, verbunden mit seiner fürchterlichen Anmaßung, war Jay genauso schwer zu verstehen wie Jimmys Mutter.

»Und natülich ist Fußball die neue Weligion«, fuhr Jay fort und überlegte, ob es zu offensichtlich wäre, wenn er eine seiner manikürten Hände auf Jimmys Knie legte. »De bewegendste Moment fü mich wa, als Sie sagten, daß Sie nie wiede Fußball spielen könnten. Die Gwausamkeit des Schicksals ...«

»Neee, Mann, *Gwausamkeit* is was anderes », sagte Jimmy, stand auf, rollte seine Jeans hoch und deutete auf die noch gut sichtbare Narbe am linken Knie. »Ich war kaputt, unso.«

Jay – und die meisten Leute an den Tischen um sie herum – starrten entgeistert auf Jimmys vernarbtes, aber muskulöses Bein.

»Und wa das ein emotionale Moment?« wollte Jay wissen und versuchte verzweifelt, die Fassung wiederzugewinnen.

»Hab' geheult wien Beeby«, sagte Jimmy, wobei er eine entsetzliche Imitation von Paul Gazza Gascoigne zum besten gab, wie dieser bei der Europameisterschaft '92 geweint hatte.

Hattie konnte nicht mit Sicherheit sagen, wie sie den Lunch heil überstanden und es geschafft hatten zu entfliehen. Jay Hector wäre wahrscheinlich den ganzen

Tag da sitzengeblieben und hätte wie verzaubert an Jimmys Lippen gehangen. Gegen Ende des Essens und des Sixpacks Newkie Brown hatte sie ein- oder zweimal das Gefühl gehabt, daß das Ganze böse enden würde.

Doch als es Jimmy endlich gedämmert hat, daß Jay Hector, wie er es nannte, »im anneren Bus saß, unso », hatte er es fertiggebracht, sich zusammenzureißen – obwohl er vor Jays Versuch, ihn bei Verlassen des Restaurants auf beide Wangen zu küssen, zurückgezuckt war (wie im übrigen auch Hattie und Claire).

Claire erklärte, das Essen sei ein voller Erfolg gewesen, und gestand zumindest Hattie ein, daß sie sich vor allem deshalb an Jay gewandt hatte, weil sie überzeugt gewesen war, daß eine Ablehnung des Manuskripts außer Frage stand, sobald er Jimmy erst einmal gesehen hatte.

Jimmy hatte in der Tat so einen umwerfenden Eindruck hinterlassen, daß am nächsten Morgen per Motorradkurier zwei Verträge bei Hattie abgeliefert wurden: Einer von Jay Hector selbst und einer von dem Verleger, den er bereits verpflichtet hatte. Als nächstes setzte Claire die PR-Maschinerie in Gang und ließ eine Geschichte zur Peterborough-Kolumne im *Telegraph* durchsickern, die, dessen war sie sich sicher, sämtliche Boulevardblätter aufgreifen würden.

Binnen Stunden nach Erscheinen des Artikels kam Jimmys Karriere in Gang. Innerhalb von drei Tagen waren Artikel über Jimmys Buchvertrag in der *Mail*, in der *Times*, im *Mirror* und im *Express* erschienen – und selbst im *Guardian* wurde er unter ›Ereignisse der Woche‹ erwähnt.

Jay Hector und Claire hatten eine unfehlbare PR-Strategie entwickelt und fütterten die Tageszeitungen und die Bücherjournale der Verlagsindustrie mit Häppchen über Jimmy. Eile war geboten, denn der Termin für die Veröffentlichung war knapp bemessen, da laut Hector die Zeit reif war. Er wollte *Schlußpfiff* innerhalb von sechs Monaten auf den Markt bringen – irgendwann in der Mitte der bevorstehenden Fußballsaison.

Außerdem war er überaus darauf bedacht, an Jimmys Image zu feilen. Am Donnerstag nach Bekanntgabe des Deals buchte er einen der Top-Modefotografen für eine Reihe von Porträts, zu denen er zwar die Idee geliefert hatte, deren Ausführung aber sorgfältig von Hattie und Claire überwacht wurde. Der Literaturagent wollte, daß Jimmy »zeschunden und zewwauft« aussah, wohl einer der Gründe, so vermutete Hattie, weshalb er selbst unbedingt bei der Fotosession dabei sein wollte.

Für eines der Fotos riß Jimmy eine Dose Newcastle Brown auf, so daß das Bier durch die Luft sprühte und an seinem nackten Oberkörper hinunterrann.

Für ein anderes Bild zog er sich das Trikot eines Everton-Teams über den Kopf, was sein dichtes blondes Haar verwuschelte und die Tätowierungen, die über seinen linken Arm verliefen, vor der Kamera entblößte. Bei einem dritten Foto lag er in ein weißes Laken gehüllt auf einem Bett und las eine Ausgabe der *Big Issue* mit einem Foto von sich selbst auf der Titelseite.

Das dramatischste Bild aber und gleichzeitig das, was auf der Hochglanzrückseite von *Schlußpfiff* erscheinen würde, zeigte Jimmy, wie er mit Rex neben sich seelenvoll in einen Hauseingang schaute. Es war ein Schwarzweißfoto und sollte so aussehen, als sei es eine echte Aufnahme von Jimmy in seinen Tagen als Penner. Natürlich würde der Leser nie erfahren, daß die Tommy-Hilfiger-Jeans, die er trug, von einem Stylisten sorgfältig zerrissen worden waren und eine für die Kamera nicht sichtbare Windmaschine die Haare um sein verdrossenes Gesicht blies – das ein Visagist mit einem Anflug von Dreitagebart versehen hatte. In einer Hand hielt er eine Ausgabe der *Big Issue.*

Neun Tage später, genau zehn Wochen, nachdem Jon die Idee mit der Wette gehabt hatte, kamen zwei eindrucksvoll aussehende, an Jimmy Ryan adressierte Briefumschläge in Hatties Wohnung an. Der erste enthielt einen Scheck über 50.000 Pfund, das Anfangshonorar für seinen Deal über zwei Bücher. Und der zweite enthielt eine Einladung mit geprägtem Kopf für Jimmy Ryan zur jährlichen *Carlisle Square-Gartenparty* in drei Wochen.

»Jimmy!« schrie Hattie, als sie ihm die cremefarbene Karte aus der Hand nahm. »Wir haben gewonnen, Jimmy!«

»Fast, Hinny«, schränkte er mit vorsichtigem Unterton ein.

»Du glaubst doch nicht, daß du über die letzte Hürde stolperst, Jimmy? Mach einfach weiter mit der Show, die du für Jay Hector abgezogen hast, und du wirst der gefeierte Star der Party sein. Tony und Cherie werden dich anbeten, Portillo wird dich mit offenen Armen empfangen, David Mellor sich mit dir über Fußball unterhalten. Mein Vater und meine Mutter werden um dich herumscharwenzeln. Lords, Ladies, Grafen und Gräfinnen werden sich vor dir verbeugen, Jimmy …«

Es gab mehr als einen Grund, an diesem Abend zu feiern. Sie alle hatten die Wette gewonnen, sie hatten den Verlagsdeal zuwege gebracht, und es war, wie Jimmy schüchtern gestand, sein Geburtstag. Außerdem waren die Fortschritte, die er seit seiner Rückkehr aus Newcastle in seiner Ausbildung gemacht hatte, erstaunlich. Er befaßte sich nicht nur gerade mit der Lektüre einer Reihe zeitgenössischer Klassiker, sondern zwang sich auch dazu, täglich den *Independent* und den *Guardian* zu lesen. Es war an der Zeit, daß sie seine harte Arbeit und seine Leistungen anerkannten.

Bevor Hattie zur Arbeit ging, rief sie Claire an, um ihr die gute Neuigkeit mitzuteilen.

»Laß uns zum Essen ausgehen«, schlug Claire vor. »Wir wollen das so richtig feiern.«

»Nein, Jimmy möchte, daß wir drei zu Hause feiern. Ich besorge vom Büro aus was zu essen. Und ein paar Geschenke ...«

Trotz der Tatsache, daß sie eine Menge langweiliger Papierarbeit aufarbeiten mußte, schaffte Hattie es, in der Mittagspause das Büro zu verlassen. Sie kaufte Heliumballons in den Farben von Newcastle United, einen Geburtstagskuchen in Form eines Fußballstadions, einige Geschenke und Zutaten für ein richtiges Festmahl. Claire steuerte Champagner satt bei.

An diesem Nachmittag hatte Hattie eine weitere lange Sitzung mit Lisa. Der Tag ihrer Verhandlung rückte immer näher, und Hattie hielt es für wichtig, weiterhin dreimal die Woche zusammenzukommen. Um das Vertrauensverhältnis weiter zu stabilisieren, durfte Lisa sie mittlerweile duzen.

»Hallo, Lisa«, begrüßte Hattie sie, als Lisa in ihr Büro gebracht wurde.

»Hallo, Hattie.« Lisa schenkte ihr ein strahlendes, gewinnendes Lächeln und strich sich beim Hinsetzen das Kleid glatt.
Sie plauderten ein Weilchen über das, was sie so gemacht hatte. Sie bekam Unterricht bei einem Privatlehrer in Linton House, und obwohl man sie von den anderen Kindern fernhielt, waren die Verhältnisse, in denen sie lebte, unendlich besser als die in ihrer Familie. Während sie zu Hause vom Zorn Gottes beherrscht wurde – wie ihn ihr besessener und tyrannischer Vater interpretierte – bot Linton House ihr trotz des allgemeinen Ekels gegenüber ihrem Verbrechen eine sanftere, stimulierendere Umgebung. Zudem hatte sie Zugang zu den Büchern, die sie so sehr liebte, einen Fernseher und sogar einen Computer in ihrem Zimmer. Ihre Reaktion auf den Anreiz dieses normaleren Lebens war außerordentlich gewesen, und wie Hattie von Anfang an richtig vermutet hatte, verbesserten sich ihre schulischen Leistungen von Tag zu Tag. Nicht, daß ihre verbesserte Lebensqualität, seit man sie in Gewahrsam genommen hatte, sie glücklich machte. Trotz der grausamen Bestrafungen, die ihr Vater ihr regelmäßig auferlegt, trotz der Entbehrungen, die sie hingenommen hatte, sehnte Lisa sich danach, in ihr Elternhaus zurückzukehren.
»Du weißt, daß wir bald vor Gericht gehen, Lisa?« sagte Hattie.
Das Kind nickte.
»Machst du dir darüber Sorgen?«
»Nein, ich freue mich darauf.«
»Wirklich, Lisa? Du weißt, daß eine Menge Leute – Anwälte, Sozialarbeiter, Gerichtsmediziner – darüber reden werden, was du getan hast?«

Das Kind nickte wieder.
»Es wird kein gewöhnlicher Gerichtssaal sein. Es werden Leute da sein, die auf dich aufpassen, und es ist auch möglich, daß die Presse da sein wird. Vielleicht berichtet man in den Zeitungen über deinen Fall.«
»Das macht mir nichts aus. Ich will vor Gericht.«
»Warum das, Lisa?« fragte Hattie, neugierig über die Begeisterung des Mädchens für etwas, das sich als fürchterliche Tortur erweisen würde.
»Weil ich dann nach Hause kann«, erklärte das Mädchen mit erwartungsfrohem Lächeln.
Hattie suchte nach den richtigen Worten, ihr zu erklären, daß sie wahrscheinlich mehrere Jahre lang in Obhut würde bleiben müssen.
»Lisa, ich glaube nicht, daß man dich nach Hause lassen wird –« begann sie vorsichtig.
»Du hast es mir aber versprochen. Du hast gesagt, du würdest mir helfen. Du kannst ihnen sagen, daß ich gut bin. Du kannst sie dazu bringen, daß ich nach Hause darf«, sagte sie, und Tränen rannen ihr über die Wangen.

Hattie war müde, als sie nach Hause kam. Die Nachmittagssitzung mit Lisa hatte sie deprimiert und bekümmert und ihre Laune und Begeisterung für den vor ihr liegenden Abend gedämpft.
Claire kam Punkt acht Uhr an. Sie sah hinreißend aus. Sie hatte den Champagner und einige exquisit verpackte Geschenke dabei: einen eleganten Mont Blanc-Füllfederhalter, damit Jimmy mit Stolz seine Bücher signieren konnte, eine Flasche edles Aftershave, das ihrer Meinung nach Jimmys umwerfende Männlichkeit nicht schmälerte, und einen ganzen Schrank voll-

er Calvin Klein-Unterwäsche – Unterhosen mit Knöpfen und Eingriff, Boxershorts, Unterhemden und kleine knappe Slips, die, wie sie Hattie kichernd erklärte, seine Lunchbox unterstreichen würden.
»Was meinst du mit ›Lunchbox‹?«
»Du weißt schon, Hattie! Wie bei Linford Christie, diesem 100-Meter-Läufer, in seiner engen Lycra-Sprinthose …«, raunte Claire der verdutzten Hattie zu.
»Was fürs Essen?« fragte Jimmy verständnislos.
»Zum Knabbern, ja!« kreischte Claire vor Lachen. »Also, diese Unterhosen werden Jimmys perfekte ›Lunchbox‹ betonen.«
Als er alle seine Geschenke betrachtet hatte – und sich sichtbar darüber freute – ging Claire zu ihm hin, schlang die Arme um ihn und flüsterte ihm etwas ins Ohr, das Hattie nicht verstehen konnte. Hattie fand Claires zunehmend kokettes Benehmen Jimmy gegenüber unangemessen und irritierend.
Noch beunruhigender an diesem Abend aber war, wie er reagierte – er lachte und flirtete mit ihr und genoß jedes schmeichlerische Kompliment, das sie ihm machte. Im Gegensatz dazu hatte Hattie das Gefühl, daß sie – in Jimmys Augen – langweilig und bieder aussah. Sie betrachtete die verschiedenen kleinen Präsente, die sie gekauft hatte, und stellte fest, daß sie ihre und Claires grundverschiedene Haltung Jimmy gegenüber sehr gut demonstrierten. Statt Geschenke zu wählen, die deutliche Symbole seines neuen Erfolgs und Status waren, hatte Hattie sich für eine Auswahl von Dingen entschieden, die mehr mit dem alten Jimmy gemein hatten – eine neue Everton-Decke als Ersatz für die, die er bei seiner Mutter gelassen hatte, ein Newcastle United-Poster und ein Buch, das die Ge-

schichte von Newcastle in Bildern darstellte. Es enthielt sogar ein Foto vom florierenden Fischkai in North Shields in den siebziger Jahren – fast so, wie Jimmy ihn in Erinnerung hatte.

»Und dann hab ich noch was, Jimmy. Das errätst du nie«, sagte Hattie und zog eine Tragetüte von Harrods hervor. »*Stottie-kyek*! Den gibt's dort in der Delikatessen-Abteilung.«

An der Art, wie Jimmy mit leerem Gesicht auf Hatties Geschenke starrte, merkte sie, wie sehr er sich verändert hatte. Diese Dinge, die ihm einst so wichtig waren, ließen ihn nun kalt. Und er wurde zunehmend sensibler, wenn man ihn von oben herab behandelte und als typischen Geordie hinstellte.

»Was 'n Megafischburger!« sagte er auf eine Art, die, wie sie erkannte, ironisch klingen sollte. Er versuchte krampfhaft, nicht die Ausdrücke zu gebrauchen, die sie so liebte, die er aber nun peinlich fand. In der Tat hatte auch sein Akzent in den letzten beiden Wochen merklich abgenommen und war deutlich weicher geworden; der herrliche Dialekt von Tyne mutierte zu einer Art Mündungsenglisch, das in seiner neuen Welt gebräuchlicher – und akzeptabler – war.

Hattie wurde allmählich bewußt, daß Jimmys Einstellung allem gegenüber, was Claire und sie ihm beizubringen versucht hatten, sich seit ihrer Rückkehr aus North Shields geändert hatte. Er konzentrierte sich jetzt hauptsächlich auf das, was Claire seine Ausbildung nannte. Genaugenommen konzentrierte er sich eher auf Claire selbst. Es gab nicht mehr viel, was Hattie ihm noch beibringen konnte. Claire dagegen war nun diejenige, die ihm zeigte, was er wissen wollte. Claire, die ihn im Gebrauch des Bestecks unterwiesen hatte, und zwar nicht nur von Messer und Gabel, sondern auch von Eßstäbchen. Claire, die ihn mit der Designerkultur vertraut machte, so daß er nun, da er (dank Hattie und seiner neu entdeckten Lernfähigkeit) fließend lesen und schreiben konnte, auch *Dolce & Gabbana, Moschino und Versace* buchstabieren konnte. Claire, die ihn zwischen Cabernet Sauvignon und Chardonnay unterscheiden gelehrt hatte. Claire, die ihm beigebracht hatte, wie man Spargel ißt. Claire, die ihm gezeigt hatte, wie man ein Artischockenherz freilegt – und mit der Zeit wohl auch ihr eigenes. Hattie kam sich ziemlich dumm vor, Geschenke gewählt zu haben, die – und das hätte sie wissen müssen – all das repräsentierten, dem er mit Macht entfliehen wollte.

»Ich hab' dir auch diese hier besorgt. Hoffentlich gefallen sie dir«, sagte sie unsicher und überreichte ihm einige Nachschlagewerke, die sie mit Sorgfalt ausgesucht hatte. In den letzten paar Tagen hatte sie erkannt, daß sie seine Fortschritte mit wachsender Sorge verfolgte. Als hätte sie Angst, daß er, je mehr er aufnahm – und er war noch klüger, als sie gedacht hatte –, desto weniger dem Jimmy glich, der ihr so gefiel. Sie wollte mit aller Macht verhindern, daß er die Dinge verlor, die ihr so anders – so rein und unbefleckt – erschienen waren, als sie sich kennengelernt hatten.

»Danke«, sagte er und blätterte die Bücher mit großem Interesse durch, die Erinnerungsstücke an sein altes Leben ignorierend.

Sie köpften eine Flasche Champagner – Claire unterwies Jimmy in der schwierigen Kunst, einen Korken zu entfernen, ohne daß die schäumende Flüssigkeit in die Gegend spritzt – und stießen dann auf seine Zukunft an.

Während des Essens war Hattie ruhig und in sich gekehrt. Sie beobachtete Jimmy und Claire, hörte zu, wie sie über einen Film sprachen, den sie zusammen gesehen hatten, und lächelte nachsichtig, als sie sich über die bevorstehende Party unterhielten - wer da sein würde, was sie anziehen würden.

»Wir sind jetzt mitten in der Saison, Jimmy«, begeisterte sich Claire. »Du findest es bestimmt super - Ascot, Glyndebourne ...«

Entsetzen erfüllte Hattie bei dem Gedanken, daß der obdachlose Junge, den sie kennengelernt hatten, als er in Sichtweite des Opernhauses in einem Eingang campierte, sich in jemanden verwandelte, dem es nichts ausmachte, im Smoking ein Picknick aus einem Fortnum & Mason-Picknickkorb während der Pause von *Don Giovanni* zu verspeisen. Sie stand auf und begann die Teller abzuräumen. Den Geburtstagskuchen würde sie nun doch nicht auftragen. Es kam ihr wie eine Wahl vor, die eine Mutter für ihren kleinen Buben getroffen hätte; für einen weltgewandten jungen Mann - und Jimmy war auf dem besten Weg dazu, einer zu werden - hatte ein Geburtstagskuchen keine Bedeutung. An diesem Abend bemühte sie sich, heiter und optimistisch zu wirken, doch konnte sie sich des Gefühls nicht erwehren, daß Jimmys großer Sieg eher eine Niederlage war.

NEUNZEHNTES KAPITEL

»*Meinst du nicht*, der Cremefarbene ist ein wenig – hm – zu offensichtlich?« fragte Hattie einige Wochen später, als Jimmy in einem hellen Armani-Anzug die ganze Männerboutique im Exklusivkaufhaus Harvey Nichols entlangschritt.

»Er muß doch was hermachen, er ist der Star. Er muß aus der Menge hervorstechen. Und es ist doch nicht so, als könnte er je vulgär aussehen«, sagte Claire und erinnerte sich mit leichtem Schaudern daran, wie sie ihn das erste Mal zu Paul Smith, dem bekannten Londoner Modeschöpfer, zum Einkaufen mitgenommen hatte. »Und es paßt gut zu seinem Teint ...«

»Jap«, sagte Jimmy zu dem Verkäufer. »Den nehm' ich dann, Mann.«

»Wie wollen Sie zahlen, Sir?«

»Karte«, sagte Jimmy selbstsicher.

Er verfügte inzwischen über ein Bankkonto und über eine Kreditkarte. Die Sache mit der Kreditkarte fand er großartig. Er mußte nur das bißchen Plastik aus der Tasche ziehen und seine Unterschrift leisten – und schon, als handelte es sich um einen Zauber-Provy cheque, gehörte ihm alles, was er haben wollte.

Nachdem sie Jimmys Anzug erstanden hatten, gingen sie zu den Designerkollektionen im ersten Stock. Claire hakte ihn auf der einen Seite unter, Hattie auf

der anderen. Im Fahrstuhl bestaunte Claire ihr Spiegelbild und lächelte breit. Das Tolle an Jimmy, dachte sie, ist nicht bloß seine Schönheit – wo immer sie auch hingingen, zog er aufmerksame Blicke auf sich – sondern, daß man mit ihm so viel Spaß hat.
Es war seine Idee gewesen, an diesem Tag mit ihnen einkaufen zu gehen. Es war an der Zeit, sagte er, sich zu revanchieren. Und genauso, wie Claire am ersten Tag seiner Umwandlung seine Kleidung ausgewählt hatte, so wollte er nun ihre Kleider für die Party aussuchen – und für sie mit seinem Plastik-Provy cheque bezahlen.
Das Ungewöhnliche war, daß er ein untrügliches Gespür dafür hatte, was ihnen stand. Für Claire wählte er ein beigefarbenes Häkelkleid, das ihre Figur vorteilhaft betonte, die besten Stellen enthüllte und den Rest gerade noch bedeckte.
Als sie in dem von ihm ausgewählten Kleid aus der Umkleidekabine kam, applaudierte er, und sie verbeugte sich.
»Super, super ...« rief er.
»Meinst du nicht, eine Nummer größer säße es besser«, wandte Hattie ein, unfähig, den neidvollen Ton in ihrer Stimme zu unterdrücken. Neben Claire kam sie sich immer so *klein* vor.
»Nein, sie sieht perfekt aus«, erklärte Jimmy, was nur dazu beitrug, daß Hatties Selbstvertrauen noch weiter sank.
»Ich find's fabelhaft, Darling«, gurrte Claire, eilte zu ihm und küßte ihn auf den Mund.
»Jetzt bist du dran, Hinny«, sagte Jimmy zu Hattie.
»Du weißt, wie ich es hasse, Klamotten zu kaufen«, wandte sie unsicher ein. »Toby hat mich früher zu so

Läden wie diesem hier geschleppt und mir Sachen aufgedrängt, die mir nicht gefielen. Wirklich, Jimmy, ich wäre am glücklichsten, wenn ich einfach mein altes schwarzes Samtkleid anziehen könnte ...«

»Nee, Hinny«, sagte er nachdenklich und musterte sie auf eine Art, die sie beunruhigend fand. Während Claire sich wieder umzog, ging Jimmy von einem Kleiderständer zum anderen und suchte aufmerksam nach dem Passenden für Hattie.

Am Ende wählte er einen sehr femininen, fülligen, ausgestellten Rock aus Seidentaft in einem sanften, hellen Lilaton, den er mit einer sehr einfachen, taillierten Cashmerejacke von N. Peal in genau der gleichen Farbe kombinierte.

Hattie wurde rot, als sie aus der Kabine kam. Ausnahmsweise wußte sie, daß sie gut aussah. Die Kombination aus enger Jacke und gebauschtem koketten Rock stand ihr hervorragend, wirkte gleichermaßen mädchenhaft und totschick und hatte genau die richtige Länge für ihre hübschen schlanken Beine.

»Jap, Schätzchen«, erklärte Jimmy bei ihrem Anblick. »Jetzt laß dein Haar runter.«

Schüchtern langte sie sich an den Kopf, um die Haarklammer zu lösen, die ihre schwarzen Locken aus ihrem blassen Gesicht hielt.

»Das isses«, sagte Jimmy, holte seine Karte hervor und reichte sie der Verkäuferin. »So, jetzt lade ich euch zum Lunch ein.«

Es war das erste Mal, stellte Hattie fest, daß Jimmy das Wort ›Lunch‹ benutzte, und aus seinem Mund hörte es sich merkwürdig an.

»Jimmy, ich muß jemanden zum Mittagessen treffen – ich bin schon zu spät dran.«

»Du kannst mich zum Mittagessen ausführen, Jimmy«, flötete Claire und blitzte Hattie triumphierend an. »Wir gehen irgendwo *à deux* hin.«
Als Hattie ihnen nachblickte, wie sie Arm in Arm in Richtung Fifth Floor Café verschwanden, sann sie darüber nach, daß es wahrscheinlich nicht mehr lange dauern würde, bis sich in Jimmys wunderbaren Dialekt solch affektierte französische Ausdrücke wie *à deux* oder *billet-doux* einschleichen würden. Oder auch *soixante-neuf*, dachte sie düster, als sie sah, wie Claire Jimmys Arm streichelte.

Hattie sah dem Lunch mit Toby mit gemischten Gefühlen entgegen. Seit er vor einigen Wochen unangekündigt bei ihr vorbeigekommen war, hatte er sie hin und wieder angerufen – gewöhnlich wegen irgendeines finanziellen Problems aus ihrer gemeinsamen Zeit, das gelöst werden mußte, aber gelegentlich auch, um zu hören, wie es ihr ging. Sie hielt es inzwischen für unbedenklich, ihn zu treffen, da ihre Arbeit mit Jimmy fast beendet war. Es würde nicht mehr lange dauern, bis er sie verlassen würde, um nach Hause zurückzukehren und sein eigenes Leben wieder aufzunehmen, und obwohl sie Toby eigentlich nicht zurückhaben wollte, war sie ihm zumindest ein klärendes Gespräch über ihre Beziehung schuldig.
Ihr erster Fehler, stellte sie fest, bestand darin, zu spät zu kommen, ihr zweiter, sich eine Zigarette anzuzünden, kaum daß sie am Ecktisch im Restaurant Platz genommen hatte.
»Hattie – wie lange rauchst du schon?« fragte Toby mißbilligend. In seinen Augen war dies zweifellos eine weitere unschöne Gewohnheit, die sie sich durch ihr

Zusammensein mit dem obdachlosen Jimmy angeeignet hatte.

»Eigentlich schon immer, Toby, ich hab' mich nur nicht getraut, in deiner Gegenwart zu rauchen. Ich hatte immer eine Packung in einer meiner Schubladen im Schlafzimmer und habe heimlich geraucht, wenn du nicht da warst. Natürlich bei offenem Fenster, damit du nichts davon merkst.«

Sie beobachtete ihn und fragte sich ganz nüchtern, wie viele kleine Geheimnisse er während ihres Zusammenlebens wohl vor ihr gehabt hatte.

»Ich hatte keine Ahnung«, sagte er. »Warum hätte ich dich deiner Meinung nach daran hindern sollen?«

»Weil du Zigaretten und Raucher nicht ausstehen kannst. Du hast doch bestimmt nicht vergessen, daß du jedesmal eine Szene gemacht hast, wenn einer unserer Freunde nach dem Essen rauchen wollte?«

»Lassen wir das. Wie läuft es denn mit dem Projekt? Ich habe irgendwo was über Jimmys Buch gelesen«, sagte er. »Etwas über Fußball – *Schlußpfiff*, oder?«

»Nun, Toby, trotz deiner Zweifel ist es wirklich gut gelaufen. Die Korrekturfahnen sind gerade fertig geworden, und Jimmy nimmt zur Zeit die letzten Änderungen vor. Was hattest du noch mal über ihn gesagt, als er in unserem Leben auftauchte? Er wäre ein Tier, das auf derselben evolutionären Stufe stünde wie sein Hund oder so ähnlich? Komischerweise aber sind sowohl Herrchen als auch Hund nun vollkommen stubenrein.«

»Der hat mich nie gemocht, der Hund«, meinte Toby.

»Mich konnte er anfangs auch nicht leiden, aber jetzt ist er eher mein Hund als der von Jimmy. Er ist loyal, urkomisch und sehr gutmütig.«

»Und er widerspricht oder meckert nicht?« sagte Toby mit zynischem Lächeln. »Vielleicht hättest du mich schon vor Jahren durch einen Hund ersetzen sollen, Hattie.«

»Wir hatten unsere guten Zeiten, Toby, oder?« Sie wollte sich hier nicht mit ihm zerstreiten, deshalb schlug sie einen beschwichtigenden Ton an.

»Ja, schon«, bekannte er wehmütig.

»Was macht die Arbeit?« fragte Hattie und erinnerte sich daran, daß sie nie großes Interesse gezeigt hatte, was in seinem Leben so vor sich ging.

»Gut ... sehr gut sogar. Nach unserer Trennung habe ich meine ganzen Energien in den Job gesteckt, und dann traten langsam die politischen Veränderungen ein.«

»Lange, bevor wir uns getrennt haben, hast du alles in deinen Job und in deine Politik gesteckt«, warf sie rasch dazwischen.

»Na, sagen wir mal, ich bin weniger abgelenkt worden. Und es hat sich ausgezahlt. Ich bin für die Wahl als Kandidat von Southwark aufgestellt.«

»Ein sicherer Platz? Toll! Und wie steht's mit den Gefühlen? Gibt es in deinem Leben irgendwas anderes als New Labour und das Gesetz?«

Er schaute sie einen Moment lang an und legte dann seine Serviette hin. »Ja ... also, in der Tat, ja. Man könnte sagen, es hängt alles miteinander zusammen.«

»Hast du jemand während der Arbeit kennengelernt?«

»Chrissie, ja«, antwortete er leicht verlegen.

Chrissie war die letzten zwei Jahre seine Sekretärin gewesen, und Hattie empfand auf einmal so etwas wie Eifersucht.

»Oh, Chrissie, ich erinnere mich an sie. Sie war

hübsch und intelligent«, sagte Hattie. Ihr wurde klar, daß Chrissie viel eher Tobys Idealtyp von Frau entsprach, als sie selbst es je hätte sein können.
»Tja, um ehrlich zu sein, sie ist zu mir gezogen«, gestand er zögernd.
»Das freut mich für dich, Toby«, entgegnete Hattie, obwohl sie tief im Innern ziemlich betroffen war. Er hatte keine Zeit verschwendet.
»Und was ist mit dir? Gibt es in deinem Leben jemand anderen – außer Jimmy und dem Köter?«
»Nein, nein, ich bin wie du auch ganz schön beschäftigt, allerdings ohne das romantische Element«, erklärte sie.
»Du weißt, ich wollte nicht, daß es endet, Hattie. Ich will es immer noch nicht ...« Er griff nach ihrer Hand.
»Was ist dann Chrissie? Eine Lückenbüßerin? Ein Übergangsfick?« fragte Hattie gereizt.
»Nein, es ist nur so – wenn du mir je gezeigt hättest, daß du mich brauchst, also, wenn du mich jetzt bräuchtest, mich jetzt wolltest, wäre ich für dich da ...«
»Ich weiß nicht, was ich brauche, Toby«, sagte sie unsicher, »oder was ich will.«
Den Rest der Mahlzeit vermieden es beide sorgfältig, über ihre Beziehung zu sprechen, und unterhielten sich statt dessen über die Party, die Jon als Schauplatz für die große Wette gewählt hatte. Als sie sich mit dem üblichen Küßchen (einmal rechts, einmal links)- der in ihren Kreisen distanzierte Zuneigung signalisierte – voneinander verabschiedeten, war Hattie auf unerklärliche Weise traurig.

Claire kam bei Hattie vorbei, um sich mit ihr und Jimmy für die Party zurechtzumachen – die beiden Frauen oben in Hatties riesigem Schlafzimmer, Jimmy unten im Bad.

»Ich kann's kaum erwarten, Jons Gesicht zu sehen, wenn wir drei hereinspaziert kommen«, sagte Claire und tuschte sich ein weiteres Mal die Wimpern.

»Er hat bestimmt nur Augen für dich, Claire«, sagte Hattie. Wahrscheinlich wird jeder Mann auf der Party nur Augen für Claire haben, dachte sie, als sie ihr gemeinsames Spiegelbild betrachtete. Ganz besonders Jimmy.

»Warum? Warum sagst du das?« fragte Claire.

»Oh, weil er jedesmal nur von dir geredet hat, wenn wir uns in letzter Zeit begegnet sind. Ich habe das Gefühl, daß er eure Trennung nie verkraftet hat«, sagte sie und musterte Claires Gesicht.

»Pah, verschon' mich damit, Hattie. Er hat sich mit 1001 hübschen hirnlosen Blondinen über mich hinweggetröstet. Er würde nur hin und wieder gern mit mir ins Bett steigen. Wie eine Menge anderer Männer, die ich kenne.« Sie hielt inne und überlegte, ob sie Tobys Avancen auf diesem Gebiet erwähnen sollte, entschied sich aber dagegen.

»Ich bin sicher, bei Jon geht das tiefer.« Hattie versuchte mit allen Mitteln, Claire einzureden, mehr Interesse an ihrem Exlover und weniger an Jimmy zu zeigen.

»Jon würde vor einer ernsthaften Beziehung die Flucht ergreifen. Und weißt du, Hattie, im Moment möchte ich nichts so sehr wie eine ernste Beziehung«, erwiderte Claire, ihr Spiegelbild bewundernd.

»Ich glaube, du täuschst dich in Jon. Er will wirklich, daß eure Beziehung – hm – monogam, emotional, total ist. Er weiß nur nicht, wie er es anstellen soll. Und er hat Manschetten vor deiner Reaktion«, sagte Hattie, obwohl sie spürte, daß Claire ihr nicht mehr zuhörte.

Claire begaffte sich weiter im Spiegel und drehte und wendete sich, um alles noch einmal zu checken.

»Es ist wahrscheinlich zu spät. Ich bin mir nicht sicher, ob Jon jetzt noch mein Typ ist«, sagte sie bedeutungsvoll.

»Und wer genau ist dein Typ?« fragte Hattie scharf.

»Hattie, willst du dich denn nicht schminken?« wechselte Claire das Thema, um das zu umgehen, was sie beide wußten – daß Jimmy Claires Typ war.

»Im Schminken bin ich nicht sehr gut. Ich habe irgendwo einen Lippenstift, aber ich weiß nicht, ob er zu Lila paßt«, sagte Hattie geknickt.

»Nein, der paßt nicht«, konstatierte Claire und holte ihre riesige Schminktasche. »Hier, komm, ich leg dir mal etwas Puder und Rouge auf. Nur ein Hauch, damit es zu deinen Sachen paßt. Und blaßrosa Lippenstift, ja ...«

Als sie fertig waren, kam Hattie der Unterschied zwischen ihren Spiegelbildern wie Tag und Nacht vor. Claire sah in ihrem kurzen Häkelkleid unbeschreiblich sexy aus. Sie war so groß und so glamourös. Hattie kam sich daneben wie eine graue Maus vor – selbst in den Sachen, die Jimmy ausgesucht hatte und die ihr wirklich gut standen.

Unten öffneten sie eine Flasche Champagner und prosteten sich zu, während sie darauf warteten, daß Jimmy aus dem Bad auftauchte.

Erst, als er hustete, merkten sie, daß er schon im Raum stand, und drehten sich gleichzeitig nach ihm um. Er sah atemberaubend schön aus. Die Spätsom-

mersonne hatte seine Haut gebräunt und sein Haar so aufgehellt, daß er in seinem cremefarbenen Anzug in einem Glanz erstrahlte, der sie blendete. Er lächelte sie an und zeigte Zähne, die Barry Driver vielleicht mit Absicht so gerichtet hatte, daß sie zu seinem strahlend weißen Hemd paßten, das er unter dem Anzug aufgeknöpft und ohne Krawatte trug.
»Jimmy«, murmelte Claire. »Ein Mann von Rang.«

Claire hatte ursprünglich eine große cremefarbene Limousine mieten wollen, die sie zur Party brachte, doch Hattie hatte statt dessen einen diskreteren Daimler bestellt, der sie um Punkt halb neun am Carlisle Square absetzte.
Es war zweifellos die wichtigste Party für die Crème de la Crème. Paparazzi säumten den Bürgersteig vor dem Eingang zum großen Zelt, das in der Mitte der Gartenanlagen des Carlisle Square errichtet worden war. In den Zeitungen des nächsten Tages würde man ausgesuchte Schnappschüsse mit Bildunterschriften sehen, die den Lesern bestätigten, wer auf der diesjährigen Party in und wer out war.
Die Sicherheitsvorkehrungen waren streng, da sich außer dem Premierminister und den Oppositionsführern auch zahlreiche Mitglieder des Königshauses unter den Gästen befanden. Hattie fühlte sich so nervös wie Jimmy wahrscheinlich auch. Es stand außer Zweifel, daß sie die eindrucksvollste Gruppe waren, und mehrere bekannte Persönlichkeiten hatten sich bereits wohlwollend über Jimmy geäußert und ihm zur Begrüßung zugenickt. Dennoch hatte sie Angst, daß etwas schiefgehen würde.
Ihre Sorge schien unbegründet. Jimmy war, genau wie

Claire es geplant hatte, das Gesprächsthema der Schickeria. Selbst wenn diese nicht ganz verstehen konnte, was er sagte.
Innerhalb weniger Minuten nach ihrer Ankunft war Jay Hector auf sie zugeschwebt und hatte Jimmy entführt, damit dieser die Leute kennenlernte, die Jays Meinung nach für seine zukünftige Karriere wichtig waren – Melvyn Bragg, Alan Yentob, ihr Gastgeber, David Frost und, am allerwichtigsten, Tony und Cherie Blair. In gewisser Hinsicht repräsentierte Jimmy, wie er in seinem cremefarbenen Armani-Anzug in der illustren Menge stand, den Traum von New Labour. Und keiner verstand dies besser als der ewig lächelnde Tony Blair.
»Jimmy Ryan«, sagte er und schüttelte Jimmy mit seltener Begeisterung die Hand. »Jay hat mir eine Kopie Ihres Buches geschickt. Eine bemerkenswerte Leistung ...«
»Ey, Mann«, murmelte Jimmy verlegen, und die lärmenden Persönlichkeiten und Politiker um ihn herum lachten – mit ihm, nicht über ihn.
Claire und Hattie standen nebeneinander, sahen zu, wie Jimmy in dem überfüllten Zelt die Runde machte, und kamen sich vor, wie frischgebackene Eltern.
»Wir haben's geschafft«, flüsterte Claire.
»In der Tat«, sagte Hattie und tauschte ein triumphierendes Lächeln mit ihrer Freundin.
»Sieh nicht hin, aber da drüben steht Jon«, raunte Claire.
Jon, den Arm um eine hübsche Blondine gelegt, sah ebenfalls zu, wie Jimmy seine Runden drehte.
»Er kommt her«, sagte Claire aufgeregt. »Los, hol' Jimmy, Hattie.«

Hattie zog auf der Suche nach ihrem Schützling los und drängte sich durch die wogende Menge. Er stand in einer Ecke in ein Gespräch mit Frank Skinner, David Baddiel und Brian Brute vertieft.
»Jimmy«, zischte sie.
»Hi«, sagte er, packte ihre Hand und zog sie neben sich.
»Jimmy, du mußt unbedingt mitkommen und Jon kennenlernen. Die Wette ...« sagte sie, lächelte entschuldigend und zog ihn mit sich fort.
Sie bahnten sich ihren Weg durch die Menge zurück zu Claire, die nun mit Jon (ohne Blondine) dastand.
»Jon«, sagte Hattie und klopfte ihm auf die Schulter. »Ich bin mir nicht sicher, ob du schon Jimmy Ryan kennengelernt hast ...«
Jon wandte sich um. »Jimmy, freut mich, Sie wiederzusehen, und dazu unter solch veränderten Umständen«, sagte er, schüttelte Jimmy die Hand und schaute ihn dabei aufmerksam an.
»Ich denke, du schuldest uns was«, erklärte Claire lächelnd. »Und das nicht zu knapp.«
»Ich stehe zu meinem Wort«, erwiderte Jon und ließ die Augen nicht von Claire, während er in die Brusttasche seiner Jacke langte und einen an Jimmy adressierten Umschlag hervorzog. »Hier, bitteschön ...«
»Du hast doch von Anfang an gewußt, daß wir es schaffen würden, oder?« sagte Hattie.
»Nein, nicht von Anfang an. Aber bei dem ganzen Rummel um ihn in der letzten Woche wäre ich ja wohl ein Idiot gewesen, heute abend unvorbereitet herzukommen«, entgegnete er. »Sagen wir doch einfach, daß dies trotz meiner Borniertheit wahrscheinlich die besten 5.000 Pfund sind, die ich je ausgegeben habe.«

»Und die besten, die wir je verdient haben ... ich meine, die Jimmy verdient hat«, sagte Hattie und reichte Jimmy den Umschlag, den dieser in seine Jackentasche steckte.

»Achtung«, raunte Jon. »Die Perserkatze ist im Anmarsch.«

Ausnahmsweise war Hattie erfreut, ihre Schwester zu sehen. Jon zu beweisen, daß Jimmy ein Mann von Rang war, war ein gutes Gefühl, aber ihrer Familie diesen Beweis zu erbringen, würde ihr ein noch größeres Vergnügen bereiten.

»Arabella!« rief sie mit ungewöhnlicher Begeisterung aus, als ihre Schwester sich an ihre Seite schlängelte.

»Hattie, Schätzchen«, preßte Arabella zwischen zusammengepreßten Zähnen hervor, »und Jimmy! Daddy hat sich ja fast an seinem Champagner verschluckt, als er dich mit Tony Blair im Gespräch sah. Kann ich ihn mir kurz ausborgen, Schätzchen? Ich denke, ich lasse mich für meine Wochenkolumne mit ihm zusammen fotografieren.«

Hattie fand die Idee grauenvoll, doch Claire, die das Potential eines solchen Fotos erkannte, gab Jimmy einen Schubs. Arabella führte ihn ab und blieb hier und da stehen, um ihn ihren Freunden vorzustellen.

»Es hat den Anschein, als sei dein junger Mann auf den Füßen gelandet, Hattie«, lobte ihr Vater, der sich zu ihr gesellte, während Jimmy verschwand.

»Daddy, ich habe dir doch gesagt, daß er nicht mein junger Mann ist«, antwortete Hattie. Wenn er der Mann von irgend jemandem war, dann von Claire.

»Deiner Mutter und mir hat er überhaupt nicht gefallen, aber heute abend kommt er anscheinend sehr gut an«, setzte er hinzu und trollte sich wieder.

Hattie haßte Parties dieser Art und stellte daher beunruhigt fest, daß Jimmy sich prima zu amüsieren schien. Dennoch schwand ihre anfängliche Freude über seinen Erfolg allmählich, und sie überlegte, ob es jemandem auffallen würde, wenn sie sich einfach davonstahl.

»Er ist auf sich gestellt, und es klappt bestens«, sagte Claire, als würde sie Hatties Gedanken lesen.

»Er macht das wahnsinnig gut. Aber das war ja auch Sinn der Sache, oder?«

»Anfangs ja. Aber ich glaube, mir hat es besser gefallen, als er noch von uns abhängig war. Und wenn ich ehrlich bin, will ich heute abend Mittelpunkt seiner Bedürfnisse sein«, sagte sie und sah Hattie um Zustimmung heischend an.

»Ich bezweifle nicht, daß du das bekommst, was du möchtest«, konterte Hattie bissig. Sie hatte den starken Verdacht, daß Jimmys Bedürfnisse sich schon eine ganze Zeitlang auf Claire konzentriert hatten.

Ihr war ein wenig schwindlig von der kombinierten Wirkung von Hitze und Champagner. Sie ging zur Rückseite des Zelts und in den Garten hinaus, um frische Luft zu schnappen und sich nicht so eingeengt zu fühlen.

»Hattie, warum bist du nicht drinnen?« fragte Jon, der, wie sie erkannte, als ihre Augen sich an die Dunkelheit gewöhnten, allein im Garten stand.

»Ich hasse diese Parties«, sagte sie.

»Ich auch«, gestand er. »Aber ich glaube, deinem Jimmy gefällt's.«

»Darum ging doch die Wette, oder – ihn in jemanden zu verwandeln, den man in ›feiner Gesellschaft‹ vorzeigen kann?«

»Und wenn ich mich recht erinnere, war eine der anderen Bedingungen die, daß er ›eine zivilisierte Unterhaltung‹ führen sollte. Ich habe allerdings das Gefühl, daß dieser Haufen hier weder fein noch zivilisiert ist«, entgegnete Jon.

»Wo ist deine Freundin?« fragte Hattie, sich plötzlich an die Blondine erinnernd.

»Ach, sie ist nicht meine richtige Freundin, nur jemand, mit dem ich gelegentlich ausgehe.«

»Wie Claire?« fragte Hattie.

»Nicht wie Claire«, bekannte er reuevoll.

»Warum erklärst du ihr dann nicht, wie es um dich und deine Gefühle steht?« fragte Hattie.

»Glaubst du, sie würde zuhören? Sie interessiert sich weitaus mehr für Jimmy.«

»Ich weiß«, sagte Hattie resigniert.

Sie schlenderten in das Festzelt zurück. Claire tanzte gerade mit Jimmy, die Arme eng um ihn geschlungen.

»Ich glaube, für ihn bin ich nun überflüssig«, sagte Hattie niedergeschlagen, als Jon sich einen weiteren Drink holen ging.

Sie stand allein da und wartete auf den richtigen Moment, die Party zu verlassen. Sie konnte nichts daran ändern, daß Claire heute abend aufs Ganze gehen und daß Jimmy alles andere als abgeneigt sein würde. Sie schlängelte sich dem Zeltausgang zu und drehte sich noch einmal um, um einen letzten Blick auf ihren Schützling zu werfen.

»Hinny«, rief er, löste sich von Claire und kam auf sie zugeeilt. »Wo gehst du hin?«

»Jimmy, du hast's geschafft. Du bist ein Star. Arabella schreibt in ihrer Kolumne über dich, Tony Blair hat sich mit dir fotografieren lassen. Claire ist verrückt

nach dir. Du brauchst mich nicht mehr. Viel Spaß noch«, sagte sie und lächelte tapfer.
»Ich werd' dich immer brauchen.« Jimmy nahm ihre Hand.
Seine Worte, seine belegte Stimme überraschten sie. Sie konnte ihm nicht in die Augen sehen.
»Nein, Jimmy, das wirst du nicht. Du bist so weit gekommen, und du kannst noch so viel weiter gehen. Ohne mich ...« beharrte sie.
»Tanz' mit mir.« In seiner leisen Stimme schwang ein neuer verführerischer Ton mit, der ihr für einen Augenblick den Atem raubte.
Sie schüttelte wieder den Kopf. »Claire wartet auf dich ... und überhaupt, ich kann nicht tanzen.«
Ihren Protest ignorierend, führte Jimmy sie zu der kleinen Tanzfläche und legte die Arme um sie. Es war ganz anders als der Moment, den sie im *West Allotment Working Men's Club* geteilt hatten, und dies nicht nur wegen der tiefen gesellschaftlichen Kluft zwischen den beiden Orten. Zum ersten Mal fühlten sie sich in der Gegenwart des anderen in der Öffentlichkeit wohl.
»Laß uns nach Hause gehen, Hinny«, flüsterte Jimmy, nachdem sie einige Minuten getanzt hatten.
»Ich gehe Claire holen«, sagte Hattie und zögerte, sich aus seinen Armen zu lösen.
»Nein, nur wir beide«, drängte er.
Sie sah unsicher zu ihm auf, unsicher darüber, was er da vorschlug.
»Oh ...« hauchte sie. »Ich sage ihr aber besser Bescheid.«
Sie fand Claire auf der anderen Seite der Tanzfläche und Jon ganz in ihrer Nähe.

»Die Wette haben wir beide gewonnen, aber der Mann gehört dir, Hattie«, sagte Claire mit einem kaum merklichen Anflug von Schärfe.

»Red' keinen Unsinn. Ich sehe Jimmy nicht so. Es wäre nicht richtig. Meine Gefühle für ihn sind anders – mütterlich«, wehrte Hattie ab.

»Quatsch, Hattie. Das ist absoluter Quatsch, und tief im Innern weißt du das auch. An deinen Gefühlen für Jimmy ist nicht im entferntesten etwas Mütterliches. Du willst ihn, vielleicht noch mehr als ich«, bemerkte Claire sanft.

»Claire, das ist einfach lächerlich«, sagte Hattie ungeduldig.

»Nein, ist es nicht. Es ist der klassische Fall: Die beste Frau gewinnt. Oder zumindest die netteste ...« Claire bemühte sich, nicht allzu enttäuscht zu klingen. Sie hätte von Anfang an erkennen müssen, daß Jimmy nur Augen für die langweilige, biedere, weltverbessernde Hattie hatte.

»So ein Schwachsinn, Claire, echt. So was wollte ich nie«, erwiderte Hattie und gestand sich im selben Moment ein, daß sie log.

»Hm, ich aber ... mehr als alles andere«, sagte Claire mit dem Lächeln einer Verliererin. »Immerhin, es sieht so aus, als hätte ich den Trostpreis gewonnen.«

»Was meinst du damit?«

»Ich glaube, ich habe den Spieler gewonnen, der die Wette verloren hat«, flüsterte Claire Hattie ins Ohr und ging auf Jon zu, der bei ihrem Anblick ein strahlendes Lächeln aufsetzte.

ZWANZIGSTES KAPITEL

Hand in Hand spazierten sie zur King's Road und nahmen dort ein Taxi nach Hause. Zum ersten Mal zog Jimmy sich nicht einen der Klappsitze herunter, sondern setzte sich neben Hattie. Er traute sich allerdings nicht, sie zu küssen.

Während der Fahrt sprachen sie kein Wort und rührten sich auch nicht an. Als sie die Wohnung betraten, begrüßte Rex sie stürmisch, und Hattie tätschelte seinen Kopf. Jimmy nahm eine Flasche Champagner aus dem Kühlschrank und öffnete sie scheinbar mühelos. Noch so ein Zeichen, dachte Hattie, daß er sich an das neue Leben gewöhnt hat. Dann brachte er zwei gefüllte Gläser zu ihr herüber und schob einen verdutzten Rex beiseite, damit er sich neben sie auf das Sofa setzen konnte.

Er küßte sie immer noch nicht – fuhr ihr bloß mit der Hand durchs Haar, strich ihr die Haare aus der Stirn und schaute sie unverwandt an.

»Du bist schön, Hinny«, sagte er und vergrub sein Gesicht in ihrer dichten dunklen Mähne, die lebhaft mit seinem hellblonden Haar kontrastierte. Gegensätze, dachte Hattie. Wir sind Gegensätze.

Ein Stückchen weiter weg lag Rex auf dem Perserteppich und verfolgte ihr Tun mit gespanntem Blick, während er leise um Aufmerksamkeit winselte.

Jimmy hob den Kopf, fand ihren Mund und küßte sie mit einer solchen Leidenschaft, daß Hattie fast den Verstand verlor.
»Was 'n Megafischburger!« stieß er hervor, als er eine Sekunde innehielt, um Luft zu holen.
»Was 'n Megafischburger!« wiederholte Hattie, und beide lachten laut los.
Dann führte er sie die Treppe zum Schlafzimmer hinauf, wo er stehen blieb und sie noch einmal gierig küßte. Rex sprang auf und kam mit erwartungsvollem Blick hinter ihnen her. Jimmy schob Hattie ins Schlafzimmer und schlug dem Hund die Tür vor der Nase zu.
Inzwischen war Hatties Verlangen nach ihm so stark, daß sie dachte, sie würde jeden Moment ohnmächtig in der qualvollen Erwartung, er möge sie endlich packen, berühren, nehmen.
Dann begann Jimmy, mit unerträglicher Langsamkeit einen Knopf nach dem anderen an ihrer züchtigen Cashmerejacke zu öffnen, bis er endlich unter dem weichen lila Stoff ihre Brüste fühlen und sehen konnte. Er streifte ihr die Jacke von den Schultern und hakte ihren BH auf, so daß sie bis zur Taille nackt vor ihm stand und in ihrem bauschigen Taftrock wie eine lüsterne Ballerina aussah.
»Jetzt du, jetzt du«, stammelte sie, zog ihm das Jackett aus und knöpfte sein Hemd auf, damit sie alles von ihm sehen konnte – die Tätowierungen, die verblassenden Prellungen seiner letzten Schlägerei und die Narben seines früheren Lebens.
Ihre Finger kämpften mit der Gürtelschnalle seiner cremefarbenen Armanihose, die sie ihm abstreifte, bis er in seinen knappen Calvin-Klein-Shorts vor ihr stand.

»Deine Lunchbox, Jimmy«, murmelte sie zwischen Küssen.

»*Deine* Lunchbox, Hinny«, sagte er, hob sie aufs Bett und befreite sie von ihrer Unterwäsche. Sie behielt nur die schwarzen Strümpfe und den Taftrock an.

Er legte ihr die Arme über den Kopf und drang mit einem Ausdruck ungläubigen Staunens in sie in. Das einzige, dessen er sich bewußt war, während er sie liebte, war die Dringlichkeit seines Verlangens und das Rascheln des Taftrocks.

»Hattie«, schrie er, als er seinen Höhepunkt erreichte, und sie registrierte, daß er sie zum ersten Mal bei ihrem Namen genannt hatte.

Ein Weilchen später – vielleicht eine halbe Stunde oder Stunde – löste Hattie sich vorsichtig aus seiner Umarmung, setzte sich auf, und betrachtete den schlafenden Körper.

»Jimmy«, flüsterte sie unter einem Kuß und spürte, wie er sich regte.

»Hattie«. Er blickte zu ihr auf. »Ich liebe dich.«

Sie hielt den Atem an und lächelte sanft. Bei Toby hatte sie natürlich immer so getan als ob, hatte während zahlloser Liebesakte gekeucht und gestöhnt, geächzt und gewimmert, dabei aber nie das Gefühl gehabt, aktiv am Sex teilzuhaben. Mit Jimmy war das anders und es machte ihr angst.

Es gab so vieles, das sie lieber nicht wissen wollte: Seine Erfahrung, sein Wissen, sein Selbstverständnis als Liebhaber und woher er diese Kenntnisse hatte. Und dann ihre eigene Reaktion auf das alles. Gut, sie war ein wenig beschwipst, aber es war nicht der Alkohol, der die Funken sprühen ließ.

Sie beugte sich über Jimmy und küßte ihn. Sie wollte nicht an morgen denken, auch nicht an gestern, sie wollte ihn nur einfach noch einmal lieben. Als sie in den Spiegel über ihrem Bett blickte und ihr Spiegelbild sah – sie trug immer noch ihre schwarzen Strümpfe und den Taftrock – war sie zum ersten Mal in ihrem Leben überrascht, wie provozierend sie wirkte, und das steigerte ihre Lust um so mehr.

Diesmal übernahm sie die Führung. Sie begann, ihn noch leidenschaftlicher, noch gieriger zu küssen, dann griff sie nach ihm und führte ihn selber ein, und während sie auf ihm ritt, beobachtete sie sich im Spiegel.

Selbst als er gekommen war, wollte sie noch mehr. Er rollte sich herum und legte sich auf sie.

»Hattie, Hattie, mach langsam ...«, flüsterte er und preßte sie an sich.

Sie wollte noch nicht schlafen. Sie fühlte sich lebendiger und wacher als je zuvor. Als ob ihr jemand auf der Party ein Zauberelexir in den Drink gemischt hätte. Als ob sie für immer und ewig weitervögeln könnte.

»Ich bin hungrig, Jimmy«, lächelte sie zu ihm auf, als sie sich eine kleine Verschnaufpause gönnten.

»Bleib' liegen, sagte er und stieg aus dem Bett.

»Pack deine Lunchbox weg, Jimmy«, rief sie ihm keck hinterher. Er brachte einen Festschmaus ans Bett: zwei seiner Riesensandwiches, eine große Tafel Schokolade und eine neue Flasche Champagner.

Sie fütterten und streichelten einander abwechselnd, pausierten zwischen großen Happen Schokolade, um sich innig zu küssen. Und als sie ihren Champagner verschüttete, mußte sie zur Strafe jeden Tropfen einzeln von seinem Körper lecken. Sie verlor den Überblick, wie oft sie sich in dieser Nacht liebten.

Hin und wieder mußten sie auch ein paar Minuten geschlafen haben, den größten Teil der Nacht jedoch verbrachten sie damit, den Körper des anderen mit einer Heftigkeit zu erforschen, die Hattie zutiefst erschreckte. Als sie am nächsten Morgen erwachte, glaubte sie, bei dem Gedanken an die fieberhaften Aktivitäten der vergangenen Nacht vor Scham in den Boden versinken zu müssen. Aber nichts von alledem. Sie besah sich das Chaos aus Essen, Wein und Klamotten und bestand darauf, daß Jimmy sie noch einmal liebte. »Laß uns hier nie mehr rausgehen, Jimmy«, sagte sie und umschlang ihn noch fester, wohl wissend, daß außerhalb ihres Schlafzimmers alles wieder verloren sein könnte. So lag sie da, hörte Rex' verstörtes Winseln vor ihrer Schlafzimmertür und sann darüber nach, ob ihre Liebe eine Chance in der real existierenden Welt haben würde.

Claire erwachte mit einem Gefühl, als sei sie aus einem Alptraum aufgetaucht. Als ihr dämmerte, was sich in der vorangegangenen Nacht ereignet hatte, zog sie instinktiv die Bettdecke über sich und wünschte, sie könnte wieder in Schlaf versinken. Sie hatte doch nicht etwa ... was um alles auf der Welt war nur in sie gefahren? Ihre schönen neuen Vorsätze! Ihr fester Entschluß, nie wieder Kompromisse zu machen, nie wieder die alten, ausgetretenen Pfade zu betreten! Der ehrliche Glaube, daß sie ihre alten Verhaltensmuster abgelegt hatte. Ihr fester Vorsatz, sich nie wieder von einem Mann ausnutzen zu lassen.
Und was hatte sie gemacht? Hatte mit Jon bis in den frühen Morgen getanzt, war mit ihm den ganzen Heimweg zu Fuß gegangen und ihm dann, im ersten

Morgenlicht willenlos – nein, mehr hemmungs- als willenlos – in die Arme gefallen.
Wahrscheinlich wäre sie nicht so schwach gewesen, versuchte sie sich einzureden, wenn Jimmy ihre leidenschaftlichen Gefühle erwidert hätte. Was ein berauschender, siegreicher Abend hätte werden sollen, der seinen Höhepunkt darin fand, daß sie Hand in Hand mit Jimmy in die aufgehende Sonne wanderte, hatte sich statt dessen in einen schrecklichen Moment der Wahrheit verwandelt. Schon die Erkenntnis, daß er in Hattie mehr als nur eine mütterliche Figur sah, war ein Schock gewesen. Aber akzeptieren zu müssen, daß Jimmy diese pflichtbewußte, selbstlose, linkische und weltfremde Hattie attraktiver fand als sie, versetzte ihrem Selbstbewußtsein einen herben Schlag. Während sie den beiden beim Tanzen zusah, hatte sie versucht, ihre Eifersucht zu kaschieren. Sie hatte versucht, sich als gute Verliererin zu geben, indem sie Hattie sogar noch ermutigte – aber es war wie ein Messerstich tief in ihr von den unsäglichen vorangegangenen Affairen schon gebeuteltes Herz gewesen. Sie konnte sich nicht erinnern, je so heftiges Verlangen nach einem Mann gehabt zu haben wie nach Jimmy.
Und anstatt einen würdevollen Abgang zu machen, hatte sie ihre gesamte sexuelle Erregung – all diese aufgestaute erotische Hitze – auf das nächstverfügbare Objekt, Jon, projiziert.
Sie hörte ein Geräusch neben ihrem Bett, ein leises Hüsteln, und lugte unter der Bettdecke hervor. Jon stand vor ihr mit einem Frühstückstablett mit Toast, Tee, Croissants, Konfitüre und – wie ein Requisit aus einem dieser Trivialromane – einer langstieligen roten Rose in einer Silbervase.

»Jon, du siehst aus wie der Mann aus der Rama- Frühstückswerbung. Auf jeden Fall wie der Mann mit dem Frühstückstablett«, murmelte sie und starrte ihn mit einer Mischung aus Verwunderung und Ungläubigkeit an.

Er ließ sich vorsichtig auf der Bettkante nieder und plazierte das Tablett vor sie.

»Du siehst bezaubernd aus, so am frühen Morgen«, erklärte er.

Jon war der einzige Mann, dessen Freundschaft und Nähe sie sich in mühsamer Selbstkasteiung bewahrt hatte. Der Einzige – wie sie sich bei ihrer Trennung vor Jahren geschworen hatte – mit dem sie nicht ins Bett gehen würde. Er war der einzige Mann, dem sie vertraute, und jetzt hatte sie vermutlich alles vermasselt.

»Gehört das zu deiner ›*Am-Morgen-danach-Routine*‹, Jon? Stehst du deswegen so hoch im Kurs bei den unbedarften hübschen Mädchen, die du vögelst? Ich muß schon sagen, du hast deinen Stil geändert seit damals. Ich kann mich nicht an Frühstück im Bett erinnern. Aber vielleicht hast du dir gesagt, um der alten Zeiten willen könntest du ruhig eine kleine Schau abziehen«, sagte Claire heftig.

Jon blickte sie verdutzt an. »Was letzte Nacht geschehen ist, war nicht um der alten Zeiten willen, Claire. Ich meinte es wirklich so.«

»Und, was genau, soll ›*ich meinte es wirklich so*‹ heißen?« ereiferte sich Claire. »Es kommt mir vor wie eine abgedroschene Phrase, die ein Mann gern gebraucht, damit die Frau sich besser fühlt. Wir sollen glauben, daß ›*es war wirklich so gemeint*‹ soviel bedeutet wie – was passiert ist, selbst eine einzige Nacht –

war etwas ganz Besonderes. Wobei es das natürlich gar nicht ist. Was ich damit sagen will, verdammt noch mal, welcher Liebesakt ist nicht ›wirklich‹. Für euch Männer wäre es natürlich sehr bequem, wenn er nicht wirklich wäre, und die Frau, die ihr gerade gevögelt habt, sich in Luft auflösen würde. Was Männern wirklich gefallen würde, wäre nicht wirklicher Sex, sondern Sex als virtuelle Wirklichkeit – ich hab sie gevögelt, dann hab ich den Stecker aus dem Gerät gezogen und schwupp, als wäre nichts passiert«, schloß sie.

»Wenn du es so sehen willst ...« Jon sah verletzt aus.

»Ich führe eine Wörterliste, weißt du, Jon. Ich habe daran gedacht, ein präzises Mann/Frau-Lexikon zu verfassen, damit wir armen Frauen nicht immer mißverstehen, was ihr blöden Männer uns sagt. Und die magische Formel ›*es war wirklich so gemeint*‹ hatte ich glatt vergessen.«

»Ich habe dich nie angelogen, Claire.«

»Da haben wir's! Noch so eine typisch männliche Floskel! ›*Ich habe dich nie angelogen*‹. Die hat sogar doppelten Gebrauchswert. Ein Mann gebraucht sie, wenn eine *Frau* eine feste Bindung will und *er* nicht. In dem Fall meint er mit dieser Standardphrase, daß er sie nie geliebt hat. Und dann wenden sie die Floskel an, wenn man sie beim Schwindeln ertappt. Ich kenne in der Tat keinen Mann, der mir je die Wahrheit gesagt hat.«

»Ich, Claire.«

»Spar' dir das, Jon. Was ist mit der anderen hübschen Plattitüde, die du gerade erst gesagt hast: ›*Du siehst bezaubernd aus so früh am Morgen*‹? Grob übersetzt in eine Sprache, die Frauen verstehen, heißt das ›*Wie wär's mit einem Quickie, bevor ich gehe*‹? Früher hätte so was bei mir noch gewirkt. Ich wäre womöglich darauf

reingefallen – wie schon so viele Male – aber heute falle ich nicht mehr auf so was rein.«
»Dann ist es wohl besser, wenn ich jetzt gehe«, erklärte Jon und erhob sich. »Offenbar hat jeder von uns eine andere Auffassung von dem, was gestern nacht geschehen ist.«
Claire sah ihm ins Gesicht und entdeckte zum ersten Mal etwas in seinen verlogenen brauen Augen, das wie ein Anflug von Aufrichtigkeit gedeutet werden konnte. Hatte sie einen Fehler gemacht? Hatte er es, um im Bild zu bleiben, ›wirklich so‹ gemeint?
»Jon«, rief sie hinter ihm her, als er zur Tür ging. »Wir sind doch noch Freunde ...?«
Noch ehe sie ihren Satz beenden konnte, hatte er die Tür hinter sich zugeschlagen.

Hattie ging an diesem Tag nicht zur Arbeit. Sie blieb zu Hause und vögelte. In der großen Sandsteinbadewanne, auf dem Marmorfußboden neben der großen Sandsteinbadewanne, auf dem Küchentisch, auf dem schneeweißen Sofa, auf dem harten Holzfußboden neben dem schneeweißen Sofa, auf dem zusammengerollten Futon, der einmal Jimmys Schlafecke war, im Stehen an der Wand in der Diele, unter der Powerdusche und schließlich auf dem Perserteppich, den Rex sich auserkoren hatte. Der Hund sah ihnen die ganze Zeit zu – mißbilligend, wie es Hattie schien.
Um fünf Uhr nachmittags, satt und wund, krochen sie wieder ins Bett und legten sich schlafen.
Am frühen Morgen erwachte Hattie, und die Zweifel begannen an ihr zu nagen. So sehr sie Jimmy auch liebte, begehrte und brauchte, wie sollte es funktionieren? Er war fast zehn Jahre jünger als sie. In nur weni-

gen Monaten hatte er eine gigantische Entdeckungsreise absolviert, und diese Leidenschaft mit ihr war nur ein Teil davon. Das war niemals wahre Liebe, konnte es niemals sein.
Sie würde ihn weiterziehen lassen müssen. Sie durfte ihn nicht für immer an sich binden. Diese Geschichte durfte nicht zu etwas anderem als einer kurzen, hitzigen Affaire ausufern. Wenn sie ihrem Verlangen nachgab, würde sie ihn nur zurückhalten, auf seinem künftigen Weg behindern.
Sie lag im Zwielicht der Morgendämmerung, bewachte seinen Schlaf und begehrte ihn. Ein Weilchen später, im hellen Licht des Tages, liebte er sie erneut. Sie schaute hinauf in den Spiegel über ihrem Bett und prägte sich ein, was sie da sah, brannte sich das Bild – ihre ineinander verschlungenen Körper – in ihr Gedächtnis, damit sie es nie mehr vergaß.

Sie ließ ihn schlafen und ging in die Küche hinunter, um sich einen Tee zu machen – einen kräftigen Orange-Pekoe, wie sie ihn mittlerweile ihrem sonst gewohnten Earl Grey vorzog. Ihr Frühstück war mittlerweile so ungesund, wie man sich nur vorstellen konnte. Zu dem starken süßen Tee rauchte sie vier Zigaretten.
Sie räumte das Chaos weg, das sie am Tag zuvor verursacht hatten, warf Halbgegessenes, leere Flaschen und Dosen in den Mülleimer und stellte Gläser, Teller und Tassen in den Geschirrspüler. Rex sah ihr unverwandt zu. Obwohl es ihr albern vorkam, vermeinte Hattie zu spüren, daß Rex über das neue Element in ihrer Beziehung zu seinem Herrchen ebenso besorgt war, wie sie selbst. Hattie tätschelte ihm den Kopf,

und er schaute sie mit seinen traurigen Augen an. Sie konnte auf einmal gar nicht mehr verstehen, warum sie ihn anfangs so häßlich fand. Er war schön, wie sie jetzt bemerkte.
Nach einem Blick auf die Uhr schätzte sie, daß ihr gerade noch Zeit blieb, Rex zu füttern und kurz mit ihm um den Block zu gehen, ehe sie zur Arbeit mußte.
Als sie zurückkam, sah sie, daß das Lämpchen ihres Anrufbeantworters aufgeregt blinkte. Es war wohl besser, wenn sie endlich die Nachrichtenaufzeichnung des vergangenen Tages abhörte, selbst wenn ein Teil von ihr lieber die übrige Welt ausgesperrt und sich für den Rest ihres Lebens mit Jimmy versteckt hätte. Sie hielt einen Schreiber und einen Block bereit und machte sich Notizen, während sie das Band abspielte.
»Hattie, ich bin's, Claire. Wo zum Teufel steckst du? Was ist los? Ruf mich an.«
»Hattie, Jean aus dem Büro. Ich wollte nur hören, ob es dir bessergeht. Du hast heute morgen gar nicht gut geklungen, als du angerufen hast. Sag mir, ob du noch einen Tag mehr oder so brauchst, ich check dann deinen Terminkalender. Ciao.«
»Hi, Toby hier. Ich wollte dir nur sagen, alle Achtung, wie du das mit Jimmy hingekriegt hast. Ich hab' Jon getroffen, und er hat mir erzählt, daß du die Wette gewonnen hast. Wie auch immer, paß auf dich auf ...«
»Hattie/Jimmy, könnten Sie bitte umgehend Jay Hectors Büro zurückrufen? Danke.«
»Hattie, ich bin's, Arabella. Besteht eine Chance, Jimmy für Freitag nacht zu borgen? Rein beruflich, versteht sich. Ruf mich bitte möglichst schnell zurück.«
Hattie ließ sich ein Bad ein, wusch sich die Haare und zog sich büromäßig an. Als sie nach Jimmy sah, schlief

er noch tief und fest. Sie ließ ihn schlafen, griff sich ihre Jacke und verließ das Haus. Auf dem kurzen Weg zur U-Bahn fragte sie sich, ob sie so anders aussah, wie sie sich fühlte.

Sie war verwirrt, benommen und seelisch aufgewühlt. Ihre Arbeit, hoffte sie, würde sie davon abhalten, darüber nachzugrübeln, was sie getan und was das alles zu bedeuten hatte.

Sie hatte ihre Kollegen schmählich im Stich gelassen, als sie am Vortag einfach nicht zur Arbeit erschienen war. Sie bekannte zerknirscht, daß sie in den vergangenen Wochen ziemlich abgelenkt gewesen war und es an der Zeit sei, sich wieder auf ihre Arbeit zu konzentrieren.

Jean reichte ihr die Akten über einen Jungen, der eine Woche zuvor in ›behördliche Obhut‹ gekommen war. Er war erst sieben Jahre alt. Den größten Teil von Hatties Patienten stellten Jugendliche. Und die Mehrheit davon wurde ihr vom Jugendrichter überstellt – Gewohnheitstäter wie Ben, mit unsozialem Verhalten, das sie selbst bei größter Anstrengung oft nicht zu durchdringen vermochte.

Kinder unter zehn konnte man leichter gewinnen, allerdings bestand bei ihnen die Gefahr, daß sie einen mehr rührten als andere Fälle. Vielleicht lag es daran, daß sie vom Jugendamt an Hattie verwiesen wurden – nicht, weil sie eine Straftat begangen hätten, sondern weil sie passive Opfer waren: Kinder in Obhut wegen Verwahrlosung, Mißbrauchs oder wegen einer schrecklichen Tragödie innerhalb ihrer Familie.

Fälle wie der von Lisa – der in Kürze zur Verhandlung kam –, bei denen ein Kind ein ernstes Verbrechen begangen hatte, waren so rar, daß Hattie in Ausübung ihres Berufes erst drei oder vier Male damit zu tun gehabt hatte.

Der heutige Fall – Josh – war seit seiner Geburt ständig in Heimen gewesen, von seiner alkoholsüchtigen Mutter immer wieder aufgenommen und dann vernachlässigt worden, die er aber, wie sich aus seinen Bemerkungen schließen ließ, abgöttisch liebte.

Hatties ältere Patienten mochten ihre Eltern gewöhnlich nicht besonders oder haßten sie sogar, selbst wenn sie mit aller Fürsorge und Liebe erzogen worden waren. Die jüngeren Kinder liebten bedingungslos die, die sie verletzt oder vernachlässigt hatten, ungeachtet der Schrecken und Qualen, die sie erleiden mußten.

Unter normalen Umständen hätte Hattie sich mehr Zeit für ein ausgiebiges Aktenstudium und weitergehende Recherche genommen, ehe sie einen neuen Patienten annahm – hätte mit den Sozialarbeitern und den Heimbetreuern gesprochen und Freunde oder Verwandte des Kindes befragt, um sich ein klareres Bild von dem Kind zu verschaffen. So aber blieb keine Zeit, und nachdem Hattie sich grob aus der Akte informiert hatte, rief sie Jean über die Gegensprechanlage und bat sie, Josh hereinzuschicken, sobald er da sei.

Für sein Alter war Josh recht groß mit weißblondem Haar, das später, wenn er zwölf oder so war, zu Dunkelblond wechseln würde. Er war gekleidet wie eine Million anderer gleichaltriger Kinder, in Trainingshosen mit T-Shirt, das auf der Brust die Aufschrift des Phantasiesponsors *Action Man* trug. Er hatte eine blasse Haut und tiefe Schatten unter den Augen. Er war nervös, vielleicht sogar verängstigt, und spielte, während er vor ihr saß, mit etwas in der linken Hand herum.

»Tag, Josh«, begann Hattie, kam hinter ihrem Schreibtisch hervor und setzte sich zu ihm. »Ich bin Hattie.«
Er nickte und bewegte dabei die Lippen, als wollte er zurückgrüßen, brachte aber keinen Ton heraus.
»Ich denke, wir sollten uns heute erst einmal ein bißchen kennenlernen, was meinst du?«
Er zuckte die Schultern.
»Wir könnten über die Dinge reden, die du magst. Wirst du mit mir reden, Josh?«
»Wie Sie meinen«, sagte er im Flüsterton.
Sie redeten – vielmehr redete Hattie – über seine Stiefgeschwister, seine Freunde, seine Lieblingssendungen im Fernsehen. Dann zeigte Hattie ihm ihre Spielsachen – zum Beispiel den Hubschrauber am Draht, den man aufziehen und fliegen lassen konnte.
Er hörte aufmerksam zu, gab hin und wieder eine Antwort, wobei er die ganze Zeit mit dem, was immer er in der Hand hielt, herumfingerte.
»Hast du da was zum Spielen, Josh?« fragte Hattie vorsichtig. »Zeigst du's mir?«
Er öffnete die Hand, und da lag auf seiner schmutzigen, verschwitzten Handfläche ein kleines Stückchen zerfetzen gelben Bändchens, das vermutlich einmal zu seiner Babydecke gehörte.
»Mami mag es nicht, wenn ich es habe«, gestand er.
»Und warum mag sie es nicht, Josh?«
»Sie sagt, das ist babyhaft.«
»Glaubst du, daß sie recht hat?«
»Denke schon ...« Dabei sah er Hattie mit einem Ausdruck so abgrundtiefer Verzweiflung an, daß sie ihn am liebsten in die Arme genommen hätte.
»Und hast du auch einen Namen dafür, Josh?«
Er lächelte scheu und nickte heftig. »Mein ›Schmusi‹.«

»Und wie fühlst du dich mit deinem Schmusi, Josh?«
»Sicher«, murmelte er.
»Wenn deine Mami nicht da ist?« wollte Hattie wissen.
»Auch wenn sie da ist.«
Am Ende ihrer Sitzung hatte Hattie das Gefühl, daß sie mit dem Jungen ein kleines Stück vorangekommen war. Sie erkannte, daß sie mit viel Geduld und Einfühlungsvermögen den Panzer des Kindes knacken, zu ihm durchdringen und ihm womöglich helfen könnte, einen Teil seiner Aggression und seines Kummers zu bewältigen.
Um die Mittagszeit tätigte sie verschiedene Telefonanrufe und rief die Leute zurück, die am Vortag auf ihren Anrufbeantworter gesprochen hatten. Claire befand sich mitten in einer Besprechung, so konnten sie unmöglich darüber reden, was mit Jimmy, beziehungsweise, was mit Claire und Jon passiert war. Sie rief Arabella an und bat sie, mit Jimmy direkt auszumachen, was sie von ihm wollte – irgendeine gräßliche gesellschaftliche Funktion, vermutlich, die Einweihung eines neuen Lokals, das sich dem Fußball verschrieben hatte, oder so was ähnliches. Sie erzählte Arabella nichts davon, daß sie und Jimmy inzwischen zusammen waren – Geliebte, ein Paar, verliebt – es war alles noch zu frisch, und sie selber war sich noch zu unsicher.
Der Nachmittag verging mit Besprechungen und einer Menge Schreibkram. Hattie war es gewöhnt, ihr Leben in bestimmte Sektoren aufzuteilen und die Gedanken an selbst die verstörendsten und schrecklichsten Patienten zu verdrängen. Nur Josh ging ihr nicht aus dem Kopf. Er hatte etwas – womöglich war es das weizenblonde Haar –, das sie immer wieder daran den-

ken ließ, wie Jimmy als Kind gewesen sein mußte. An all die Qualen, die er als Heranwachsender hatte erleiden müssen.
In Jimmys Kindheit hatte es keinen fürsorglichen Sozialarbeiter, keine klinische Psychologin gegeben, niemanden, der ihm das Geschehene verarbeiten half. In seinem ganzen Leben, vermutete Hattie, hatte sich nie jemand wirklich um ihn gekümmert – mit Ausnahme seiner Nan. Seine einzige Erfahrung mit menschlichen Beziehungen bestand aus Verrat, Vernachlässigung und Gleichgültigkeit. Angesichts der Bürde, die sie sich mit ihrer Liebe zu Jimmy auferlegt hatte, stützte Hattie den Kopf in die Hände und fragte sich, ob sie nicht einen schrecklichen Fehler begangen hatte.

EINUNDZWANZIGSTES KAPITEL

An diesem Tag verließ Hattie ihr Büro erst spät. Der Gedanke, nach Hause zu kommen und Jimmy zu sehen, machte sie ein bißchen nervös. Es war fast sieben Uhr, als sie die Tür aufschloß. Rex kam ihr schwanzwedelnd entgegen, und sie beugte sich zu ihm herunter und tätschelte ihn ausgiebig, wie sie es mittlerweile gewohnt war.

Jimmy wartete bereits auf sie. Der Tisch war für zwei gedeckt, eine Flasche Wein entkorkt, und aus der Küche kamen Gerüche, die, wie Hattie vermutete, nicht von einer Instantsuppe stammten.

»Bißchen spät«, begrüßte Jimmy sie ungeduldig.

»Ich hatte ganz schön Arbeit aufzuholen«, sagte Hattie, um Abstand bemüht.

»Hast du was, Hattie?« Er trat auf sie zu und zog sie in die Arme.

»Ach, ich weiß auch nicht, Jimmy ... ich hab solche Angst ...«

»Wovor?« fragte er sanft.

»Vor dem da. Vor uns.«

»Das war Schicksal«, erklärte er und küßte sie zärtlich, riß sich aber sogleich wieder los, um nach, was immer da im Backofen schmorte, zu schauen.

»Ich habe gute Neuigkeiten«, rief er aus der Küche. »Komm mal her, Liebling.«

»Was für Neuigkeiten?« Schon seltsam, dachte Hattie, wie anders das Kosewort ›Liebling‹ aus Jimmys Mund klingt. Hattie kannte es bisher nur von Ehepaaren, deren Zuneigung zur Alltagsroutine verkommen war – als automatische Geste – nicht aber als Liebesbeweis von einem Mann, mit dem man gerade eine leidenschaftliche Nacht verbracht hatte. Andererseits unterzog sich Jimmys Sprache derzeit grundlegender Veränderungen. Manchmal kam es Hattie so vor, als ob Jimmy es besonders eilig hätte, seine Vergangenheit hinter sich zu lassen, daß er bewußt so sprach, wie er es von ihren Freunden kannte. Nur hin und wieder verrutschte ihm ein Ausdruck, der dann dem Jimmy entsprach, wie sie ihn damals kennengelernt hatte.
»Die Filmrechte, und so, Jay hat sie verkauft«, berichtete Jimmy stolz.
»Das ist toll, Jimmy«. Sie freute sich aufrichtig für ihn. Hattie setzte sich an den Tisch und verfolgte mit staunendem Blick, wie Jimmy eine große Schüssel Pasta aus dem Ofen zauberte und einen Salat mit French Dressing und frisch gehobeltem Parmesan dazustellte. Sie registrierte, daß keine braune Sauce auf dem Tisch stand, kein Ketchup oder Branston Pickle. Statt dessen waren sie wieder bei Tobys kaltgepreßtem Olivenöl und schwarzem Pfeffer aus der Pfeffermühle angelangt.
»Claire hat mir gezeigt, wie man das macht, total einfach«, erklärte er, während er ihr Spaghetti carbonara auf den Teller füllte.
»Was 'n Megafischburger!« rief Hattie aus, und beide lachten.
Es schmeckte köstlich. Als sie fertig gegessen hatten und Jimmy die Teller abräumte und in den Geschirr-

spüler stellte, mußte Hattie wieder daran denken, wie Jimmy sich anfangs benommen hatte – wie er in das Küchenbecken gepinkelt und sich gesträubt hatte, ihr seine Lebensgeschichte zu erzählen. Jetzt kommt er mir vor wie ein anderer Mensch, dachte Hattie bei sich, während sie ihm zusah, wie er sich ganz selbstverständlich von dem guten Weißwein nachschenkte. Sie langte nach ihrer Tasche, zog ein Päckchen Zigaretten heraus, zündete sich eine an und inhalierte tief.
»Hattie ...« sagte Jimmy vorwurfsvoll. »Ich wünschte, du würdest hier drin nicht rauchen.« Einen Moment lang war sie völlig verdutzt und fragte sich, ob er Scherze machte. Dann fiel ihr ein, daß sie ihn schon lange nicht mehr in der Wohnung hatte rauchen sehen. Sie saß wortlos da, die glimmende Zigarette in der Hand, unfähig sich zu rühren oder etwas zu sagen. Schließlich drückte sie sie aus, stand auf, ging zum Fernseher hinüber und schaltete ihn ein.
»Jimmy«, rief sie in die Küche. »Wir können gerade noch den Rest von *Coronation Street* sehen!«
Er kam zu ihr und nahm ihr die Fernbedienung aus der Hand. »Claire meint, ich muß mich auf dem laufenden halten«, erklärte er und schaltete, zu Hatties Entsetzen, auf die Abendnachrichten um.
»Aber Jimmy ... ich wollte das sehen ...«, protestierte sie.
»Ist doch Mist, Hattie.«
So saß sie neben ihm und liebte ihn zwar nicht weniger, wurde sich aber bewußt, daß die Veränderungen, die sie an ihm vorgenommen hatte, ihn so weit von dem Mann, der er gewesen war, entfernt hatten, daß er nicht nur anders war – nein, er wurde allmählich zu Toby.

Als die Nachrichten vorbei waren, nahm Jimmy ihr Gesicht in die Hände und küßte sie – was sehr Toby-untypisch war und ihr ihre Ängste nahm.
»Hattie ...«, wisperte er.
»Jimmy ...«, murmelte sie.
Rex, sichtbar verstört von den Veränderungen, die um ihn herum vorgingen, trottete herbei und sprang auf das weiße Sofa.
»Aus, Rex!« befahl Jimmy mit einiger Schärfe.
»Ach, laß ihn doch. Das macht doch nichts.«
Aber Rex war schon vom Sofa gesprungen und lag nun schmollend auf dem Perserteppich, den Kopf auf den Vorderpfoten.
»Ich hatte heute ein Lunch mit Claire«, begann Jimmy.
»Wirklich?« sagte Hattie und spürte einen feinen Stich der Eifersucht, ob die Freundin, die sie immer noch nicht erreicht hatte, womöglich immer noch die Idee einer intimen Beziehung mit Jimmy verfolgte. In der Tat hatte Hattie, während in den letzten vierundzwanzig Stunden die Zweifel an ihr nagten, sogar mit der Überlegung gespielt, ob Claire Jimmy nicht vielleicht – neben anderen Dingen wie mit Stäbchen essen und Chardonnay zu schätzen – in der Kunst der Liebe geschult haben könnte.
»Wir arbeiten an der Promotion für das Buch«, fuhr er fort, während er ihr Haar streichelte.
»Natürlich«, sagte Hattie.
»Sie hat den ganzen Kram schon arrangiert.«
»Als da wäre?«
»Ascot, Polo, die Oper, 'ne Dinnerparty bei Jay ...«
Hattie spürte wieder diesen feinen Stich, als ob sie nicht länger an Jimmys verändertem Leben teilhatte, das von Jay und Claire inszeniert wurde. Als ob ihrer

beider Leben – außerhalb der fieberhaften Aktivitäten in ihrem Bett – in unterschiedlichen Bahnen verliefen.
»Ich muß morgen früh raus«, erklärte er.
»Warum?«
»Claire will mich wo mitnehmen.«
»Ach, wirklich? Wohin denn?«
»Smith's Lawn.«
Jimmy klang bereits, als gehörte er zu Arabellas gräßlicher Gesellschaftskolumne. Er ließ sich doch hoffentlich von diesem ganzen Blödsinn nicht beeindrucken? Hattie konnte ja verstehen, daß er sein Buch promoten wollte, aber mußte er dazu zu Benefiz-Polo-Matches gehen oder zum Pferderennen nach Ascot?
»Sollten wir dann nicht früh zu Bett gehen?« fragte er ein wenig schüchtern, als ob auch er sich nicht sicher über den Stand ihrer Beziehung war.
Als sie nach oben in ihr Schlafzimmer gingen – mit strenger Anweisung an Rex, unten zu bleiben – beschlich Hattie wieder dieses merkwürdige Gefühl, als ob alles, was zwischen ihnen in den letzten achtundvierzig Stunden passiert war, nicht mehr galt.
»Hattie«, murmelte Jimmy und versuchte, an die vergangene Nacht anzuknüpfen.
Sie gab nach, schlang die Arme um ihn und verspürte auf einmal wieder die pure Lust.
»Ach, Jimmy ...«, stammelte sie, während er anfing, sie auszuziehen.
Und nun küßten sie sich mit derselben Leidenschaft wie in der Nacht zuvor. Als ob keiner von beiden den anderen mehr loslassen wollte, gierten ihre Münder nach einander und waren mehr mit Verschlingen beschäftigt als mit Atemholen.
Als sie endlich doch einmal innehielten, lächelte Hat-

tie Jimmy zum ersten Mal an diesem Abend richtig an.
»Ich liebe dich, Hattie«, sagte er, als sie nackt nebeneinander lagen.
»Und ich liebe dich, Jimmy.«
»Ich hab' noch nie jemanden so geliebt«, gestand er und küßte sie erneut.
Als er in sie eindrang, raubte es ihr fast den Atem, und wieder glaubte sie, vor Lust vergehen zu müssen.

Hattie wurde von lautem Klopfen an der Wohnungstür geweckt, begleitet von Rex' Gebell. Beim Blick auf die Uhr stellte sie fest, daß sie vergessen hatten, den Wecker zu stellen. Es war kurz vor halb neun.
»Jimmy«, rief sie und rüttelte ihn wach. »Du mußt aufstehen.«
Er sah sie mit einem verklärten Lächeln an, zog sie zu sich herunter und begann, sie zu küssen.
»Jimmy, hör auf. Da ist jemand an der Tür«, keuchte sie.
»Das wird Claire sein. Die kann warten«, erklärte er.
»Kann sie nicht.« Hattie löste sich von ihm, sprang aus dem Bett und warf sich ihren weißen Waffelpique-Morgenrock über.
Ein Blick in den Spiegel verriet ihr, daß sie mit ihrem verwühlten dunklen Haar, dem losen Morgenrock und den nackten Beinen ziemlich schlampig aussah. Aber eigentlich machte ihr das nichts aus. Sie wollte Claire nicht warten lassen.
Rex sprang bereits an der Tür hoch, wie er das immer tat, wenn jemand klingelte oder klopfte, und als Hattie die Tür aufmachte, bemerkte sie, daß seine Krallen bereits die Farbe abgekratzt hatten.
»Claire«, sagte sie plötzlich betreten.

»Hattie.« Claire maß sie von oben bis unten auf der Suche nach verräterischen Spuren sexueller Betätigung, die, wie sie vermutete, soeben stattgefunden hatte.
»Ich mache Tee«, erklärte Hattie und ging in die Küche. »Jimmy zieht sich gerade an.«
Claire sah wie immer makellos aus. Sie trug einen leichten Leinenhosenanzug in einem Ton irgendwo zwischen creme und blaßgelb, der ihr kastanienbraunes Haar fantastisch hervorhob. Und ihr Make-up war derartig geschickt und dezent, daß Hattie sich, ungeschminkt und nackt unter ihrem weißen Morgenrock, absolut unpassend vorkam.
Hattie machte eine Kanne starken Tee. Gerade als sie Claire einen Becher voll einschenkte, kam Jimmy in großen Sätzen die Treppe herunter.
»Hi«, rief er und gab Claire ein Küßchen auf jede Wange, was Hattie, so früh am Tag, leicht deplaziert fand.
Er trug diesen besonderen Calvin Klein-Sportslip, der, wie Claire befunden hatte – mein Gott, das war eine Ewigkeit her – seine ›Lunchbox‹ vorteilhaft zur Geltung brachte.
»Was soll ich anziehen?« fragte er Claire.
»Was Lässig-elegantes. Die Chino-Pants, die wir neulich gekauft haben, mit dem Ralph-Lauren-Polo und die Gucci-Slippers«, sagte Claire, als ob sie in einem Restaurant eine Bestellung aufgab, und offensichtlich ungerührt von Jimmys Anblick in Unterhosen.
»Tee, Claire?« Hattie schob ihr einen Becher mit der dunklen, dampfenden Flüssigkeit hin.
»Großer Gott, Hattie. Was ist das denn?« Claire hatte sich beinahe verschluckt.

»Tee, Claire. Richtiger Tee. Nicht diese parfümierte Plörre, die du immer trinkst«, sagte Hattie und reichte Jimmy seinen Becher.

»Das kann ich nicht trinken«, erklärte Jimmy und verzog hinter ihrem Rücken das Gesicht. »Kannst du nicht eine Kanne Earl Grey machen?«

»Nein«, sagte Hattie, zündete sich eine Zigarette an und ließ sich zu ihrer Tasse köstlichen Tee am Tisch nieder. »Mach' dir selber welchen.«

Jimmy ging nach oben, sich fertig anziehen, und Claire füllte den Alessiwasserkessel und setzte ihn auf.

»Na, hier hat sich ja einiges verändert«, bemerkte sie kühl zu Hattie.

»Um genau zu sein, bin ich das einzige hier, was sich nicht verändert hat«, erwiderte Hattie in demselben kühlen Ton.

»Nun komm schon, Schätzchen. Seit wann trinkst du Tee, in dem der Löffel steckenbleibt?« spöttelte Claire. »Kamillentee war doch mehr dein Ding.«

»Nun, ich habe vielleicht meinen Geschmack etwas korrigiert, aber im Grunde bin ich dieselbe Hattie, die mal deine Freundin war«, schloß sie bedeutungsvoll.

»Es läuft also nicht so gut mit Jimmy?« fragte Claire, als sie zwei Becher mit Earl Grey füllte.

»Wenn du's genau wissen willst, Claire.« Hattie blickte rasch nach oben, um sicherzugehen, daß Jimmy außer Hörweite war. »Wir haben seit der Partynacht den ultimativen Sex.«

»Aber beschissene Konversation?« meinte Claire lakonisch.

Hattie stützte den Kopf in die Hände. Sie mußte unbedingt mit jemandem über Jimmy reden, aber Claire war bestimmt nicht die Richtige.

»Weißt du, Hattie. Ich will ja nicht pessimistisch klingen, aber Jimmy – das heißt, der neue Jimmy – ist so weit von dir und deinen hehren Grundsätzen entfernt wie Toby.«
Hatties Augen wurden schmal. »Wie meinst du das, Claire?«
»Ich will damit sagen, er hat Blut geleckt. Er liebt alle die Dinge, die du verachtest: Aufsteigerdenken, Shopping ... und, ja natürlich, Sex ..., aber das kennst du ja ...«
Bevor Hattie noch etwas einwenden konnte, kam Jimmy die Treppe herab wie die personifizierte Ausgabe eines Dressman aus einem Männermagazin. Sie schaute ihn verblüfft an und fragte sich, wann genau sein persönlicher Stil sich so dramatisch verändert hatte. Es kam ihr vor wie gestern, daß er da auf der Treppe stand, wie eben jetzt, in seinem Holzfällerhemd und den Trainingshosen. An welchem Punkt hatte er Ralph Lauren, Gucci und Harvey Nichols entdeckt?
»Jimmy«, sagte Claire, indem sie aufstand und auf ihre Armbanduhr blickte. »Du siehst absolut perfekt aus. Laß uns gehen, sonst kommen wir zu spät. Wir müssen Arabella noch abholen.«
»Arabella?« fragte Hattie entsetzt.
»Ja, Hattie. Warum so überrascht? Sie hat das Ganze arrangiert. Jimmy ist Ehrengast an Johnnie Elms Tisch«, erklärte Claire. »Wollen wir gehen, Schätzchen?«
Jimmy drückte Hattie einen Kuß auf ihr verwuscheltes Haar. Er roch sehr stark nach Eau Sauvage, wie sie konstatierte.
»Wir sehen uns später, Liebling«, sagte er und ging mit Claire hinaus.

Hattie zündete sich eine neue Zigarette an und schenkte sich noch eine Tasse ihres starken, belebenden Tees ein. Während sie so dasaß und überlegte, ob sie lachen oder weinen sollte, kam Rex angetrottet und legte ihr seinen Kopf auf den Schoß.
»Ach, Rex«, sagte sie und tätschelte ihn. »Was ist bloß aus unserem Jimmy geworden?«

Angesichts von Lisas heranrückendem Verhandlungstermin wurde Hattie immer nervöser. Sie hatte ein umfassendes Gutachten über das Kind erstellt. Sie hatte, wie sie meinte, genug Beweise für Grausamkeiten in Lisas Kindheit aufgedeckt, um, wenn schon nicht eine Entschuldigung, dann zumindest eine Erklärung für ihr Verhalten an jenem Tag auf dem Spielplatz anzubieten.
Sie wollte das Gerichtsurteil günstig beeinflussen. Sie wollte dem Gericht eine Lisa präsentieren, die nicht psychopathisch war. Sie wollte einen Funken Mitleid erwecken für ein kleines Mädchen, das von einem grausamen, unerbittlichen und irregeleiteten Vater erzogen worden war. Andererseits wußte sie, daß das echte Mitleid im Gerichtssaal den Eltern der armen kleinen Lindy vorbehalten blieb, die, trotz alledem, das wahre Opfer in diesem Fall war. Hattie wußte nur allzu gut, daß Lisas entbehrungsreiche Kindheit nicht in das Bild paßte, das Richter und Geschworene erwarteten. Sie stammte aus einem Milieu, das man zwar nicht direkt Mittelklasse nennen konnte, das aber dennoch – oberflächlich betrachtet – die guten alten Familienwerte präsentierte. Das Gericht davon zu überzeugen, daß Lisas Vater die christlichen Wertvorstellungen zu solchen Extremen getrieben hatte, daß

seine Tochter – in dem Irrglauben, sie täte es für Gott – fast einen Mord begangen hatte, würde für Hattie nicht einfach sein. Der Mißbrauch, den Lisa im Zuge des pervertierten Glaubens ihres Vaters erleiden mußte, würde keine Punkte bei den Geschworenen sammeln, die über das Kind richten sollten. An diesem Morgen – wenn Hatties Gedanken nicht gerade bei Jimmy, Claire und Arabella weilten – überarbeitete sie ihr Gutachten, fügte weitere Indizien aus den Tonbandprotokollen ihrer Gespräche mit Lisa hinzu, die Aufschluß über das ungewöhnliche Familienleben des Kindes gaben.

Hattie hatte Jean gebeten, alle Telefonanrufe abzufangen, aber am späten Vormittag klingelte das Telefon auf ihrem Schreibtisch. Es war Jon.

»Hattie?«

»Jon! Wie geht es dir?«

»Hör zu, Hattie. Ich muß mit dir über Claire reden. Können wir zusammen Mittag essen?«

Sie zögerte nur einen Moment lang. »Aber gewiß. Wo wollen wir uns treffen?«

»Ich hol' dich um viertel vor eins ab.«

»Weißt du denn, wo mein Büro ist?«

»Ja, in St.Thomas, stimmt's?«

»Ja.«

Es überraschte Hattie, daß Jon so gut über ihr berufliches Leben Bescheid wußte. Er hatte sich ihrer Arbeit gegenüber immer so kritisch gezeigt, daß sie in all den Jahren, da sie auf gesellschaftlicher Ebene mit einander verkehren mußten, jede Erwähnung vermieden hatte.

Als Jon eintraf, erwartete sie ihn in der schäbigen Empfangshalle. Sie gingen zu demselben Pub, den sie und Jimmy am Tag der nun in *Schlußpfiff* verewigten

Tonbandaufzeichnungen aufgesucht hatten. Jon wäre ein schickes Restaurant natürlich lieber gewesen, aber in Anbetracht von Hatties knapper Mittagspause hatte er gezwungenermaßen einem einfachen Pub Lunch zugestimmt

»Was nimmst du?« fragte er.

»Ein Mineralwasser. Und ein Ploughman's.«

Er brachte die Drinks und das Essen in die kleine Nische, die Hattie ergattert hatte. Der Pub war voll und laut und überhaupt nicht der richtige Ort, um Beziehungsprobleme zu diskutieren, aber es mußte gehen.

»Hast du kürzlich mit Claire gesprochen«, eröffnete Jon das Gespräch.

»Ich hab' sie heute morgen gesehen. Sie ist mit Jimmy zu irgend so einem Polomatch in Smith's Lawn gefahren«, berichtete Hattie in möglichst neutralem Ton.

»Tatsächlich?« sagte Jon, der, wie Hattie fand, noch nie so bedrückt ausgesehen hatte.

»Was ist los, Jon?«

»Na ja, weißt du ... bei der Party neulich ... bei der Wettparty ...«

»Ja?«

»Na ja, nachdem du mit Jimmy gegangen warst, haben wir getanzt. Und dann, na ja, dann führte eins zum anderen, und es war so, wie ich es mir immer erträumt hatte ...« Er machte eine diskrete Pause.

»Du willst sagen, ihr habt die ganze Nacht wie verrückt gevögelt«, half Hattie ihm weiter.

»So ungefähr.«

»Und dann?«

»Na ja, am nächsten Morgen war ich ... ich kann's gar nicht beschreiben, Hattie. Ich war einfach selig. Ich bin aufgestanden, bevor sie wach war, und zu dem kleinen Eckladen gegangen, hab' alles mögliche eingekauft und Frühstück gemacht und es ihr ans Bett gebracht.« Er hielt erneut inne.

»Und dann?«

»Sie hat mir all dieses Zeug an den Kopf geworfen, Männer seien alle miese Schweine, und ich sei auch nicht besser, all so was.«

»Und da bist du gegangen?«

»Na ja, alles, was ich gesagt habe, hat es nur noch schlimmer gemacht«, sagte Jon und starrte betrübt in sein Glas.

»Hast du inzwischen mal mit ihr gesprochen, ihr Blumen geschickt, ihr geschrieben?«

»Ich hatte einfach Angst ...«

Hattie wußte nicht, was sie sagen sollte. Sie wollte Jon auch nicht weiter beunruhigen, indem sie ihm ihre Befürchtungen bezüglich Claire und ihrer Beziehung zu Jimmy verriet.

»Nun, ich denke, wenn du sie wirklich liebst, Jon wenn du wirklich sicher bist – dann mußt du sie einfach davon überzeugen, daß du, wenn du schon ein mieses Schwein bist, das richtige miese Schwein für sie bist«, sagte Hattie mit einem schwachen Lächeln.

»Und wie soll ich das anstellen?«

»Es müßte etwas sehr Ungewöhnliches, etwas Gewagtes sein ...«

»Zum Beispiel?« fragte Jon eifrig.

Hattie stieß einen tiefen Seufzer aus. Sie hatte gehofft, Jon ihr verwundetes Herz ausschütten zu können, aber sie konnte ihm unmöglich von Claire und Jimmy erzählen. Außerdem mußte sie, wie ihr ein Blick auf die Uhr verriet, dringend zurück ins Büro.

»Ich bin sicher, dir wird etwas extra Schlaues einfallen,

Jon. Das ist doch dein Job, oder nicht? Mittel und Wege zu finden, wie man Leute dazu bringen kann, bestimmte Dinge zu kaufen. Okay, stell dir einfach vor, diesmal bist du selber das Produkt, und Claire ist die Marktnische, die du erschließen willst«, sagte Hattie und stand auf.
»Gar keine schlechte Idee ...«, meinte Jon nachdenklich, als sie sich verabschiedeten.

Hattie hatte eigentlich damit gerechnet, Jimmy bei ihrer abendlichen Heimkehr in der Wohnung vorzufinden. Statt dessen wurde sie nur von einem verzweifelten Rex begrüßt.
»Meine Güte, Rex. Du bist den ganzen Tag nicht rausgekommen«, sagte sie zu dem Hund. »Warte, ich schlüpfe nur rasch in meine Jeans und dann gehen wir in den Park.«
Sie hatte den Hund in letzter Zeit ziemlich vernachlässigt. Wenn der Hund eine ständige Einrichtung in ihrem Leben blieb – und Jimmy in Sachen Buchpromotion dauernd unterwegs war –, würde sie besser einen Hundesitter nehmen. Der Hund brauchte mehr Bewegung als das bißchen, was er jetzt bekam.
Sie ging mit ihm in den Park und warf ihm eine halbe Stunde lang Stöckchen. Als sie nach Hause kamen, war Jimmy immer noch nicht zurück. Mittlerweile war es neun Uhr, und Hattie rechnete nicht damit, daß er noch würde essen wollen. Sie machte sich ein ordentliches Sandwich und nahm eine Dose Bier aus dem Kühlschrank.
Im Fernsehen gab es nichts Interessantes, außerdem war Hattie zu unruhig und abgelenkt, um überhaupt etwas aufzunehmen. Sie fing an, das Loft sauberzuma-

chen. Ihre Putzfrau war rausmarschiert, kurz nachdem Rex reinmarschiert war, also holte Hattie den Staubsauger und fuhr damit über den Pitchpineboden und die Perserteppiche. Dann trug sie die restlichen persönlichen Dinge von Toby zusammen – ein paar Bücher, die Obstschale, aus der Rex sein Newkie getrunken hatte, und ein paar CDs. Sie stopfte alles in eine große Tüte und deponierte sie außer Sicht hinter den japanischen Wandschirmen.

Jimmys Reisetasche stand immer noch unausgepackt da. Er mußte sie da abgestellt haben, als sie aus North Shields zurückgekommen waren. Nachdem Hattie die letzten Erinnerungsstücke an Tobys Präsenz weggeräumt hatte, kam ihr die Idee, statt dessen ein paar von Jimmys persönlichen Dingen aufzustellen. Sie nahm den Blackpool-Schneesturm und den Pokal der Jugendmannschaft aus der Tasche und plazierte sie nebeneinander auf dem Couchtisch neben dem Fernseher. Dann holte sie das Foto von Jimmys Nan im Perlmuttrahmen hervor und stellte es auf das breite Regalbord, das die gesamte Länge des Lofts einnahm. Als sie gerade dabei war, einige seiner Newcastle United Poster in der Küche aufzuhängen, läutete das Telefon.

»Hallo?« meldete sich Hattie.

»Hattie?« fragte Jimmy am anderen Ende der Leitung. Sie konnte ihn über dem Geräuschpegel im Hintergrund kaum verstehen – laute Unterhaltung, Gelächter, Musik – und nahm an, daß er sie aus einem Restaurant oder Pub anrief.

»Wo bist du, Jimmy?« rief sie in die Sprechmuschel.

»In der Met Bar«, rief er zurück.

»Das ist aber ein ganzes Ende vom Polo entfernt.«

»Wie bitte?«

»Ich sagte, das ist aber ein ganze Ende von Smith's Lawn weg!« rief sie.
»Arabella hat uns auf einen Drink mit hierher genommen«, erklärte er, aber der Lärm um ihn herum war so intensiv, daß Hattie seine restlichen Worte nicht mehr verstehen konnte. Und dann schien die Leitung unterbrochen.
Hattie legte auf, zündete sich eine Zigarette, machte es sich mit Rex vor dem Fernseher gemütlich und zappte durch sämtliche Programme. Schließlich landete sie bei einem dieser amerikanischen ›*true life*‹-Beziehungsdramen, die sie inzwischen geradezu liebte. Es ging um ein Paar – eine reiche Frau mit einem offenbar perfekten Ehemann – und das tragische Ende ihrer Beziehung, nachdem ihr Baby gestorben war. Wie sentimental, dachte Hattie bei sich, über so einen Blödsinn zu heulen, wenn die wahren Geschehnisse in ihrem Leben – und die im Leben einiger ihrer Patienten, wie zum Beispiel Lisas – ihre Tränen viel mehr verdient hätten.
Sie war müde und aufgedreht zugleich. Am Ende gab sie das Warten auf Jimmy auf und ging mit Rex im Schlepptau schlafen.
Sie erwachte davon, daß Jimmy ins Schlafzimmer kam und den Hund grob vom Bett scheuchte. Sie sagte nichts und stellte sich schlafend. Als er zu ihr ins Bett kroch, war seine Alkoholfahne so überwältigend, daß sie ihm den Rücken zudrehte.
Er fing an, sie zu liebkosen, aber da sie nicht reagierte, hörte er irgendwann auf. Hattie lag da und sann darüber nach, wie weit Jimmy es in weniger als vier Monaten gebracht hatte. Vom Campieren in Hauseingängen und Newkietrinken mit Mick zum Champagnersüf-

feln mit Arabella in der Met Bar. Vielleicht ist das ja seine Definition von ›ein Mann von Wert‹ sein, dachte Hattie, als er neben ihr schnarchte. Sich in feiner statt in ärmlicher Gesellschaft zu betrinken.

ZWEIUNDZWANZIGSTES KAPITEL

Als der Wecker Hattie am nächsten Morgen weckte, fand sie das Bett neben sich leer.

Sie warf sich ihren Morgenmantel über und ging nach unten in die Küche, wo Jimmy bereits an seinem Tee nippte (Tobys Lagsang Souchong, wie Hattie feststellte).

»Tut mir leid, Hattie.« Er versuchte ein entschuldigendes Lächeln.

»Braucht es nicht, Jimmy ...«, erwiderte sie, auch wenn sie es nicht so meinte.

»Es war Arabellas Idee, einfach weiterzuziehen. Und ich hab' eben mitgemacht, und so«, sagte Jimmy.

»Hast du dich denn amüsiert beim Polo?«

»Jap. Deine Schwester hat mich da allen möglichen Leuten vorgestellt.«

»In der Met Bar? Das überrascht mich nicht«, meinte Hattie.

Irgend jemand hatte ihr erzählt – Claire vermutlich – daß der Zugang zu dieser Lokalität einer handverlesenen Schar vorbehalten war. Nur die schönsten, berühmtesten oder einflußreichsten Leute durften sich in dieser winzigen, minimalistischen Bar gegenseitig anrempeln. Jimmy fing an, die Promis aufzulisten, die er in der vergangenen Nacht getroffen hatte. Es war eine gräßliche Litanei von – zumindest nach Hatties

Dafürhalten – unbedeutenden und nichtssagenden Namen, von denen sie, mit Ausnahme von Chris Evans und Grant vom *Eastenders*, kaum welche kannte. Jimmy brach ab, als er merkte, daß Hattie überhaupt nicht beeindruckt war. »Ich wäre lieber mit dir zusammen gewesen«, erklärte er.

Sie verkniff sich ein »warum hast du's dann nicht getan«, weil sie genau wußte, warum er ihr Arabella vorgezogen hatte.

»Ich will dich nicht behindern. Du hast Spaß an alledem, soweit ich sehen kann. Es ist eben bloß nicht ganz mein Geschmack«, sagte Hattie.

»Aber du hast das doch alles erst möglich gemacht«, wandte Jimmy ein.

»Ich habe ein bißchen mitgeholfen, Jimmy. Nur dieser ganze Kram – die Saison, die Met Bar, das Klamottenkaufen – nun, du bist weiter gegangen, als ich von dir gedacht hätte.«

»Claire und Jay meinen, ich soll mich möglichst oft in der Öffentlichkeit zeigen. Jetzt, wo mein Buch bald rauskommt und so ...«

Hattie nickte und war sich bewußt, daß der Countdown für den großen Tag – der zweifellos von Claire minutiös geplant wurde – unerbittlich lief, und ihr Leben bereits überschattete. »Was hast du denn heute vor?«

»Ascot«, sagte Jimmy mit einem etwas dümmlichen Grinsen.

»Natürlich«. Hattie beobachtete ihn, wie er seine Krawatte vor der Spiegelfläche der Edelstahlküchenschränke zurechtrückte. Als sie ihr eigenes Bild neben ihm betrachtete, fragte sie sich im stillen, wie sie sich nur hatte einbilden können, daß sie beide zueinander

paßten. Neben der eleganten Claire oder der extravaganten Arabella machte er doch eine viel bessere Figur.
»Ich hätte fast Lust mitzukommen«, gestand sie in Anbetracht des vor ihr liegenden Bürotages.
»Warum tust du's nicht?« Jimmys Miene hellte sich sichtbar auf.
»Weil ich eine Unmenge Arbeit habe. Aber amüsier' dich gut. Und grüß' Claire von mir«, sagte sie, hauchte ihm links und rechts einen Kuß auf die Wange – wie bei Toby damals, als er aus ihrem Leben verschwand – und eilte nach oben, um sich umzuziehen.

Es sollte Hatties letzte Sitzung mit Lisa vor der Gerichtsverhandlung sein. Die Anwälte hatten das Kind so gut es ging auf sein Erscheinen vor Gericht vorbereitet. Lisa wußte, was auf sie zukam, denn man hatte ihr den Gerichtssaal gezeigt und alles erklärt, wie man das immer tat, wenn der Angeklagte so jung war.
Lisa hatte sich, soweit sie dazu in der Lage war, mit der Tatsache abgefunden, daß sie nicht mehr nach Hause durfte. Sie schien allerdings weit weniger zu akzeptieren, daß von ihrer Familie – zumindest von ihrem Vater – getrennt zu werden, das Beste war, was ihr widerfahren konnte.
Als sie zu Hattie ins Büro kam, war sie ruhiger und zurückhaltender als sonst. Es schien so, als ob sie endlich begriffen hatte, was ihr am folgenden Tag bevorstand.
»Ich habe meinen Bericht fertig, Lisa«, begann Hattie. »Die Anklageschrift ist schlüssig. Das einzige, was ich noch tun kann, ist, die Geschworenen – und den Richter – dazu zu bringen, deine andere Seite zu sehen, ein bißchen von der Lisa zu sehen, wie ich sie kenne.«

Das Kind nickte. Hattie verriet ihm nichts davon, daß es dazu der Enthüllung einiger der gräßlichen Einzelheiten bedurfte, die Lisa ihr – unter vier Augen in ihrem Büro – über ihr Familienleben erzählt hatte. Hattie fürchtete, das Mädchen könnte die Enthüllung solcher Intimitäten in der Öffentlichkeit eines Gerichtssaals als Verrat auffassen. Doch genau dieses Risiko mußte sie eingehen, wollte sie irgendeinen Eindruck auf die Leute machen, die über das Schicksal dieses Kindes zu entscheiden hatten.

»Wirst du die ganze Zeit dabei sein?« fragte Lisa.

»Teilweise. Wenn du mich brauchst, werde ich jeden Abend für dich da sein.«

»Und danach? Sehe ich dich dann auch noch?«

»Das ist eine der Empfehlungen, die in meinem Gutachten stehen. Ich finde, wir sollten mit unserer Arbeit weitermachen, und ich habe vorgeschlagen, daß ich dich mindestens einmal pro Woche besuchen darf«, erklärte Hattie. »So lange, wie du es willst.«

Lisa nickte.

Die restliche Zeit, die ihnen blieb, verbrachten sie damit, die neuen Bücher durchzugehen, die Hattie in Anbetracht von Lisas Lesehunger zusätzlich angeschafft hatte. Als die Zeit um war, legte das Mädchen den Kopf an Hatties Schulter, und beide hielten einander einen Moment fest umschlungen.

»Ich seh' dich morgen, Lisa«, sagte Hattie mit der jähen Erkenntnis, daß sie vermutlich morgen die einzige Person im Gerichtssaal sein würde, die Mitleid mit dieser armen, verstörten Seele empfand.

Zum zweiten Mal in Folge kam Hattie zu einem verstörten Rex in eine leere Wohnung nach Hause. Zum

zweiten Mal in Folge machte sie mit ihm einen Abendspaziergang und rechnete damit – nachdem die Rennen in Ascot seit drei Stunden beendet waren – daß sie bei ihrer Rückkehr Jimmy vorfinden würde.
Gerade, als sie die Tür aufschloß, läutete das Telefon.
»Hattie, Schätzchen?«
»Claire ...«
»Ascot war ein Bombenerfolg. Jimmy wird morgen in Dempster sein – wir wollen das feiern und essen gehen. Willst du nicht mitkommen?«
Hattie ärgerte sich ein wenig, wollte sich Claire gegenüber aber nichts anmerken lassen.
»Ach, Claire. Ich habe morgen einen Gerichtstermin. Ich wollte eigentlich früh schlafen gehen.«
»Es braucht doch nicht spät zu werden. Jimmy besteht darauf, daß du mitkommst. Er traut sich nur nicht, selber anzurufen«, sagte Claire mit einem spöttischen Glucksen.
»Jetzt übertreibst du aber, Claire.« Hattie bemühte sich, nicht allzu giftig zu klingen.
»Ach, komm schon ... mach's doch nicht immer so dramatisch, Hattie. Außerdem würde es dir guttun. Damit du mal auf andere Gedanken kommst.«
Es war wirklich das Letzte, worauf Hattie Lust hatte, sie fand aber, daß sie es auf einen Versuch ankommen lassen sollte, selbst wenn das Ganze in einer Art Showdown mit Claire oder Jimmy oder beiden endete.
Sie rannte nach oben in ihr Schlafzimmer, um sich umzuziehen. Seit kurzem widmete sie ihrem Aussehen etwas mehr Aufmerksamkeit. Als sie noch mit Toby zusammenlebte, hatte es jedesmal einen Kampf gegeben, weil er wollte, daß sie die Kleider trug, die er liebte – knappe, kurze, beengende Sachen, die sie haßte.

In den Kleidern jedoch, die Jimmy für sie ausgesucht hatte, fühlte sie sich so wohl, daß sie gleich noch mehr von der Sorte gekauft hatte.
Sie wählte ein bezauberndes, leicht tailliertes, cremefarbenes einreihiges Jackett, das sie erst vor ein paar Tagen bei Jigsaw zusammen mit einer schlichten schwarzen Hose gekauft hatte. Darunter trug sie nichts als einen cremefarbenen Seiden-Wonderbra.
Sie hatte sich inzwischen sogar Make-up gekauft und von der Verkäuferin erklären lassen, wie man es auflegt. Sie trug den Eyeliner und etwas Mascara auf, dann noch etwas Lippenstift und trat zurück, um sich im Spiegel zu betrachten. Irgend etwas stimmte noch nicht ganz, da fiel ihr ein, daß sie bei der Arbeit gewöhnlich das Haar nach hinten band. Sie löste ihre Haare, daß sie ihr ins Gesicht fielen, schüttelte einmal den Kopf und besah sich das Ergebnis. Okay, sagte sie sich, jetzt sehe ich gut aus.
Ironischerweise – oder vielleicht bezeichnenderweise – fand das Essen im *Vong* statt, ausgerechnet in jenem Lokal, wo Hattie und Claire damals die Wette angenommen hatten, aus Jimmy einen Mann von Wert zu machen. Nicht etwa, daß sie damals seinen Namen gewußt, geschweige denn, sich dafür interessiert hätten, wer er war oder wie er gleich hieß.
Sie saßen alle an dem großen, runden Tisch in der Ecke. Claire, Arabella, Jimmy, Jay Hector und zahlreiche andere Leute, die Hattie sicherlich kennen sollte. Sie bemerkte mit einem Blick, daß es keinen freien Stuhl mehr gab.
»Oh, Hattie! Mein Gott ... da ist ja gar kein Platz für dich ...«, rief Claire exaltiert.
Jimmy erhob sich sofort und bot ihr seinen Stuhl an.

Als sie sich darauf niederließ, hauchte er ihr einen Kuß aufs Haar. Der Kellner brachte noch einen Stuhl, den er zwischen Hattie und Jay Hector plazierte.
»Nun, wie war es in Ascot?« erkundigte sich Hattie.
»Ist auch nicht mehr, was es mal war ...«, bemerkte Claire. »Stell' dir vor, Hattie, der Herausgeber der *Sun* hatte die Loge genau neben uns!«
»Und reichlich beknackte Nutten in weißen Stöckelschuhen ...«, warf Jimmy ein, und er und Claire bogen sich vor Lachen. Von seinem Geordie-Akzent mit den herrlich bildhaften Ausdrücken fehlte jede Spur. Stattdessen bediente Jimmy sich inzwischen eines fürchterlich gespreizten, kumpelhaften Jargons, den er wahrscheinlich an Orten wie der Met Bar von Männern wie dem aufgeschnappt hatte, der zwei Plätze weiter saß – dem Herausgeber eines erfolgreichen Männermagazins, das sich einen Namen mit bahnbrechenden Titelfotos berühmter Frauen in Soft-Porno-Posen gemacht hatte.
Die Leute, in deren Gesellschaft sich Jimmy an diesem Abend befand, stammten fast ausschließlich aus Jay Hectors sogenannter ›Fußballeria‹ – Männer, die sich in der einen oder anderen Art hervorgetan hatten und deren gemeinsame Leidenschaft Fußball war: ein walisischer Kultkomiker, ein geschasster Tory-Politiker, der sich eine zweite Karriere als Fußballreporter gezimmert hatte, ein leitender Fernsehboß, ein allseits bekannter Cockney-Fernsehmoderator, ein Gesellschaftskolumnist und ein Schauspieler aus der Seifenoper *Coronation Street*.
Niemand machte sich die Mühe, Hattie mit irgend jemandem bekanntzumachen, und da sie die einzige Person am Tisch war, die nicht enorme Mengen

Champagners auf Hectors Kosten konsumiert hatte, fühlte sie sich um so mehr als Außenseiter. Sie konnte sich noch nicht einmal mit einer Zigarette trösten, da das Rauchen in diesem Lokal verboten war.
Alle hatten bereits bestellt, und Jimmy machte eine Riesenschau daraus, den Kellner an den Tisch zu rufen und für Hattie etwas zu essen zu bestellen. Sie hätte protestieren können, unterließ es jedoch, um Jimmy nicht in aller Öffentlichkeit bloßzustellen. Also lächelte sie unterwürfig und akzeptierte die Wahl, ganz so, wie sie es mit ihrem Vater im Club oder mit Toby zu tun pflegte.
In Anbetracht der bevorstehenden Gerichtsverhandlung am nächsten Morgen wollte Hattie an diesem Abend eigentlich nichts trinken, doch merkte sie bald, daß sie ohne Alkohol dieses Essen nicht überstehen würde.
Es war ein Fehler gewesen herzukommen. Sie brauchte eigentlich keinen Beweis dafür, daß ihre Beziehung zu Jimmy - die vor ein paar Tagen so leidenschaftlich begonnen hatte - zum Scheitern verurteilt war, aber jetzt bekam sie den Beweis auf dem Silbertablett serviert.
Nicht nur in der Art, wie Jimmy mit der flirtenden Claire umging - die privaten Scherze, die geflüsterten Randbemerkungen, die kleinen Berührungen - sondern auch, wie er auf die Beachtung von Seiten Arabellas (wobei die wenigstens etwas zurückhaltender war als Claire) und des offenkundig betrunkenen Jay Hector reagierte.
Hattie schalt sich selbst eine grenzenlose Idealistin, weil sie sich vorgestellt hatte, der Mann von Wert, in den sie den obdachlosen Jimmy verwandelt hatte,

würde eben das sein – ein Mann mit Werten. Wie naiv von ihr zu denken, daß der scheue, ernsthafte Junge, den sie mit nach Hause genommen hatte, von Geld und dem Umgang mit Leuten wie Jay Hector nicht verdorben würde. Und Claire, dachte sie bei sich, als sie zusah, wie ihre Freundin und ehemalige Mitstreiterin ihre Hände durch Jimmys perfektes Blondhaar gleiten ließ. Was konnte sie von ihr schon anderes erwarten?

Jimmy setzte nun zu einer Anekdote an, die er am Abend vorher aufgeschnappt hatte, und sein Akzent glich eher dem des walisischen Komikers als seinem ursprünglichen Geordie-Dialekt. Er wirkte wie ein billiger Imitator – wie der Mann im *West Allotment Working Men's Club*, der seine Nummer mit verschiedenen Hüten und Stimmen abzog. Er spickte seine Geschichte – einen derben Witz über eine Prostituierte und einen Zwerg – immer wieder mit Ausdrücken, die er früher nie und nimmer benutzt hätte, selbst als es ihm erbärmlich ging, er auf der Straße lebte und mit Rex zusammen bettelte – die jedoch hier, in diesem eleganten Lokal, offenbar als schick galten.

Hattie hielt es nicht mehr aus. Sie wollte nicht länger Zeuge dessen sein, was mit Jimmy geschah. Der Mann, in den sie verliebt war, hatte nichts gemein mit diesem Wesen, das hier am Tisch saß und Leute, die Claire ohne Zweifel die *feine Gesellschaft* nannte, unterhielt. Das war jemand anderes, aber nicht ihr Jimmy.

»Es tut mir unendlich leid«, sagte sie und schob ihren Stuhl zurück. »Aber ich muß morgen früh aufstehen. Ich habe einen harten Tag vor mir ...«

Sie stand auf und ging. Sie hatte nicht einen Happen gegessen, aber das hatte eigentlich keiner am Tisch.

Ohne noch einen Blick zurückzuwerfen, eilte Hattie zur Tür.
Draußen vor dem Lokal blieb sie einen Moment unschlüssig stehen. Da tauchte Jimmy neben ihr auf.
»Hattie ...«, sagte er mit einiger Schärfe.
»Jimmy ...?« Sie drehte sich überrascht nach ihm um.
»Komm zurück und iß fertig«, herrschte er sie an.
Hattie schüttelte den Kopf.
»Du kannst es nicht ertragen, stimmt's?«
»Was kann ich nicht ertragen, Jimmy?«
»Du kannst es nicht ertragen, daß ich Erfolg habe.«
»Wie meinst du das?« fauchte sie ihn an.
»Alles war prima, solange ich der arme Jimmy war, nicht? Der arme kleine Jimmy aus der Gosse. Der Verlierer. Der Junge, den du bemitleiden konntest, den du beeinflussen und bevormunden konntest ... wie deine Patienten – wie das Mädchen, das du morgen verteidigen wirst.«
Hattie ertrug seine Worte nicht. Was, wenn er recht hatte? Wenn sie tatsächlich nur den alten Jimmy lieben konnte, auf den die Welt herabsah? Und nicht den Jimmy, den sie mit geschaffen hatte – der mit allen anderen Gästen in dem Lokal auf einer Stufe stand. Wenn das einzige, was sie in den letzten Tagen so aufgeregt hatte, die Tatsache war, daß er sie nicht länger brauchte? Sie spürte, wie ihr die Tränen in die Augen schossen, und wandte sich ab. Als sie ein Taxi kommen sah, winkte sie es herbei.
»Lauf nicht weg, wenn ich mit dir rede«, schrie Jimmy hinter ihr her.
Hattie hatte bereits die Taxitür geöffnet und war eingestiegen. Bevor sie die Wagentür zuschlagen konnte, zwängte Jimmy sich in den Wagen und zog sich einen

der Klappsitze herunter, wie bei ihrer ersten gemeinsamen Taxifahrt vor nur wenigen Monaten.
Nur geschah es diesmal nicht aus einem kindlichen Vergnügen heraus. Er tat es, weil er möglichst weit weg von ihr sitzen wollte.
Er nannte dem Taxifahrer ihre Adresse, dann schloß er die Trennscheibe und wandte sich Hattie wieder zu.
»Was hast du von mir gewollt?« fragte er.
»Ich weiß nicht, was du meinst.« Die Tränen verschleierten Hatties Blick.
»Ich habe alles versucht, gut genug für dich zu sein. Ich habe alles versucht, so zu werden, wie du es wolltest.«
»Ich versteh' dich nicht, Jimmy.«
»Du hast mich doch aber vorher auch verstanden, Hinny, als kein anderer es konnte, oder?«
Das Taxi hielt vor ihrem Haus. Jimmy bezahlte und führte die weinende Hattie hinein. Über ihren Schluchzern konnte sie Rex hinter der Wohnungstür bellen hören.
»Hast du wegen der Wette mit mir geschlafen?« zischte Jimmy, schob sie durch die Tür und durch die Wohnung bis zum Sofa. »Hast du mich gevögelt, um herauszufinden, ob ich ein Mann von Wert bin?«
»Wie meinst du das?«
»Wie Claire gesagt hat ... die eine oder andere von euch beiden mußte es ja tun.«
»Das hat Claire gesagt?«
Jimmy nickte.
»Das ist einfach nicht wahr, Jimmy. Ich habe mit dir geschlafen, weil ich glaubte, dich zu lieben. Nicht wegen einer Wette, wegen nichts anderem als meinem Gefühl. Das mußt du mir glauben. Aber ...«

»Aber?«

»Aber es hätte nie funktioniert, oder? Ich meine, heute abend, mit all den Leuten, warst du viel glücklicher, als du es je mit mir sein würdest. Wie ich schon sagte – du brauchst mich nicht mehr. Du bist vorangekommen. Wir sind jetzt genauso verschieden wie am Anfang«, schloß Hattie leise.

»Du willst damit sagen, daß es mit einem wie mir nicht geht. Was würden die Leute denken? Schön und gut, irgendeine Wette zu gewinnen, eine kleine Affaire zu haben, aber nichts, was du ernsthaft in Betracht ziehen würdest. Nicht du, Hattie George. Nicht mit mir. Einem Jungen ohne Herkunft ...«

Jimmy begann, im Zimmer auf und ab zu tigern, dann blieb er vor dem Fenster stehen, als ob er in die Nacht hinausblickte.

»Und du hättest es mich auch nie vergessen lassen, oder?« brüllte er, machte einen Schritt vorwärts und griff nach dem Foto seiner Nan im Perlmuttrahmen, das Hattie auf das Bord neben dem Fenster gestellt hatte.

»Warum willst du denn so dringend vergessen?«

»Warum wohl!«

Dann entdeckte er die Blackpool-Schneekugel auf dem Couchtisch. Er ging hinüber, packte sie und schmiß sie an die Wand, daß ein wenig Flüssigkeit heraustropfte und mit den künstliche Schneeflocken eine kleine Pfütze auf dem Fußboden bildete.

»Weil ich nicht mehr weiß, wer ich bin und wo ich hingehöre«, erklärte er heftig. »Ich passe nicht in meine Welt und auch nicht in deine.«

»Vielleicht paßt du ja in Claires Welt«, konterte Hattie.

Jimmy maß sie mit einem Blick voller Verachtung, dann drehte er sich abrupt um und ging.

Als Claire an diesem Abend aus dem Restaurant nach Hause kam, geschah etwas Merkwürdiges, etwas, das Jimmy und Hattie und das alberne – vielleicht sogar böse – Spiel, das sie gerade spielte, völlig verdrängte.
Jemand war – auf die eine oder andere Art – in ihre Maisonnette eingedrungen. In jedem Zimmer brannte Licht, die Vorhänge waren zugezogen. Aber das hier war kein gewöhnlicher Einbruch, kein gewöhnlicher Dieb. Zum einen war alles mit Blumen übersät – mit rosa Lilien, die sie wegen ihres Duftes so liebte. Es mußten Hunderte davon sein – in Vasen, in Eimern, in Flaschen, in sämtlichen Gefäßen, die ihr geheimnisvoller Besucher finden konnte.
Aus ihrem Hifi-Gerät ertönte die einzige Musik der Welt, die sie zu Tränen zu rühren vermochte – obwohl es Jahre her war, seit sie sie zuletzt gehört hatte – Samuel Barbers *Adagio for strings.*
Sie wußte nicht, ob sie nach oben gehen sollte. Schließlich tat sie es doch. Ihr Bett war von Abertausenden zartrosa Rosenblüten übersät. Und sorgfältig darauf drapiert lag ein zauberhaftes *La Perla* Negligé in eben demselben Rosa. Auf dem Nachttisch stand in einem Sektkühler eine Flasche Laurent Perrier, und daneben lag eine Schachtel mit ihren Lieblingspralinen.
Auf ihrem Kopfkissen lag eine kleine Karte. Darauf hatte jemand in perfekter Kursivschrift geschrieben ›*... und das alles, weil die Lady miese Schweine liebt.*‹
Er stand hinter ihr und beobachtete sie.
»Du meinst, du hast es *wirklich so* gemeint?« fragte sie, ohne sich umzudrehen.

»Ich habe mir gedacht, wenn du willst, bleibe ich hier und helfe dir beim Schreiben deines Mann/Frau-Lexikons.«
»Was willst du mir damit sagen, Jon?«
»Sag' du's mir. Du bist die Expertin.«
»Du bist endlich bereit, eine feste Bindung einzugehen?«
Claire war sich nicht ganz sicher, ob eine feste Bindung mit Jon das Richtige war. Wahrscheinlich würde es eine wunderbare Freundschaft zerstören. Aber, zum Teufel damit, es war das beste Angebot, das sie in den sieben Jahren seit ihrer Trennung bekommen hatte.

DREIUNDZWANZIGSTES KAPITEL

Am folgenden Tag fuhr Hattie zeitig zum Wood Green Crown Gerichtsgebäude. Sie wollte Lisa noch einmal sehen und versuchen, ihr Trost zu spenden, bevor die Tortur der Verhandlung begann. Vor dem Gebäude stand schon eine kleine Menschenmenge Schlange, um die für die Öffentlichkeit bestimmten Plätze auf der Galerie zu ergattern. Hattie hätte es sich denken können: Wenn ein neunjähriges Mädchen wegen eines schweren Verbrechens angeklagt war, mußte das ja Aufmerksamkeit erregen.

Bei ihrem Gang durch das Gerichtsgebäude bemerkte Hattie außerdem einige Pressefotografen und zahlreiche Journalisten von der Boulevardpresse, die in der Halle herumhingen. Etwas weiter hinten entdeckte sie Tina Brooks, die Sozialarbeiterin, die über Hatties Vorabgutachten so in Rage geraten war.

»Tina«, rief Hattie durch die Halle. »Kann ich Lisa einen Moment sehen?«

Mit einem verächtlichen Blick auf Hattie schüttelte Tina Brooks nur den Kopf. »Es geht ihr gut. Vielleicht überdenken Sie besser noch einmal Ihre Aussage«, sagte sie ruppig, drehte sich auf dem Absatz um und eilte davon.

Hattie wurde in den Gerichtssaal geführt und bekam ihren Platz neben einer Reihe anderer Sachverständi-

ger zugewiesen, die zum gegebenen Zeitpunkt in den Zeugenstand gerufen würden.
Sie entdeckte die gebeugte Gestalt von Lisas Mutter. Von Lisas Vater war nichts zu sehen, jenem Mann, den Hattie für die Tragödie und die daraus resultierende Gerichtsverhandlung verantwortlich machte. Er war, wie Hattie registrierte, nicht nur ein Tyrann, er war auch ein Feigling.
Es dauerte noch ungefähr eine halbe Stunde, bis alle im Gerichtssaal versammelt waren und ihre Plätze eingenommen hatten – der Richter, die Geschworenen, die verschiedenen Anwälte und die Strafverteidiger in ihren Perücken. Dann wurde die Angeklagte aufgerufen.
Ein Murmeln ging durch den Saal, als Lisa von zwei Sozialarbeitern zu ihrem Platz geführt wurde. Sie trug, wie bei all den anderen Gelegenheiten zuvor, ein adrettes, hübsches, altmodisches Kleid, das Haar war aus ihrem süßen, ausdruckslosen Gesicht zurückgekämmt und wurde von einem rosa Haarband gehalten.
Lisas Version von dem Geschehen kannte Hattie zur Genüge. Sie hatte die Abschriften ihres Geständnisses wieder und immer wieder durchgelesen. Was sie allerdings nicht kannte, und was sie erschauern ließ, war die stockende, tränenreiche Aussage des Opfers, die über einen Fernsehmonitor in den Gerichtssaal übertragen wurde.
Hattie wurde erst am späten Nachmittag in den Zeugenstand gerufen. Sie war bereits mit ihren Nerven am Ende. Ihr fester Glaube, daß es ihre Pflicht sei, Lisa in den Augen der Geschworenen sozusagen zu rehabilitieren, war nicht nur durch Lindys schluchzende

Schilderung des Tathergangs erschüttert, sondern auch durch die Aussage jener alten Dame, die sich daran erinnerte, wie Lisa an jenem Tag lächelnd das kleine Mädchen vom Spielplatz weggeführt hatte. Und die Aussage des Polizisten, der Lindy gefunden und wiederbelebt hatte.

Schlimmer noch, Hattie hatte mittlerweile Angst. Sie war schon bei anderen Gelegenheiten als Zeugin vor Gericht aufgetreten, noch nie aber in einem solchen Fall. Als sie auf den Zeugenstand zuging, hielt sie den Blick starr geradeaus gerichtet, aus Angst, daß ihr der Anblick der vielen Leute im Saal die Sprache verschlagen könnte.

Aber dann fiel ihr Blick auf Lisa, und zum ersten Mal an diesem Tag zeigte sich eine Regung – ja, sogar ein scheues Lächeln – auf dem Gesicht des Mädchens. Da wurde Hattie wieder bewußt, wozu sie hier war: Dem Gericht darzulegen, daß die Umstände in Lisas Kindheit sie zu dieser scheußlichen Tat getrieben hatten. Es war so, als ob in diesem Kind – unbestritten schuldig – der Beweis für Hatties Theorien steckte. Daß nämlich ›Kultur die Natur regiert‹. Wenn Lisa all die Aufmerksamkeit, Liebe, Fürsorge und Unterstützung erhalten hätte, die eigentlich jedem Kind zustand, würde sie heute nicht vor diesem Gericht stehen.

»Miss George«, begann der Staatsanwalt gewichtig, »Sie haben, wie ich sehe, ein detailliertes psychiatrisches Gutachten über Lisa Price erstellt.«

Hattie nickte.

»Würden Sie uns bitte kurz erläutern, wie Sie zu Ihren Schlußfolgerungen gelangt sind?«

»Ich habe über fünfzig Stunden mit Lisa Price verbracht. Und noch viele mehr im Nachgang zu ihren

Enthüllungen und beim Studium der Tonbandprotokolle unserer Sitzungen.«

Eine Abschrift des Gutachtens wurde dem Richter vorgelegt.

»Wie ich sehe, sind Sie als Sachverständige der Meinung, daß die schwierigen Umstände in Lisa Prices Familienleben einen Aufschluß über ihre Tat am 16.November 1997 geben könnten.«

»So ist es«, sagte Hattie.

»Den Berichten der Sozialarbeiter zufolge, die diesen Fall betreuen, kommt Lisa aus einer intakten Familie mit beiden Elternteilen und Vollgeschwistern.«

»Ich meine, es wäre töricht zu glauben, eine äußerlich intakte Familie bedeutet automatisch, daß das Kind eine Kindheit ohne Gewalt, Verwahrlosung oder psychische Grausamkeit erlebt«, erklärte Hattie.

»Und doch liegt uns kein Beweis über Mißbrauch vor. Die Sozialarbeiter haben ausgesagt, daß die anderen Kinder in dieser Familie einen anständigen, gesitteten und folgsamen Eindruck machen«, parierte der Staatsanwalt.

»Wenn Sie mein Gutachten gelesen hätten, würden Sie meiner Schlußfolgerung entnehmen, daß gerade die strenge Disziplinierung – gepaart mit der außergewöhnlichen Furcht Lisas vor ihrem Vater – der Grund für das gestörte Verhalten des Kindes ist.«

»George Price hat seine Kinder im Glauben an Gott erzogen. Damit sie den Unterschied zwischen Gut und Böse erkennen«, fuhr der Staatsanwalt fort.

»Nach meinem Dafürhalten war George Price in seiner religiösen Besessenheit irregeleitet, was sich schädigend auf seine Kinder auswirkte«, führte Hattie aus. »Ich glaube nicht, daß Lisa angeborene psychopathische Neigungen hat. Sie hat an dem, was an jenem Tag geschah, keinerlei Freude gehabt. Sie ist auch nicht ungewöhnlich fasziniert von dem Makabren, Grausamen, von Tod oder Schmerz. Sie ist ein verwirrtes Kind, dessen absoluter Glaube an die Autorität des Vaters und seinen Vorbildcharakter sie zu dem Irrglauben verleitete, das, was sie tat, geschähe für den Gott ihres Vaters. Sie erzählte mir – und Sie finden das Zitat auf Seite 54 meines Gutachtens – ›Ich versuchte ihr zu erklären, daß Gott sie von ihren Sünden befreit. Ich habe versucht, sie zu taufen, um ihre Sünden abzuwaschen. Aber sie hat nur in einem fort geschrien‹«.

Im Saal erhob sich ein schwaches Gemurmel.

»Und haben Sie stichhaltige Beweise für Mr. Prices irregeleitete religiöse Überzeugung?«

»Lisa hat mir erzählt, daß sie von ihrem Vater gezüchtigt wurde. Er pflegte seine Kinder mit dem Gürtel für ihre Sünden zu verdreschen, nicht für ihren Ungehorsam. Des weiteren gibt es einen starken Verdacht auf sexuellen Mißbrauch – besonders der Mädchen.«

»Einen starken Verdacht?« fragte der Staatsanwalt scharf.

»Ich muß Sie wieder auf die Tonbandprotokolle meiner Sitzungen mit Lisa verweisen. Sie erzählte mir – das finden Sie auf Seite 44 – daß ihr Vater ›der Gebieter‹ war und die Mädchen ›so Sachen‹ tun mußten.«

»Ich fragte nicht nach Vermutungen, Miss George. Ich fragte nach stichhaltigen Beweisen für sexuellen Mißbrauch. Könnten Sie meine Frage bitte präziser beantworten?«

»Nun«, druckste Hattie. »Es gibt in diesem Stadium keine konkreten Beweise ...«

»Gibt es *überhaupt* einen Beweis für den Mißbrauch

des Vaters an dem Kind?« bohrte der Staatsanwalt und maß Hattie mit eisigem Blick.
»Er hielt sich streng an das Bibelwort ›Auge um Auge, Zahn um Zahn‹. Einmal hat er Lisa, die versehentlich seinen Tee verschüttet hatte, kochendes Wasser über den Arm gegossen.«
Bei diesen Worten stand Lisas Mutter von ihrem Sitz auf, schüttelte vehement den Kopf und murmelte: »Nein, nein, nein ...«
Der Richter rief sie zur Ordnung und forderte Hattie auf fortzufahren.
»Und dann gibt es zahllose Fälle, wo er Geschichten aus der Bibel dazu verwendete, den Kindern Angst einzujagen. Lisas Kindheit war durchsetzt von Geschichten, die ihren Glauben bestärkten, ihres Vaters Wille sei der Wille Gottes. Die Geschichte von Abraham, der seinen Sohn Isaak opfern soll, Josia, die Mauern von Jericho und so weiter.«
»Die Bibel, Miss George ...« sagte der Staatsanwalt und drehte sich zu den Geschworenen um. »Das Buch der Bücher. Ich bedaure, daß Mr. Price nicht persönlich anwesend ist, um seinen Namen zu verteidigen. Es dürfte das Gericht interessieren, daß Lisas Vater heute wegen seines schlechten Gesundheitszustands leider nicht anwesend sein kann.«
In diesem Stadium erkannte Hattie, daß es keinen Sinn hatte weiterzumachen. Vielleicht wäre es ihr gelungen, das Gericht davon zu überzeugen, daß Lisa kein Monster wäre, hätten die Schrecken ihrer Kindheit modernere Formen des Horrors beinhaltet – Drogen, Alkohol, Pornographie – all dies war irrelevant für Lisas Fall. Aufgrund des Nichterscheinens von Lisas feigem und grausamem Vater vor Gericht sah Hat-

tie keine Hoffnung mehr, bei den Geschworenen auch nur einen Funken Mitleid zu erwecken.

Der Ankläger war aber noch nicht fertig mit Hattie.

»Könnte es sein, Miss George«, begann er süffisant, »daß Sie selbst vielleicht Lisas Vater misinterpretiert haben?«

»Lisa hat von dem obenerwähnten Vorfall eine Narbe zurückbehalten.«

»Eine Narbe, von der Sie feststellen werden, daß sie einen ganz anderen Ursprung hat. Ich habe hier ein Gutachten – die gesamten ärztlichen Gutachten über Lisa haben Ihnen vorgelegen, Miss George – über einen Unfall, den Lisa in der Schule hatte.«

Hattie schaute betroffen in Lisas Richtung und erkannte jäh, daß nicht alle Bekundungen des Mädchens während ihrer Sitzungen der Wahrheit entsprochen hatten.

»Wenn das so ist, werde ich mein Gutachten revidieren müssen«, erklärte Hattie, und ihre Miene verriet ihre Verwirrung.

»Die Krankheit von Mr.Price könnte auch einen Einfluß auf die Revision Ihres Gutachten haben«, höhnte der Staatsanwalt. »Er liegt im St. Mary's Hospiz im letzten Stadium eines zweijährigen Kampfes gegen Speiseröhrenkrebs. Das wäre dann alles, Miss George. Sie dürfen den Zeugenstand verlassen.«

Hattie erinnerte sich nicht mehr, wie sie zu ihrem Platz zurückgelangt war. Sie war sich so sicher gewesen, jedes Stück Papier – jeden Zahnarztbefund, jede Seite des Hausarztberichts –, das über Lisa existierte, genauestens gelesen zu haben. Sie kam sich vor wie eine Stümperin, im Stich gelassen, verschaukelt und, wenn sie Lisa so anschaute, manipuliert. Warum war

sie nicht gründlicher, überlegter vorgegangen? Warum hatte sie so bereitwillig an Lisas Opferrolle geglaubt? Da fielen ihr Jimmys Worte vom vergangenen Abend wieder ein, sein Vorwurf, daß ihr Interesse ihm nur gegolten hätte, solange er ein Benachteiligter war, den sie bemitleiden und bevormunden konnte.
Hätte sie, fragte Hattie sich im stillen, ebenso hart darum gekämpft, Lisa zu helfen – hätte sie ebenso aufmerksam ihrer Geschichte von dem väterlichen Mißbrauch gelauscht – wenn sie selbst nicht auch ein gesellschaftlicher Außenseiter wäre?

Jon und Claire lagen die ganze Nacht auf den Rosenblüten und redeten endlos miteinander. Sonst nichts, kein Sex. Falls Claire – abgesehen von dem ganzen verrückten, romantischen Zauber – noch einen letzten Beweis brauchte, daß Jon meinte, was er sagte, dann den, daß er die ganze Nacht nicht mehr versucht hatte, als ein paar lange Küsse.
Vom ersten Moment an hatte sie gewußt, daß es Jon gewesen sein mußte. Er war der einzige Mann, wie sie verschämt zugab, der ihr je nah genug gewesen war, um ihre Lieblingsblumen, ihre Lieblingsmusik und Lieblingsmarke bei Dessous zu kennen.
Und wahrscheinlich war er der einzige Mann, wie sie mit einem Stich des Bedauerns in Bezug auf Jimmy erkannte, dem etwas daran lag, das herauszufinden.
Und außerdem, sagte sie sich, während sie in das vertraute Gesicht blickte, sah er als einziger Mann hinter ihrer zynischen Maske die zartbesaitete Frau.
»Du hast mir noch nicht erzählt, was dich auf diese Idee gebracht hat«, sagte Claire und bewarf Jon mit einer Handvoll Rosenblüten.

»Hattie«, erklärte er.
»Hattie?«
»Ja. Weißt du, ich habe neulich ein längeres Gespräch mit ihr geführt, nachdem ich dich an Jimmy verloren glaubte. Ich habe sie ins Vertrauen gezogen. Mit dir konnte ich ja schlecht über uns reden.«
»Wäre vielleicht billiger geworden, wenn du es getan hättest«, meinte Claire und nippte an ihrem Champagner.
»Du hättest doch gar nicht zugehört, stimmt's? Du hättest mir wieder den ganzen Scheiß an den Kopf geworfen, daß Männer nie die Wahrheit sagen.«
»Tun sie auch nicht.«
»Hör auf ...«, befahl er, aber seine Augen lächelten.
»Zumindest ziemlich selten«, lenkte Claire verschmitzt ein.
»Egal. Auf jeden Fall hatte ich bemerkt, daß ihr beide euch wegen dieser Sache mit Jimmy nähergekommen seid. Außerdem kennt sie sich ein wenig damit aus, wie sich Menschen verhalten und warum. Also habe ich meine Vorbehalte beiseite geschoben und begonnen, mich ihr anzuvertrauen. Ich weiß, das klingt komisch, weil sie mich sonst immer so geärgert hat. Ich fand ihren glühenden Idealismus, diesen *Alle-Menschen-sind-gleich-geboren-Mist* unsäglich naiv. Und sie war so besessen davon, so humorlos ...« Jon hielt einen Moment inne. »Aber dann, wenn ich ehrlich bin ...«
»Oh, nein«, unterbrach Claire. »Nicht schon wieder!«
»Wenn ich also ganz ehrlich bin – was ich natürlich bin und von nun an immer sein werde – fand ich, daß ihre Prinzipien und ihr privilegiertes Leben einfach nicht zusammenpaßten. Ich empfand es irgendwie als Heu-

chelei, wenn eine Frau – mit dieser vornehmen, reichen Herkunft, mit dem teuren Loft und einem Lebenspartner wie Toby – in einem schicken Restaurant sitzt und steif und fest behauptet, alle Menschen wären gleich.«

»Aber?«

»Aber als sie Toby dann rausgeworfen hat, ging mir langsam auf, daß sie wahrscheinlich recht hat.«

»Toby ist doch dein bester Freund, du Schuft.«

»Von Männern verstehst du aber wirklich nichts, oder?« erwiderte Jon. »Ich habe ihn nie gemocht, nie richtig mit ihm geredet. Ich kannte ihn eben bloß schon so lange.«

»Na gut, und dann hast du schließlich mit Hattie über mich gesprochen«, bohrte Claire weiter.

»Ja, und sie war richtig nett, hat mir aufmerksam zugehört und mir immer wieder geraten, dir meine wahren Gefühle zu gestehen.«

»Was du nicht getan hast.«

»Hast du den Morgen, an dem ich's versucht habe, etwa schon vergessen?«

Claire mußte lachen.

»Egal. Ein paar Tage später – als du mit Jimmy bei irgend so einem Polomatch warst oder Designerklamotten gekauft hast – habe ich mich mit Hattie zum Lunch verabredet. Ich denke mal, sie war damals überzeugt davon, daß du mit Jimmy was hättest, hat es mir aber aus Anstand nicht gesagt.«

»Oh Gott ...!« stöhnte Claire.

»Sie hat mir erklärt, wenn ich dich für mich gewinnen wollte, müßte ich mir etwas ganz Extravagantes, ganz Dramatisches einfallen lassen. Sie sagte, ich sollte mich selbst als das Produkt sehen und dich als meinen idealen Konsumenten. Was ich hiermit getan habe. Ich habe mich an dich verkauft. Ich habe mir alle die Dinge überlegt, die du am liebsten magst, alle die Dinge, von denen ich wußte, daß du sie haben wolltest, in der Hoffnung, du würdest dabei herausfinden, daß du mich auch willst«, schloß er mit stolzem Blick.

»Hab' ich auch«, sagte Claire. »Nur ...«

»Nur?«

»Ich habe ein schlechtes Gewissen Hattie gegenüber.«

»Wieso?«

»Weil ich so gemein zu ihr war. Weil ich so sauer auf sie war, daß sie Jimmy gekriegt hat und ich ihn aufgeben mußte.«

Jon machte ein langes Gesicht. »Willst du Jimmy immer noch? Hast du gehofft, er hätte den ganzen Zauber hier veranstaltet?«

»Wie sollte er? Nein, nein, ich glaube nicht, daß ich Jimmy wirklich wollte. Aber du weißt doch, wie ehrgeizig ich bin.«

»Zur Genüge.«

»Ich wollte einfach nicht der Verlierer sein. Nicht, daß Jimmy so eine tolle Sache gewesen wäre. Ich meine, er sieht phantastisch aus, aber ... wenn ich ganz ehrlich bin ...«

»Was du natürlich bist. Im Gegensatz zu Männern sind Frauen immer ehrlich«, konstatierte Jon zynisch.

»Wenn ich ehrlich bin, konnte ich es nicht ertragen, daß er Hattie mir vorgezogen hat.«

»Biest«, sagte Jon und küßte sie.

»Ich muß die Sache mit ihr bereinigen, sie glaubt nämlich, daß Jimmy und ich was miteinander hatten. Ich weiß, daß sie das denkt ... hatten wir aber nicht, ehrlich ...« Claire brach mitten im Wort ab, denn Jons

Küsse wurden immer fordernder, und überhaupt wurde es langsam Zeit, daß sie ihre neue Beziehung besiegelten.

Hattie fragte sich, ob Rex nicht allmählich das wichtigste Element in ihrem Leben wurde. Als sie nach der Gerichtsverhandlung nach Hause kam – der Richter hatte nach ihrem Kreuzverhör die Verhandlung vertagt –, schien Rex ganz genau zu wissen, was sie brauchte.
Er war, wie sie schon vor längerem festgestellt hatte, ein erstaunlicher Hund. Sie wußte, daß es albern klang – sie hatte immer schon Leute verabscheut, die ihren Haustieren menschliche Züge zuschrieben -, aber Rex schien tatsächlich zu spüren, daß sie an diesem Tag eine schreckliche Erfahrung gemacht hatte.
Er holte weder seine Leine, wie er das sonst zu tun pflegte, noch sprang er freudig an ihr hoch. Er kam einfach zu ihr und lehnte sich an ihre Beine. Sie streichelte seinen Rücken, und er blickte sie an, als wüßte er genau, daß diesmal sie es war, die die Streicheleinheiten brauchte.
Wenn sie es sich recht überlegte, war Rex eigentlich immer sehr klug gewesen. Immerhin hatte er Toby aus ihrem Leben vertrieben, indem er seine besten Gucci-Slippers zerfetzte. Und hatte er nicht Zuflucht in ihrem Schlafzimmer gesucht, an jenem gräßlichen Abend, als Jimmy mit seinen Freunden in ihrer Wohnung saß und den Hund seinen albernen Trick mit dem Newkie hatte vorführen lassen? Und war es nicht so, daß Rex in den letzten Wochen – da Jimmy von der Woge seines neuerworbenen Ruhms überrollt wurde – seine Loyalität irgendwie auf sie, Hattie, verlagert hat-

te? Sie bückte sich, um die Post von der Fußmatte aufzuheben und zog damit in die Küche mit Rex im Schlepptau. Sie brauchte jetzt dringend einen Drink und eine *Fluppe*.

»Und dann, Rex, dann gehen wir in den Park.«

Sie nahm eine geöffnete Flasche Weißwein aus dem Kühlschrank und goß sich ein Glas ein. Dann zündete sie sich ihre Feierabendzigarette an und sah die Post durch.

Sie fand ein paar Rechnungen und eine Karte in einem handgeschriebenen Umschlag. Es war eine Einladung zu Tobys Hochzeit mit Christine Mary Baker. Das überraschte Hattie kaum und verletzte sie schon gar nicht. Toby hatte ihr erzählt, daß er zum Kandidaten für die bevorstehenden Nachwahlen gekürt worden war, und das wichtigste Attribut für einen Politiker – selbst für einen schmalbrüstigen New Labour Abgeordneten – war eine Ehefrau. Hattie mußte laut darüber lachen. Sie drückte ihre Zigarette aus, leerte ihr Weinglas und machte sich mit Rex auf den Weg zum Park.

Es war immer noch angenehm warm draußen. Hattie saß auf einer Bank und sah Rex zu, der mit anderen Hunden kommunizierte. Sie verspürte nicht den geringsten Wunsch, mit Rex in die leere Wohnung zurückzugehen. Viel lieber wäre sie mit ihm weggelaufen, irgendwohin, wo nichts mehr sie an Jimmy oder Claire oder diesen gräßlichen Tag heute erinnerte.

Wieder zu Hause gab sie Rex zu fressen und zu trinken und bereitete sich selbst ein Sandwich. Sie hatte den ganzen Tag noch nichts gegessen. Dann machte sie es sich vor dem Fernseher gemütlich und sah sich eine Seifenoper an.

Rex begann zu bellen, noch ehe es an der Tür klingelte, als ob er geahnt hätte, wer draußen stand – Claire, seltsamerweise. Hattie ließ sie herein und marschierte straks zu ihrem Sandwich und ihrer Sendung zurück. Selbst Rex schenkte Claire keine Beachtung. Sie trat an den Fernseher und schaltete ihn aus.

»Was dagegen, wenn ich mir ein Glas Wein genehmige?«

Hattie zuckte nur die Schultern, beugte sich vor und schaltete den Fernseher wieder ein.

Claire kam mit zwei Gläsern Wein zurück, die sie auf den Tisch stellte. Dann zog sie den Stecker heraus.

»Jetzt wirst du mit mir reden müssen«, sagte sie und reichte Hattie ein Glas.

»Ich wüßte nicht, was ich dir zu sagen hätte, Claire. Ich habe einen gräßlichen Tag hinter mir und das letzte, was ich jetzt noch brauche, ist ein Gespräch von Frau zu Frau mit dir.«

»Ich weiß, daß ich mich in den letzten Wochen nicht sonderlich nett benommen habe«, begann Claire. »Wegen Jimmy, meine ich ...«

»Ich habe wirklich nichts dazu zu sagen, Claire. Außer vielleicht, daß du Jimmy, wenn du nach Hause kommst, etwas von mir bestellen kannst.« Hattie schaute Claire mit eisigem Blick an. »*Ich behalte Rex.*«

Wie auf Kommando sprang Rex zu ihr auf das Sofa und legte ihr den Kopf in den Schoß.

»Ich weiß nicht, wie du darauf kommst, daß Jimmy bei mir ist. Ich hatte eher erwartet, ihn hier zu finden«, sagte Claire. »Er ist dir doch gestern abend nachgelaufen, als du aus dem Lokal gestürmt bist.«

Hattie überlegte einen Moment. »Du meinst, er ist nicht mit zu dir gegangen?«

»Nein. Und wenn, hätte ich es kaum bemerkt. Ich war ziemlich beschäftigt.«
Hattie blickte die Freundin wieder an, diesmal mit etwas mehr Wärme im Blick. »Womit?«
»Mit Jon«, erklärte Claire mit einem Lächeln.
»Wie hat er das geschafft?« wollte Hattie wissen, die zunehmend auftaute.
»Mit Blumen, Champagner, Pralinen, Rosenblüten und einer gesunden Portion Humor.«
»Und du hast das offenbar geschluckt?«
»Na ja, aber weißt du, Hattie, eigentlich macht mir das einiges Kopfzerbrechen. So gut hat mich noch nie jemand behandelt. Und obwohl ich immer wieder auf miese Schweine reingefallen bin, weiß ich echt nicht, wie ich mit jemandem umgehen soll, der ehrliche Absichten mir gegenüber hat. Jemand, der aufrichtig ist, einfühlsam, der sagt, was er meint ...«
»Du sprichst doch nicht etwa von Jon?«
»Hör zu, ich bin nicht so naiv zu glauben, daß es für die Ewigkeit hält. Ich meine, ich habe da doch so meine Zweifel – vielleicht gerade, weil er so nett zu mir ist – aber, zum Teufel, ich glaube, er mag mich wirklich.«
»Nun, da kann ich euch nur gratulieren.«
»Ich bin aber nicht hergekommen, um über mich zu reden.«
»Das wäre mal was anderes«, meinte Hattie mit müdem Lächeln.
»Ich wollte mich entschuldigen. Du weißt, daß ich Jimmy wirklich wollte.«
»Aber nicht so sehr wie Jon?«
»Oh Gott, viel mehr als jemals Jon.«
»Das nenn' ich aber eine gute Ausgangsbasis für eure gemeinsame Zukunft.«

»Du weißt schon, wie ich das meine. Es war wie eine Obsession. Ich konnte nicht mehr klar denken.«
Hattie schwieg dazu.
»Weißt du, ich war verrückt vor Eifersucht, als ihr zwei euch gefunden habt. Ich bin ein beschissen schlechter Verlierer.«
Hattie sagte immer noch nichts.
»Und wenn du es genau wissen willst, ich wollte es nicht *glauben*, als er mit dir nach der Party davongewalzt ist. Ich konnte einfach nicht verstehen, – und das klingt jetzt ganz häßlich – warum um alles in der Welt er *dich* nehmen sollte, wo er *mich* haben konnte!«
»Soll ich dir was sagen, Claire? Ich hatte geglaubt, nach der heutigen Blamage im Gerichtssaal wäre mein Selbstvertrauen wirklich am Boden. Aber ich hatte mich geirrt ...« Und nun brach Hattie auch noch in Tränen aus.
»Du meine Güte, Hattie! Was ist denn passiert?«
»Muß ich das erklären? Ich bin ein Stümper, ich habe heute meine Karriere gründlich in den Sand gesetzt. Ich habe innerhalb von vier Tagen Jimmy gewonnen und wieder verloren. Ach ja, und als Krönung des Ganzen muß du mir auch noch bestätigen, was ich schon immer geahnt habe: Wenn sie die Wahl hätten, würden neun von zehn Männern Claire wählen!«
»Was war denn mit Jimmy?«
»Er hat mir ein paar Wahrheiten gesteckt, darauf habe ich ihm erklärt, er sollte sich ins Knie ficken – genauer gesagt, er sollte dich ficken«, schluchzte Hattie und wischte sich mit dem Ärmel übers Gesicht.
»Ich frag' mich bloß, wo er hin ist«, sagte Claire.
»Darüber brauchen wir uns wohl kaum den Kopf zu zerbrechen. Jimmy stehen mittlerweile sämtliche

Türen offen. Er könnte zu Arabella gegangen sein, zu Jay Hector oder zu irgendeinem anderen von diesen gräßlichen Typen gestern abend in dem Lokal.«
»Ich weiß, daß er dich liebt.«
»Nein, weißt du nicht. Es war alles – pure Illusion. Allerdings hat er gestern abend noch etwas gesagt, wofür ich dich hätte umbringen können. Du sollst ihm gesteckt haben, daß wir beide noch eine Zusatzwette laufen hätten, wer von uns beiden ihn zuerst ins Bett kriegt.«
»In gewisser Weise war es auch so.«
»Wie meinst du das?«
»Es wurde nie offen ausgesprochen – aber als Jimmy damals am ersten Tag mit dem Handtuch um die Hüften aus deinem Bad kam – ich denke, von dem Moment an lief unser Wettkampf.«
Hattie schniefte ein wenig und dachte darüber nach. Womöglich wollte sie sich ihre wahren Absichten in Bezug auf Jimmy ebensowenig eingestehen wie alles andere in ihrem Leben. Wie zum Beispiel die Möglichkeit, daß Lisa – nach allem, was die Beweislage erbracht hatte – eine kaltblütige, psychopathische Beinahe-Mörderin war.
»Egal, es ist vorbei.«
»Ist es das?«
»Oh ja. Ich habe ihm gesagt, daß es mit uns nicht funktionieren würde, und er fand das auch.«
»Tut mir leid, Hattie.«
»Die Sache ist die – um seine letzten Worte zu gebrauchen – ich passe nicht mehr in seine Welt und er nicht in meine«, sagte Hattie mit tränenerstickter Stimme.

VIERUNDZWANZIGSTES KAPITEL

Am nächsten Tag rief Hattie im Büro an und fragte, ob sie einige Tage Urlaub nehmen könne. Da diese Bitte so kurz auf die drei Tage erfolgte, die sie sich im Monat davor ohne Ankündigung freigenommen hatte – und wegen der beruflichen Blamage vom Vortag – stieß sie damit auf ziemlich taube Ohren.

Es stand jedoch außer Frage, daß sie bei Lisas Verhandlung erneut in den Zeugenstand mußte. Man hatte ihr Gutachten aus der Beweisaufnahme entfernt, und es war auch unwahrscheinlich, daß sie Lisa als Patientin behalten würde – sie selbst hatte in der Tat bereits vorgeschlagen, daß ein Kollege mit ihr weiterarbeitete. Da sie sich zudem ihren Terminkalender für die schätzungsweise zehn Tage dauernde Verhandlung freigehalten hatte, blieb sie unnachgiebig und beharrte darauf, daß sie Urlaub brauchte.

Es ging ihr gar nicht darum wegzufahren, sie wollte ganz einfach Abstand von allem gewinnen. Sie schloß sich in ihrer Wohnung ein, nahm keine Anrufe entgegen, sah niemanden – außer Rex – und begann, ihre Fachkenntnis auf sich selber anzuwenden und sich einer eingehenden Analyse zu unterziehen, wie dies sonst nur ihren Patienten vorbehalten war.

Von Zeit zu Zeit hinterließen Claire oder Arabella eine Nachricht auf dem Anrufbeantworter, aber sie rief nie zurück. Nach zwei Tagen, zweifellos von Bella alarmiert, rief ihre Mutter an und äußerte in ihrer trällernden Stimme ihre Besorgnis. Jeden Moment, dachte Hattie, würde nun auch ihr Vater noch in das Ganze hineingezogen werden, weshalb sie lieber zurückrief.

»Hattie, wie geht es dir?« fragte ihre Mutter in dem vertrauten Ton, den Hattie stets als ›falsches Mitgefühl‹ umschrieb.

»Oh, mir geht's gut. Ich habe nur ein paar Tage freigenommen«, erklärte sie.

»Wir haben im *Telegraph* über dich gelesen. Dein Vater meinte, er hätte dir schon immer gesagt, es sei der falsche Beruf für dich«, sagte ihre Mutter.

»Du sagst immer genau das Richtige, Mutter.« Hattie war sich darüber im klaren, daß ihrer Mutter die Ironie selbst dann entgangen wäre, wenn sie richtig zugehört hätte.

»Nun ja. Zumindest gibt es einige gute Neuigkeiten in der Familie.«

»Wirklich?« sagte Hattie mit jähem Interesse.

»Jontie ...«

»Was ist mit ihr?« wollte Hattie wissen. Ihre Mutter betrachtete ihren Hund wohl mehr als Teil der Familie George als ihre Tochter.

»Sie bekommt Junge. Vater ist der Gewinner der letztjährigen Cruft's-Zuchtschau.«

»Oh, das ist wunderbar. Irgendwelche Neuigkeiten von Arabella?« erkundigte sich Hattie und verkniff sich gerade noch, ihre Schwester als ›das andere Biest‹ zu bezeichnen.

Sie dachte ununterbrochen an Jimmy, war jedoch der festen Überzeugung, nie wieder von ihm zu hören. Sie hatte eine Einladung zur Präsentation seines Buches erhalten, die in etwa vier Wochen in grandiosem Rahmen im St. James' Park stattfinden würde, dem Stadion des Fußballvereins Newcastle United. Sie nahm an, daß man sie nur eingeladen hatte, weil Claire offensichtlich darauf bestanden hatte, und weil man bei der Größe dieses Fußballstadions jeden, aber auch jeden brauchte, um es zu füllen. Sie war überzeugt, daß Jimmy an ihrem Erscheinen kein Interesse hatte und machte sich daher auch nicht die Mühe zu antworten.

Hattie entwickelte wieder eine Art Routine. Sie ging wieder zur Arbeit und nahm mehrere neue Fälle an – darunter den Fall des kleinen Jungen, Josh, der sie so stark an Jimmy in seinen jungen Jahren erinnerte.

Die Tage vergingen in stumpfer Monotonie. Arbeit, nach Hause, mit Rex Gassi gehen, Fernsehen, Bett. Am Wochenende tat sie kaum etwas anderes als Schlafen. Sie schien ein ungeheures Schlafvermögen zu haben, und es wurde ihr einziges Hobby – und zusammen mit dem Mist, den sie aß, war es das einzige, was sie bei Kräften hielt.

Sie versuchte, nicht über Jimmy oder die Ereignisse der letzten Monate nachzudenken. Hin und wieder stand ihr sein Bild vor Augen und rührte erneut an ihren Kummer.

Was ihre Freunde anging, so herrschte Funkstille. In ihrem Privatleben verwandelte sie sich allmählich in eine Einsiedlerin. Gelegentlich hinterließ jemand eine Nachricht auf dem Anrufbeantworter, aber sie rief nie zurück. Jon versuchte hin und wieder, mit ihr Kontakt aufzunehmen, wahrscheinlich, weil er sie in gewisser Weise für seine Wiedervereinigung mit Claire verantwortlich machte. Arabella flötete den einen oder ande-

ren Gruß auf Band. Einmal hatte ihr Vater eine Nachricht hinterlassen, in der er in schroffem Ton seiner ernsten Sorge um ihre Zukunft Ausdruck verlieh.
Zwei Wochen nach ihrer Rückkehr zur Arbeit stellte man im Büro einen dringenden Anruf von ihrer Mutter zu ihr durch.
»Mutter, was um Himmels willen ist los?« Hattie war beunruhigt, weil ihre Mutter sie noch nie im Büro angerufen hatte, und noch mehr überrascht, daß ihre Mutter überhaupt wußte, wo man sie erreichen konnte.
»Es ist etwas ganz, ganz Schreckliches passiert.«
»Doch nicht etwa mit Daddy?« hakte Hattie nach.
»Gott bewahre, nichts dergleichen. Nein, es geht um Jontie. Vor zwei Tagen, eine Woche zu früh, hat sie vier Junge geworfen.«
»Und wo liegt das Problem? Sind sie in Ordnung?«
»Ja, es geht ihnen gut. Es ist nur so, also, es ist eindeutig, daß der Cruft's-Champion nicht der Vater ist. Sie muß früher läufig gewesen sein, als wir dachten. Sie muß wohl entwischt und irgendeinem Streuner über den Weg gelaufen sein.«
»Über den Weg gelaufen?« fragte Hattie.
»Ach, du weißt schon, irgend so ein verdammter streunender Köter muß sie geschwängert haben. Die Welpen sind ganz drollige Mischlinge. Sie haben ein bißchen was von einem Whippet und ein bißchen was von einem Jack Russell.«
»Oh je.« Hattie hatte Mühe, ein Lachen zu unterdrücken.
»Im Terrierclub ist sie jetzt natürlich unten durch«, sagte ihre Mutter und versuchte Hattie vom Ernst der Situation zu überzeugen.

»Wie schrecklich«, meinte Hattie mit gespielter Sympathie.
»Aber weißt du, Hattie, eigentlich sind sie schrecklich süß. Arabella will ein Hündchen.«
»Und ich. Ich will auch eins ...«
»Du magst Hunde doch gar nicht, Hattie.«
»Oh, aber *die* hören sich toll an.«
»Wahrscheinlich, weil sie Promenadenmischungen sind«, entgegnete ihre Mutter scharf. »Außenseiter hast du ja schon immer gemocht.«
Als Hattie an jenem Abend nach Hause kam, gratulierte sie Rex und dachte an die einzige amüsante Begebenheit an dem Tag, den sie und Jimmy in Whitehaven verbracht hatten – wie sie zusammen in den Gartenanlagen spazierengegangen und auf Rex und Jontie gestoßen waren. Und dann erinnerte sie sich an andere gemeinsame Momente mit Jimmy: Den Abend, an dem sie sich im Fernsehen angeschaut hatten, wie Newcastle Tottenham fertig machte; ihre Zeit zusammen in North Shields; der zauberhafte Abend der Party.
Nach weiteren zwei Wochen begann sie, überall richtige, echte Bilder von Jimmy zu sehen, zuallererst auf der Titelseite von *Big Issue*. Sie war überrascht, wieviel Werbung für ihn gemacht wurde. Sie konnte sich an kein Buch in den letzten Jahren entsinnen, das so viel Publicity bekommen hätte. Nicht einmal Salman Rushdies *Satanische Verse* hatten solches Aufsehen erregt wie Jimmy Ryans *Schlußpfiff*.
Wohin sie auch blickte, überall sah sie Jimmy. Das *Big Issue*-Cover war ja erst der Anfang seines Siegeszugs durch die Medien gewesen. Danach erschienen mehrere Artikel über ihn in den verschiedensten Zeitungen und Zeitschriften, von *GQ* bis zu *Gay News*. In

der *Sun* war er sogar als ›knackiger Typ auf Seite sieben‹ aufgetaucht, und das bestimmt nicht auf Claires Anraten hin.
Die bevorstehende Veröffentlichung des Buches wurde durch ein Poster und eine Anzeigenkampagne in den Zeitungen eingeleitet, die sich auf zwei der Michael Roberts-Porträts von Jimmy konzentrierte – das eine, bei dem er den Ringpull einer Dose Newcastle Brown Ale aufzog, und das andere, wie er mit einem weißen Laken bedeckt im Bett lag und eine *Big Issue* mit sich selbst auf der Titelseite las.
Dazu tauchte er auch ständig im Fernsehen auf – in Frank Skinners Talkshow natürlich; *TFI Friday*, *Room 101* und in verschiedenen Sendungen, die sich mit vielen der in seinem Buch angeschnittenen aktuellen Probleme befaßten. Er war Gast in einem Kilroy-Special über Kindesmißbrauch; man sah ihn in einer Sendung aus der Reihe *The Time The Place* über das Gefälle zwischen dem Norden und Süden Englands, und er diskutierte mit Esther Rantzen über gestörte Familien.
Dann waren da noch die Klatschspalten. In der Zeit vor der Buchveröffentlichung tauchte Jimmy (gewöhnlich in Begleitung von Arabella) bei den gesellschaftlichen Prestigeveranstaltungen auf, so daß sein hübsches Gesicht (und natürlich auch das von Bella) die *Leute heute*-Spalten von *YOU*, *Hello!*, *Tatler*, *Harpers* und *Vogue* zierte.
Am Abend vor dem großen Ereignis, als Hattie sich mit Rex vor dem Fernseher fläzte – *Animal Hospital* stand auf dem Programm (ihre aus ihrer Zeit mit Jimmy stammende Vorliebe für Massenunterhaltung drohte zu einer ungesunden Sucht auszuarten) –, klingelte es. Rex fing hysterisch an zu bellen, doch Hattie

rührte sich nicht. Sie hatte keine Lust aufzumachen. Wer immer es aber war, drückte unablässig auf den Klingelknopf und begann dann, durch den Briefkastenschlitz zu rufen. Sie rappelte sich auf und schaute durch den Spion, den sie normalerweise nie benutzte. Es war Claire. Sie würde sie wohl hereinlassen müssen, wenn auch nur, um Rex zum Schweigen zu bringen.

»Du meine Güte, Hattie, was ist denn mit dir los? Du siehst ja fürchterlich aus«, rief Claire zur Begrüßung.

»In deinen Augen ist das ja nichts Neues«, gab Hattie schnippisch zurück.

»Hm, heute besonders fürchterlich.«

»Ich habe einfach mal Zeit für mich und Abstand von allem gebraucht«, erklärte Hattie. »Möchtest du Tee?«

»Nein danke«, sagte Claire und besah sich mit Abscheu das Durcheinander auf dem Tisch vor dem Fernseher. »Ich bin nur gekommen, um dich zu überreden, zur Präsentation von Jimmys Buch zu kommen.«

»Das könnte ich nicht ertragen. Der Schauplatz ist ja nicht schlecht gewählt, wenn auch ein bißchen groß ...«

»Tja, es war eine Art Kompromiß. Jay wollte die Party im Wembley-Stadion stattfinden lassen. Meinte, es sei in jeder Hinsicht symbolisch und würde Bilder von Sieg, Nationalstolz und Heldentum heraufbeschwören, Dinge, die Jimmy versagt geblieben sind.«

»Gott, der Mann schreckt auch vor nichts zurück«, meinte Hattie.

»Wirklich, du mußt unbedingt kommen. Nach allem, was wir durchgemacht haben, kannst du nicht einfach in seiner größten Stunde wegbleiben.«

»Jimmy will mich in seiner größten Stunde garantiert nicht dabeihaben.«
Claire erwiderte nichts darauf, und Hattie wußte, daß Jimmy sie nicht geschickt hatte.
»Die Sache ist die, Hattie, es war alles meine Schuld. Wenn ich mich nicht eingemischt hätte, hättet ihr euch nicht getrennt.«
»Weißt du, daß er seine kostbare Blackpool-Schneekugel an die Wand geworfen hat? Wenn du genau hinguckst, siehst du, wo die Farbe abgeblättert ist«, sagte Hattie geistesabwesend.
»Um Himmels willen, Hattie, reiß dich zusammen und sag' mir, was du willst.«
»Das weiß ich selbst nicht ...«
»Nun, ich kann dir nicht versprechen, daß Jimmy dich mit offenen Armen empfängt, aber ich denke doch, du solltest dich blicken lassen«, beharrte Claire.
Hattie zuckte die Achseln. »Ich würde ja schon gern sehen, wie das alles für ihn ausgeht«, gab sie zu.
»Also, wenn du wirklich kommst«, sagte Claire und schickte sich an zu gehen, »dann tu, verdammt noch mal, was für dein Aussehen.«

Es war Rex, der den Ausschlag zu Hatties Entscheidung gab. Selbst wenn Jimmy sie zurückwies, würde er Rex bestimmt gern wiedersehen. Er hatte sich noch nicht so weit von seinen Wurzeln entfernt – die Buchparty fand immerhin in Newcastle statt –, daß er seinen Hund nicht würde sehen wollen.
Claire hatte aber recht, was ihr Aussehen betraf: Sie sah fürchterlich aus. Shopping war angesagt – etwas zum Anziehen kaufen, sich frisieren lassen. Dabei war die Zeit so knapp.

Hattie ging zu Harvey Nichols und kaufte sich ein kurzes, tailliertes, cremefarbenes Kleid mit leicht ausgestelltem Rock. Die Verkäuferin versicherte ihr, sie sähe wunderbar aus, und ausnahmsweise glaubte Hattie ihr das. Dann ging sie – das erste Mal seit Jahren – zum Friseur und ließ die Stylistin ihr langes Lockenhaar schneiden und es glatt fönen, so daß es ihr wie ein Vorhang übers Gesicht fiel. Es bestand durchaus die Möglichkeit, überlegte sie, als sie sich im Spiegel betrachtete, daß Jimmy sie überhaupt nicht erkannte.

Sie eilte in ihre Wohnung zurück, um Rex zu holen, und schaffte gerade noch den letzten Zug von King's Cross.

Sobald sie mit dem Hund zu ihren Füßen auf ihrem Platz saß, erkannte sie, daß sie einen Fehler gemacht hatte – nicht nur mit der Entscheidung, auf die Party zu gehen, sondern auch, den Nahverkehrszug zu nehmen. Sie würde sich so verspäten, daß sie nicht mehr im Hotel einchecken konnte, wo Claire ihr ein Zimmer reserviert hatte. Sie würde sich im Zug umziehen und direkt zum Stadion fahren müssen.

Sie ging auf die Toilette und betrachtete sich in dem schrecklichen Neonlicht, legte etwas Make-up auf, zog sich aus und streifte das Seidenkleid über, zog die hauchdünne, glänzende Strumpfhose an, die die Verkäuferin ihr empfohlen hatte, und schlüpfte zuletzt in die flachen Ballerinas, die – zumindest im Geschäft – fantastisch dazu aussahen.

Es war schon nach zehn, als der Zug in Newcastle Central einfuhr. Sie mußte in ihrer Pracht zwanzig Minuten für ein Taxi Schlange stehen, und als sie schließlich im St. James' Park ankam, war es dort proppenvoll.

Jeder von Rang und Namen war da, was bei dem zu füllenden Raum nicht schlecht war – Chris Evans, Brian Bute, Melvyn Bragg, Gazza, Benedict Wright, Alan Yentob, Nick Hornby, Alan Shearer, Skinner und Baddiel. Jay Hector hatte allem Anschein nach über zweihundert Leute aus London eingeflogen.

Hattie nahm sich einen der Drinks, die von zwanzig jungen Mädchen in Fußballkluft auf Tabletts herumgereicht wurden, und betrachtete ungläubig das Spektakel.

Sie wollte sich so sehr für Jimmy freuen. Dies hier aber entsprach nicht ganz der Zukunft, die sie sich für ihn ausgemalt hatte. Er würde natürlich behaupten, daß sie für ihn eine Zukunft plante, die sich in keiner Weise von seiner Vergangenheit unterschied. Aber daß das nicht stimmte, wußte sie nun. Sie wollte nicht weniger für ihn, sie wollte mehr.

Sie erinnerte sich, was für ein Außenseiter Jimmy bei ihrer ersten Begegnung gewesen war, und kam sich nun selbst wie ein Außenseiter vor. Sie hatte das Gefühl, als hätte sie mit dem Produkt, das in *Schlußpfiff* vermarktet wurde, nicht das geringste zu tun.

Merkwürdigerweise entdeckte sie keine Spur von dem Mann selbst. Sie sah Arabella und brachte es fertig, in der Menge unterzutauchen, bevor ihre Schwester ihre Anwesenheit bemerkte – und sie vermeinte, einen flüchtigen Blick auf Jon hinter einem Kamerateam von *Sky Sports* zu erhaschen.

Rex war derjenige, der sie verriet. Aus dem dichtesten Partygewühl heraus hörte sie, wie eine vertraute Stimme seinen Namen rief.

»Rex ... Hattiie ...« tönte Claire. »Ihr seid gekommen!«

»Ja, hm, ich dachte, Jimmy würde sich vielleicht doch freuen, Rex zu sehen«, sagte Hattie verlegen.
»Oh ja, das wird er ganz bestimmt«, antwortete Claire nervös. Etwas lief nicht nach Plan, soviel wurde Hattie auf einmal klar.
»Wo steckt er denn?« fragte sie.
»Ja, also, das ist eigentlich das Problem.« Claire biß sich auf die Lippen und schaute sich um, ob auch niemand sie hören konnte. »Am Anfang war er hier. Aber dann hat ihn etwas verstimmt. Etwas mit Jay. Und er ist abgehauen.«
»Wohin?«
»Wenn ich das wüßte, würde ich ihn an den Haaren herbeiziehen«, zischte sie.

Hattie hatte eine dumpfe Ahnung, wo er hingegangen sein könnte. Sie erinnerte sich, wie Jimmy ihr erzählt hatte, daß sein Großvater ihn zu Fußballspielen im St. James' Park mitgenommen hatte und wie sie anschließend zum Hafen hinuntergingen und *Fish and Chips* aßen. Sie ließ ihren Drink stehen und führte Rex durch die Drehkreuze hinaus in Richtung Tyne.
Wie es sich hier seit Jimmys Kindheit verändert haben mußte. Es gab keine Fischbuden mehr, nur jede Menge Restaurants, die denen in London nicht unähnlich waren, mit modernem Interieur und teuren Speisekarten. Auch die großen Kräne waren verschwunden. An ihre Stelle waren großzügige Sanierungsprojekte getreten, Zeichen modernen Städtebaus wie Lofts, Apartmenthäuser, Hotels, gigantische Einkaufspassagen, die vom neuen Wohlstand der Stadt zeugten.
Sie erkannte ihn von hinten, obwohl er das Haar sehr kurz trug. Er stand am Flußufer und schaute zum

großen Brückenbogen der erleuchteten Tyne Bridge hinauf.
»Jimmy«, sagte Hattie leise.
Er drehte sich um und starrte sie an. »Du bist hier, Hinny.«
»Tja, ich mußte doch Rex herbringen«, sagte sie, als der Hund sein Herrchen begrüßte.
Er bückte sich, um den Hund zu streicheln, und sie staunte, wieviel besser er mit dem kurzgeschorenen Haar aussah.
»Du hattest recht, Hinny, alles Scheiße.«
»Was?«
»Die ganzen Leute«, sagte er und deutete zum Fußballstadion hinüber. »Ihr ganzes Gewäsch. Machen dich nur an, weil du wer bist, weil du was darstellst, weil du Geld hast.«
»Du hast gewonnen, Jimmy. Es ist doch egal, wie.«
»Du hast deine Frisur verändert«, sagte er, streckte die Hand aus und berührte ihre Haare.
»Du auch ...«
»Weißt du, was ich gedacht habe? Ich habe mir alles hier angesehen und mich erinnert, wie es aussah, als ich klein war, und ich dachte – es ist wie ich. Sie haben die Kräne entfernt und die Arbeiter und die Fischbuden und was ganz anderes daraus gemacht. Genau das, was auch mit mir passiert ist.«
»Du bist nicht der einzige, der sich verändert hat«, sagte Hattie.
Er sah sie liebevoll an, überging ihre Bemerkung und fuhr fort: »Ich hab's nur für dich gemacht, um gut genug für dich zu sein ...«
»Du warst von Anfang an gut genug für mich, ich habe am ersten Abend gewußt, daß du ein Mann von

Wert bist. Du brauchtest dich nicht zu ändern, aber ich bin froh, daß du es getan hast, weil ich mich dadurch auch verändert habe. Du warst schon immer gut genug für mich, bin ich nun gut genug für dich?«

»Ich liebe dich, Hattie«, sagte er.

»Und ich liebe dich, Jimmy.«

Obwohl der Tag für die Jahreszeit ungewöhnlich warm gewesen war, wurde es nun empfindlich kühl, und Hattie fröstelte. Jimmy legte den Arm um sie, und sie gingen am Kai entlang – Rex rannte vor ihnen her – und bestaunten die Veränderungen.

»Schau mal, Jimmy«, rief Hattie und deutete auf das letzte Überbleibsel des alten Fischkais – eine windschiefe Fischbude, etwas abseits vom *Pitcher and Piano*. Sie kauften *Fish and Chips*, setzten sich auf eine Bank, fütterten sich gegenseitig – und Rex – und ließen den Blick über den Tyne schweifen.

»Wirst du bei mir bleiben, Hinny?« fragte Jimmy.

Hattie nickte.

»Für immer?«

Sie nickte wieder.

»In guten wie in schlechten Tagen?« sagte er und schob ihr eine weitere Fritte in den Mund.

»In einem Schloß«, erklärte sie, »oder in einem Hauseingang ...«

Pikant – und schonungslos frech!

Sex ist gut, Beziehung besser. Aber wie soll man damit umgehen, wenn der Mann, den Frau will, nicht will? Vor diesem Problem steht Elizabeth, Drehbuchautorin, wohnhaft in L.A., Hollywood, gerade 28 geworden. So macht sie sich erneut auf die Suche nach dem Mann fürs Leben – zusammen mit ihrer heimlichen großen Liebe, die aber schon in festen Händen ist. Denn wie heißt es so schön: Dranbleiben, einmal klappt's bestimmt …

›Eine aufgeklärt-moderne Liebesromanze, gleichzeitig eine smarte Bestandaufnahme der Filmbranche in L.A.‹
BRET EASTON ELLIS

ISBN 3–404–16229–3

BASTEI LÜBBE

Der Teufel ist männlich – meint Anna, die mit Kleinkind, Hund und Haus genug um die Ohren hat. Deshalb organisiert die temperamentvolle Rothaarige ihr Leben bewußt männerlos und ignoriert auch hartnäckig die These ihrer Freundin Barbara, daß Anna dringend Sex brauche. Aber dann wird´s chaotisch: Der stocktaube Großvater ihres verstorbenen Mannes quartiert sich bei Anna ein, ihr Auto gibt den Geist auf, ihr Sohn entwickelt eine Kindergartenphobie – und das alles just dann, als Anna endlich den dringend benötigten Teilzeitjob ergattert! – Da tritt mitten im schlimmsten Streß ein Mann auf den Plan, der Anna nicht nur für ein Vollweib hält, sondern auch zufällig halbtags Zeit hat. Doch damit fangen Annas Probleme erst richtig an, denn dieser rettende Engel ist auch ein verführerisch attraktiver Teufel ...

ISBN 3-404-16211-0

BASTEI LÜBBE